KB268472

중국 근대학문의 형성과
학술문화담론

저자

홍석표

서울대학교 중어중문학과를 졸업하고 같은 대학 대학원에서 석사 및 박사학위를 받았다. 현재 이화여자대학교 중어중문학과 교수로 재직하고 있다. 중국 현대문학을 전공하며, 루쉰(魯迅)문학과 중국 현대문학의 사적 전개 및 중국 현대학술을 심도 있게 연구해왔다. 주요 저서로는 『중국현대문학사』(2009, 대한민국학술원 우수학술도서), 『중국의 근대적 문학의식 탄생』(2007, 대한민국학술원 우수학술도서), 『천상에서 심연을 보다: 루쉰(魯迅)의 문학과 정신』(2005), 『현대 중국, 단절과 연속』(2005, 문화관광부 우수학술도서) 등이 있다. 주요 역서로는 『루쉰전집』 제1권(2인 공역), 『화개집·화개집속편』(2005), 『한문학사강요·고적서발집』(2003, 대한민국학술원 우수학술도서), 『무덤』(2001), 『중국당대신시사』(2000, 문화관광부 우수학술도서) 등이 있다.

중국 근대학문의 형성과 학술문화담론

2012년 6월 20일 초판 인쇄
2012년 6월 25일 초판 발행

지은이 | 홍석표
펴낸이 | 이찬규
펴낸곳 | 북코리아
등록번호 | 제03-01240호
주소 | 462-807 경기도 성남시 중원구 상대원동 146-8
　　　　우림2차 A동 1007호
전화 | 02) 704-7840
팩스 | 02) 704-7848
이메일 | sunhaksa@korea.com
홈페이지 | www.bookorea.co.kr
ISBN | 978-89-6324-190-6 (93820)

값 17,000원

중국 근대학문의 형성과

학술문화담론

홍 석 표

북코리아

◁ 경사대학당(京師大學堂) 편액(扁額)
▽ 경사대학당 장서루(藏書樓)

▷ 베이징대학 총장을 역임한 차이위안페이(蔡元培)
▽ 베이징대학 체제정비 당시의 홍루(紅樓)

△ 지금의 베이징대학 서문
▽ 항저우(杭州)에 있는 장타이옌(章太炎) 기념관

▷ 장타이옌의 『국학개론』
▽ 장타이옌과 그의 제자들

△ 량치차오(梁啓超)의 『청대학술개론』
◁ 류스페이(劉師培)의 『중국중고문학사
   강의』

△ 왕궈웨이（王國維）

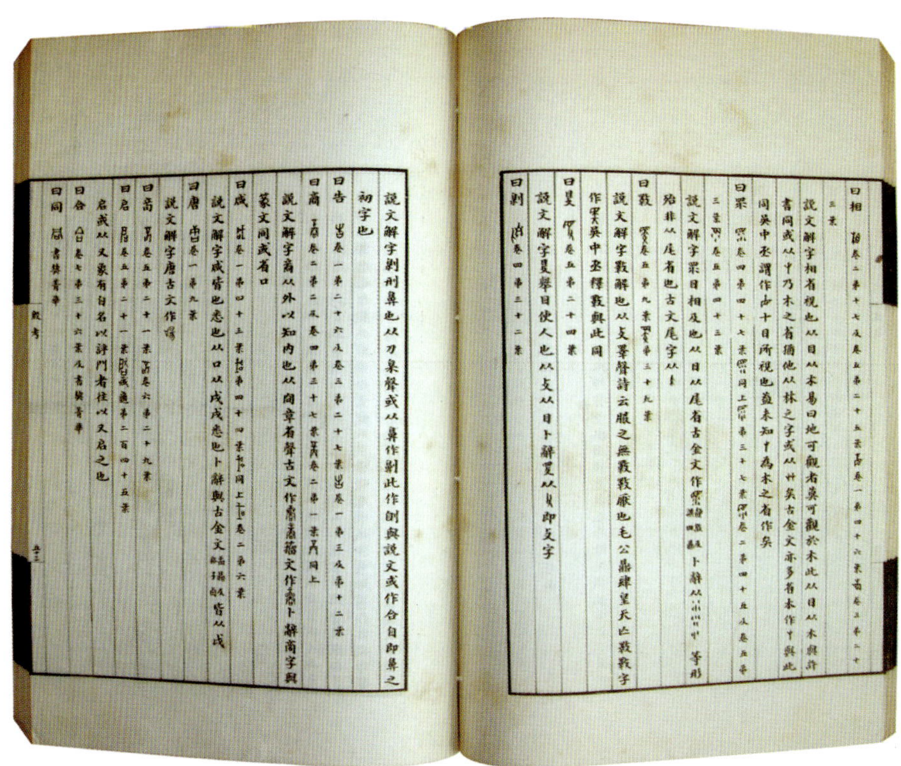

△ 왕궈웨이의 학술연구 내용의 일부

△ 량수밍(梁漱溟)

△ 량수밍의 『동서문화와 그 철학』

△ 후스(胡適)

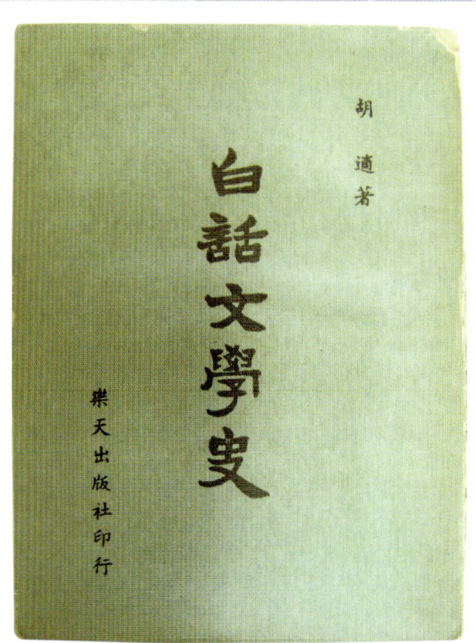

◁ 후스의 『백화문학사』
▽ 후스의 필적

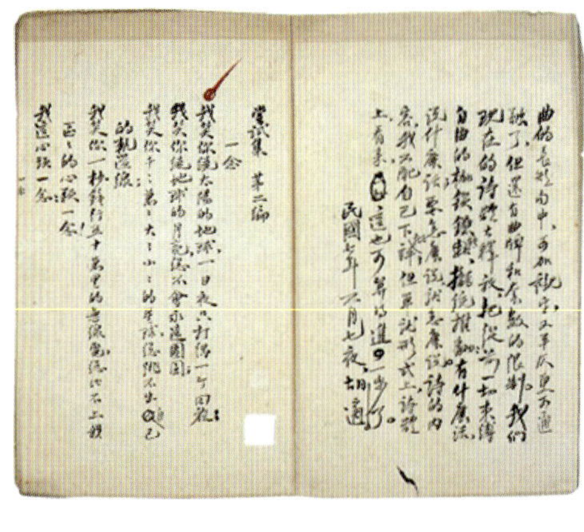

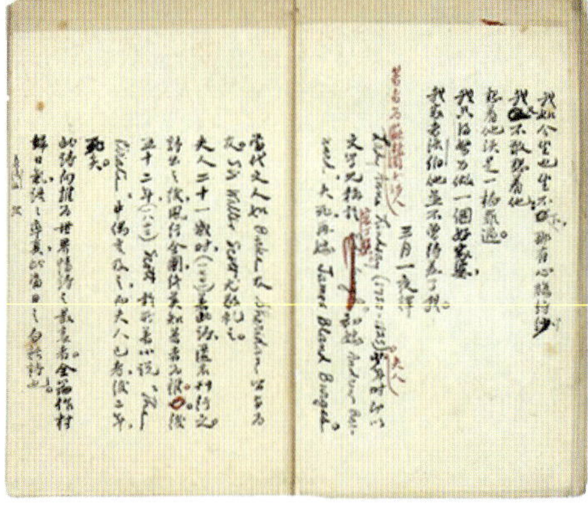

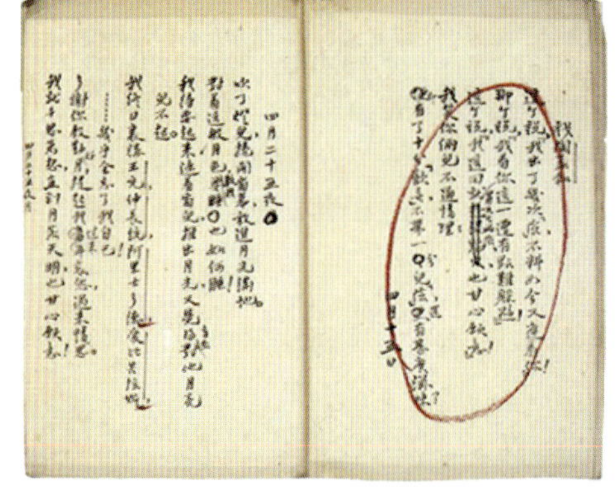

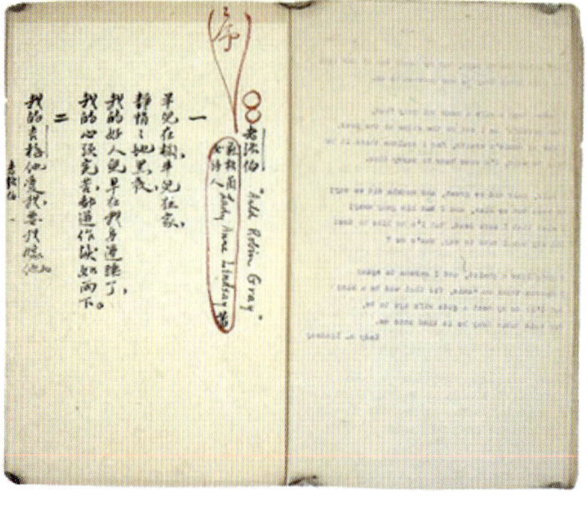

△ 루쉰(魯迅)

第七篇　唐之傳奇文（上）

△ 루쉰의 『중국소설사략』 내용의 일부
▽ 루쉰의 『한문학사강요』와 한국어 번역본

경성제국대학의 중문과(支那語文學科) 재학생이던 김태준은 1930년 6월 중국 베이징(北京)의 유리창(琉璃廠) 부근을 다니며 졸업논문에 필요한 자료를 수집한 바 있다. 그는 귀국 후 1930년 10월부터 이듬해 2월까지 동아일보에 『조선소설사』(1933년 출판)를 연재하였고, 졸업한 그해 1931년에는 『조선한문학사』를 완성하여 출판했다. 김태준은 중국을 다녀온 직후부터 집중적으로 학문연구에 매진하게 되는데, 그가 「외국문학전공의 변(辯)」에서 밝히고 있듯이 베이징의 유리창 부근에서 본 중국의 학술성과가 큰 자극제가 되었던 것 같다. 당시 중국에서는 루쉰(魯迅)의 『중국소설사략(中國小說史略)』(1925), 후스(胡適)의 『백화문학사(白話文學史)』(1928), 궈모뤄(郭沫若)의 『중국고대사회연구(中國古代社會研究)』(1929) 등이 이미 주요 학술성과로 출판되어 있었기 때문이다.

김태준은 『조선소설사』의 제1장에서 조선소설의 기원을 논하면서 "한자는 거의 고(古) 동양열국의 공통문자처럼 행용(行用)하게 되어 문학사상(文學史上)에 뺄 수 없는 영향을 주었으니 조선소설은 중국소설과 병행하여 그의 연원을 세종 이전의 고대에 소구(溯求)하지 않으면 안 되겠다"라고 하였거니와 조선소설의 발달은 중국소설의 발달과 유사한 경로를 밟아왔기에 중국소설사의 이해는 조선소설사 서술에 적지 않은 도움이 되었을 것이다. 또한 그는 『조선한문학사』의 결론에서 "낡은 것을

정리하고 새로 새 것을 배워서 신문화의 건설에 힘쓰자! 이것이『조선한
문학사』의 외치는 표어라 하노라"라고 역설하였는데, 중국의 신문화운
동과 '국고정리(國故整理)' 운동의 주요성과의 하나인 후스의『백화문학
사』도 시사하는 바가 컸을 것이다. 따라서 김태준의『조선소설사』와『조
선한문학사』는 루쉰의『중국소설사략』과 후스의『백화문학사』와 나란히
놓고 논할 수 있는 바, 한국과 중국은 비슷한 시기에 각기 자국의 근대적
인 문학사서술을 갖게 되었으며 중국의 그것이 몇 해 먼저 이루어졌던
만큼 한국의 그것에 참고가 될 수 있었다. 김태준은 중국문학을 전공함
으로써 한중 비교문학적 관점을 확보할 수 있었고, 이로 말미암아 당시
여타의 조선문학 연구자들, 이를테면 조윤제, 김재철, 이희승 등 '조선어
문학회' 회원들보다 훨씬 유리한 위치에서 조선소설사와 조선학문학사
를 구상할 수 있었던 것이다.

한편 1931년 9월 14일『베이징대학 일간(北京大學日刊)』에 실린 베
이징대학 중문과의 개설교과목에 따르면, 〈중일한 자음 연혁 비교 연구
(中日韓字音沿革比較硏究)〉 과목은 한국인 김구경(金九經)이 맡고 있
었다. 당시 베이징대학은 언어문자학 연구 방면에서 우위를 차지하고 있
었고 소수민족의 언어문자 연구에도 관심을 두었는데, 한중일의 자음
(字音)에 대한 비교 연구가 교과목으로 개설된 것은 이와 관련이 있으며
그것을 한국인 김구경에게 맡겼던 것이다.

이러한 사실들은 우리에게 20세기 이후 중국 근대학문의 형성과 그
체제에 대해 관심을 갖도록 이끈다.

20세기에 들어 중국에서는 이중적인 대립국면이 더욱 두드러졌으니,
하나는 서양문화와 중국문화 사이의 대립국면이고 다른 하나는 중화민
족과 만주족 사이의 대립국면이다. 중국인들은 전통적인 문화중심의식
으로 말미암아 당시 밀려드는 서양문화에 대응하여 문화대결의식을 강

하게 표출하였고, 또한 서양근대문화의 수용과 더불어 근대적인 민족관념이 대두함으로써 중화민족과 만주족 사이의 대립도 불가피했다. 청조(淸朝)의 중국이 서양문화를 수용하는 데 진퇴양난의 딜레마에 빠지게 된 것은 바로 이 때문이다.

이때 국가존망의 위기의식이 팽배해지면서 중국 지식인들은 경세지학(經世之學)을 내세우며 변혁을 추구하지 않을 수 없었다. 특히 전통적인 경세지학으로는 그 위기를 극복할 수 없다는 인식이 뚜렷해지면서 서양의 유용한 학문을 배워 그것으로써 경세(經世)를 도모하고자 하였다. 이른바 서학(西學)의 수용이 본격화된 것이다. 서학의 수용은 결과적으로 중국사회 전반의 문화체계에 큰 변화를 몰고 왔으니, 전통적인 학문체계에도 근본적인 변화를 일으켰다. '경(經), 사(史), 자(子), 집(集)'으로 구분하는 전통적인 '사부지학(四部之學)'의 학문체계로부터 '문(文), 리(理), 법(法), 상(商), 의(醫), 농(農), 공(工)'으로 구분하는 서양의 근대적인 '칠과지학(七科之學)'의 학문체계로 전환된 것이다.

1902년 베이징대학(北京大學)의 전신인 경사대학당(京師大學堂)이 먼저 '칠과지학'의 학문체계에 따라 대학학제를 구성하게 되며, 그 후 1917년부터 베이징대학이 체제정비에 돌입하여 실질적으로 근대적인 대학학제를 구성하고 전문적인 학술연구기구를 설립하게 된다. 이때부터 중국에서는 경학(經學) 중심의 전통적인 학문체계가 해체되고 본격적인 근대학문이 시작된 것이다. 특히 학술연구기구로서 1922년 베이징대학의 '연구소국학문(研究所國學門)'이 설립된 이후 1925년에는 칭화대학(淸華大學)의 '국학연구원(國學研究院)'이 설립되고 1928년에는 국가기관으로서 '중앙연구원(中央研究院)'이 설립되면서 중국의 근대학술은 장족의 발전을 이룩하게 된다. 학문할 수 있는 공간이 마련되고 훌륭한 학자들이 모여들었으며 학문수속세대로서 뛰어난 인재들이 배출되었다. 따라서 중국 근대학문의 형성은 근대적인 대학학제의 구성과 전문적인 학술연구기구의 설립과 밀접하게 관련된 것이었다.

최근 베이징대학(北京大學) 중문과 교수 천핑위안(陳平原)은 중국의 현대(근대)학술의 기원을 깊이 연구한 바 있고, 칭화대학(淸華大學) 중문과 교수 왕후이(汪暉)는 사상사의 맥락에서 중국의 '현대성'(근대성)의 기원을 정밀하게 탐색한 바 있다. 이러한 중국의 현대(근대)학술 및 학술사상사와 관련된 연구는 1990년대 이후 중국에서 본격화된다. 경윈즈(耿雲志)·원리밍(聞黎明)의『현대 학술사에서의 후스(胡適)』(1993), 천핑위안(陳平原)의『중국 현대학술의 건립』(1998), 쌍빙(桑兵)의『국학과 한학』(1999)·『만청(晩淸)·민국(民國)의 국학 연구』(2001)·『만청·민국의 학인(學人)과 학술』(2008), 천이아이(陳以愛)의『중국 현대 학술연구기구의 흥기』(2002), 왕후이(汪暉)의『현대 중국 사상의 흥기』(2004), 선웨이웨이(沈衛威)의『'학형파(學衡派)' 되돌아보기』(1999)·『'학형파'의 계보』(2007) 등은 두드러진 연구 성과이다.

2000년대 이후에는 중국의 근현대학술 및 학술문화담론과 관련된 원전자료와 연구 성과가 학술총서 형태로 집중적으로 출판되고 있다. 예컨대, 상하이고적출판사(上海古籍出版社)는 2005년부터 20세기 이후 간행된 중국의 주요 학술저서를 대규모 총서로 발간하고 있는데, 이 총서는 20세기 중국의 학술 및 학술문화담론을 연구하는 데 대단히 중요한 원전자료를 제공해준다. 2006년 바이화저우문예출판사(百花洲文藝出版社)에서는 '20세기 중국 학술논변 서계(二十世紀中國學術論辯書系)'라는 이름으로 총서를 발간하여 영역별로 20세기 중국의 학술 및 학술문화담론에 대한 연구 성과를 집대성하고 있다. 2005년 후난교육출판사(湖南敎育出版社)에서 출판한 장치즈(張豈之) 주편(主編)의『민국학안(民國學案)』(전 6권)은 중화민국(1912)이 성립된 이후 1949년까지 중국의 주요 학술연구자와 학술저서의 내용을 상세히 소개하고 있다. 2010년 광시사범대학출판사(廣西師范大學出版社)에서 출판한 '근현대 국학 자료 총서', 즉 마커펑(馬克鋒)이 엮은 『국학과 현대학술』, 천비성(陳壁生)이 엮은 『국학과 현대 경학(經學)의 해체』, 송홍빙(宋洪兵)이 엮은 『국학과 근대 제자학(諸子學)의 홍기』, 량타오(梁濤)·구자닝(顧家寧)이 엮은 『국학 문제 쟁명집(爭鳴集) 1990-2010』 등은 근현대 중국의 '국학' 논의와 관련된 주요한 글들을 주제별로 나누어 체계적으로 정리해놓고 있다.

이처럼 1990년대 이후 중국에서는 근대(현대)학술 및 학술문화담론을 심도 있게 연구하고 그와 관련된 원전자료를 체계적으로 정리, 출판하고 있는데, 이는 저간의 중국 학술계의 큰 변화를 반영하고 있다. 현실 문제에 관심을 집중했던 1980년대의 상황과 달리 1990년 이후 중국 지식인들은 현실로부터 소외되거나 현실과 일정한 거리를 유지함으로써 냉정함과 객관성을 요구하는 학술에 관심을 갖기 시작한 것이다. 또 최근에는 경제적 성공과 세계 영향력의 증대로 말미암아 '중국적 가치'를 내세우고 중국의 '세계 문명사적 기여'를 강조함에 따라 중국의 전통 문화와 학술에 대한 재조명과 그것의 근대(현대)적 전환에도 크게 관심을 기울이게 된 것이다.

이에 비해 그 동안 국내 중국학 연구 분야에서는 중국의 근대(현대)학술과 학술문화담론에 관한 연구가 상대적으로 미약한 듯하다. 오늘날 다양하게 논의되고 있는 근대성에 대한 성찰, 전통과 근대의 관계 재정립, 동서문화가치의 재평가, 동아시아담론 등을 상기할 때, 중국의 근대학술과 학술문화담론에 관한 연구도 적극적으로 진행할 필요가 있다. 최근 국내에서는 문화연구에 대한 관심이 고조되어 현대중국의 대중문화 및 영화를 연구하는 사람들이 많아지고 있는데, 문화연구는 그것대로 진행하더라도 중국학 연구 수준을 한 단계 더 높이기 위해서는 중국의 근대학술과 학술문화담론에 관한 연구도 심도 있게 진행해야 할 것이다.

사실 국내에서 그 분야의 연구가 상대적으로 미약한 데는 몇 가지 원인이 있는 것 같다. 예컨대, 그것을 다루기 위해서는 중국의 전통학술 및 학술사상사에 대한 이해도 깊어야 하는데, 그 준비가 만만치 않다는 점이 하나의 원인일 수 있다. 또 근대(현대)의 주요 학술저서들을 자료로서 섭렵해야 하는데, 체계적인 독서와 분석이 쉽지 않다는 점도 하나의 원인일 수 있다. 하지만 고도의 지적(知的) 행위로서 학문연구와 학술활동은 한 사회의 정신과 문화의 심층을 구성하기에 중국 근대학술과 학술문화담론 분야는 현대 중국을 가장 깊이 있게 이해하고 형상화할 수 있는 영역이므로 그에 대한 연구를 게을리 해서는 안 될 것이다. 이 책의 구상과 집필은 바로 이러한 문제의식에서 비롯되었다.

이 책의 원고는 꽤 오래 전에 완성되었다. 거친 논의를 좀 더 섬세하게 가다듬고 구체적인 분석을 일반화할 필요가 있다고 여겨 수정의 기회를 많이 갖고자 했다. 하지만 여러 가지 바쁜 일정과 공부의 깊이로 인하여 소기의 목표를 달성하였는지는 의문이다. 삼가 동도(同道)의 가르침을 바란다.

2012년 6월 1일

홍석표

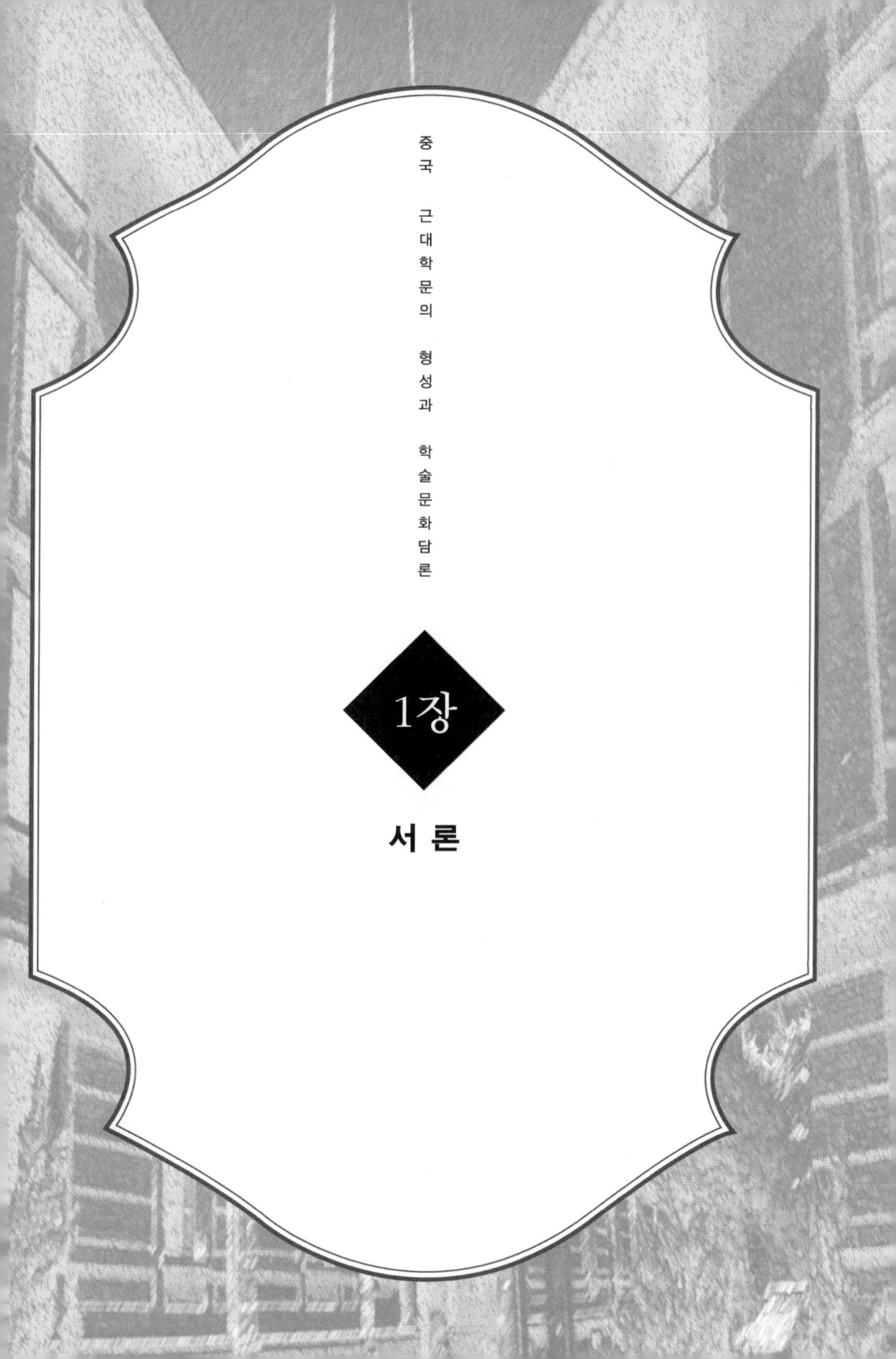

1장

서 론

중국 근대학문의 형성과 학술문화담론

19세기 말 이후 중국은 밀려오는 강대한 서양세력 앞에서 국가존망의 위기와 함께 문화적 위기를 겪었다. 이른바 서학동점(西學東漸)에 따른 문화적 위기에 대응하기 위해 중국 지식인들은 서양 근대문화를 적극적으로 수용하지 않을 수 없었으며 그와 동시에 학술영역에서도 새로운 근대학문을 성립시켰다. 그 과정에서 전통학술과 고유문화를 어떻게 정리하고 재해석할 것인가, 중국의 문화정체성을 어떻게 새롭게 구축할 것인가 하는 문제가 시급한 과제로 떠올랐다. 이 책은 19세기 말 이후, 특히 중국 '근대(현대)'의 출발로 평가되는 5·4시기 전후를 시간적 범주로 삼아 중국 근대학문의 형성과 학문패러다임의 전환을 고찰하며 학문주체들의 구체적인 학문실천 속에서 표명된 학술문화담론을 분석하면서 중국의 문화정체성 문제를 함께 논의하고자 한다.

그동안 국내에서는 '근대' 또는 '근대성'에 대한 성찰과 비판이 진행되어 왔는데, 그것은 '근대'가 낳은 부정적인 결과 때문이다. '근대'의 한계에 대한 성찰은 '근대'의 출발로 되돌아가 그 역사적 조건과 내적 논리를 새롭게 점검할 것을 요구한다. '근대'의 출발은 아직 결정되지 않은 역사의 현장으로서 문화적 '경계지대'에 속한다. '근대'의 형성기로서 이 '경계지대'는 여러 가지 가능성들이 혼재해 있는 역사적 조건을 보여주는 중요한 시공간적 배경이 된다. 따라서 이 '경계지대'에 대한 연구는 '근대'를 역사화하여 그 가치를 상대화할 수 있으며, '근대'로 인해 형성된 기존의 경계를 허물거나 넘나들 수 있는 유용한 자원을 새롭게 발굴할 수도 있다. 제도와 담론의 차원에서, 이론과 실재의 차원에서 여러 대립적 조건들의 충돌, 교차, 융합의 풍부한 역사적 경험을 되살릴 수 있기 때문이다.

중국의 5·4시기는 중-서(中西), 고-금(古今)의 충돌, 교차, 융합이 가장 격렬하게 일어난 역사적 공간이므로 문화적 '경계지대'의 전형으로 간주할 수 있다. 그렇기에 '근대'의 출발로서 5·4시기의 역사적 조건 속에서는 '근대'로 정향화(定向化)되기 이전의 다양한 가능성들, 꽃피우지 못한 여러 가지 잠재형을 발견할 수도 있다. 이를테면 같은 베이징대학 철학과 교수였던, 후스(胡適)는 신문화운동을 통해 중국의 학술문화적 '근대'를 선도해나간 반면, 량수밍(梁漱溟)은 중국 전통문화의 가치를 재조명하는 또 다른 방향을 제시하여 잠재형의 하나로 남을 수밖에 없었다.

5·4시기를 전후하여 중국에서는 중국문화의 방향을 토론한 중서(中西) 또는 동서(東西) 문화논쟁이 대대적으로 일어났다. 1915년 이후 10여 년 동안 수많은 지식인들이 참여하여 발표된 논문만도 1천 편에 달할 정도라고 한다. 『신청년(新靑年)』과 『동방잡지(東方雜誌)』가 이 논쟁의 양대 진영의 입장을 대변하는데, 이 시기에 '중학(中學)과 서학(西學) 논쟁', '신학(新學)과 구학(舊學) 논쟁', '문언(文言)과 백화(白話) 논쟁', '동방문화와 서방문화 논쟁' 등 층위를 달리하여 다양한 논쟁이 잇달아 일어났다. 이 논쟁은 내용과 쟁점에 따라 세 단계로 나눌 수 있다. 첫 단계는 신문화운동의 발흥기로 1915년 『신청년』의 창간으로

부터 1919년 5·4운동의 발발까지이다. 이 시기의 논쟁은 중서문화 우열의 문제에 집중되었고 상호 대립적인 문화관을 가진 두 진영이 형성되었다. 둘째 단계는 5·4운동 이후로서 중서문화를 단순 비교하던 수준을 넘어 신문화와 구문화의 차이 및 신구(新舊) 문화의 관계에 대한 문제가 토론되었다. 셋째 단계는 량치차오(梁啓超)의 『구유심영록(歐游心影錄)』과 량수밍(梁漱溟)의 『동서문화와 그 철학』이라는 두 저서의 출간과 함께 시작되었는데, 문화논쟁의 절정기에 해당한다. 이 시기의 논쟁은 '동방문명'과 '서방문명'의 장단과 우열을 비교하는 내용을 포함하지만, 이전과 달리 제1차 세계대전과 러시아혁명이라는 세계사적 변동을 배경으로 중국은 어느 방향으로 나아갈 것인가 하는 문제가 심도 있게 토론되었다. 봉건문화, 자본주의문화, 사회주의문화에 대한 관심도 이때부터 시작되었다.[1]

이러한 동서문화논쟁 과정에서 중국의 학술문화는 엄청난 변화를 겪게 된다. 위잉스(余英時)의 표현대로 청대(淸代) 삼백 년의 고증학은 '5·4' 전야에 이르러 마침내 '혁명'의 전환점을 맞이하게 된 것이다. 신앙, 가치관, 기술의 총체적인 변화를 몰고 온 후스(胡適)는 토마스 쿤(Thomas S. Kuhn)이 말한 패러다임의 변화를 일으켰으며 그의 『중국철학사대강(中國哲學史大綱)』은 모범을 제시하기에 충분했다.[2] 5·4시기에 베이징대학(北京大學) 문과 교수 후스의 학술활동은 중국의 학문패러다임의 전환을 가능케 했으니, 그것은 전통적인 학술문화체계로부터 근대적인 학술문화체계로의 전환을 의미한다. 5·4시기에 이르러 왕궈웨이(王國維), 량치차오(梁啓超) 등의 학술적 성과가 기반이

---

1) 陳崧, 『五四前後東西文化問題論戰文選(增訂本)』(中國社會科學院出版社, 1989), pp.4-5 참조

2) 余英時, 『中國近代思想史上的胡適』, 『現代學人與學術』〔余英時文集第五卷〕(廣西師范大學出版社, 2006), p.249 참조

되고 량수밍(梁漱溟), 후스(胡適), 루쉰(魯迅) 등이 탁월한 학문적 업적을 이룩함으로써 중국은 완전히 새로운 학문패러다임을 구축하게 된 것이다.

중국의 현대학술을 연구해온 천핑위안(陳平原)은 자신의 실제 경험을 바탕으로 중국 현대학술의 '격세유전'적 특징을 지적한 바 있다. 1980년대 중국의 젊은 학자들은 70·80여 세의 노선생들의 도움으로 1950·60년대를 건너뛰고 직접 1930년대의 학술전통을 계승했다는 것이다. 그는 자신의 경험을 술회하면서 중산대학(中山大學), 베이징대학에서 공부할 때 룽경(容庚), 왕지스(王季思), 황하이장(黃海章), 우훙총(吳宏聰), 왕야오(王瑤), 린겅(林庚), 우쭈샹(吳祖湘) 등 여러 노교수들을 접했고, 그들 대부분은 1930년대 베이징대학, 칭화대학(淸華大學), 중앙대학(中央大學) 혹은 항전(抗戰, 중일전쟁)시기의 시난연합대학(西南聯合大學)에서 공부한 사람들이라고 했다. "이들 노선생들은 몸가짐에서든 학문적으로든 단숨에 30·40년대로 되돌아갔습니다. 명심하셔야 할 게, 사상개조를 강요당하던, 50·60년대로 돌아간 것이 아니라 처음 학술훈련을 받던 30년대로 되돌아갔다는 점입니다. 항일전쟁 전에 중국의 대학은 이미 제대로 모습이 갖춰져 있었습니다. 수가 많지는 않았지만 질은 아주 좋았죠. 그 시절 대학 캠퍼스에는 수많은 인문학 연구 방면의 대가들이 활약하고 있었으며, 그들의 업적은 오늘날까지도 넘어서기 어려울 정도입니다. 학생들은 더욱이 그러했죠."3) 그래서 천핑위안은 1980년대 중국의 학술은 50·60·70년대는 거들떠보지도 않고 1930년대로 되돌아가게 되었으며, 1980년대 학술을 이해하려면 그것을 1930년의 대학교육과 연계시켜 살펴보아야 한다고 했다. 그 시기 학

---

3) 자젠잉(査建英) 지음·이성현 옮김, 『80년대 중국과의 대화』(그린비, 2009), p.276.

자들은 대부분 중서학술(中西學術)을 아우르고 있었으니, 1980년대 대학에서 학문적 훈련을 거친 신진 학자들은 그들로부터 구체적인 지식이 아니라 학문하는 태도와 학술정신을 배울 수 있었다는 것이다. 그렇다면 1980년 이후의 중국 학술은 '격세유전'의 비유처럼 1930년대의 학술 및 대학교육과 연계시켜 생각하는 것이 온당하다. 더욱이 1930년대의 중국 학술과 대학교육은 1912년 중화민국의 대학교육제도의 확립과 1917년 차이위안페이(蔡元培) 교장의 부임으로 정비된 베이징대학의 근대학제와 학문체계에 뿌리를 두었으니 초기 베이징대학의 근대학제와 학문체계의 형성은 중국의 근대학술을 이해하는 데 중요한 기초가된다.

당시 베이징대학의 학술분위기는 전통적인 경학(經學) 중심에서 벗어나 모든 학술은 독립적이고 평등하게 연구할 가치가 있는 것으로 이해되었다. 후스(胡適)는 '연구소 국학문(研究所國學門)'을 중심으로 국고정리(國故整理)를 추진하면서 '정리(整理)'에 역점을 둔 국고정리를 요약하여 "'국고(國故)'는 '과거'의 문물이요 역사요 문화사이다. '정리(整理)'는 선입견이 없는 태도와 정밀한 과학적 방법을 사용하여 저 지나간 문화의 변천·연혁의 조리와 맥락을 찾아내어 국부적인 또는 전체적인 중국문화사를 구성하는 것이다"4)라고 했다. 마침내 경학의 학문적 독존이 무너지고 전체 문화사적 맥락에서 전통 자료를 다루는 이른바 '국고정리'의 신국학(新國學)이 형성된 것이다. 학문영역이 크게 확대되어 제자(諸子)사상이 재발견되고 소설과 민간가요가 크게 주목을 받았다. "역사적인 시각에서 오늘날 민간의 어린아이와 여자들이 노래하던 가요는 『시경(詩經)』과 동등한 지위를 가지며, 민간에 유전되는 소설은 '고문전책

---

4) 胡適, 『研究所國學門第四次懇親會紀事』(『北京大學研究所國學門月刊』 第1卷 第1號, 1926.6); 馬克鋒, 『國學與現代學術』(廣西師范大學出版社, 2010), p.174.

(高文典册)'과 동등한 지위를 가지고 있다"5)라는 후스의 언급은 바로 그 점을 지적한 것이다. 루쉰(魯迅)도 베이징대학에서 중국소설사를 강의하는 한편 '국고정리'의 중심 기구이던 '국학문(國學門)'의 위원으로 초빙되어 활동하였는데, 그의 중국소설사 서술 및 중국문학사 연구 등은 당시 베이징대학의 새로운 학술분위기와 밀접하게 관련된 것이었다.

따라서 '근대'의 출발로서 문화적 '경계지대'를 시간적 범주로 삼아 중국 근대학문의 형성과 학문패러다임의 전환, 학술문화담론과 문화정체성에 대해 논의하고자 할 때, 초기 베이징대학 문과(文科)는 가장 전형적인 환경을 제공해준다. 근대학문의 제도화, 구체적인 학문실천, 학술문화담론의 생산 면에서 베이징대학 문과는 가장 큰 영향력을 발휘하여 '근대'의 기원으로 보아 손색이 없기 때문이다. 요컨대, 5·4시기 전후의 베이징대학 문과를 중심으로 근대학문의 제도적 확립과 베이징대학 교수들의 구체적인 학문실천을 조명하고 그들의 학술문화담론을 분석한다면 중국의 학문패러다임 전환과 문화정체성 문제를 규명할 수 있을 것이다.

이 책은 다음과 같은 내용으로 구성된다.

첫째, 베이징대학 문과를 중심으로 중국의 근대학문이 제도적으로 어떻게 정착되는지를 고찰한다. 중국 근대학문의 형성은 대학제도의 도입과 밀접하게 관련되어 있는데, 과거제도가 폐지되고 대학제도가 도입되면서 중국의 학문패러다임이 근본적으로 달라졌기 때문이다. 청조(淸朝)는 1903년에 「흠정학당장정(奏定學堂章程)」을 공포하여 신교육의 제도화를 선언하였고 1905년에는 과거제도를 폐지했으며, 1912년에는 「대학령(大學令)」과 「전문학교령(專門學校令)」을 공포하여 대학과

---

5) 胡適, 『國學季刊發刊宣言』: 嚴運受 編, 『胡適學術代表作』 下卷(安徽敎育出版社, 2007), p.101. 『胡適文集(3)』(北京大學出版社, 1998), p.11.

전문학교의 설립을 가능케 했다. 이러한 일련의 조치는 중국 근대학문의 형성에 중대한 계기가 되었으니, 새로운 대학제도의 도입은 중국의 근대학문의 생산과 유통에 획기적인 변화를 몰고 왔다. 대학교수가 학문주체가 됨에 따라 학문의 독립성이 보장되고 전공분야가 분화, 확대되었으며 새로운 학문방법이 적극 도입되었다. 후스(胡適)의 '중국고대철학사', 량수밍(梁漱溟)의 '동서문화론', 루쉰(魯迅)의 '중국소설사' 등은 바로 이러한 배경에서 이룩된 주요한 학문적 업적이다. 가장 이른 시기에 근대적 대학제도를 도입한 베이징대학은 큰 파급력으로 중국의 대학학제의 구성 및 근대학문의 형성에 절대적인 영향을 끼쳤으며, 베이징대학 문과 내에 설립된 학술연구기구 역시 조직과 활동 양면에서 전범(典範)이 되기에 충분했다.

둘째, 베이징대학 문과를 중심으로 제기된 '국학(國學)' 담론과 학문의 보편성에 입각한 학술활동을 고찰한다. 베이징대학 재학생이던 푸스녠(傅斯年), 뤄자룬(羅家倫) 등이 1919년 『신조(新潮)』를 창간하여 신문화운동을 이끌던 『신청년(新靑年)』의 주장에 호응하자, 푸스녠의 동급생인 쉐샹수이(薛祥綏), 장쉔(張煊), 뤄창페이(羅常培) 등은 오히려 『국고(國故)』 월간을 내고 '중국 고유의 학술'을 내세웠다. 또 1923년부터 베이징대학을 중심으로 『국고계간(國學季刊)』이 창간되어 '국고정리(國故整理)' 운동이 본격적으로 전개된다. 이러한 일련의 '국학'담론이 제기된 역사적 맥락을 짚어본 뒤 서학(西學)에 의거한 전통학문의 분류와 학문체계의 재편을 고찰한다. 나아가 전통에 기울어 옛것을 추종하는 '신고(信古)'의 국학담론과 옛것을 의심하며 국고정리를 내세운 '의고(疑古)'의 국학담론 사이의 대립과 교차를 설명하며, 학문의 보편성 및 '학술' 지향과 '사상' 지향에 대한 논의를 통해 '국학'연구의 성격을 규명한다.

셋째, 베이징대학 문과 교수였던 량수밍(梁漱溟), 후스(胡適), 루쉰(魯迅)의 학술활동과 주요한 학문적 업적을 세밀하게 분석하여 그들의 학문연구방법과 동서문화담론의 특징을 밝혀낸다. 량수밍, 후스, 루쉰의 학문실천이 어떠한 맥락에서 이루어졌고, 그들이 운용하고 제기한 학문연구방법과 동서문화담론의 내용이 무엇인지 구체적으로 분석하고 논의한다. 동서문화담론은 중-서, 고-금의 충돌, 교차, 융합을 두드러지게 반영하고 있어 그에 대한 분석은 그 배후의 이념과 정신을 포착하는 데 주의해야 하는데, 왜냐하면 거기에는 민족적 특수성과 세계적 보편성 이념의 대립적 관계양상이 전형적으로 체현되어 있기 때문이다. 따라서 '국학'을 매개로 전개된 동서문화담론의 분석은 그 배후에 있는 민족적 특수성 이념이나 세계적 보편성 이념에 주목함으로써 문화정체성 문제를 해명하는 토대가 될 것이다.

넷째, 이상의 논의를 근거로 근대 중국의 학문패러다임의 전환을 규명한다. 근대적 학문실천으로서 과학적 방법에 의거한 지식의 생산과 축적 그리고 그것의 체계화를 논의하는 한편, '도덕'과 '정치'로부터 독립한 중국 근대학술의 특징을 논증한다. 나아가 중국의 근대학술이 중국문화의 자기동일성 유지라는 문화정체성 구축에 어떠한 기여를 하는지도 검토한다.

이렇게 '근대'의 기원으로서 베이징대학 문과를 대상으로 근대학문의 형성과 학문주체의 학술문화담론을 고찰하는 것은 중국의 '근대'를 역사화하고 상대화하는 작업의 일환이다. 그것은 중국 '근대'의 출발을 온전히 드러냄으로써 현재 중국의 삶을 규율하고 있는 역사적 조건들을 성찰하는 데 도움이 된다. 중국의 '근대'를 '역사화'하는 작업은 서구의 경험을 추상화해서 얻은 이념적 지표와 중국이 도달한 지점을 단선적으로 비교, 확인하는 '이념형적' 근대성 연구와는 구별된다.

　이때 '근대'의 역사화 작업에는 계보학적 방법론과 문화론적 방법론이 유용하게 활용될 수 있다. 계보학적 방법론은 인과론적 역사이해를 거부하고 지식과 담론 등을 중심으로 주체와 권력의 형성 메커니즘을 역사적으로 규명하는 방법론이다. 또한 문화적 '경계지대'의 학문과 지식의 변화를 다루는 데는 다양한 경계를 넘나들 수 있도록 해주는 문화론적 방법이 유용하다. 문화론적 방법은 유사한 현상이나 비슷한 텍스트의 내용조차 그 시공간적 환경의 특수성에 의해 각각 독자적인 의미를 지닌 것으로 해석할 수 있도록 해주기 때문이다.

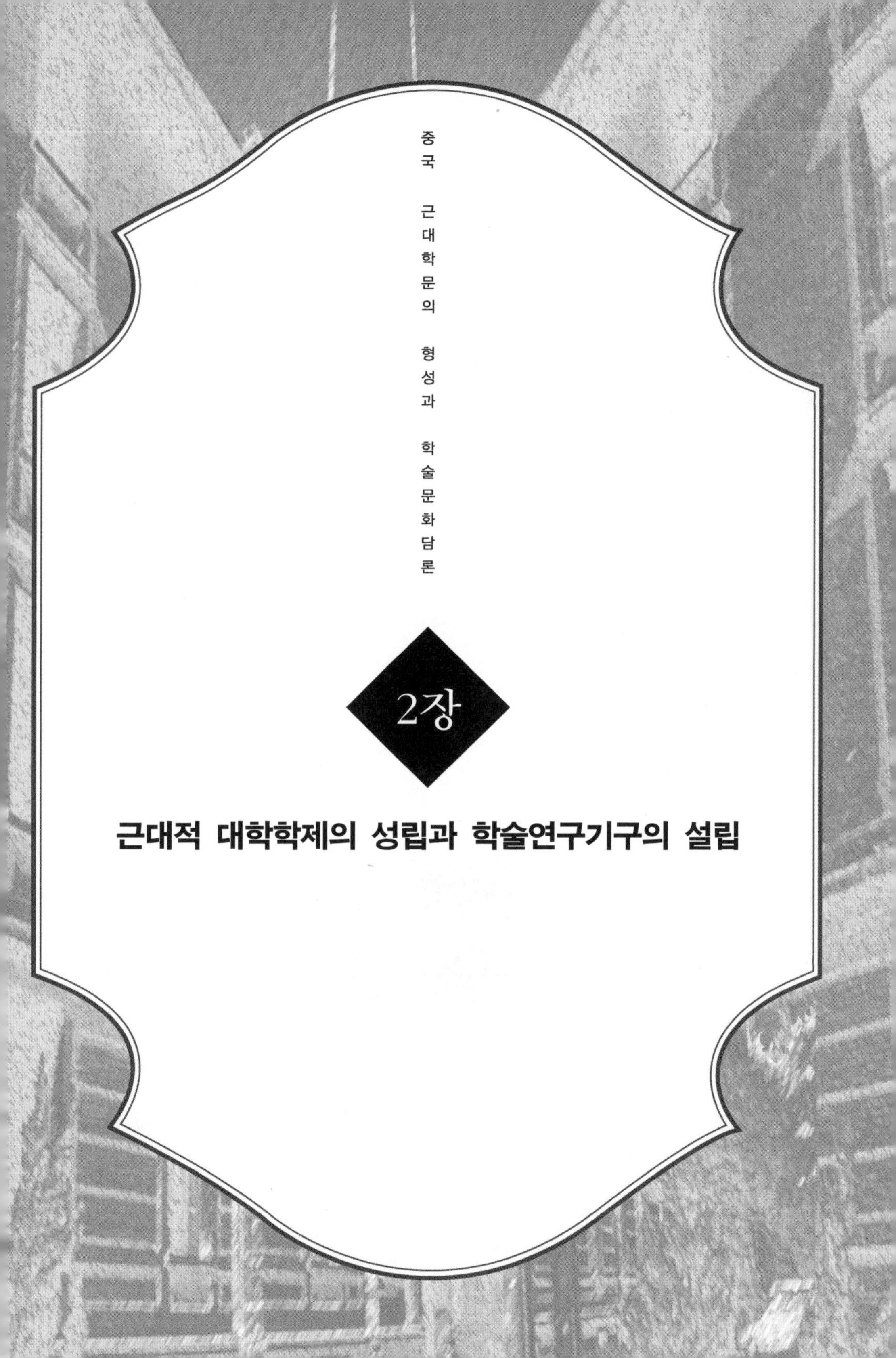

중국 근대학문의 형성과 학술문화담론

2장

근대적 대학학제의 성립과 학술연구기구의 설립

중국 근대학문의 형성과 학술문화담론

1. 경사대학당(京師大學堂)의 학제 및 「대학령」의 반포

중국의 근대 신식대학은 보통 1895년의 북양대학당(北洋大學堂, 톈진대학天津大學의 전신), 1896년의 남양공학(南洋公學, 자오퉁대학交通大學의 전신)과 1898년의 경사대학당(京師大學堂, 베이징대학北京大學의 전신)이 세워진 때로부터 시작한다. 이 중에서 경사대학당은 신식학당으로서 사실상 청말(清末)의 인재선발제도와 교육제도의 가장 높은 단계에 해당하는 것이었다. 이전의 한림원(翰林院)이나 국자감(國子監)과 비슷한 교육행정기구로서 교육부 역할을 떠맡는 것이었으니, 경사대학당의 '장정(章程)'은 경사대학당 자체를 규정하는 것이었을 뿐만 아니라 전국의 신식학당을 규정하는 것이기도 했다. 따라서 중국의 근대적 대학학제의 성립 과정을 고찰하는 데 경사대학당은 가장 먼저 주목해야 할 대상이다.

경사대학당의 설립 준비는 무술변법(戊戌變法) 시기에 이루어졌다. 1898년 1월 29일 캉유웨이(康有爲)는 광서제(光緒帝)에게 올리는 여섯 번째 상서(上書)에서 경사(京師, 수도 베이징을 가리킴)에 대학을 설립하고, 각 성(省)에는 고등중학(高等中學)을 설립하고, 각 부현(府縣)에는 중소학(中小學) 및 전문학(專門學)을 설립하며, 서학을 널리 번역하고 외국 유학을 통해 신학(新學)을 얻고 과거(科擧)를 통변(通變)시켜 인재를 교육해야 한다라고 말했다. 동년 6월 11일에 광서제는 「명정국시조(明定國是詔)」를 반포하여 변법(變法)을 결정했고, 여기에 경사대학당의 설립에 관한 조치도 포함되어 있었다. 7월 3일에는 총리아문(總理衙門)이 경사대학당의 기획과 '학당장정절(學堂章程折)'의 초안을 상주했다. 일본과 서양의 학제를 참고하여 만든 '경사대학당장정(京師大學堂章程)'은 량치차오(梁啓超)가 초안한 것이었다. 도합 8장

54조로 구성되어 있으며 중국 최초의 대학장정(大學章程)으로서 '의정대학당장정(擬定大學堂章程)'이라 부른다.

이 규정에는 대학당의 운영방침을 "중학을 근본(體)으로 삼고 서학을 쓰임(用)으로 삼으며(中學爲體, 西學爲用)", "중서(中西)를 병용하고 그 회통(會通)을 살펴 편벽됨이 없도록 한다(中西幷用, 觀其會通, 無得偏廢)"는 것으로 정했다. 과정(課程)은 보통학(普通學)과 전문학(專門學) 두 종류로 나누었는데, 보통학에는 경학(經學), 이학(理學), 중외장고학(中外掌故學), 제자학(諸子學), 초급산학(初級算學), 초급격치학(初級格致學), 초급정치학(初級政治學), 초급지리학(初級地理學), 문학(文學), 체조학(體操學)이 포함되고, 전문학에는 각국 언어문자학(語言文字學), 고등산학(高等算學), 고등격치학(高等格致學), 고등정치학(高等政治學, 법률학을 이 문(門)에 귀속), 고등지리학(高等地理學, 측회학(測繪學)을 이 문(門)에 귀속), 농학(農學), 광학(礦學), 공정학(工程學), 상학(商學), 병학(兵學), 위생학(衛生學, 의학(醫學)은 이 문(門)에 귀속) 등이 포함되어 있다.[1] 그런데 9월 21일 서태후(西太后)가 '훈정(訓政)'이라는 명분으로 정권을 다시 장악하면서 무술변법이 실패로 끝나고 만다. 이때 변법의 신정(新政)으로 실시된 모든 것이 취소되었는데, 다만 경사대학당만은 폐지되지 않고 쑨자나이(孫家鼐)가 맡아 계속할 수 있었다.[2] 그렇지만 1898년 11월 경사대학당이 처음 개학할 때 학생 수는 100명에도 미치지 못했으며, 1899년에는 학생 수가 증가했으나 여전히 200명에도 미치지 못했다. 특히 서태후가 다시 과거제도를 부활시켜 팔고문(八股文)으로 관리를 뽑자 대학당 학생들도

---

1) 王學珍, 王效挺, 黃文一, 郭建榮 主編, 『北京大學紀事 1898-1997』(北京大學出版社, 2008), p.3 참조

2) 王學珍, 王效挺, 黃文一, 郭建榮 主編, 『北京大學紀事 1898-1997』, p.6 참조.

과거시험 기간에는 휴가를 청해 과거시험에 응하지 않을 수 없었다.3)

1900년에 일어난 의화단사건으로 인해 8국 연합군이 베이징을 침입하여 『신축조약(辛丑條約)』(베이징의정서)을 맺게 되자, 이때 청 정부는 인재의 필요성을 절감하고 1902년 1월 10일에 장바이시(張百熙)를 관학대신(管學大臣)으로 임명하여 정식으로 경사대학당의 새로운 운영을 지시했다. 장바이시는 경사대학당의 운영을 위해서는 '총감독(總監督)'의 역할이 매우 중요하다고 판단하고 인재 등용에 심혈을 기울였다. 그는 우선 지저우(冀州)의 지주(知州)로 있던 우루룬(吳汝綸)을 대학당 총교습(總教習)으로 임시 초빙했다. 우루룬은 안후이성(安徽省) 통청(桐城) 사람이며, 동치(同治) 연간에 진사(進士)가 되었고, 청말(淸末) 산문가요 동성파(桐城派)의 대표적인 인물이었다. 그는 구학(舊學)에 기초가 있었을 뿐만 아니라 신학양무(新學洋務)에도 비교적 밝았다. 장바이시는 이후 청 정부에게 상소하여 정식으로 우루룬을 총교습으로 추천하고 오품경(五品慶)의 직함을 부여했다. 우루룬은 처음에는 사양하다가 장바이시의 간곡한 청을 받아들이고 일본의 교육제도를 시찰할 채비를 하던 중 병으로 인해 1903년 세상을 뜨고 말았다. 장바이시는 다시 당시 번역가로 명망이 있던 옌푸(嚴復)를 경사대학당 역서국총판(譯書局總辦)으로 초빙하고 린수(林紓)를 부총판(副總辦)으로 초빙했으며, 탕구성(湯辜生)을 부총교습(副總教習), 쑨이랑(孫詒讓), 차이위안페이(蔡元培) 등을 경사교습(經史教習)으로 초빙했다. 그리고 일본 유학을 마치고 막 돌아온 판위안롄(范源濂), 영국 유학을 마치고 막

---

3) 蕭超然, 『北京大學與近現代中國』(中國社會科學出版社, 2005), p.10 참조. 다음의 글은 당시 학생들의 상황을 잘 설명해주고 있다. "維時各省學堂未立, 大學堂雖設, 不過略存體制. 士子雖稍習科學, 大都手制一編, 占畢呫嗶, 求獲科第而已." 軍機大臣, 總理衙門: 『遵籌開辦京師大學堂折, 附章程淸單』, 舒新城 編, 『近代中國敎育史料』 第1冊, p.133.

돌아온 바이루이(柏銳)를 각각 일어·영어 조교(助敎)로 초빙했다. 이 밖에 딩웨이량(丁韙良)에게 서학총교습(西學總敎習)을 맡겼으며, 그 후 안슈전(安修眞), 페이이리(裴義理), 시쥔쭝(西郡宗), 지더얼(吉得爾), 만러다오(滿樂道), 보뤄언(伯羅恩) 등을 서학교습(西學敎習)으로 초빙했다. 그후 장바이시(張百熙)는 딩웨이량(丁韙良) 등 서학교습을 해고하고 달리 일본 학자 후쿠베(服部卯之吉), 키시타니(岸谷孫藏), 다카하시 사쿠에이(高橋作衛)를 교습(敎習)으로 초빙했다. 더욱이 그는 서학을 끌어들이기 위해 미국에 사절로 간 흠차대신으로 하여금 대학당 과정(課程)과 교재 편정(編定)을 위해 미국 콜롬비아대학, 예일대학, 펜실베니아 대학 등 13개 학교의 과정장정서목(課程章程書目)을 구하도록 했다. 동시에 장서루(藏書樓)를 설치하여 국자감(國子監)으로부터 보내온 각종 서적을 소장하고 또 관학대신자문각성관서국(管學大臣咨文各省官書局)으로부터 번각본 경사자집(經史子集) 및 시무국신서(時務新書)를 각종 10부(部) 또는 수부(數部)를 기증받았다.[4]

경사대학당의 진흥을 위한 장바이시의 노력은 「흠정경사대학당장정(欽定京師大學堂章程)」(1902)의 제정으로 결실을 맺었다. 경사대학당의 학제를 규정하고 있는 「흠정경사대학당장정」은 경사대학당의 학과(學科) 및 과정(課程)을 일본의 대학분과(大學分科)를 모방하여 대학(大學)을 '7과(科)', 즉 정치과(政治科), 문학과(文學科), 격치과(格致科, 자연과학), 농업과(農業科), 공예과(工藝科), 상무과(商務科), 의술과(醫術科)로 나누는 것이었다. 그리고 대학당은 예비과(豫備科), 대학전문분과(大學專門分科) 및 대학원(大學院)의 3급(級)으로 나누었는데, 예비과는 다시 정·예(政藝) 두 과(科)로 나누고 정과(政科)에는

---

4) 蕭超然, 『北京大學與近現代中國』, pp.13-14 참조.

경사(經史), 정치(政治), 법률(法律), 통상(通商), 이재(理財) 등을 두고, 예과(藝科)에는 성(聲), 광(光), 화(化), 농(農), 공(工), 의(醫), 산(算) 등을 두고 있다. 예비과의 학제는 3년이며, 졸업 후에 대학전문분과에 진학할 수 있고 과거시험 제도하의 거인(擧人) 출신의 자격을 주는 것으로 규정하고 있다. 대학전문분과는 본과(本科)에 해당하며, 도합 7과(科) 35문(門)을 설치할 것을 규정하고 있다.

대학전문분과인 7과(科)를 구체적으로 예거하면 다음과 같다. '정치과(政治科)'는 정치학, 법률학의 2문(門)을 포함한다. '문학과(文學科)'는 경학(經學), 사학(史學), 이학(理學), 제자학(諸子學), 장고학(掌故學), 사장학(詞章學), 외국언어문자학[外國語言文字學]의 7문을 포함한다. '격치과(格致科)'는 천문학(天文學), 지질학(地質學), 고등산학(高等算學), 화학(化學), 물리학(物理學), 동식물학(動植物學)의 6문을 포함한다. '농업과(農業科)'는 농예학(農藝學), 농업화학(農業化學), 임학(林學), 수의학(獸醫學)의 4문을 포함한다. '공예과(工藝科)'는 토목공학(土木工學), 기기공학(機器工學), 조선학(造船學), 조병기학(造兵器學), 전기공학(電氣工學), 건축학(建築學), 응용화학(應用化學), 채광야금학(採礦冶金學)의 8문을 포함한다. '상무과(商務科)'는 부계학(簿計學), 산업제조학(産業製造學), 상업언어학[商業語言學], 상법학(商法學), 상업사학(商業史學), 상업지리학(商業地理學)의 6문을 포함한다. '의술과(醫術科)'는 의학(醫學), 약학(藥學)의 2문을 포함한다. 여기서 주목되는 것은 '7과' 중에서 '경학(經學)'을 단독의 '학과(學科)'로 독립시키지 않고 '문학과'에 포함시키고 있다는 점이다.

그런데 경사대학당은 서둘러 인재를 길러내기 위해 예비과와 대학전문분과를 열기 전에 먼저 속성과(速成科)를 설립하여 사학관(仕學館)과 사범관(師范館)을 열었다.5) 일정한 기간의 준비과정을 거쳐 1902

년 10월 14일에 정식으로 속성과 신입생 모집 시험을 실시했다. 이때 사학관의 신입생으로 36명, 사범관의 신입생으로 56명을 뽑았으며, 11월 25일에는 재차 신입생을 모집하여 사학관과 사범관의 신입생 90명을 더 뽑은 뒤 12월 17일 개학식을 열고 정식으로 개학했다.

그러나 「흠정경사대학당장정」은 반포되었을 뿐 실행되지는 않았다. 1903년 5월 양무파(洋務派)의 지도자인 징즈둥(張之洞)이 장바이시와 회동을 갖고 「흠정경사대학당장정」을 수정하여 대학당, 통유원(通儒院) 등의 각종 장정(章程)을 새롭게 제정, 상주하여 「주정대학당장정(奏定大學堂章程)」을 공포했기 때문이다. 장즈둥이 수정한 「주정대학당장정」의 두드러진 특징은 다음과 같다. 첫째, 대학분과(大學分科)에서 원래의 7과 이외에 '경학과(經學科)'를 증설하고, 그 아래에 『주역(周易)』, 『상서(尙書)』, 『모시(毛詩)』, 『춘추좌전(春秋左傳)』, 『춘추삼전(春秋三傳)』, 『주례(周禮)』, 『역예(易禮)』, 『예기(禮記)』, 『논어(論語)』, 『맹자(孟子)』, 『이학(理學)』의 11문을 두었다. 각과(各科)의 분문(分門)에도 약간의 변동이 있어 도합 8과 46문을 헤아린다. 둘째, 대학원(大學院)을 통유원(通儒院)으로 고치고 대학당의 분과(分科) 졸업생만이 통유원에 들어갈 수 있도록 했다. 통유원은 오늘날의 대학원에 해당하며 연구 연한을 5년으로 규정하고 있다. 셋째, 대학당은 총감독(總監督)을 두며, 총감독은 총리학무대신(總理學務大臣)의 통제를 받아 학당의 각 분과대학(分科大學)의 사무를 총괄하고 학당 전체의 인원(人員)을 통솔한다는 것이다.6)

장즈둥의 수정 장정은 '7과 분학(分學)'을 기초로 하면서 '경학과'를

---

5) 속성과(速成科)의 학제(學制)는 3년 내지 4년이며, 이를 졸업하면 초급관리(初級官吏) 또는 학당(學堂)의 교습(敎習)이 될 수 있었다.

6) 蕭超然, 『北京大學與近現代中國』, p.15 참조.

더한 '8과 분학'을 규정하고 있는데, 경학과를 증설하여 경학의 지위를 크게 높였다는 점이 두드러진다. 대학원을 '통유원'이란 이름으로 고친 것도 경학과 증설과 동일한 이념에서 비롯되었다. 장즈동의 수정 장정에 비해 장바이시의 원래 '7과 분학' 방안이 갖는 주요 특징은 다음과 같다. 첫째, 전문적으로 '경학과'를 설치하지 않고 단지 '문학과' 중에 '경학' 목(目)을 두어 '경학'을 독립된 '경학과'로 높이지 않았다는 점이다. 둘째, '문학과'에는 '경학', '사학' 두 과를 포함할 뿐만 아니라 이학(理學), 제자학(諸子學), 장고학(掌故學), 사장학(詞章學) 등을 포함한다는 점이다. 셋째, 기본적으로 서학(西學)을 위주로 하고 중학(中學)을 보조로 하고 있어 '서학'의 분과체제를 유지하면서 '중학'의 경학과 사학을 더하고 있으며 경학을 사학, 제자학과 나란히 놓고 있다는 점이다. 그렇다면 '경학과'를 독립시키고 그 아래 과정(課程)으로 주역학, 상서학, 모시학, 춘추좌전학, 춘추삼전학, 주례학(周禮學), 의리학(儀理學), 예정학(藝政學), 논어학, 맹자학, 이학(理學) 등 12문을 두고 있는[7] 장즈동의 수정 장정은 경학을 강화함으로써 서학의 학문체계 일변도로 나아가던 데서 한발 물러나서 전통적인 학문체계를 더욱 보강하는 역할을 하는 것이다.

물론 수정 장정의 공포와 더불어 분과대학(分科大學)이 곧바로 설치된 것은 아니다. 속성과의 사학관과 사범관만 운영되다가 1910년 2월에 이르러 정식으로 분과대학이 설치된다. 경학과대학은 모시학(毛詩學), 주례학(周禮學), 춘추좌전(春秋左傳) 3문의 과정을 열었고 사서(四書)를 통습과(通習課)로 삼았다. 법정과대학은 법률과 정치 2문의 과정을 열었고, 문학과대학은 중국문학, 외국문학 2문의 과정을 열었고, 격치과대학은 화학, 지질 2문의 과정을 열었고, 농과대학은 농학 1문의

---

7) 郝平, 『北京大學創辦史實考源』(北京大學出版社, 1998), p.211 참조.

과정만 열었고, 공과대학은 토목공학, 채광야금 2문의 과정을 열었고, 상과대학은 은행보험학(銀行保險學) 1문의 과정을 열었다. 도합 7과 13문을 열었는데, 입학한 학생 수는 400여 명이었다. 각 분과대학은 필수과목으로 사서와 대학연의(大學衍義)을 두었으며, 학제는 상과(商科)가 3년인 것을 제외하면 그 나머지는 모두 4년이었다. 대학전문분과에 입학한 학생들의 첫 졸업식이 1913년 말에 있었고, 이때 226명의 졸업생이 배출되었다.8) 결국 경사대학당은 1898년에 설립되어 처음 학생을 받아들인 이후, 장바이시(張百熙)의 '장정'과 장즈동(張之洞)의 '수정 장정'을 거쳐 1910년에 이르러 정식으로 분과대학이 설치되었으며, 1913년에 첫 졸업생을 배출하게 된 것이다.

그런데 경사대학당은 1902년의 장정과 1903년의 수정 장정의 반포로 신학제(新學制)를 마련하여 제도적인 고등교육과 학술체제를 갖추었지만 경학과대학이 독립적으로 설치되고 통유원(대학원)이 설치되는 등 여전히 전통적인 분위기를 유지하고 있었다. 예컨대, 경학과대학에 모시학, 주례학, 춘추좌전학의 과정이 열리고 사서(四書)를 통습과(通習課)로 두었으며, 각 분과대학도 모두 사서와 대학연의(大學衍義)를 필수과목으로 두었다. 또한 1902년부터 '충효를 근본으로 하고 경사(經史)의 학문을 기본으로 한다(忠孝爲本, 以經史之學爲基)'라는 말을 강조하고 1906년에는 학부(學部)의 교육목표로서 '충군(忠君), 존공(尊孔, 공자존숭), 상공(尙公), 상무(尙武), 상실(尙實)'을 표방했다.9) 요컨대, 초기의 경사대학당은 근대적인 대학학제를 표방하고 있었지만, 실제로는 매우 전통적인 분위기에서 운영되고 있었던 것이다.

---

8) 蕭超然, 『北京大學與近現代中國』, p.17 참조. 1912년에 경사대학당은 국립베이징대학(國立北京大學校)으로 개명되므로 이들이 베이징대학이 배양한 첫 번째 본과 졸업생인 셈이다.

9) 郝平, 『北京大學創辦史實考源』, p.214 참조.

　결국 중국 대학학제의 실질적인 변화는 1912년 1월 중화민국이 들어선 이후 '교육총장'으로 임명된 차이위안페이(蔡元培)의 교육개혁에 의해 이루어진다. 차이위안페이는 교육총장이 된 후 1912년 2월 10일『교육잡지(敎育雜誌)』에 발표한 「새로운 교육에 대한 의견(對於新敎育之意見)」에서 청말(淸末)의 학부(學部)가 제정한 '충군, 존공, 상공, 상무, 상실'의 교육취지를 일부 수정하여 "충군(忠君)은 공화정체(共和政體)에 부합하지 않고, 존공(尊孔)은 신앙자유에 위배된다"라고 지적했다. 이에 호응하여 경사대학당의 총감독을 맡게 된 옌푸(嚴復)는 동년 3월 29일 교원회의를 통해 각과(各科)를 개량하는 방법을 논의하고 경학·문학 두 과를 합쳐 국학과(國學科)로 바꾸는 방법 등을 제의했다.10) 또 동년 5월 3일 교육부는 경사대학당을 베이징대학교(北京大學校)로 개명하였으며, 대학당 총감독은 대학교 '교장(校長)'으로, 분과대학 감독은 '학장(學長)'으로 개명하고 옌푸를 베이징대학교 교장으로 임명했다.

　마침내 교육부는 1912년 10월 24일 교육부령(敎育部令) 제17호로 「대학령(大學令)」 22조를 공포했다. 차이위안페이 교육총장이 이끄는 교육부는 「대학령」을 통해 대학은 더 이상 '경사지학(經史之學)'을 기초로 하지 않고 고등학술을 가르치는 것을 취지로 해야 한다는 것을 명시했다. 이 「대학령」의 제1조는 '대학은 높고 깊은 학술을 가르치고 넓은 학문을 갖춘 뛰어난 인재를 양성하여 국가수요에 부응하는 것을 취지로 한다'라고 규정하고 있다. 차이위안페이가 기초한 이 「대학령」은 중국 근대대학의 기능, 성격, 사명, 조직 등을 새롭게 규정하고 있는데, 근대적 학문체계에 따라 학술위주의 인재 양성에 주안점을 두고 있으며 평의

---

10) 王學珍, 王效挺, 黃文一, 郭建榮 主編,『北京大學紀事 1898-1997』, p.49 참조.

회(評議會)와 교수회(敎授會)를 두어 대학의 권력을 교수에게 일임할 것을 규정하는 등 근대적 대학체제의 기틀을 확립한 것으로 평가된다. 대학은 교장 책임제로 운영되지만 평의회와 교수회의 조직을 두어 학술의 독립과 학술의 자유를 보장하고자 했다. 대학원을 설치하여 학술연구 환경을 조성하고 스승과 제자 간의 활발한 학술 교류와 연구가 이루어지도록 규정하고 있다. 특히 「대학령」은 구체적으로 대학(大學) 학과(學科) 및 원계(院系, 단과대학 및 전공학과) 체제의 규범을 마련하였는데, 대학(大學)은 문과(文科), 이과(理科), 법과(法科), 상과(商科), 의과(醫科), 농과(農科), 공과(工科) 등 7과로 나누고 문·리(文理) 2과를 중심으로 한다고 규정하여 다음의 세 조항 중에서 하나만이라도 부합하면 '대학'이라는 이름을 붙일 수 있다는 것이다. 첫째 문·리 2과를 병설하는 경우, 둘째 문과에 법·상(法商) 2과를 겸하는 경우, 셋째 이과에 의·농·공(醫農工) 3과 중 하나를 겸하는 경우이다.

한편 1913년 1월 12일 교육부는 다시 교육부령 제1호로 「대학교정령(大學規程令)」 28조를 공포하여 대학의 학제를 더욱 상세하게 규정했다. 대학은 「대학령」에 따라 경학과를 폐지하고 문과, 이과, 법과, 상과, 의과, 농과, 공과의 7과로 나눈다. 문과는 철학, 문학, 역사학, 지리학의 4문(門)으로, 이과는 수학, 성학(星學), 이론물리학, 실험물리학, 화학, 동물학, 식물학, 지질학, 광물학(礦物學)의 9문으로, 법과는 법률학, 정치학, 경제학의 3문으로, 상과는 은행학, 보험학, 외국무역학, 영사학(領事學), 세관창고학(稅關倉庫學), 교통학(交通學)의 6문으로 나누었다. 또한 의과는 의학, 약학의 2문으로, 농과는 농학, 농예화학, 임학(林學), 수의학(獸醫學)의 4문으로, 공과는 토목공학, 기계공학, 선용기관학(船用機關學), 조선학(造船學), 조병학(造兵學), 전기공학(電氣工學), 건축학(建築學), 응용화학(應用化學), 화약학(火藥學),

채광학(采礦學), 야금학(冶金學)의 11문으로 나누었다.

「대학규정」의 제7조에는 대학 문과의 과목(科目)을 구체적으로 제시하고 있는데, 예거하면 다음과 같다.

(1) 철학문(哲學門)은 다음의 2류(類)로 나눈다.

① 중국철학류: 중국철학(『주역(周易)』, 『모시(毛詩)』, 『의례(儀禮)』, 『예기(禮記)』, 『춘추 공·곡전(春秋 公·谷傳)』, 『논어(論語)』, 『맹자(孟子)』, 『주진제자(周秦諸子)』, 『송 이학(宋理學)』), 중국철학사, 종교학, 심리학, 윤리학, 논리학, 인식론, 사회학, 서양철학개론, 인도철학개론, 교육학, 미학 및 미술사, 생물학, 인류 및 인종학, 정신병학, 언어학개론

② 서양철학류: 서양철학, 서양철학사, 종교학, 심리학, 윤리학, 논리학, 인식론, 사회학, 중국철학개론, 인도철학개론, 교육학, 미술 및 미술사, 생물학, 인류 및 인종학, 정신병학, 언어학개론

(2) 문학문(文學門)은 다음의 8류로 나눈다.

① 국문학류(國文學類): 문학연구법, 설문해자(說文解字) 및 음운학, 이아학(爾雅學), 사장학(詞章學), 중국문학사, 중국사, 그리스로마문학사, 근대유럽문학사, 언어학개론, 철학개론, 미학개론, 논리학개론, 세계사

② 범문학류(梵文學類): (이하 생략)

③ 영문학류: (이하 생략)

④ 프랑스문학류: (이하 생략)

⑤ 독일문학류: (이하 생략)

⑥ 러시아문학류: (이하 생략)

⑦ 이탈리아문학류: (이하 생략)

⑧ 언어학류: (이하 생략)

(3) 역사학문(歷史學門)은 다음의 2류로 나눈다.

① 중국사 및 동양사학류: 사학연구법, 중국사[『상서』, 『춘추좌씨전』, 한진
(秦漢) 이후의 각사(各史)], 새외민족사(塞外民族史), 동방각국사(東方各國
史), 남양각도사(南洋各島史), 서양사개론, 역사지리학, 고고학, 연대학(年
代學), 경제사, 법제사[『주례』, 각사지(各史志), 통전(通典), 통고(通考), 통지
(通志) 등), 외교사, 종교사, 미술사, 인류 및 인종학

② 서양사학류: 사학연구법, 서양각국사, 중국사개론, 역사지리학, 고고학,
연대학, 경제학, 법제사, 외교사, 종교사, 미술사, 인류 및 인종학

(4) 지리학문(地理學門): 지리연구법, 중국지리, 세계각국지리, 역사지리학,
해양학, 박물학, 식민학(植民學) 및 식민사(植民史), 인류 및 인종학, 통계
학, 측지회도법(測地繪圖法), 지문학개론(地文學槪論), 지질학, 사학개론[11]

민국(民國) 시기에 수정 반포된 각종 교육법규는 대부분 이 「대학규
정」 중 '7과 분학'의 골격을 그대로 유지하며, 다만 명칭을 변경하여
'원·계(院系)'라는 이름을 사용했을 뿐이다. 1917년 교육부가 공포한
「수정대학령(修正大學令)」은 「대학규정」의 정신을 그대로 받아들여 '대
학은 높고 깊은 학술을 가르치고 넓은 학문을 갖춘 뛰어난 인재를 양성
하여 국가수요에 부응하는 것을 취지로 한다'라고 규정하고, 역시 문과,
이과, 법과, 상과, 의과, 농과, 공과 등 7과로 나누고 있다. 1929년 국
민정부가 반포한 「대학조직법(大學組織法)」 역시 대학은 '높고 깊은 학
술을 연구하고 전문적인 인재를 양성하는 것'을 취지로 한다라고 규정하
고, '대학은 문, 리, 법, 농, 공, 상, 의 각 학원(學院)으로 나눈다'라고

---

11) 王學珍·郭建榮 主編, 『北京大學史料(第二卷·一 1912-1937)』(北京大學出版社, 2000), pp.94-95.

규정하고 있다.12)

요컨대, 「대학령」과 「대학규정」은 근대적인 학문분과체제에 따라 대학 분과를 규정하고 있으며, 학술연구를 진작시키기 위해 "대학이 학술연구의 중심이 되기 위해 대학원을 설치한다"라고 규정하여 대학원의 역할도 강조하고 있는데, 이들은 이후 중국 대학학제의 근간을 이룬다는 점에서 매우 중요한 의의를 갖는다.

2. 베이징대학(北京大學)의 체제정비

경사대학당은 근대교육기관으로 설립되었으나 유신변법파의 무술개혁(戊戌改革)의 일환으로 진행되어 일정한 한계를 가질 수밖에 없었다. 무술개혁은 '중체서용(中體西用)'의 이념을 근간으로 하여 진행되었으니 경사대학당 역시 그러한 취지를 교육제도로서 구현하는 것이었고 무술개혁이 실패함으로써 그런 취지마저 제대로 실현되기 어려웠기 때문이다. 장바이시(張百熙)의 노력에도 불구하고 장즈동(張之洞)의 '수정장정(修正章程)'에 이르러서는 '경학과(經學科)'를 독립된 분과대학으로 설치하고 대학원을 '통유원(通儒院)'으로 개명하는 등 오히려 후퇴하는 양상마저 나타났다. 하지만 민국 초 교육총장 차이위안페이(蔡元培)의 교육개혁에 의해 「대학령」과 「대학규정」이 공포되고 경사대학당이 베이징대학교로 개명됨으로써 명실상부한 근대적인 대학이 탄생할 수 있는 기틀이 마련된 것이다.

물론 '장정'이 '대학령'으로 바뀌어 그 내용이 크게 달라졌다고 해서 근대

---

12) 左玉河, 『中國近代學術體制之創建』(四川出版集團·四川人民出版社, 2008), p.245-246 참조

적인 대학체제가 곧바로 구축되었다고 할 수는 없다. 「대학령」과 「대학규정」의 내용에도 불구하고 그것이 실행되기 위해서는 일정한 사회적 조건이 성숙되어야 했다. 「흠정경사대학당장정」이 1902년에 제정되었지만 그에 의한 대학전문학과의 설치가 1910년에 이르러 이루어졌듯이, 1912년에 공포된 「대학령」도 차이위안페이가 1917년 1월 베이징대학 교장으로 부임하여 베이징대학의 체제를 정비하면서 구체적으로 실현된다.

차이위안페이는 3년간 독일에서 유학한 경험을 토대로 독일 대학을 모델로 삼아 순수학문을 중시하는 대학이념을 가지고 있었다. 독일 학자 훔볼트(Alexander von Humboldt-Stiftung)는 대학은 지식을 전수하는 기구일 뿐만 아니라 지식의 생산기구이며, 최고 형식의 순수지식의 획득을 최종목표로 하여 교수와 학생이 교학과 과학연구 활동을 통해 엄격한 학문태도를 배양하고 과학적 연구방법을 장악해야 한다는 대학이념을 제시했다. 훔볼트의 대학이념은 독일 대학의 설립에 많은 영향을 끼쳤는데, 그의 대학이념에 따라 베를린대학이 설립되어 '연구중심' 대학으로서 '창조적인 학문'에 종사하는 것을 목표로 삼았다.13) 차이위안페이는 독일 대학의 특징을 소개하는 번역의 글에서 "유럽 근대대학의 발흥은 그 숫자를 헤아릴 수 없을 정도이다. 그렇지만 세 종류로 나눌 수

---

13) 左玉河, 『中國近代學術體制之創建』, p.219 참조. 훔볼트의 대학이념은 점차 유럽으로 확대되었으며 미국의 근대대학에도 많은 영향을 미쳤다. 미국의 근대고등교육은 두 가지로 나타났는데, 하나는 대학원생 교육을 중점으로 하는 신형 대학을 건립하는 것이고, 하나는 영국식 칼리지를 독일식 대학으로 개조하는 것이었다. 먼저 존 홉킨스 대학이 연구중심 대학으로 설립되어 저명한 학자들을 초빙하고 대학원생을 모집하고 또한 대학원을 준비할 우수인재를 기르기 위해 학부를 개설했다. 존 홉킨스 대학의 설립으로 인해 하버드, 예일, 콜롬비아, 위스콘신 등의 유명한 대학과 주립대학이 현대대학으로 개혁되었다.(左玉河, 『中國近代學術體制之創建』, pp.219-220 참조) 이와 같이 미국 대학이 독일 대학의 영향을 받아 연구중심 대학체제를 갖추게 되는데, 차이위안페이가 독일 대학을 모델로 베이징대학의 체제를 정비할 때 미국 컬럼비아 대학에서 유학한 후스(胡適)의 경험은 차이위안페이에게 큰 도움이 되었을 것이다. 차이위안페이와 후스는 학술과 연구를 중시하는 근대적인 대학이념을 공유하고 있었기에 베이징대학 체제정비에 호흡을 맞출 수 있었던 것으로 보인다.

있으니, 영국풍, 프랑스풍, 독일풍 세 가지가 그것이다. …… 대학교육의 목적은 직업적인 실지의 훈련이 아니라 과학 지식과 과학 연구의 길을 가르친다. 그러므로 독일 대학의 특색은 연구와 교수가 하나로 융합되어 있다"14)라고 했다. 그는 유럽 대학의 세 가지 모델인 영국풍, 프랑스풍, 독일풍의 특징을 각기 설명하고 그중에서 '과학 지식과 과학 연구'를 중시하는 학술중심의 독일 대학을 크게 중시했다. 그는 실제로 베를린대학을 모델로 삼았는데, 그의 대학이념의 핵심은 대학을 관리양성소가 아니라 고등학술연구기관으로 만들어야 한다는 것이었다. 그는 『베이징대학월간(北京大學月刊)』의 「발간사」에서 이점을 분명하게 밝혔다. "이른바 대학이라고 하는 것은 다수의 학생들에게 시간에 맞추어 수업을 하여 졸업생의 자격을 만들어내는 것이 아니라 실로 공동으로 학술을 연구하는 기관이다. 연구라고 하는 것은 그냥 유럽문화〔歐化〕를 수입하는 것이 아니라 반드시 유럽문화〔歐化〕를 추구하되 더 나아가 발명을 하는 것이다. 그냥 국수(國粹)를 보존하는 것이 아니라 반드시 과학방법을 이용하여 국수의 진상을 드러내는 것이다."15) 나아가 차이위안페이는 학술의 자유를 서양 근대 대학의 핵심이념으로 여기고 그것을 베이징대학 체제정비의 기본 목표로 삼았다. 그가 나중에 "베이징대학의 특색은 두 가지라고 나는 생각한다. 첫째는 학문 연구이다. 둘째는 사상의 자유이다. 어떤 학파의 사상이든 간섭하지 않는 것이다"16)라고 했던 것도 그런 의미이다.

---

14) 「德意志大學之特色」, 『教育雜誌』(上海商務印書館, 第2年 第11期 1910). 張雁, 「選擇與調適: 西方大學理念在近代中國」, 『교육사학연구』 제20집 제1호, 2010.6, p.113 재인용.

15) 蔡元培, 「『北京大學月刊』發刊詞」: 劉夢溪 主編, 『中國現代學術經典 蔡元培卷』(河北教育出版社, 1996), p.280.

16) 蔡元培, 「在上海北大同學會成立會的演說詞」: 中國蔡元培研究會 編, 『蔡元培全集』 第6卷(浙江教育出版社, 1997), p.87.

차이위안페이는 학술연구중심 대학이라는 이념을 실현하기 위해 먼저 교수 채용에 심혈을 기울였다. 훌륭한 대학을 만들기 위해서는 우수한 교수를 초빙하여 학생들의 지적 욕망을 만족시키고 나아가 학문연구를 촉진시키는 것이 가장 중요하고 시급한 것이었기 때문이다. 그는 베이징 대학 교장으로 부임한 직후인 1917년 1월 중순에 당시 신문화운동을 추진하고 있던 잡지 『신청년(新靑年)』의 편집장인 천두슈(陳獨秀)를 먼저 문과 학장으로 초빙했다. 신문화운동을 적극 추진하고 있던 진보적인 천두슈를 문과 학장으로 초빙함으로써 베이징대학 체제정비를 위한 교두보를 확보한 셈이다. 차이위안페이는 탕얼허(湯爾和)와 선인모(沈尹默) 두 사람의 제의를 받아들여 천두슈를 직접 찾아가 문과 학장을 맡아줄 것을 요청하였고, 천두슈는 『신청년』을 베이징에서 계속 발간하기로 하고 흔쾌히 승낙했다. 독학으로 학문을 이룬 23세의 량수밍(梁漱溟)도 차이위안페이의 요청으로 1917년 겨울 강사(講師) 신분으로 베이징대학의 강단에 서게 되었다. 차이위안페이는 『동방잡지(東方雜誌)』로부터 량수밍의 「구원결의론(究元決疑論)」이라는 글을 읽고 그의 불학(佛學)에 대한 비상한 조예에 깊은 인상을 받은 바 있었기 때문이다. 차이위안페이는 또 1917년 4월 초에 쉬서우창(許壽裳)과 루쉰(魯迅)의 추천을 받아들여 사오싱교육회(紹興敎育會) 회장을 맡고 있던 저우쭤런(周作人)을 베이징대학으로 초빙하여 대학부설의 국사편찬처(國史編纂處)에 근무하도록 배치했으며, 얼마 후 신학기가 시작되자 곧 문과 교수로 초빙하여 '유럽문학사' 등을 강의하도록 맡겼다. 베이징대학 교장에 임명되었으나 부임하지 않았던 장스자오(章士釗)를 동년 7월에 문과 교수로 초빙하여 논리학〔邏輯學〕 강의를 맡기고 학교도서관 주임을 겸임하게 했다. 문학혁명의 도화선이 된 「문학개량추의(文學改良芻議)」라는 글로 이름을 떨친 후스(胡適)도 천두슈의 추천으로 그해 8월에 미국에서 학업을 마치고 귀국하여 문과 교수로 부임했다. 9월 이후에는 베이징대학에서 대강(代講)하고 있던 첸쉔통(錢玄同)과 『신청년』의 투고자인 류반농(劉半農)도 문과 교수로 초빙되었다. 11월에는 장스자오의 제의로 리다자오(李大釗)도 베이징대학에 들어와 장스자오가 겸임하고 있던 도서관 주임직을 맡았다. 더욱이 '주안회(籌安會)'에 이름이 올라서 톈진(天津)으로 피신해 있던 류스페이(劉師培)도 문과 교수로 초빙되어 '중국문학'과 '중국문학사' 강의를 맡았다. 사실 류스페이는 처음에는 진보적인 국학자로서 장타이옌(章太炎)과 더불어 '반청혁명(反淸革命)' 활동에 적극 가담했으나 1908년 이후에는 정치적으로 보수화되어 양강총독(兩江總督) 뚜안팡(端方)의 막료로 일하기도 했고 신해혁명 이후에는 주안회(籌安會)의 일원으로 위안스카이(袁世凱)의 제제운동(帝制運動)에 동참하여 「군정복고론(君政復古論)」, 「연방박의(聯邦駁議)」 등의 논설을 발표하며 왕정복고를 주장했던 인물이다. 그렇지만 차이위안페이는 그의 국학 방면의 학문능력을 높이 평가하여 베이징대학 교수로 초빙했던 것이다.

차이위안페이가 교수 임용을 순수 학문적 역량을 기준으로 추진하였음은 그의 다음과 같은 태도에서 분명하게 확인된다. "나는 평소 학술상의 유파는 상대적인 것이며 절대적인 것이 아니라고 믿고 있었다. 그래서 매 전공의 교원이 설령 주장이 다르다 하더라도 그 '주장이 이치에 맞고 그럴만한 충분한 이유가 있다'면 그들을 함께 병존하도록 하여 학생들이 자유롭게 선택할 여지를 주었다. 가장 분명한 예를 들면, 후스즈(胡適之, 후스)군, 첸쉔통(錢玄同)군 등이 절대적으로 백화문학(白話文學)을 제창하고, 류선수(劉申叔, 류스페이), 황지강(黃季剛, 황칸黃侃)군이 여전히 극단적으로 문언(文言)의 문학을 옹호할 때, 그들을 병존하도록 했던 것이다."17) 이처럼 차이위안페이는 정치적 이념의 색깔을 고려하지 않고 오로지 학문적 역량에 따라 교수를 채용함으로써 학술분위기를 진작시키고 대학 내 사상의 자유를 보장하려고 했다. 더욱이 그는 교수 초빙에 심혈을 기울이는 한편 교수에 대한 평가도 엄격하게 진행하여 학문적 깊이를 기준으로 유임할 것인가 해임할 것인가를 결정했다. 몇 개의 외국어에 정통하고 영국문학에 뛰어났던 구홍밍(辜鴻銘)은 보수적이고 괴팍한 성격을 가진 인물이었지만 학문석 역량을 인정받아 교수직에 유임될 수 있었다. 장타이옌의 제자 황칸(黃侃)은 자유분방하고 오만한 성격의 소유자였으나 국학의 뿌리가 깊고 업적이 훌륭하여 계속 유임될 수 있었다.

차이위안페이는 베이징대학 교장 취임연설에서 학생들에게 "오늘날 사람들이 전문학교를 이수하여 학업을 마치고 취업하는 것은 추세로 보건대 당연하다. 하지만 대학에서라면 그렇지 않다. 대학이란 높고 깊은 학문을 연구하는 곳이다"18)라고 하여 학문의 전당으로서 대학의 역할을 특별히 강조했다. 차이위안페이가 대학의 성격과 임무를 '높고 깊은 학문을 연구하는 데' 둔 것은 당시로서는 대단히 큰 의의를 갖는다. 장선푸(張申府)의 회고처럼, 초기 베이징대학은 "관료적인 분위가 농후하여 많은 학생들이 대학을 승진의 기회로 여기고 학문연구에는 흥미가 없었으며 학교를 다녀도 공부하지 않고 오로지 자격을 따고 든든한 배경을 찾는 데만 애를 썼을 뿐이었기"19) 때문이다. 차이위안페이가 베이징대학 교장으로 부임하여 "우리가 첫 번째로 개혁할 것은 학생들의 관념이다"20)라고 말한 것은 베이징대학의 기존 분위기를 바꾸어 학술분위기를

---

17) 蔡元培, 「我在北京大學的經歷」: 劉夢溪 主編, 『蔡元培卷』(河北敎育出版社, 1996), p.440.

18) 蔡元培, 「就任北京大學校長之演說詞」: 洪治綱 主編, 『蔡元培經典文存』(上海大學出版社, 2008), p.262. "今人肄業專門學校, 學成任事, 此固勢所必然. 而在大學則不然, 大學者, 研究高深學問者也."

19) 張申府, 「回想北大當年」: 陳平原・夏曉虹 編, 『北大舊事』(北京大學出版社, 2009), p.144 참조

진작시킬 필요가 있었기 때문이다. 차이위안페이가 량수밍(梁漱溟)을 베이징대학 문과 강사로 초빙할 때, "와서 함께 연구하고 공부하면 되는 것일세"[21]라고 말하며 량수밍과 나눈 대화는 학술 중심으로서 대학의 역할을 중시하는 그의 생각을 단적으로 보여준다. 량수밍은 학술연구를 중시하는 차이위안페이의 말에 감동을 받아 결국 베이징대학의 강사 초빙을 수락할 수밖에 없었던 것이다.

차이위안페이는 학술분위기를 진작시키기 위해 구체적으로 대학학제 정비작업에 착수했다. 베이징대학의 변화는 우선 대학체제 면에서 두드러졌다. 첫째, 문과(文科)와 이과(理科)를 확충하고, 공과(工科)와 상과(商科)를 폐지하고, 예과(豫科)를 각각 본과(本科)의 각 문(門)에 직속시키는 것이었다. 본과의 문과 및 이과를 중심으로 하는 대학을 만드는 것이 주요 목표였다. 베이징대학은 원래 5과(문, 리, 법, 상, 공)가 병립되어 있어 특화된 분야가 없고 한정된 예산으로 인하여 집중화할 수가 없었는데, 차이위안페이의 대학체제 개혁은 문과와 이과를 특화시키는 것이었다. 1918년에는 문·리·법 3과에 모두 연구소(研究所)를 설립하였고, 1919년에는 문·리·법 3과의 편제를 폐지하고 문(門)을 계(系)로 고쳐 전체 14계(系)를 만들었다. 예거하면, 수학계(數學系), 물리계(物理系), 화학계(化學系), 지질학계(地質學系), 철학계(哲學系), 중문계(中文系), 영문계(英文系), 법문계(法文系, 프랑스어문학), 덕문계(德文系, 독일어문학), 아문계(俄文系, 러시아어문학), 사학계(史學系), 경제계(經濟系), 정치계(政治系), 법률계(法律系)가 그것이다. 문과와 이과의 규모가 대폭 확대되었으며 질적으로 크게 향상되었다.[22]

---

20) 蔡元培, 「我在北京大學的經歷」: 劉夢溪 主編, 『蔡元培卷』, p.439.

21) 梁漱溟, 「五四運動前後的北京大學」: 陳平原·夏曉虹 編, 『北大舊事』, p.168 참조.

22) 曲士培, 『中國大學敎育發展史』(北京大學出版社, 2006), p.264 참조.

둘째, 원래 각 계(系)의 교과과정이 필수(必修)로 되어 있었으나 선과제(選科制)로 바꾸는 것이었다. 1919년부터 선과제를 실시하여 본과학생은 80단위(매주 1시간을 1년 동안 전부 배우면 1단위)를 배우면졸업할 수 있도록 했다. 80단위 중에서 절반은 필수과목이고 절반은 선수과목으로 규정했다. 선수과목 중에서 본계(本系)의 교과목을 선수(選修)할 수도 있고 타계(他系)의 교과목을 선수할 수도 있다. 예과 학생은40단위를 배워야 하고, 그중에서 4분의 3은 필수과목이다. 수학연한은원래 예과 3년, 본과 3년으로 되어 있었으나 예과 2년, 본과 4년으로바꾸었다. 본과 졸업 후 성적이 우수한 학생은 연구소(대학원에 해당)에들어가 더 깊이 연구할 수 있도록 했다.23)

차이위안페이의 대학체제 개혁의 노력은 베이징대학 본과의 교과과정구성에도 반영되어 드러난다. 문과 본과의 중국문학문(中國文學門)의교과과정을 살펴보면 대략적인 윤곽을 파악할 수 있다.『베이징대학일간(北京大學日刊)』제12호(1917.11.29)에 발표된「문과 본과 현행교과과정(文科本科現行課程)」24)과『베이징대학일간』제38호(1918.1.5)에 발표된「문과 본과 제2학기 현행 교과과정표(文本科第二學期現行課程表)」25)에 따르면〔표 1〕과 같다.

〔표 1〕에서 드러난 중국문학문의 교과과정을 볼 때 1917년과 1918년을 지나는 사이 베이징대학은 근대적 대학체제를 완비해가고 있음을충분히 보여준다.

차이위안페이는 교수들의 강의수준을 높이기 위해 학술연구를 병행할

---

23) 曲士培,『中國大學敎育發展史』, pp.264-265 참조.

24)「文科本科現行課程」(『北京大學日刊』第十二號, 1917.11.29): 王學珍·郭建榮 主編,『北京大學史料(第二卷·二 1912-1937)』, pp.1052-1053 참조.

25)「文本科第二學期課程表」(『北京大學日刊』第三十八號, 1918.1.5): 王學珍·郭建榮 主編,『北京大學史料(第二卷·二)』, p.1065 참조.

〔표 1〕 문과 본과 중국문학문(中國文學門) 1917~1918년 교과과정

구 분	1917	1918
1학년	• 중국문학: 황지강(黃季剛) · 류선수(劉申叔) • 중국고대문학사〔상고(上古)로부터 건안(建安)까지〕: 주티셴(朱逖先) • 문자학(聲韻之部): 첸쉔통(錢玄同) • 유럽문학사: 저우쭤런(周作人) • 철학개론: 천바이녠(陳百年) • 영문(英文)	• 중국문학개론: 황지강 • 고대문학: 류선수 • 고대문학사(상고로부터 건안까지): 주티셴 • 문자학(聲韻之部): 첸쉔통 • 유럽문학사: 저우쭤런(치명啓明) • 철학개론: 천바이녠(철학 1학년과 합반) • 외국어
2학년	• 중국문학: 황지강 · 류선수 • 중국고대문학사: 주티셴 • 문자학(形體之部): 첸쉔통 • 19세기 유럽문학사: 저우쭤런 • 영문(英文)	• 고대문학: 류선수 • 한위육조문학(漢魏六朝文學): 황지강 • 고대문학사: 주티셴 • 중고문학사(中古文學史, 위진부터 당까지): 류선수 • 문자학(形體之部): 첸쉔통 • 19세기 유럽문학사: 저우쭤런(치밍) • 외국어
3학년	• 중국문학: 황지강 · 우취안(吳瞿安) • 중국근대문학사(당송부터 현재까지): 우취안 • 문자학(訓詁之部): 첸쉔통	• 한위육조문학(漢魏六朝文學): 황지강 • 당송문학(唐宋文學): 황지강 • 사곡(詞曲): 우취안 • 근대문학사: 우취안 • 문자학: 첸쉔통 • 언어학개론: 선부저우(沈步洲)

것을 강조했는데, 부임한 첫해부터 그는 각 학과(學科, 전공)에 상응하는 연구소(대학원)를 설립하여 교수와 고학년 학생들이 공동으로 학술 문제를 연구 토론할 것을 요구했다. 가장 먼저 설립되고 지속적으로 활

동한 연구소는 국학연구소(國學硏究所)인데, 그에 소속된 소설과(小說科)는 후스(胡適), 류반농(劉半農), 저우쭤런(周作人) 및 2명의 학생으로 구성되어 활발한 학술활동을 펼쳤다. 그들은 정기적으로 학술토론을 갖고 연구결과에 따라 각자 「단편소설을 논함(論短篇小說)」, 「중국의 하등 소설(中國之下等小說)」, 「일본 근대소설의 발전(日本近代小說的發展)」 등의 전문 보고를 행하여 학술분위기를 크게 고조시켰다. 차이위안페이가 연구소의 설립을 강력히 추진한 것은 교수들이 가르치는 데 만족하지 않고 학술연구를 진행하도록 자극하기 위한 것이었다.

한편 학자들의 연구 성과를 널리 보급하기 위해 차이위안페이는 상무인서관(商務印書館)과 협의하여 베이징대학 교수들의 학술저작을 '베이징대학총서'로 발행하고자 했다. 1918년 7월에 총서출판에 관한 구체적인 사안이 논의되어 2개월 후에 천다치(陳大齊)의 『심리학대강(心理學大綱)』, 천잉황(陳映璜)의 『인류학(人類學)』, 저우쭤런(周作人)의 『유럽문학사(歐洲文學史)』가 첫 번째 '베이징대학총서'로 출판되었다. 차이위안페이는 젊은 학자들의 학술연구를 적극 지지하기 위해 그들의 학술저작에 즐겨 서문을 써주었는데, 후스(胡適)의 『중국고대철학사대강(中國古代哲學史大綱)』, 쉬바오황(徐寶璜)의 『신문학대의(新文學大意)』, 황유창(黃右昌)의 『로마법(羅馬法)』 등에 쓴 서문은 대표적이다. 1917년 말에 차이위안페이가 여타 국립고등교육기관의 학교장, 예컨대 천바오췐(陳寶泉), 탕얼허(湯爾和), 진방정(金邦正), 왕자쥐(王家駒), 장진(張謹), 홍룽(洪鎔) 등과 함께 '과학을 전파하고 연구의 흥미를 일으킬 것을 취지로 하는' '학술강연회'를 조직한 것도 학술분위기를 진작시키기 위한 것이었다.

1918년 가을 차이위안페이는 교수와 학생의 학술논문 발표를 위한 전문 간행물로서 『베이징대학월간(北京大學月刊)』도 창간했다. 뤼스몐

(呂思勉)은 당시 베이징대학의 학술분위기 고조에 차이위안페이의 역할이 지대하였음을 이렇게 회고한 바 있다. "베이징대학의 몇몇 잡지가 나오고 약간의 서적이 간행되면서 전국의 분위기가 갑자기 일변하게 되었다. 그 후로 학술을 연구하는 사람들이 점차 말문을 열 여지가 생겼다. 전문적이고 높고 깊은 연구가 비로소 비난을 받지 않고 도리어 칭찬을 받게 되었다. …… 이것은 진정 제민(子民, 차이위안페이) 선생의 불후의 공적이다."26) 『베이징대학월간』의 발간으로 학술분위기가 크게 고조되자 차이위안페이는 베이징대학 학생들을 직접 불러서 각종 학회를 구성할 것을 권유하고 경비와 시설 등을 제공했다. 화법연구회(畵法硏究會), 신문연구회(新聞硏究會), 서법연구회(書法硏究會), 체육회(體育會), 철학연구회(哲學硏究會), 수리학회(數理學會), 화학연구회(化學硏究會), 음악회(音樂會), 기격회(技擊會) 등 학생들의 각종 학술단체가 연이어 성립된 것은 바로 이러한 배경에서 가능했다.

베이징대학 체제정비는 우선 문과(文科) 위주로 진행되었지만, 그렇다고 이과(理科)가 배제된 것은 아니다. 이 시기에 샤위안리(夏元瑮) 같은 기존의 교수 이외에 구미 유학생 출신으로 리스광(李四光), 딩시에린(丁燮林), 왕푸우(王撫五), 옌런광(顔任光), 리수화(李書華), 허제(何杰), 윙원하오(翁文灝), 주자화(朱家驊) 등 우수한 학자들이 차례로 초빙되었다. 그들이 베이징대학에서 강의함으로써 서양 근대자연과학이 체계적으로 수입되어 점차 새로운 지식체계를 형성할 수 있게 되었다. 법과(法科) 분야에서는 그 동안 주로 정부 관원들이 겸임으로 가르치고 있었으나 마인추(馬寅初), 타오멍허(陶孟和), 천치슈(陳啓修), 저우겅성(周鯁生), 왕스제(王世杰) 등 전문 학자들이 계속 초빙되어 법률, 경제,

---

26) 呂思勉, 「蔡子民論」(『宇宙風』 第24期, 1940.5.1): 張曉唯, 『蔡元培傳』(百花文藝出版社, 2009), p.54 재인용.

사회과학 등의 전공이 점차 독립적이고 완전한 진영을 갖추게 되었다.

요컨대, 차이위안페이가 학문적 기초가 튼튼한 우수한 교수들을 적극 초빙함으로써 석학과 신진학자들이 점차 베이징대학에 모여들어 학술을 숭상하는 분위기가 형성되었고 학생들의 지식탐구열 역시 크게 고조되어 학풍이 일변하게 되었다. 1898년에 설립된 경사대학당이 1902의 '장정(章程)'과 1903년의 '수정장정'을 거쳐 1910년에 일부 '대학학과(大學學科)'를 설치 운영하였으나 1912년 민국(民國)의 교육개혁으로 경사대학당이 베이징대학으로 개명되고 「대학령」과 「대학규정」이 공포되면서 중국의 대학체제는 형식적으로 큰 진전을 보게 된다. 이어 1917년 1월 차이위안페이가 베이징대학 교장으로 부임하여 대학체제를 정비함으로써 베이징대학은 마침내 명실상부한 근대적 대학체제를 완비하게 된 것이다.

3. 국문문(國文門)의 설립과 '소설과연구회'의 학술토론

차이위안페이는 베이징대학의 학술연구를 촉진하기 위해 대학의 기기와 설비 및 도서를 확충하는 경비를 마련하는 한편 학술단체를 조직하고 전문가를 초빙하여 강의를 맡겼다. 또한 학술강연회를 열고 학술간행물을 창간하였으며, 더욱이 연구소(硏究所)를 설치하여 학문에 뜻을 둔 학생들이 지속적으로 전문적인 학술연구를 진행할 수 있도록 연구 환경을 제공하고자 했다.

사실 차이위안페이는 1912년 중화민국 초대 교육총장을 맡았을 때, 독일의 대학제도를 모방하여 대학에 대학원(大學院)을 설립할 것을 제안한 바 있다. 「대학령(大學令)」에는 "대학은 반드시 대학원을 설립하여 이로써 고학년 학생들을 연구에 참여시켜야 한다"라고 규정하고 있는데, 민국 초기에 제정 공포된 「대학령」 및 이에 근거해 제정된 「대학규정」에는 대학원제도가 포함되어 있었다. 『대학규정』의 '제4장 대학원'27)에는 '대학원은 대학 교수와 학생이 지극히 깊은 연구를 진행하는 공간이다'라 하고 세부적으로 다음과 같은 규정을 두고 있다.

> 제21조 대학원의 구분은 철학원(哲學院), 사학원(史學院), 식물학원(植物學院) 식으로 각기 연구하는 전문학(專門學)으로 이름을 정한다.
>
> 제22조 대학원은 본문(本門) 주임교수를 원장으로 하며, 원장은 기타 교수를 겸임으로 또는 학식이 있는 학자를 초빙하여 지도교수로 삼는다.
>
> 제23조 대학원은 강좌를 열지 않으며 지도교수가 각 종 분야를 분담하여 매 학기 시작 때 세부과제〔條目〕를 내주고 학생들이 나누어 연구를 진행하며 정기적으로 강연과 토론을 진행한다.
>
> 제24조 대학원의 강연토론은 반드시 기록하여 보존해둔다.
>
> 제25조 대학원생은 원장의 허가를 받아 대학 내에 강의와 실험을 맡을 수 있다.
>
> 제26조 대학원생 중에 연구를 마친 다음 학위를 받으려는 자는 그 연구사항에 대해 논문을 제출하여 원장 및 지도교수의 심사를 청구하고, 교수회(敎授會)의 의결을 거쳐 학위령(學位令)에 의거하여 학위를 수여한다.
>
> 제27조 대학원생 중에 만약 새로 발명한 학리(學理)가 있거나 중요한 저술이 있으면 대학평의회의 의결을 거쳐 학위령에 의거하여 학위를 수여할 수 있다.

---

27) 「敎育部公布大學令·大學規程令」: 王學珍·郭建榮 主編, 『北京大學史料(第二卷·一 1912-1937)』, pp.101-102 참조.

이상의 내용을 담고 있는 '대학원' 규정은 전문적인 학술연구가 가능하도록 대학 내에 제도적인 장치를 마련하는 것이었다. 다만 차이위안페이가 교육총장직을 그만두면서 대학 내에 대학원을 설치하려는 계획은 제대로 실현되지 못하였다.

하지만 1917년 차이위안페이가 베이징대학 교장에 부임하면서 베이징대학 내 대학원 설치가 초보적으로 실현된다. 차이위안페이는 연구중심 대학으로서 베이징대학의 각 학과(學科, 단과대학에 해당)에 대학원에 해당하는 연구소(研究所)를 설립할 것을 계획했는데, 1917년 말에 이르러 문·리·법(文理法) 3과(科)의 각 학문(學門)에 '연구소'를 정식으로 설치하게 된다. 1917년 11월 30일에 발표된 「문과연구소판법세칙(文科研究所辦法細則)」에 따르면, 문과 '연구소'를 잠정적으로 국문(國文), 철학(哲學), 영문(英文)의 세 문(門)으로 나누고 각 문(門)은 약간의 과목(科目)으로 나눈다고 규정하고 있다. 이로써 베이징대학은 대학원연구체제를 정식으로 갖추게 되었으니, "각 과목(科目)의 담임교원 2인 이상이 세목(細目)을 나누어 각각 강연하거나 주별, 학기별로 나누어 돌아가며 강연하는" 것이있다.28) 1918년 1월에는 각 과(科)의 '연구소'가 모두 설치되었는데, 중국의 근대적인 대학원연구체제의 추형(雛形)이 갖추어진 셈이다.

문과 연구소의 연구과목(研究科目) 및 담임교원은 다음과 같이 배정되었다. 국문문(國文門)에는 음운(音韻), 형체(形體), 훈고(訓詁), 문자자유(文字孳乳), 문(文), 문학사(文學史), 시(詩), 사(詞), 곡(曲), 소설(小說)의 10개의 과목(科目)이 구성되고, 담임교원으로는 음운의 첸쉔통(錢玄同), 형체(形體)의 첸쉔통(錢玄同)·마이추(馬夷初), 훈

---

28) 「文科研究所辦法細則」(『北京大學日刊』 第十三號, 1917.11.30): 王學珍·郭建榮 主編, 『北京大學史料(第二卷·二 1912-1937)』, p.1428.

고의 전보타오(陳伯弢), 문자자유(文字孶乳)의 황지강(黃季剛), 문
(文)의 황지강(黃季剛)·류선수(劉申叔), 문학사의 우취안(吳瞿安)·
류수야(劉叔雅)·주티쉔(朱逖先)·류선수(劉申叔), 시(詩)의 룬저루
(倫哲如)·류농보(劉農伯), 사(詞)의 룬저루(倫哲如)·류농보(劉農
伯), 곡(曲)의 우취안(吳瞿安), 소설의 후스즈(胡適之)·저우치밍(周
啓明)·류반농(劉半農)이었다.

문과 연구소의 연구과목과 담임교원을 일람표로 표시하면 〔표 2〕와
같다.29)

1918년 초에 이르러 베이징대학 문과·이과·법과 3과 연구소의 연
구원은 148명〔졸업생이 80명, 고학년 고급생(高級生)이 68명〕에 이르
렀고, 통신연구원이 32명이었다. 그중에서 이과 연구원은 18명뿐이고
문과 연구원이 71명으로 대부분을 차지했다. 판원란(范文瀾), 펑유란
(馮友蘭), 예성타오(葉聖陶), 위핑보(兪平伯) 등은 모두 문과 연구원
이었다.30)

특히 국문문(國文門) 연구소의 소설과목(小說科目)은 후스(胡適, 후
스즈胡適之), 저우쭤런(周作人, 저우치밍周啓明), 류푸(劉復, 류반농
劉半農)가 담임교원을 맡았는데, 강연과 토론이 대단히 활발하게 진행
되었다.『베이징대학일간(北京大學日刊)』에는 당시 강연과 토론의 내
용을 담은「문과 국문문 연구소 보고(文科國文門研究所報告)」가 실려
있는데, 초기 베이징대학 문과 연구소 '국문문'의 학술활동을 대강 가늠
할 수 있다.

1917년 12월 14일 제1차 '소설과연구회'의 학술 강연과 토론이 열렸

---

29) 王學珍·郭建榮 主編,『北京大學史料(第二卷·一 1912-1937)』, pp.358-359 참조(『北京大學日
刊』第十號, 1917.11.27)

30) 左玉河,『中國近代學術體制之創建』, p.278.

〔표 2〕문과 연구소의 연구과목 및 담임교원

과별 (科別)	문류 (門類)	연구과목 및 담임교원			
		연구과목	담임교원	연구과목	담임교원
문과 연구소	철학문	사회철학사	타오멍허(陶孟和)	논리학사 〔邏輯學史〕	장싱옌(章行嚴)
		이정학설 (二程學說)	마이추(馬夷初)	중국명학 (中國名學)	후스즈(胡適之)
		노장철학 (老莊哲學)	류사오산(劉少珊)	근세 심리학사	천보녠(陳伯年)
		유가현학 (儒家玄學)	천보타오(陳伯弢)	불교철학	량수밍(梁漱溟)
		역철학 (易哲學)	천쯔춘(陳子存)	불교연구	장커청(張克誠)
	국문문	음운(音韻)	첸쉔퉁(錢玄同)	형체(形體)	첸쉔퉁(錢玄同) 마이추(馬夷初)
		훈고(訓詁)	천보타오(陳伯弢)	문자자유 (文字孳乳)	황지강(黃季剛)
		문(文)	황지강(黃季剛) 류선수(劉申叔)	문학사	우취안(吳瞿安) 류수야(劉叔雅) 주티셴(朱逖先) 류선수(劉申叔)
		시(詩)	룬저루(倫哲如) 류농보(劉農伯)	사(詞)	룬저루(倫哲如) 류농보(劉農伯)
		곡(曲)	우취안(吳瞿安)	소설	후스즈(胡適之) 저우치밍(周啓明) 류반농(劉半農)
	영문문	시(詩)	구탕성(辜湯生)	희곡	웨이얼쉰(威爾遜)
		19세기 산문	웨이얼쉰(威爾遜)	고등수사학 (高等修辭學)	천창러(陳長樂) 후스즈(胡適之)

고, 교수로는 류푸(劉復), 저우쪄런(周作人)이 참석하였으며, 연구원으로는 위안전잉(袁振英), 췌이룽원(崔龍文)이 참석했다. 류푸 교수가 강연을 맡아 먼저 "중국소설은 유래가 오래되었으나 체계적인 연구가 부족하여 진보가 특히 가로막혔다. 지금 연구소 중에 이 소설 일과(一科)를 설치하였으니 당연히 과학적 방법으로 연구해나가야 할 것이다"라고 강조했다. 그는 '과학적 방법으로 소설을 연구해야 할' 필요성을 제기한 후 연구방법을 다음과 같이 구체적으로 제시했다.

중국에 원래 있던 소설을 수집하고 소설의 정의[서사성이 있는 것을 가리킴]에 합당한 것들을 취하고 비루하고 가치가 없는 것들[각종 실권창본(實卷唱本)은 비록 서사성이 있으나 소설로 보기 어려움]은 제거한 뒤 하나하나 개별적인 연구를 해서 다음에 열거한 항목에 의거하여 찰기(札紀)를 쓴다. ① 각각의 편폭과 체재 쓰기, ② 작자의 소전(小傳) 저술(혹은 그 시대의 문학상황을 덧붙임), ③ 책 전체의 사실(事實, 만약 단편일 경우에는 개론을 씀), ④ 비교[문필(文筆)과 사상(思想) 두 항목으로 나누고, 중국소설과 비교하거나 외국소설과 비교할 수 있음], ⑤ 글 인용[단편의 경우 한두 편을 선록하고, 장편의 경우 한두 단락을 절록함]. 이렇게 하면 각 책의 제요가 분명해질 것이고, 장차 각 책을 모으면 백과사전(Cycl Paedia)의 방법을 본떠서 그것을 편찬할 수 있으며, 전체를 일괄적으로 비교하면 문류파벌(門類派閥) 및 기왕의 진보의 지속(遲速)에 대한 근거를 가질 수 있을 것이다.[31]

류푸 교수의 이러한 발언에 이어 저우쪄런 교수는 비교연구를 중시하여 외국소설 연구를 강조하면서 서양의 19세기 이전의 작품보다 근대

---

31) 「文科國文門研究所報告」(『北京大學日刊』第三十三號, 1917.12.27): 王學珍・郭建榮 主編, 『北京大學史料(第二卷・二 1912-1937)』, p.1433.

명인들의 저작을 위주로 해야 한다고 제안했다. 이에 연구원인 위안전잉은 외국소설의 경우 영국과 프랑스의 것을 제외하면 번역본이 대단히 적고 원본 역시 구하기 어려운데, 어떻게 하면 구입해서 읽을 수 있을지를 질문했다. 류푸와 저우쭤런 두 교수는 서목의 선택과 도서구입방법을 책임지고 도서관에 서신을 보내 구입비치하도록 하겠다고 답변했다.

세2차 '소실과연구회'는 1917년 12월 28일에 열렸고, 저우쭤런, 류푸 교수가 참석하고 위안전잉(袁振英), 췌이룽원(崔龍文), 푸스녠(傅斯年) 연구원이 참석했다. 저우쭤런 교수가 강연을 맡았고, 푸스녠이 강연 내용을 기록했다.

저우쭤런 교수의 강연 요지는 다음과 같다.

첫째, 소설 연구는 역사적인 연구와 개별적인 연구의 두 방면으로 나눌 수 있는데, 일국의 소설을 거슬러 올라가 근원을 찾아 시작부터 끝까지 체계적인 연구를 진행하는 것이 역사적인 방면이고, 전문적으로 책 하나, 또는 한 사람, 또는 한 시대, 또는 한 유파를 연구하는 것이 개별적인 방면이다.

둘째, 소설의 연구는 마땅히 양대(兩大) 부분으로 나뉘는데, 하나는 과거의 소설(현재의 소설도 다 포함하여)을 연구하는 것이고, 둘은 신소설의 발전을 위해 중국보다 앞서 가는 외국의 소설로부터 취재(取材)하는 것이다.

셋째, 중국소설의 진화발전을 세 시기로 나눌 수 있다. ① 야사(野史)시대: 이 시기에 소설은 단지 정사(正史)의 보조로서 기록에 중점을 두고 있어 모든 내용을 망라한다. 중국에서 소설이 생긴 때로부터 송대(宋代)까지가 이 시기에 해당한다. ② 한서(閑書, 소일거리 책)시대: 이 시기의 작품은 주로 소일거리로 이용되었는데, 작자와 독자 모두 이러한 취지에 따랐으므로 정밀하고 깊고 순결한 사상이 없어 사대부들로부터 배척되어 문학 바깥으로 내쳐졌다. 그렇지만 국민사상에 끼친 영향력은 심대한 것이었다. ③ 인생문학(人生文學)시대: 이 시기의 소설은 정신(精神)과 형식〔體式〕상 모두 문학상의 지위를 차지하고 소일거리로부터 벗어나서 인생문제를 연구하는 데 주안점이 놓이게 되었다. 중국소설의 진화는 ② 시기에 이르러 멈추었고 ③ 시기에는 아직 도달하지 않았다고 할 수 있다. 근년에 비록 신소설이 나타났지만 그 속에 특별한 사상이 없으며, 사회상황을 사실적으로 묘사하고 있으나 신문의 3면 기사류(記事類)에 지나지 않는다. 이러한 폐단을 극복하고 진화를 촉진하려면 외국소설을 빌려와 규범으로 삼지 않을 수 없다.

마지막으로 저우쭤런 본인이 개인적으로 연구해보고 싶은 주제로서 ① 소설의 역사적인 발전과정 연구, ② 고소설(古小說) 중의 신괴사상(神怪思想)의 연구를 제시했다.

한편 류푸 교수도 소설연구의 구체적인 방법을 다음과 같이 제시했다.

첫째, 중문소설(中文小說)은 백화(白話)로 된 장회소설(章回小說) 및 단편의 필기소설(筆記小說)의 2대류(二大類)를 벗어나지 않으며 각각 나누어 연구할 수 있다.

둘째, 연구의 결과는 마땅히 논문식 찰기(札紀)로 만들어야 한다. 찰기는 체례(體例)에 관계없이 자유롭게 읽고 자유롭게 쓰며 세밀한 부분에까지 미쳐 모두 기록해둔다. 논문의 경우, 한 작품을 택하여 그 실마리를 찾거나 일파(一派)를 묶어서 그 인과적인 궤적을 따질 수 있다. 예컨대『홍루몽』은 책 전체를 크게 통괄하여 단독으로 한편의 글을 쓸 수 있으며, 『요재지이(聊齋志異)』, 『열미초당필기(閱微草堂筆記)』, 『자불어(子不語)』 등은 성질이 대체로 비슷하므로 그 특징을 종합하여 논할 수 있다.

셋째, 외국소설을 연구하려면 우선 그 비평을 연구하는 게 좋다. 그래야만 정력을 덜 낭비하고 더 많은 성과를 낼 수 있으니 이것이 요령 있는 방법이다. 만일 근본부터 시작한다면 마땅히 먼저 작품을 읽고 난 후에 비평을 읽어야 할 것이다. 두 가지 방법은 각기 옳은 점이 있어 연구자에 따라 스스로 선택하면 될 것이다.

마지막으로 류푸 교수 본인의 연구 주제로서 ① 중국의 하등소설(下等小說), ② 인도(印度) 근대소설사상의 변천을 제시했다.

강연이 끝나자 류푸 교수는 연구원들에게 각자 연구계획을 밝히도록 했고, 이에 푸스녠은 소설의 원리를 연구하고 싶다고 말했다. 그는 소설의 경우 제작의 측면으로 말하면 술(術)이고 그 원리 측면으로 말하면 학(學)인데, 학(學)은 술(術)의 어머니이므로 소설을 두루 읽어서 그 체계를 종합하고 그 고하를 변별하고자 하며, 그렇게 하려면 먼저 소설의 원리가 마음에 회통(會通)되어야 비로소 어떤 상황에서도 막힘이 없을 것이라고 했다. 저우쭤런과 류푸 교수에게 소설의 원리를 논한 책을 소개해줄 것을 부탁했다. 더욱이 푸스녠은 소설연구과(小說研究科)의 진의(眞意)가 장래 진보 방면에 있는 것이지만 그 목적을 달성하려면 옛 소설을 두루 연구하지 않으면 효과를 얻을 수 없다고 보고, 2년 이내에 중국 고유의 소설 및 서양의 최근 명저를 대체적으로 다 본 다음에 장래의 발전에 대한 연구에 종사하려 한다고 말했다.32)

이상 살펴본 '소설과연구회'의 구체적인 강연과 토론에서 드러나듯이 당시 문과 연구소의 '국문문'에서는 지도교수와 연구원 사이에 학술활동이 적극적으로 이루어지고 있었던 것이다. 중국소설의 특징, 소설연구의 방법, 소설연구의 범위, 중국소설의 변화과정, 소설연구의 개별 과제 등에 대한 토론을 진지하게 진행하고 있으며, 중국소설의 장래 발전을 위

---

32) 「文科國文門研究所報告」(『北京大學日刊』第四十八號, 1918.1.17): 王學珍・郭建榮 主編, 『北京大學史料(第二卷・二 1912-1937)』, pp.1434-1435.

해 중국 전통소설을 깊이 있게 연구해야 할 뿐만 아니라 선진적인 서양 소설도 적극적으로 수입해야 한다는 점을 강조하고 있다. 특히 역사적 연구방법과 비교문학적 연구방법으로 소설을 연구할 것을 제안한 대목은 주목되는데, 근대적 학문방법에 의거한 소설연구가 태동하고 있었음을 보여준다.

더욱이 문과 연구소에서 소설연구에 대한 학술토론이 먼저 진행된 것은 의미심장하다. 문과 연구소로 설립된 국문문, 철학문, 영문문 중에서 국문문이 가장 먼저 '소설과연구회'를 열고 강연과 토론을 가졌는데, 근대적 분과학문에서 소설장르가 그만큼 중시되고 있었기 때문이다. 이 대목에서 소설장르의 중시를 '사실'과 '당위'의 문제와 연관하여 부연해볼 수 있다. 중세시기를 포함하는 근대이전까지는 주로 '당위'의 문제에 집착하여 그것의 규범화를 시도하는 것이 핵심과제였다고 한다면, 근대로 넘어오면서 '사실'을 밝혀내고 그것을 체계화하는 경향이 뚜렷해진다. 근대에 들어서면 사실을 탐구하고 검증하는 과학이 대두하여 근대학문의 핵심을 구성하게 되는 것이다. '당위'의 문제가 주관심사였던 근대이전에는 문학도 교양 수준에서 논의되었을 뿐 그 자체의 사회적 가치에 주목하지 않았으며 '사실'을 묘사하는 서사적 특징을 가진 소설장르도 당연히 경시될 수밖에 없었다. 하지만 근대에 이르러 소설장르는 '사실'을 묘사하고 전통규범을 무너뜨릴 수 있는 기능으로 말미암아 크게 주목받게 되는데, 20세기에 들어 중국에서 '소설계혁명'과 '문학혁명'을 거치면서 소설장르가 급부상하게 되는 것은 추세로 보건대 당연한 일이었다. 따라서 초기 중국의 근대학술이 성립되던 시기에 '소설과연구회'가 먼저 구성되어 사실 탐구와 객관 검증을 중시하는 과학적 방법을 적용하여 적극적으로 소설을 연구하고자 한 것은 근대적인 시대 특징을 반영한 것이었다.

4. 국학문(國學門)의 설립과 학술성과

베이징대학의 학술연구기구의 활동은 연구소(研究所) 국학문(國學門)의 설립으로 본격화된다. 1918년 1월부터 각 '과(科)'의 연구소가 구성되었으나 상당히 산만하여 국문문(國文門) 연구소의 '소설과연구회'를 세외하면 이렇다할만한 성과가 없었다. 이에 베이징대학 평의회는 1920년 7월에 기존의 연구소를 전면 개편하여 이를 4문(門)으로 합병할 것을 결의하고, 동년 10월 20일에는 『베이징대학일간(北京大學日刊)』에 「국립 베이징대학 연구소 국학정리 계획서(國立北京大學研究所整理國學計劃書)」를 게재하게 된다. 그리고 차이위안페이가 1921년 초부터 그해 가을까지 유럽과 미국의 각 대학연구소와 학술문화기구를 방문하여 연구기구의 조직구성에 대한 현지조사를 진행하고 귀국한 후 「베이징대학 연구소 조직대강 제안(北大研究所組織大綱提案)」을 기초했다. 이 「조직대강」은 차이위안페이가 교장의 신분으로 연구소 소장을 겸직하여 연구소 업무를 총괄하는 책임을 진다는 내용을 규정하고 있는데,[33] 국학문(國學門)은 바로 이 「조직대강」에 의거하여 1922년 1월에 설치되었다. 연구소 산하에 국학(國學), 외국문학(外國文學), 사회과학(社會科學), 자연과학(自然科學) 등 4개의 문(門)을 설치하기로 계획되었으나 1919년 이후 '국고정리(國故整理)' 구호가 베이징대학 교수들로부터 크게 호응을 얻게 되자 국학문(國學門)을 가장 먼저 설립하게 된 것이다.

'국학문'은 1922년 3월 「국립 베이징대학 연구소 국학문 연구규칙(國立北京大學研究所國學門研究規則)」이 평의회 제7차 회의의 토론을 거

---

33) 陳以愛, 『中國現代學術研究機構的興起』(江西教育出版社, 2002), pp.67-68 참조

쳐 통과되면서 정식으로 확정된다. 구체적으로 '국학문' 산하에 편집실(編輯室), 고고연구실(考古硏究室), 가요연구회(歌謠硏究會), 풍속조사회(風俗調查會), 명청사료정리회(明淸史料整理會), 방언조사회(方言調查會) 등의 기구가 설치되었으며, 연구항목으로는 문자학, 문학, 사학, 철학, 고고학 등이 설정되었다. 차이위안페이가 국학문위원회(國學門委員會) 위원장을 맡고, 위원으로는 구명위(顧孟余), 선젠스(沈兼士), 후스(胡適), 마위짜오(馬裕藻), 첸쉔통(錢玄同), 리다자오(李大釗), 주시쭈(朱希祖), 저우쭤런(周作人) 등이 임명되었으며, 주임은 선젠스(沈兼士)가 맡았다. 또한 왕귀웨이(王國維), 뤄전위(羅振玉), 천인췌(陳寅恪), 주시쭈(朱希祖), 마헝(馬衡), 류푸(劉復), 선젠스(沈兼士), 저우쭤런(周作人), 첸쉔통(錢玄同) 등이 지도교수를 맡았다. 연구제목과 연구방향은 교수가 자유롭게 선정할 수 있었는데, 교수가 수시로 연구과제를 제출하면 흥미를 가진 학생들이 자유롭게 지원하여 지도교수의 동의를 얻어 '연구소'에서 연구할 수 있었다. 예컨대, 1922년 10월 27일자 『베이징대학일간』 1092호에 게재된 「연구소 국학문 통고(硏究所國學門通告)」에 따르면, 왕귀웨이(王國維, 왕징안王靜安)는 네 가지 연구과제, 즉 '시서에 나오는 성어의 연구(詩書中成語之硏究)', '옛 자모의 연구(古字母之硏究)', '고문학 중의 연면자의 연구(古文學中聯綿字之硏究, 연면자란 두 개의 글자가 합쳐져 하나의 단어를 이루는 것을 가리킴)', '공화 이전 연대의 연구(共和以前年代之硏究, 공화는 사마천司馬遷의 『사기』 연표가 시작되는 기점임)'를 제출하여 학생들의 지원을 받았다.[34)

1920년 10월 20일자 『베이징대학일간』(제720·721호)에 게재된

---

34) 王學珍·郭建榮 主編, 『北京大學史料』(第二卷·二, 1912-1937), pp.1445-1446 참조. 왕귀웨이(王國維)의 연구주제는 근대적인 학문체계에 따라 제시된 것임이 뚜렷하다.

「국립 베이징대학 연구소 국학정리 계획서」에는 '연구소 국학문'의 설립 취지가 명확하게 제시되어 있다. 먼저 베이징대학 '연구소'는 국학, 외국 문학, 사회과학, 자연과학의 4문(門)으로 나누지만 이 계획서는 국학문(國學門)의 계획서라고 밝히고, 베이징대학은 세계의 현재 및 미래의 학술에 기여해야 할 책임과 고유의 학술을 선양할 책임을 지고 있다고 언급했다. 더욱이 근래에 구미학자들이 새로 발명한 학술은 대부분 전해 내려오는 학술을 선양함으로써 말미암은 것인데, 중국 고유의 학술을 선양함으로써 발명이 있기를 기대하며 베이징대학이 마땅히 그 책임을 져야 한다고 했다. 이어 중국의 고유의 학술이 혼돈스럽고 문란한 상황임을 인지하고 근세의 과학 연구 방법과 비슷한 데가 있는 청대 건가(乾嘉) 학자들의 박학(樸學, 고증학을 가리킴) 연구 성과를 어느 정도 긍정한 뒤, 중국 고유의 학술을 선양하기 위한 정리 작업이 필요함을 다음과 같이 역설했다. "오늘날 과학이 발달한 때에 건가(乾嘉) 시기 노학자들의 기존 방법을 취해서 과학의 방법을 보태고, 더욱이 과학의 도움을 받아 서둘러 정리(整理)를 도모한다면 우리나라 고유의 학술은 틀림없이 선양되고 또 더욱 발명이 있게 되어 세계학술의 위대한 업적을 세울 수 있고 우리나라 문화의 정신을 드높일 수 있을 것이다."35) 그리하여 중국 고유의 학술을 정리하는 방법으로 '학술을 정리하는 것'과 '학술의 자료를 정리하는 것' 두 가지를 제시했다. '학술을 정리하는 것'은 옛사람들의 학술을 과학방법으로써 분석하여 경계를 명백히 하고 순일(純一)한 체계를 세우는 것이라고 하였다. 이를 위해서는 먼저 정리를 담당할 인재를 배양해야 한다고 했다. 왜냐하면 국학만을 고수하고자 하는 부류는 과학의 길을 밟아보지 못하였으니, 그들에게 기존의 방법만을 고수하여

---

35) 王學珍·郭建榮 主編, 『北京大學史料(第二卷·二)』, p.1437.

정리하도록 한다면 그 성과는 건가 시기 학자들에도 미지지 못할 것이며, 과학을 다루는 사람은 또한 국학에 익숙하지 않아 자그마한 물음에 대해서도 갑자기 과학방법으로 다루니 견강부회를 면하기 어려울 것이기 때문이라는 것이다. 국학에 조예가 깊은 교수를 선발하여 해외유학을 보내고, 국학에 장점을 보이는 학생을 선발하여 해외유학을 보낼 것을 제안했다. 또한 '학술을 정리하기' 위해서는 먼저 그 자료를 정리해야 한다고 하여 '학술의 자료를 정리할 것'을 제안했다. 학술자료의 정리 방법으로는 도서수집〔征書〕, 도서편집〔編書〕, 도서집록〔輯書〕, 도서교감〔校書〕, 도서간행〔刊書〕, 옛 기물〔古器物〕의 수집 등으로 나누어 상세하게 설명하였다. 예컨대, '도서편집' 항목에서 '가치 있는 저서를 뽑아 한데 모아 총서로 편찬', '유럽 사람들의 백과사전을 본받아 유용한 유서(類書)를 편찬', '옛 책과 경전에 대한 청대 유학자들의 연구 결과를 완성본으로 편찬', '주진사(周秦史), 풍속사, 교육사, 사전류와 같은 특별한 책의 편찬', '청대에 나온 명사(明史)처럼 잘못이 많은 책을 고쳐서 편찬' 등 6가지를 들고 있다.36)

이렇게 본다면 '국학문'은 과학방법을 사용하여 중국 고유의 학술을 정리하는 것을 궁극적인 목표로 하고 있으며, 구체적으로는 '학술의 정리'와 '학술자료의 정리'로 구분하여 제시하고 있는 것이다. 다만 '학술의 정리'와 '학술자료의 정리'가 동시에 진행되어야 하겠지만, '국학문'의 입장에서 보면 '학술의 정리'에 앞서 기초 작업으로서 '학술자료의 정리'가 더 시급한 사안이었다. '학술자료의 정리' 부분에 상세한 설명을 덧붙이고 있는 것은 바로 이 때문이다.

차이위안페이가 '국학문'의 성과에 대해 "3년 동안 선젠스 주임 선생의

---

36) 王學珍 · 郭建榮 主編, 『北京大學史料(第二卷 · 二)』, pp.1437-1438.

주도와 국학문위원회 여러 선생들의 노력 덕분에 수집, 정리, 발표 모두 볼만한 성과가 있었다"37)라고 하였거니와 짧은 시간 내에 '국학문'의 학술적 성과는 풍성했다. 1926년 6월 2일, 3일자 『베이징대학일간』(1923·1924호)에 실린 「병인년 졸업생들의 연구소 국학문 등록에 관한 일(丙寅畢業同學錄研究所國學門紀事)」에는 '국학문'이 1922년 설립된 이래 진행한 각종 사업을 소개하고 있다.

우선 '연구생(研究生)'의 경우, 국학문위원회의 심사를 거쳐 합격한 '연구생'은 도합 32명이며, 그중에서 8명이 이미 성과를 보고하였다. 그 성과는 뤄용(羅庸)의 '윤문자교석(尹文子校釋)', 장휘(張煦)의 '공손요자주(公孫龍子注)', 장쉬(張煦)의 '노자교주(老子校注)', 뚜안이(段頤)의 '황하변천고(黃河變遷考)', 룽경(容庚)의 '금문편(金文編, 이미 출판)', 상청쭤(商承祚)의 '은허갑골문자류편(殷墟甲骨文字類編, 이미 출판)', 장산궈(蔣善國)의 '삼백편연론(三百篇演論)', 펑수란(馮淑蘭)의 '초사연구(楚辭研究)', 팡용(方勇)의 '설문독약고(說文讀若考)', 리정펀(李正奮)의 '수대예문지(隋代藝文志)'·'보후위서예문지(補後魏書藝文志)'·'위서원류고(魏書源流考)' 등 12종을 헤아린다.

'편집실(編輯室)'의 성과로는 다음을 들 수 있다. '국학문'의 지도교수 천위안(陳垣)의 저서 『중서회력 대조 이십사삭규표(中西回曆對照二十史朔閏表)』가 출판되었고, 『예문유취(藝文類聚)』, 『태평어람(太平御覽)』, 『태평광기(太平廣記)』, 『일체경음의(一切經音義)』, 『이선문선주(李善文選注)』, 『역도원수경주(酈道元水經注)』, 『유효표세설신어주(劉孝標世說新語注)』, 『십삼경주소제서(十三經注疏諸書)』 등을 집록(輯錄)하고, 『중국학술연표(中國學術年表)』를 엮었다. 정기간행물로 「가요주

---

37) 蔡元培, 「北京大學國學研究所一覽序」: 中國蔡元培研究會 編, 『蔡元培全集』 第5卷(浙江教育出版社, 1997), p.342.

간(歌謠周刊)』의 편폭을 더욱 확대하여 『연구소국학문주간(研究所國學門周刊)을 발간하여 16기를 냈다. 또 학교 발간의 『국학계간(國學季刊)』에도 '국학문' 소속 사람들의 연구 성과가 많이 게재되었다.

'고고학연구실(考古學研究室)'의 성과로는 교수 마헝(馬衡), 쉬빙창(徐炳昶), 리쭝퉁(李宗侗) 및 회원 천완리(陳萬里) 등이 진행한, 허난(河南)의 신정(新鄭)과 멍진(孟津) 두 현에서 출토된 주대(周代) 청동기의 조사, 뤄양(洛陽)의 북망산(北邙山)에서 출토한 옛 물건(古物)의 조사, 간수(甘肅) 둔황(敦煌)의 고적(古迹)의 조사, 조선(朝鮮)의 한(漢)나라 낙랑군한기(樂浪郡漢基) 발굴의 참관 등이 있다. 이미 정리하여 인쇄를 기다리고 있는 서적으로는 『갑골각사(甲骨刻辭)』, 『봉니존진(封泥存眞)』, 『고명기도록(古明器圖錄)』, 『금석서목(金石書目)』, 『철유재이기관식고석(綴遺齋彝器款識考釋)』, 『예풍당소장금석문자증정목(藝風堂所藏金石文字增訂目)』, 『서행일기(西行日記)』(陳萬里) 등 7종이 있다.

'가요연구실(歌謠研究室)'에서는 가요를 수집하고 출판하였는데, 우선 『가요주간(歌謠周刊)』을 96기 간행했다. 계획하고 있는 가요총서로는 『오가집(吳歌集)』(顧頡剛 집록, 갑집甲集은 이미 출판), 『베이징 가요(北京歌謠)』(常惠), 『허베이 가요(河北歌謠)』(劉經庵), 『난양 가요(南陽歌謠)』(白啓明), 『화이난 민가(淮南民歌)』(臺靜農), 『산가 일천수(山歌一千首)』(常惠), 『쿤밍 가요(昆明 歌謠)』(孫少仙), 『즈리 가요(直隸歌謠)』 등 8종이 있다. 가요소총서(歌謠小叢書)로는 『그를 보다(看見他)』(이미 출판), 『베이징 수수께끼(北京謎語)』, 『베이징 헐후어(北京歇後語)』38), 『속담선록(諺語選錄)』 등 4종이 있고, 고사총서

---

38) '헐후어(歇後語)란 이를테면, '兎子尾巴:(長不了)〔토끼의 꼬리는: (길지 않다)=오래 갈 리가 없다〕' 등과 같은 것이다.

(故事叢書)로는 『맹강녀고사의 가곡 갑집(孟姜女故事的歌曲甲集)』(顧頡剛 집록, 4집으로 나누어 갑집을 이미 출판), 『맹강녀고사 연구집(孟姜女故事研究集)』(顧頡剛) 등 2종이 있다. '방언조사회(方言調査會)'에서도 강연, 조사, 연구 등의 성과를 거두었다.

이 밖에 '명청사료정리회(明淸史料整理會)'에서는 청대(淸代) 내각대고문서(內閣大庫檔案, 궁궐문서)를 정리하였고, '풍속조사회(風俗調査會)'에서는 묘봉산(妙峰山), 동악묘(東岳廟), 백운관(白雲觀) 및 재신전(財神殿) 진향(進香)의 풍속을 조사하여 그 자료를 전문적인 책으로 인쇄하거나 주간지에 발표할 준비를 하고 있다.39)

이상의 학술적 성과로 볼 때, 1920년대에 이르러 중국에서는 '국학문'을 중심으로 이미 근대적인 학술활동이 왕성하게 전개되고 있었음을 확인할 수 있다. 구제강(顧頡剛), 위핑보(兪平伯) 등 베이징대학 출신 연구원들이 학술연구에 큰 진전을 보여 훌륭한 학문적 성과를 이룩하게 되는 것도 이러한 베이징대학의 자생적인 학술연구의 조직과 분위기 덕분이었다.

5. 류스페이(劉師培)의 중국문학 강의와 연구

주지하듯이 전통 중국에서 학문은 오로지 경전 연구에 한정되어 있었다 해도 과언이 아니다. 『시경(詩經)』도 과거에는 경전으로 취급되어 경학(經學)의 범주에서 연구되었다. 하지만 근대시기에 들어 이제 그것은 경학 텍스트가 아닌 문학 텍스트로 읽히고 연구되기 시작한다. 『시경』이

---

39) 『丙寅畢業同學錄研究所國學門紀事』: 王學珍·郭建榮 主編, 『北京大學史料(第二卷·二)』, pp.1456-1458 참조.

문학연구의 학문대상이 되었다는 것은 문학이 경학의 하위 범주에 놓여
있는 것이 아니라 독립된 분과학문으로 자리 잡기 시작했음을 뜻한다. 근
대적인 문학개념에 의거하여 문학이 독립된 분과학문으로 자리 잡음에 따
라 문학사연구도 가능하게 되었다. 베이징대학 교수로 부임한 류스페이
(劉師培)가 경전을 문학의 범주에서 다루거나 위진남북조(魏晋南北朝)
시기의 문학을 대상으로 문학사서술을 꾀하고 있는 것은 좋은 본보기이다.
　류스페이는 어려서부터 양저우(揚州)학파의 영향을 받아 '경사지학
(經史之學)'을 엄격하게 훈련받았지만, 새로 유입된 서양학문도 받아들
여 서양학문으로써 전통학문을 새롭게 해석하려고 시도했다. 그는 서양
학문의 체계에 따라 중국의 전통학술을 평가하였는데, 『경학교과서(經
學敎科書)』는 그 대표적인 시도 중의 하나이다. 류스페이는 이 책의 「서
례(序例)」에서 우선 경학을 폐기할 수 없는 이유를 설명하였다. 육경
(六經)이 포괄하는 범위는 대단히 넓어서 아름답고 훌륭한 언행을 보면
수신에 도움이 되고, 정치와 법령을 고찰하면 역사를 읽는 데 도움이 되
고, 문학을 연구하는 사람은 문체의 변천을 살필 수 있고, 지리를 연구하
는 사람은 땅의 연혁을 알 수 있으니, 경학을 폐기할 수 없다는 것이
다.40) 그는 경학이 중국학술 및 지식체계의 중요한 구성부분이 될 수
있다고 믿고 경학의 필요성을 강조했는데, 『경학교과서』의 편찬 방향을
다음과 같이 구체적으로 제시했다. "경학의 원류(源流)가 분명하지 않으
면 경전을 연구하는 경로를 얻을 수 없으므로 전책(前冊)에서는 먼저 원
류를 서술하고 후책(後冊)에서는 대의(大義)를 해석한다. 경학의 유파
는 대체로 양한(兩漢)이 일파(一派)요, 삼국(三國)부터 수당(隋唐)까

---

40) 劉師培 著·陳居淵 注, 『經學敎科書』(上海世紀出版股份有限公司·上海古籍出版社, 2007),
　　p.3 참조. "夫六經浩博, 雖不合於敎科, 然觀於佳言懿行, 有助於修身, 考究政治典章, 有資於讀
　　史, 治文學者可以審文體之變遷, 治地理者可以識方輿之沿革. 是經學所該甚廣, 豈可廢乎?"

지가 일파(一派)요, 송원명(宋元明)이 일파(一派)요, 근세 유학[近儒]
이 또 다른 일파(一派)이다. 지금 각 과(課)를 엮으면서 경학을 네 시기
로 나누고 매 시기마다 경학의 유파를 반드시 분석 · 설명하여 참고할 수
있도록 했다."41) 『경학교과서』는 교과서라는 이름을 달고 있지만 원류
를 따지고 유파를 구별하는 서술 체례를 취하고 있어 학술적 가치가 뚜
렷하다. 더욱이 류스페이는 서양의 근대적 분과학문체제에 의거해 육경
을 새롭게 규정하려고 시도했다. 그는 공자가 편정(編訂)한 육경을 '강
의(講義, 경전의 의미를 풀이한 책)'와 '교본[課本]'으로 구분하여 "『역
경』은 철리의 강의이다. 『시경』은 노래의 교본이다. 『서경』은 국문(國
文)의 교본(정치학을 겸하고 있음)이다. 『춘추』는 본국 근세사(近世史)
의 교본이다. 『예경』은 수신(修身)의 교본이다. 『악경』은 노래의 교본
및 체조의 모범이다"42)라고 설명했다. 류스페이는 육경을 '철리(哲理)',
'노래(唱歌)', '국문(國文, 政治學)', '근세사(近世史)', '수신(修身)', '체
조' 등에 따라 구분하였는데, 이는 서양의 근대적 분과학문체계를 참조
하여 육경을 새롭게 범주화하고 있음을 의미한다.

　류스페이는 학술사의 서술방식도 크게 바꾸어놓았다. 중국의 전통적
인 학술사 서술은 보통 황쫑시(黃宗羲)가 고안한, '인물'을 위주로 학술
유파를 서술하는 '학안체(學案體)'가 근간을 이룬다. 이와 달리 류스페이
는 『주말학술사(周末學術史)』에서 "제가(諸家)의 주장을 뽑아 모아 유
파에 의거해 배열하였으니, 이전 학자들의 학안(學案)의 체례(體例)와

---

41) 劉師培 著 · 陳居淵 注, 『經學敎科書』, p.4. "一. 經學源流不明, 則不能得治經之途轍, 故前冊
　　首述源流, 後冊當詮大義. 一. 經學派別不同, 大抵兩漢爲一派, 三國至隋唐爲一派, 宋元明爲一
　　派, 近儒別爲一派. 今所編各課亦分經學爲四期, 而每期之中於經學之派別, 必分析詳明, 以備
　　參考."

42) 劉師培 著 · 陳居淵 注, 『經學敎科書』, p.19. "盖六經之中, 或爲講義, 或爲課本. 『易經』者, 哲
　　理之講義也. 『詩經』者, 唱歌之課本也. 『書經』者, 國文之課本也(兼政治學). 『春秋』者, 本國
　　近世史之課本也. 『禮經』者, 修身之課本也. 『樂經』者, 唱歌課本以及體操之模范也."

비교할 때 다소 다른 점이 있을 것이다"43)라고 하였듯이 주(周)나라 말기의 학술사를 '학파원류(學派源流)'에 의거하여 서술하였다. 그는 심리학사, 윤리학사, 사회학사, 종교학사, 정법학사(政法學史) 등 16부문으로 나누어 설명하였는데, '인물' 위주로 학술사를 구성하던 전통적인 학안체 방식에서 벗어나서 분과학문에 의거한 새로운 방식을 채택한 것이다. 이는 중국학술사를 구성하는 데 있어 큰 변화라고 하지 않을 수 없다.

류스페이의 학술적 공헌은 그가 베이징대학에 재직했던 1917년부터 1919년까지 3년 동안 이룩한 '중국문학' 및 '중국문학사' 관련 연구에서 더욱 두드러진다.44) 1917년에 출판된 그의 『중국중고문학사강의(中國中古文學史講義)』는 주목할 만하다. 이 책은 문학사 강의와 연구 방면의 본보기가 되어 후세에 많은 영향을 끼쳤는데, 루쉰(魯迅)도 중국

---

43) 劉師培, 「周末學術史序・總序」: 劉師培 著/鄔國義・吳修藝 編校, 『劉師培史學論著選集』(上海古籍出版社, 2006), p.59. 류스페이는 1903년부터 서양학문의 체계를 중국의 전통학문에 적용하여 큰 성과를 거두었는데, 그의 주요 논저로는 『소설발미(小學發微)』, 『중국민약정의(中國民約精義)』, 『중국민족지(中國民族誌)』, 『양서(攘書)』, 『산사편(新史篇)』, 『소학과 사회학의 관계(論小學與社會學之關系)』, 『국학발미(國學發微)』, 『주말 학술사 서(周末學術史序)』, 『논문잡기(論文雜記)』, 『남북학파 부동론(南北學派不同論)』, 『고정원시론(古政原始論)』, 『한송학술 이동론(漢宋學術異同論)』, 『양한 학술 발미론(兩漢學術發微論)』, 『중국철학기원고(中國哲學起原考)』, 『윤리교과서(倫理教科書)』, 『경학교과서(經學教科書)』, 『중국역사교과서(中國歷史教科書)』, 『중국지리교과서(中國地理教科書)』, 『근유학술통계론(近儒學術統系論)』, 『청유득실론(清儒得失論)』, 『근대한학변천론(近代漢學變遷論)』, 『중국 문자가 세계에 유익함에 대해 논함(論中土文字有益於世界)』 등이 있다.

44) 류스페이가 베이징대학에 재직하는 동안(1917년부터 1919년까지) 이룩한 중국문학에 대한 연구성과는 대체로 다음과 같다. 1917년: 『중국중고문학사강의(中國中古文學史講義)』〔국립베이징대학 원인본(原印本), 1923년 9월 베이징대학출판부 재판〕. 1918년: 『문장에 주관과 객관의 구별이 있음을 논함(論文章有主觀客觀之別)』(劉申叔 강술, 羅常培 기록, 1918년 12월 11일 강의). 1919년: 『신사와 형사(神似與形似)』(劉申叔 강술, 羅常培 기록, 1919년 1월 23일 강의), 『문질과 현회(文質與顯晦)』(劉申叔 강술, 羅常培 기록, 1919년 2월 13일 강의), 『문장 변화와 문체 변천(文章變化與文體遷訛)』(劉申叔 강술, 羅常培 기록, 1919년 2월 20일 강의), 『모시사례거요〔毛詩詞例擧要〕』(劉申叔, 1919년 3월 20일～4월 20일 국고(國故) 월간 제1・2기 게재〕, 『문심조룡 송찬편 상・하(文心雕龍頌贊篇上・下)』(劉申叔 강술, 羅常培 기록, 1919), 『문심조룡 뢰비편 구의(文心雕龍誄碑篇口義)』(劉申叔 강술, 羅常培 기록, 1919). 劉師培 著/ 鄔國義・吳修藝 編校, 『劉師培史學論著選集』(上海古籍出版社, 2006), 「劉師培著作繫年目錄」 참조, pp.691-697.

문학사를 연구할 때 이 책을 참고하였다. 루쉰은 1928년 타이징농(臺靜農)에게 보낸 편지에서 "기존의 출판된 책들을 훑어보았으나 훌륭한 것은 하나도 없네요. 단지 류스페이(劉師培, 劉申叔)의 『중고문학사(中古文學史)』만이 그나마 훌륭하다고 할 수 있지요"45)라고 말한 바 있다. 사실 이보다 앞서 루쉰은 1927년 7월 위진(魏晋)시대의 문학에 관한 강연회에서 류스페이의 중국문학사연구를 매우 중시하여 "이 시대에 관한 문학평론의 집록은 류스페이가 편찬한 『중국중고문학사(中國中古文學史)』가 있습니다. 이 책은 베이징대학의 강의교재입니다. 류(劉)선생은 이미 죽었으며, 이 책은 베이징대학에서 출판되었습니다. …… 오늘 나의 강연에서는 류선생의 책에서 이미 상세하게 다룬 것은 내가 좀 소략하게 다루고 반대로 류선생이 소략하게 다룬 것은 내가 좀 상세하게 다루려고 합니다"46)라고 했다. 『중국중고문학사강의』는 1917년 출판된 이후 1920년, 1923년, 1926년, 1934년에 베이징대학출판부에서 차례로 재판이 나왔으니 그 영향력이 상당했음을 짐작할 수 있다.

류스페이는 1917년 상반기에 베이징대학 중국문학문(中國文學門) 교수로 임용되었는데, 중국문학문 1학년생에게는 '중국문학' 과목을 강의하였고 2학년생에게는 '중국문학'과 '중국고대문학사' 과목을 강의했다. 동시에 '국문문(國文門)' 연구소의 '문(文)'과 '문학사(文學史)' 두 영역의 지도교수를 맡았다.47) 그리고 1918년에는 2학년생 필수과목으로 '중고문학사(中古文學史)'를 강의했고, 3학년생의 선수과목으로 '문(文, 중국문학)'을 강의했다.48) 이밖에 '국문문' 연구소에서 경학(經

---

45) 魯迅, 「致臺靜農」, 『書信』, 『魯迅全集(11)』(人民文學出版社, 1981), pp.609-610.

46) 魯迅, 「魏晋風度及文章與藥及酒之關係: 九月間在廣州夏期學術演講會講」, 『而已集』, 『魯迅全集(3)』, p.502.

47) 李帆, 『劉師培與中西學術』(北京師範大學出版社, 2003), 「附錄:劉師培學譜簡編」, p.270 참조

48) 이때 강의를 들은 학생은 羅常培, 楊振聲, 兪平伯, 傅斯年, 許德珩, 鄭天挺, 羅庸, 楊亮功 등

學), 사학(史學), 중세문학사(中世文學史), 제자(諸子) 등 네 영역의 지도교수를 맡았다. 국문문(國文門) 교수 중에서 세 영역의 지도교수를 맡은 황칸(黃侃)을 제외하면 모두 하나의 영역 지도교수를 맡았으니, 류스페이가 네 영역의 지도교수를 맡았다는 것은 그의 학문적 관심이 대단히 넓었음을 보여준다. 이렇게 류스페이는 베이징대학의 중국문학문 교수 및 '국문문' 연구소 지도교수로서 중국문학과 중국문학사를 강의함으로써 문학방면의 학술연구에 집중할 수 있었다.

사실 류스페이는 『중국중고문학사강의』에 앞서 『중국문학강의개략(中國文學講義槪略)』이라는 책도 엮었다. 그는 이 책의 머리말에서 "문학의 각 과(課)를 강의하는 내용은 상고(上古)에 한정한다. 강의시간은 90시간이며 강의의 각 항목은 다음과 같다"[49]라고 하였다.

일, 『상서(尚書)』 약 15시간

이, 『모시(毛詩)』 약 10시간

삼, 『춘추좌씨전(春秋左氏傳)』, 『춘추국어(春秋國語)』 약 20시간

사, 『삼례(三禮)』 경기(經記) 약 10시간

오, 『제자(諸子)』 관자·순자·여불위·묵자·노자·장자·상앙·한비자(管荀呂墨老莊商韓) 약 20시간

육, 『초사(楚辭)』 약 10시간

칠, 『국책(國策)』 및 주진(周秦)의 잡문(雜文)

이었다.

49) 萬仕國 輯校, 『劉師培文集補遺(下)』(廣陵書社, 2008), pp.1379-1380. "所授文學各課, 以上古爲限. 講授時間計九十小時, 所授科目如左."

이 책에는 '문학문(文學門) 1·2학년'이라는 표기와 그 아래에 '류선수(劉申叔) 편(編)'이라는 표기가 있으며, '목차'에는 '류선수(劉申叔) 강의(講義)'라고 씌어져 있다. 류스페이는 1917~1918학년도에 '문학문' 1·2학년의 '중국문학' 과목을 담당하였으니,50) 이 책은 그 강의를 위해 엮은 교재로 보인다. '중국문학' 강의에 경전(經典)과 제자(諸子), 초사(楚辭), 전국책(戰國策), 주진(周秦)시기의 잡문(雜文)을 포함하고 있어 상고시대의 문학을 포괄적인 '문(文)'의 범주에서 다루고 있음을 알 수 있다. 또 『시경(詩經)』을 설명하면서 '시례거요(詩例擧要)'라는 소제목 하에 도문예(倒文例, 글자 도치의 예), 착서예(錯序例, 문장의 순서가 뒤바뀐 예), 상하문동의이예(上下文同義異例, 위아래 글자는 같으나 뜻이 다른 예), 상하문이의동예(上下文異義同例, 위아래 글자는 다르나 뜻이 같은 예)······ 등 스물다섯 가지로 나누어 각기 해당 예문을 들고 있는데,51) 『시경』 구문의 해석 방법을 중심으로 설명하고 있어 오늘날의 문학개념에 의거한 것이라 보기는 어렵다.

주지하듯이 중국에서 서양의 근대적인 '문학(Literature)' 개념의 영향을 받아 문학연구가 본격화된 것은 근대시기 이후의 일이다. 전통 중국에서는 문학개념이 뚜렷하지 않았고 문학도 독립적인 영역을 차지하지 못하였으므로 문학연구가 활성화되기 어려웠다. 신해혁명(辛亥革命) 이전시기에 장타이옌(章太炎)은 『국고논형(國故論衡)』의 「문학총

---

50) 1917년 베이징대학의 교과과정표에 따르면, 중국문학문(中國文學門)에서는 3개 학년 모두 '중국문학사'를 매주 3시간씩 강의하도록 되어 있고 그중에 제1학년은 '상고(上古)부터 위(魏)까지', 제2학년은 '위진(魏晉)부터 당(唐)까지', 제3학년은 '당송(唐宋)부터 지금[今]까지'를 강의하도록 되어 있는데, 『중국문학강의개략』은 '상고' 시기의 문학을 다루고 『중국중고문학사강의』는 위진남북조(魏晉南北朝)시기의 문학을 다루고 있는 것이다. 陳平原, 「不該被遺忘的"文學史"」: 陳平原輯, 林傳甲·朱希祖·吳梅 著, 『早期北大文學史講義三種』(北京大學出版社, 2005), p.616 참조.

51) 萬仕國 輯校, 『劉師培文集補遺(下)』, pp.1404-1414.

략(文學總略)」에서 "문학이란 무엇인가. 문자가 죽백(竹帛)에 새겨져 있으니 그것을 문(文)이라 하고, 그 법식을 논하면 그것을 문학이라 한다"52)라고 하였는데, 이때의 '문학'은 경사자집(經史子集)을 모두 포괄하는 넓은 범주의 '문(文)' 개념에 가깝다. 이러한 포괄적인 '문' 개념에 의거하면 '경사(經史)' 연구도 문학연구에 포함된다. 이 시기에 처음으로 씌여진 문학사저작들, 예컨대 황런(黃人)의 『중국문학사(中國文學史)』, 도우징판(竇警凡)의 『역조문학사(歷朝文學史)』, 린추안자(林傳甲)의 『중국문학사(中國文學史)』 등도 모두 경사자집(經史子集)을 포함하는 체제로 구성되어 있다.53) 류스페이가 『중국문학강의개략』에서 포괄적인 '문(文)' 개념에 의거하여 경학 텍스트를 문학강의의 내용으로 삼고 문장의 구성방식을 중시하고 있는 것은 결코 우연이 아니다.

하지만 류스페이는 『중국중고문학사강의』에 이르러 포괄적인 '문' 개념으로부터 벗어나서 근대적인 문학개념에 의거하여 문학연구를 시도한다. 우선 『중국중고문학사강의』의 목차를 통해 이를 확인할 수 있다.

제1과 개론

제2과 문학변체(文學辨體)

제3과 한·위(漢魏) 교체기의 문학 변천을 논함〔부록: 녜형(禰衡)의 「노부자비(魯夫子碑)」, 녜형의 「장형을 애도하는 글(弔張衡文)」, 진림(陳琳)의 「조홍과 위 문제에게 주는 서신(爲曹洪與魏文帝書)」……〕

제4과 위·진(魏晋) 문학의 변천〔갑 부하(傅嘏) 및 왕하(王何) 제인(諸人), 을 혜강(嵇康)과 완적(阮籍)의 문장, 병 반악(潘岳)과 육기(陸機) 및 양진(兩

---

52) 章太炎, 『國故論衡』(上海世紀出版集團·上海古籍出版社, 2006), p.38. "文學者, 以有文字著於竹帛, 故謂之文. 論其法式, 謂之文學."

53) 趙敏俐 編著, 『文學研究方法論講義』(學苑出版社, 2005), p.6.

晉)의 제현(諸賢)들의 문장, 정 총론〕

제5과 송・제・양・진(宋齊梁陳)의 문학 개략(槪略)〔갑 송대(宋代) 문학, 을
　　　제양(齊梁)의 문학, 병 진대(陳代)의 문학, 정 총론, 자 성률설(聲律說)의
　　　발명, 축 문학의 구별〕

　류스페이는 '위진남북조' 시기의 문학을 연구대상으로 심아 문체의 변
천을 통해 문학의 변천을 서술하고자 했다. 예컨대, 그는 제3과 '한・위
(漢魏) 교체기의 문학 변천을 논함'에서 환판(桓范)의 「세요론(世要論)」
에 나오는 "세속 사람들은 서작(序作)의 문체형식을 이해하지 못하고 수
식이 넘쳐나는 데만 힘을 쓰니 유익한 의미가 존재하지 않는다"라는 말
을 인용한 뒤 "문사가 압도하는 병폐를 이로써 알 수 있다. 그래서 이 말
을 인용하여 당시 문학의 득실을 알 수 있으며, 또한 문장의 각종 형식이
질박한 데서 화려한 데로 내달고 있음은 하루아침 하루저녁에 이루어진
것이 아니라 그 유래가 점차적이라는 것을 알 수 있다"라고 설명하고 있
다.54) 그리고 '한・위(漢魏) 교체기의 문학 변천'을 개괄한 다음 녜형
(禰衡)의 작품 이하 12편을 부록으로 덧붙여 구체적인 작품 비평을 통
해 문학의 변천을 이해할 수 있도록 구성하고 있다. 문체 형식을 통해
문학을 논하는 방식은 이전에도 있었으나 원류를 밝혀내고 그 흐름을 비
평하는 문학사적 평가는 류스페이에 이르러 가능하게 된 것이다.

　류스페이의 '문체의 변천'에 관한 인식은 사실 『경학교과서』의 「서례
(序例)」에도 이미 반영되어 있었다. 그는 '육경' 연구가 가져다주는 효용
중의 하나로서 "문학을 연구하는 사람에게는 문체의 변천을 알 수 있게

---

54) 劉師培,『中國中古文學史講義』:『老北大講義』(時代文藝出版社, 2009), p.17. "故『世要論・作
　　序』篇曰: 世俗之人, 不解作體, 而務泛溢之言, 不存有益之義. 文勝之弊, 卽此可睹. 故援引其
　　說, 以見當時文學之得失, 亦以見文章各體, 由質趨華, 非一朝一夕之故, 其所由來者漸矣."

한다"55)라고 하였거니와 '문체의 변천'을 다루는 것이 '문학' 연구의 본령의 하나로 이해하고 있었던 것이다. 물론 이러한 인식은 『국고논형』에서 '문의 법식'을 논하는 것을 문학이라고 한다고 말한 장타이옌의 관점과 상통하는 면이 없지 않다. 하지만 장타이옌은 1922년에 이르러서도 국학강연회에서 "무엇을 문학이라고 하는가? 내가 보기에는 죽백(竹帛)에 문자가 새겨져 있는 것을 '문(文)'이라 부르고, 그것의 법식을 논하는 것을 '문학(文學)'이라 부른다. 문학은 운이 있는 것과 운이 없는 것 두 종류로 나눌 수 있는데, 운이 있는 것을 오늘날 사람들은 '시(詩)'라고 일컫고, 운이 없는 것을 '문(文)'이라 일컫는다"56)라고 하였으니 전통적인 '문필(文筆)'의 문학개념에서 젖어 있어 큰 진전이 없었다. 이와 달리 베이징대학 시기의 류스페이는 문인들의 문장에 대한 구체적인 비평과 그 원류의 분석을 통해 문체의 변천을 밝혀내는 문학연구를 시도한 것이다.

특히 류스페이는 '문체의 변천'을 유파로 구별하여 서술하고 있어 주목된다. 예컨대, '제4과 위·진(魏晉)문학의 변천'의 첫 부분에서 문인들의 문체의 변천과 유파 및 사적 서술에 관한 대강을 다음과 같이 밝혀놓았다.

위대(魏代)는 태화(太和)로부터 정시(正始)까지 문사(文士)가 계속 배출되었다. 그 문장은 대략 양파(兩派)로 나누어진다. 첫째, 왕필(王弼)·하안(何晏)의 문장이며, 청준(淸峻)하고 간약(簡約)하며 문(文)과 질(質)을 겸비하고 있는데, 비록 도가(道家)의 계통임을 분명히 밝히고 있으나 실제로는 명가(名家)·법가(法家)의 주장에 가깝다. 이 유파의 문장은 대개 부하(傅嘏)에서 성립되었고 왕필과 하안이 집대성했다. 하후현(夏侯玄), 종회(鍾會)의 무리도 이 유파에 속한다. 멀

---

55) 劉師培 著·陳居淵 注, 『經學教科書』, p.3. "治文學者可以審文體之變遷."
56) 章太炎, 『國學概論』(北京大學出版社, 2009) p.75.

리 그 근원으로 거슬러 올라가면 공융(孔融), 왕찬(王粲)이 실로 그 기초를 열었다. 다른 한 유파는 혜강(嵇康), 완적(阮籍)의 문장이며, 문장이 웅장하고 아름다워〔壯麗〕 문사가 밀도 있고 호방하여〔總采騁辭〕, 비록 도가(道家)의 계통을 명백히 밝히고 있으나 실제로는 종횡가(縱橫家)의 말과 가깝다. 이 유파의 문장은 죽림(竹林) 제현(諸賢)들에게서 흥성했다. 멀리 그 근원으로 거슬러 올라가면 완우(阮瑀)·진림(陳琳)이 이미 그 시초를 열었다. 다만 완우와 진림은 주정을 펴는 데 뛰어나지 않았고, 공융과 왕찬은 비록 주장을 펴는 데 뛰어났으나 깊은 사상〔玄思〕을 아름다운 문사로 드러낼 수 없었으니, 위·진(魏晉) 문학을 논하는 세상 사람들은 그 먼 근원이 어디서 유래하는지 잘 이해하지 못했다. 지금 갖가지 서적을 두루 인용하여 위·진 문학의 변천을 드러내고 진·송(陳宋) 문학의 연원을 밝혀서 참고가 되도록 할 것이다. 무릇 문학의 변천을 논하려면 당연히 그 문체의 경향성〔體勢〕이 어떠한지를 보아야 하는데, 그래야만 문파(文派)의 같고 다름을 설명할 수 있을 것이다.[57]

이때까지 중국에서 '위진남북조' 시기의 문학에 주목한 사람은 드물었는데, 류스페이는 오히려 이 시기의 문학을 무엇보다 중시했다. 그는 이 시기 문인들의 문장 특징을 분석하여 유파로 구분하고 그 변천을 사적으로 서술하고자 했다. 그 결과 그는 포괄적인 '문' 개념으로부터 벗어나서 '위진남북조' 시기의 문학의 흐름을 최초로 사적으로 서술한 학문적 업적을 이룩할 수 있었다.

따라서 『중국문학강의개략』으로부터 『중국중고문학사강의』로 이어지는 류스페이의 중국문학 연구는 포괄적인 '문'개념으로부터 점차 벗어나서 근대적인 문학개념에 의거하는 방향으로 진전되고 문학사서술 영역

---

57) 劉師培, 『中國中古文學史講義』: 『老北大講義』, p.26.

으로 확대되어나갔음을 보여준다. 두 책이 베이징대학의 강의교재로서 1917~1918년의 강의에 사용되었다고 하나 두 책의 서술체계는 상당히 다르다. 전자는 류스페이가 베이징대학 교수로 부임하기 이전의 관점을 반영한 것이라면, 후자는 베이징대학의 새로운 학술분위기를 반영하여 이룩된 것이다. 요컨대 차이위안페이에 의해 추진된 베이징대학의 체제정비는 새로운 학술연구 체제와 분위기를 조성하였는데, 이로 말미암아 류스페이의 중국문학 연구도 큰 진전을 보게 된 것이다. 다시 말하면 류스페이는 베이징대학의 새로운 근대적 학문체계와 학술분위기에 호응하여 『중국중고문학사강의』라는 책을 펴낼 수 있었던 것이다.

3장

국학(國學)연구의 활성화와 학문체계의 전환

중국 근대학문의 형성과 학술문화담론

1. 국학의 대두와 서학(西學)체계의 수용

중국은 아편전쟁 이후 서학동점(西學東漸)의 위기에 직면하여 적극적인 변혁을 추진하지 않을 수 없었다. 주지하듯이 그것은 대체로 다음 세 단계를 거쳐 진행되었다. 제1단계는 기물(器物)변혁 단계로서 양무운동(洋務運動)으로 전개되었고, 제2단계는 제도(制度)변혁 단계로서 유신변법(維新變法)과 신해혁명(辛亥革命)으로 전개되었고, 제3단계는 관념(觀念)변혁 단계로서 5·4신문화운동으로 전개되었다. 양무운동, 유신변법, 신해혁명, 5·4신화운동으로 이어지는 중국의 변혁은 기물 층위로부터 제도 층위로, 다시 관념 층위로 이어지는 과정, 즉 물질적인 것으로부터 점차 정신적인 것으로 심화되는 과정을 밟았다. 이는 서학(西學) ― 서양문화 또는 서양학문을 가리킴 ― 에 대한 중국인들의 인식의 변화를 반영한 것이었다.

초기 서학에 대한 중국인들의 인식은 서학이 근본적으로 중국에서 기원했다고 보는 것이었다. "서양학문(泰西之學)은 그 원류를 보면 모두 묵자(墨子)에서 생겨난 것이다"[1]라든지, "서양학문을 연구해보면 중국으로부터 나온 것이니, 백가지언(百家之言)에서 그 존재의 근거를 찾아보면 분명히 고증할 수 있다"[2]라는 관점이 그것이다. 이른바 '서학중원설(西學中源說)'이라고 부르는 이러한 관점은 서학을 수용하는 데 따른 거부감을 줄여주는 역할도 했지만, 서학의 실체를 제대로 파악하는 데는 오히려 방해가 되었다. 이와 더불어 서양문화에 대한 중국문화의 도덕적 우월성 또는 정신문명의 우월성을 주장하는 관점이 등장한다. "중국의 잡예(雜藝)는 서양에 미치지 못하지만 도덕, 학문, 제도, 문장은 만국

---

1) "泰西之學, 其源流皆生于墨子"(黃遵憲, 『日本國志』 卷32, 學術志序)

2) "究之泰西之學, 突出于中國, 百家之言藉其存, 斑斑可考"(『翼敎叢編』 卷五, 「湘學公約」)

(萬國)에서 가장 두드러진다"3)라든지, "중국인은 수천 년 동안 성인의 경전의 훈도를 받고 송학(宋學)의 풍속을 계승하여 인양(仁讓)을 귀하게 여기고 효제(孝弟)를 숭상하고 충경(忠敬)을 아름답게 여기니…… 중국은 구미(歐美)사람들보다 더 훌륭하다고 말해도 좋을 것이다"4)라는 관점이 그것이다. 이러한 관점은 마침내 '중체서용론(中體西用論)'으로 종합되어 표현되는데, "만일 중국의 윤상명교(倫常名敎)를 원본으로 삼고 제국(諸國)의 부강의 기술로써 보충한다면 더 없이 훌륭하지 않겠는가"5)라든지, "중서(中西) 학문은 본래 서로 득실이 있으므로 중국인들을 위해서는 마땅히 중학(中學)을 근본〔體〕으로 삼고 서학(西學)을 쓰임〔用〕으로 삼아야 한다"6)라는 태도가 그것이다. 실용적인 서양문화에 맞서 정신적인 중국문화의 우월성을 강조하는 이러한 문화적 태도는 수세적이고 방어적인 입장과 관련이 있다. 그래서 "중학에 미비(未備)되어 있는 것은 서학으로 보충하고, 중학 중에서 실전(失傳)된 것은 서학으로써 되돌려 받는다. 중학으로써 서학을 포괄하면 서학으로써 중학을 능멸할 수 없을 것이다"7)라는 대응논리가 적극 표명된다. 이렇게 중학을 우위에 두면서 서학을 보조적이고 기능적으로 수용하고자 하는 '중체서용론'은 19세기 말 중국의 변혁운동에서 가장 중요한 이념적 기반으로8) 작용하였다.

---

3) "中國之雜藝不逮泰西, 而道德・學問・制度・文章, 則敻然出于萬國之上."(昭作舟, 『昭氏危言・譯書』)

4) "中國人數千年以來, 受聖經之訓, 承宋學之俗, 以仁讓爲貴, 以孝弟爲尙, 以忠敬爲美, …… 則謂中國勝于歐美人可也."(康有爲, 『物質救國論』)

5) "如以中國之倫常名敎爲原本, 輔以諸國富强之術, 不更善之善者哉?"(馮桂芬, 『校邠廬抗議』 卷下, 光緒二十四年)

6) "夫中西學問, 本自互有得失, 爲華人計, 宜以中學爲體, 西學爲用."(沈壽康, 「匡時策」, 『萬國公報』)

7) "應以中學爲主, 西學爲輔; 中學爲體, 西學爲用. 中學有未備者, 以西學補之; 中學有失傳者. 以西學還之. 以中學包羅西學, 不能以西學凌駕中學."(孫家鼎, 「議復開辦京師大學堂折」)

8) 陳高傭, 『中國文化問題研究』(商務印書館, 1937.6), p.257. 『民國叢書』 第四編39(上海書店).

그런데 '중체서용론'은 중국문화와 서양문화를 이원대립적으로 파악하는 인식구조를 갖는다는 데 주목할 필요가 있다. '중체서용론'의 근저에는 서양문화 전체와 중국문화 전체를 각각 고정적인 총체적 실체로서 파악하는 인식구조가 깔려 있어 중서문화를 서로 대립적인 관점에서 바라보도록 만든다. 어느 한 문화가 수세적이고 방어적인 입장에 놓일 때, 그것은 자기 문화와 타 문화를 각각 고정적인 실체로 상상하여 서로 대립시킴으로써 문화의 대결구조를 조장한다. '중체서용론'도 바로 문화적 위기의식에서 비롯된 이러한 수세적이고 방어적인 대응논리에 뿌리를 두고 있는 것이다. 사실 문화는 고정적인 실체가 아니라 유동적인 흐름으로 파악할 필요가 있다. 그렇지 않으면 자칫 상상으로 조장된 문화의 고착성에 매몰될 수 있기 때문이다. 문화를 유동적인 흐름으로 파악함으로써 중국문화든 서양문화든 당면한 현실 문제의 해결에 얼마나 도움을 줄 수 있는가를 따지는 것이 급선무이다. 당시 '중체서용론'에 입각한 중국의 변혁운동이 큰 실효를 거두지 못한 것은 문화를 각기 고정적인 실체로 파악하여 중서문화의 대립국면을 더욱 조장함으로써 절박하고 구체적인 사안에 대해 오히려 대응할 힘을 잃었기 때문이기도 하다.

20세기 초에 이르면 '중체서용론'은 국가존망의 위기 속에서 방어적인 논리가 더욱 강화되어 '국학(國學)' 논의로 전환된다. 왕쯔천(王緇塵)이 『국학강화(國學講話)』에서 "국학이라는 명사는 예부터 없었던 것이다. 나라와 나라 사이의 대치가 생기면서 국가 관념이 생기고 그럼으로써 비로소 자기 나라의 학술을 국학이라 부르게 되었다"9)라고 하였듯이 국학이라는 말은 중국의 고서(古書)에 나오지 않으며 근대 이후 국가 간 대치 국면을 반영하는 개념이었다. '국학'은 원래 문학이나 철학이라는 말

---

9) 王緇塵, 『國學講話』(世界書局, 1935), pp.1-2. "國學之名, 古無有也, 必國與國對待, 始有國家觀念, 於是始以己國之學術稱爲國學."

과 마찬가지로 일본으로부터 수입되었으며 서양의 중국학에 상응하는 말로 이해될 수 있는데, 처음 그것은 '국수(國粹)' 보존에 대한 논의로부터 시작되었다.

'국수' 보존을 위한 '국수파'의 형성은 20세기 초 중국 정계의 급변과 사회문화사조의 변화와 밀접하게 관련되어 있었다. 유신변법운동과 의화단운동의 실패와 더불어 중국의 과분(瓜分)과 멸망의 위기 속에서 '배만혁명(排滿革命)'이 대두되면서 이러한 정치적인 필요에 따른 방안을 탐구하기 위한 것이었다. 아편전쟁 이후 중국에서는 양무운동과 유신변법운동에 의해 제한적이나마 서양문화가 점차 확산되고, 1901년 서태후(西太后)정권의 '신정(新政)'이라는 서구적인 개혁정치가 단행되어 1905년에는 과거제(科擧制)마저 폐지된다. 이에 반발하여 전통문화를 고수하고자 하는 입장에서 중서회통(中西會通)을 통하여 중국의 고유문화를 발양하자는 반성이 일어나기 시작한다. 이러한 정치적 문화적 위기의식 속에서 '국수파'가 형성된 것이다.10) '국수'는 민족정신이나 민족특성이 담긴 역사적인 인물과 사물, 문화 등을 총괄하는 개념으로서 민족·국가와 밀접하게 관련되어 있었으니, '국수'가 보존되면 민족과 국가가 존속되고 '국수'가 상실되면 민족과 국가가 멸망한다는 것이다.

이렇듯 20세기 초 정치적 문화적 위기의식 속에서 방어적 논리가 더욱 강화되면서 '국수파'가 형성되어 '국수' 보존을 위한 국학연구가 활성화된 것이다. 국학은 '국수'가 담긴 학문인바 국학을 통해 국수가 보존될 수 있으니, 국학연구는 '국수' 보존의 전제조건이자 국가흥망과 직결된다. 그렇다면 '국수파'의 국학연구는 우선 서양문화에 대응한 중국문화의 자기동일성 유지와 관련된 것이었다. 또한 '배만혁명'의 시대정신을 반영

---

10) 이원석, 『近代中國의 國學과 革命思想(劉師培의 國學과 革命論)』(국학자료원, 2002), pp.275-276 참조.

한 것이었으니 만주족의 청조(清朝)에 맞서 한족(漢族)의 민족적 자기 동일성 확립과도 관련된 것이었다.

그런데 정치적·문화적 위기의식 속에서 대두한 '국수'의 국학연구가 서학 침투에 대항하는 경향이 뚜렷하였지만, 서학의 영향력이 확대되는 것을 막을 수는 없었으며 오히려 그것을 조장하는 결과를 가져왔다. 장타이엔(章太炎), 류스페이(劉師培), 덩스(鄧實) 등과 같은 '국수파'는 중국의 역사와 문화로부터 정신적 요체를 길러내어 '배만혁명'을 선전하는 힘을 강화하는 한편 서양을 모방하여 중국의 정치를 개혁하는 동시에 반드시 중국고유의 문화를 부흥시켜야 한다고 강조했는데,11) 그들은 실천적으로 전통학문을 새롭게 정리하고 연구하는 과정에서 서학을 적극적으로 반영하였던 것이다.

서학의 영향이 사회적으로 확대되면서 1902년 10월 14일에 실시된 경사대학당(京師大學堂)의 속성과(速成科), 즉 사학관(仕學館)과 사범관(師范館)의 학생모집 시험문제에도 서학이 적극적으로 반영되었다. 속성과의 시험과목은 사론(史論), 여지책(輿地策), 정치책(政治策), 교섭책(交涉策), 물리책(物理策), 외국문론(外國文論) 등이었는데, 구체적인 시험문제를 예시하면 다음과 같다.

- 중국사학 문제: 한 무제는 흉노를 자주 공격했고 당 태종은 돌궐을 후하게 대했는데, 외세를 제어하는 방법이 그야말로 각기 다른 것인가? 그 득실을 개략적으로 서술하시오.
- 지리 문제: 동일한 위도에 위치한 지역이지만 기후의 차갑고 따스함이 다른 원인은 어디에 있는가?

---

11) 鄭師渠, 『晩淸國粹派』(北京師範大學出版社, 2000), pp.8-9 참조.

- 수학 문제: 소리는 초당 96장(丈)을 날아가는데, 만약 42리(里) 120장 떨어진 곳에서 대포를 쏘면 빛을 본 후 소리를 들을 때까지 얼마의 시간이 걸리는가?
- 물리화학 문제: 물은 열을 전달할 수 없는데도 솥에 물을 끓이면 위아래의 온도가 서로 같아지는 원인은 무엇인가?
- 정치 문제: 불문법과 성문법의 같은 점과 다른 점은 무엇인가?
- 외교학 문제: 나폴레옹 법전 중의 세 가지 대 원칙은 무엇인가? 그 조항을 제시하시오.
- 국문(國文) 문제: 자산론(子産論).[12]

출제된 문제는 중국사, 지리, 수학, 물리화학, 정치, 외교, 국문 등인데, 학문적인 깊이를 요하지 않는 기초적이고 실용적인 문제이긴 하지만, 이전의 과거(科擧)시험과는 전혀 다른 서학의 학문체계를 따르고 있다. 인재선발의 시험문제가 경학에 근거하던 데서 벗어나서 서학의 학문체계에 따르고 있다는 것은 초보적이나마 경학 중심의 학문체계가 서학 중심의 학문체계로 옮아가고 있음을 보여준다. 물론 속성과는 실제 업무를 감당할 인재를 길러내는 곳이었으니 실용적인 문제가 출제되는 것은 당연하다. 이는 동일한 시기에 지식인들이 일반대중들이 쉽게 볼 수 있도록 실용성을 고려하여 백화신문[白話報]을 창간했던 것과 비슷한 맥락에서 이해할 수 있다. 주지하듯이 백화신문의 창간이 백화문의 가치를 높이는 데 크게 기여했지만 그것 자체가 중국의 언어체계를 새롭게 구축한 것은 아니었으며, 5·4신문화운동 시기에 이르러 백화문운동을 통해 비로소 완전한 언문일치의 새로운 언어체계가 구축되는 것이다.

---

12) 蕭超然, 『北京大學與近現代中國』(中國社會科學出版社, 2005), pp.12-13 참조.

마찬가지로 속성과의 시험문제가 서학의 학문체계에 따르고 있다고 해서 중국의 전통적인 학문체계가 곧바로 서학의 학문체계로 전환되었다는 의미는 아니다. 다만 경사대학당 속성과의 학생 선발이 서학의 학문체계에 따르고 있는 이상 학생들도 스스로 변화해야 했으니, 공부의 방향이 경학 중심에서 점차 서학 중심으로 옮겨가기 시작한 것이다.

이러한 추세는 1901년에 서원(書院)이 폐지되고 신식학당이 대량으로 출현하고 1905년 과거제가 폐지된 이후 학생 집단이 급속도록 확대되면서 가시화되었다. 과거제의 폐지는 지식인의 형태뿐만 아니라 지식의 형태도 바꾸어놓았는데, 전통학문을 연구하는 학자들도 서학의 학문체계에 따라 전통학문을 이해하고 해석하지 않을 수 없었다. 전통적인 경학도 '국학(國學)'이라는 이름으로 대체되는 것도 피할 수 없는 일이었다.

신식학당과 학생 수가 기하급수적으로 증가한 상황은 〔표 3〕을 통해 확인할 수 있다.

이들 신식학당 졸업생 집단은 "중서문화교류의 매개, 사회변혁의 에너지원 그리고 세계로 나아가는 선도자로서 이전의 중국 사회에 없었던 그

〔표 3〕 청말 민국 초 신식학교와 학생 통계표13)

연도	학교총수	재학생수	연도	학교총수	재학생수
1907	37,888	1,024,988	1908	47,795	1,300,739
1909	59,177	1,639,641	1912	87,272	2,933,387
1913	108,448	3,643,206	1914	122,860	4,075,338
1915	129,739	4,294,251	1916	121,119	3,974,454

---

13) 桑兵, 『晩淸學堂學生與社會變遷』(學林出版社, 1995), p.147.

리고 동시대 기타 집단이 대체할 수 없는 특수한 기능을 담당하고 있었다."14) 신식학당과 학생들의 수적 증가는 사회변화의 원동력이 되었을 뿐만 아니라 중국의 학문체계에도 큰 변화를 몰고 왔다. 신식학당 졸업생의 급속한 증가로 말미암아 서학의 학문체계가 사회적으로 파급되고 수용될 수 있는 토대가 마련된 것이다.

시학의 학문체계가 점차 우위를 차지하게 되면서 중국의 전통학문도 서학에 의해 새롭게 분류되고 해석되기 시작하는데, 이른바 '국학'이라는 이름으로 새로운 국면을 맞이하는 것이다. 이 시기 학자들은 근대 서양의 분과학문 개념과 학문체계를 참조하여 중국의 전통학술 중에서 그것과 비슷한 사상을 찾아내는 데 주력했다. 이러한 작업은 오류와 견강부회의 소지가 많았지만, 결과적으로 중국의 전통학술을 서학의 새로운 지식체계 속에 편입시키는 역할을 하게 된다. 예컨대, 량치차오(梁啓超)는『묵경(墨經)』연구에 주력하여『자묵자학설(子墨子學說)』,『묵자학안(墨子學案)』,『묵자교석(墨子校釋)』등을 저술하였는데, 그의 연구방법은 서양의 새로운 이론을 중국의 전통학문에 적용하는 것이었다.『묵경』의 논리와 이치를 서양 논리학과 비교한 후『묵경』논리학의 특장은 원리 및 법칙을 발명한 데 있으며, 만약 방식으로 논한다면 서양과 인도의 정밀함에는 미칠 수 없지만 서로 비슷한 점도 대단히 많다라고 했다.15) 그래서 량치차오는 묵자 논리학의 가치를 다음과 같이 높이 평가했다. "묵자의 논리학은 오늘날 구미의 이 학문을 하는 사람들의 완비되어 있음에는 미칠 수 없다는 것은 두말할 필요가 없다. 그렇지만 그쪽 땅의 아리스토텔레스(논리학의 비조임)도 결점이 많으니 묵자만이 그렇겠는가? 그러므로 우리나라에 묵자가 있다는 것을 대단히 소중하게 여

---

14) 桑兵,『晩淸學堂學生與社會變遷』, p.397.

15) 左玉河,『從四部之學到七科之學』(上海書店出版社, 2004), p.435-436 참조

길 만하다. 만약 혜시(惠施), 공손용(公孫龍)의 무리들은 명가(名家)로서 학파를 표방했는데, 그 실질은 그리스의 소피스트와 비슷하다. 그들의 논리학은 대개 묵자보다 여러 등급 아래이다." 량치차오는 묵자를 '동방의 베이컨', '전 세계 논리학의 위대한 비조'라고 일컬으면서 서학에 비견되는 중국 논리학의 가치를 발굴하는 데 집중했다. 다만 그는 '묵학(墨學)'의 부흥에 많은 기여를 했지만 『묵경』을 해석할 때 서학에 끼워 맞추는 견강부회를 피할 수 없었으니, 스스로 '무단적인 억지 해석'임을 느끼게 된다라고 말한 것은 바로 그런 의미이다.16)

2. 학문체계의 전환과 학문적 자기동일성

량치차오(梁啓超)는 1896년에 발표한 「『서학서목표』 서례(『西學書目表』序例)」에서 서학(西學) 번역의 필요성을 제기하면서 "지혜로움과 어리석음의 차이는 강함과 약함의 근원이다. 오늘날 서양인들의 성(聲)·광(光)·화(化)·전(電)·농(農)·광(礦)·공(工)·상(商) 제학문은 우리 중국의 고거(考據)·사장(詞章)·첩괄(帖括)·가언(家言)과 비교하여 그 지식의 간단함[簡]과 복잡함[繁]의 차이가 그 얼마나 되는가"17)라고 말했다. 량치차오는 지식을 '간단한 것[簡]'과 '복잡한 것[繁]', 즉 소박한 것과 정밀한 것으로 구분하고 서양의 학문이 더욱 정밀하다고 보아 중국의 학문보다 우위에 있는 것으로 이해했다. 그래서 그는 국가의 자강(自强)을 위해 서양서적을 많이 번역하고 학생들의 자립을

---

16) 左玉河, 『從四部之學到七科之學』, p.436 참조.

17) 梁啓超, 「『西學書目表』序例」(『時務報』 第8冊, 1896.10.17), 『飮氷室文集』 第一集(雲南教育出版社, 2001), p.141. "國家欲自强, 以多譯西書爲本, 學子欲自立, 以多讀西書爲功."

위해서 서양서적을 많이 읽을 것을 주문했다. 이어 그는 중국에 번역된 서양서적을 '학(學)', '정(政)', '교(敎, 종교)'의 세 종류로 나눌 수 있는데, '종교류의 책'을 제외하고 그 나머지 책을 세 권으로 묶는다고 했다. 상권은 서양 학(學)의 서적들로서 산학(算學), 중학(重學), 전학(電學), 화학(化學), 성학(聲學, 광학(光學), 기학(汽學), 천학(天學), 지학(地學), 전체학(全體學), 동식물학(動植物學), 의학(醫學), 도학(圖學) 항목으로 구분하였고, 중권은 서양 정(政)의 서적들로서 사지(史志), 관제(官制), 학제(學制), 법률(法律), 농정(農政), 광정(礦政), 공정(工政), 상정(商政), 병정(兵政), 선정(船政)의 항목으로 구분하였으며, 하권은 잡류의 서적으로서 기행문, 신문, 물리[格致], 서양인들의 의론(議論) 서적, 소속 분류가 곤란한 서적의 항목으로 구분하였다.

 량치차오는 중국에 번역된 서양서적을 종교적인 책을 제외하고 '학(學)'과 '정(政)'으로 구분하였는데, '학'이 순수학문 영역에 가깝다면 '정'은 실용적인 응용학문 영역에 가깝다. 그는 또 그 구분이 대단히 어렵다는 점도 아울러 지적했다. "서학의 각 서적은 분류하기가 대단히 어렵다. 무릇 일체의 정(政)은 모두 학(學)으로부터 나온 것이므로 정(政)과 학(學)은 나눌 수 없으며, 다양한 학[群學]에 능통하지 않으면 하나의 학(學)을 완성할 수 없고 다양한 정[庶政]을 통합하지 않으면 하나의 정(政)을 내세울 수 없으니 학(學)과 정(政)의 각 부문을 나눌 수 없는 것이다."18) 량치차오는 서학의 학문체계를 학(學)과 정(政)으로 구분하고 응용학문에 해당하는 정(政)이 순수학문에 해당하는 학(學)으로부터 유래한다는 점을 인식하고 있었으니, 서학의 학문체계의 주요 특징을 어느 정도 간파하고 있었다고 할 수 있다. "중국 관청이 번역한 것은 병정

---

18) 梁啓超, 「『西學書目表』 序例」, 『飮氷室文集』 第一集, p.142.

류(兵政類)가 가장 많다. 대개 이전 사람들은 중국의 일체가 모두 서양인들보다 낫지만 못한 것은 병(兵)뿐이라고 여겼다"[19]라는 량치차오의 언급처럼 19세기 말 서학에 대한 이해가 매우 제한적이었던 당시 상황을 고려할 때, 서학에 대한 량치차오의 이해는 한층 심화된 것이었다.

서학에 대한 심화된 이해는 중국인들로 하여금 점차 중국의 전통학술인 국학을 서학의 학문체계에 따라 분류하고 연구하는 데로 나아가도록 이끌었다. 1934년 마잉(馬瀛)은 『국학개론(國學槪論)』에서 '국학의 범위와 그 분류'를 상세하게 설명했다. 그는 우선 장타이옌(章太炎), 량치차오(梁啓超), 후스(胡適)의 국학 분류 방식을 소개했다. 국학 분류는 장타이옌(章太炎)의 『국고논형(國故論衡)』이 효시인데, 『국고논형』에서는 국학을 ① 소학(小學), ② 문학, ③ 제자학(諸子學)으로 분류하고 있다고 설명했다. 또 그는 장타이옌의 「국학개론(國學槪論)」에서는 국학을 ① 경학(經學), ② 철학, ③ 문학으로 분류하고 소학을 국학연구의 도구로 보고 있으며 장타이옌의 「중국문학의 근원과 근대학문의 발달(中國文學的根源和近代學問的發達)」에서는 국학을 ① 소학, ② 사학, ③ 철학으로 분류하고 있다고 소개했다. 마잉은 량치차오의 「국학을 연구하는 두 가지 큰 길(治國學的兩條大路)」에서는 국학을 ① 문헌적(文獻的) 학문, ② 덕성적(德性的) 학문으로 분류하고 있는데, 첫 번째가 사학, 두 번째가 철학에 해당한다고 설명했다. 칭화대학(淸華大學) 학생들을 위해 정한 량치차오의 「국학입문서목(國學入門書目)」에서는 국학을 ① 수양응용(修養應用) 및 사상사(思想史) 관계 서적류, ② 정치사(政治史) 및 기타 문헌학 서적류, ③ 운문(韻文) 서적류, ④ 소학 및 문법 서적류, ⑤ 자유롭게 섭렵해야 할 서적류로 분류하고 있는데, 네 번째 부류는 국

---

19) 梁啓超, 「『西學書目表』序例」, 『飮氷室文集』 第一集, p.142.

학을 연구하는 도구이며, 첫 번째 부류는 경학과 철학, 두 번째 부류는 사학, 세 번째 부류는 문학에 해당한다고 설명했다. 나아가 마잉은 후스(胡適)의 「최저한도의 국학 서목(一個低限度的國學書目)」에서는 국학을 ① 도구의 부문, ② 사상사의 부문, ③ 문학사의 부문으로 분류하고 있는데, 두 번째가 철학, 세 번째가 문학이며, 첫 번째는 서록(目錄), 보록(譜錄), 자서(字書), 사전(辭典)을 포함한다고 설명했다. 이렇게 마잉은 장타이옌, 량치차오, 후스 세 사람의 국학 분류 방식을 소개한 다음, 각자 주관적인 데가 많아 편벽되고 완전하지 않다고 평가하고, 다만 리리(李笠)의 「국학용서택요(國學用書擇要)」의 분류방식은 세 사람의 잘못을 바로잡아 비교적 완전하다고 하여 다음과 같이 제시하였다.

- (갑)철학 부문: ① 군경철학(群經哲學), ② 제자(諸子)철학, ③ 불교철학, ④ 철학사
- (을)사학 부문: ① 별사(別史), ② 통사(通史), ③ 사지(史志: 전제典制, 지지地志, 서목書目, 보록譜錄), ④ 사론(史論)
- (병)문학 부문: ① 총집(總集), ② 전집(專集), ③ 소설(小說), ④ 문평(文評)
- (정)소학(小學) 부문: ① 형의(形義), ② 성운(聲韻)
- (무)유서사전(類書辭典) 부문[20]

　하지만 마잉은 "리리의 분류는 전적(典籍)을 위해 설정한 것이지 학술을 위해 설정한 것은 아니"라 하고 자신은 네 사람의 분류를 참작하여 다음과 같이 분류한다고 했다. 물론 그는 소학(小學), 유서(類書), 사전(辭典), 서목(書目), 보록(譜錄) 등의 경우는 학술을 연구하는 도구이며 학

---

20) 馬瀛, 『國學槪論』(民國)(中央編譯出版社, 2009), p.12-13 참조.

파를 위해 반드시 있어야 할 것은 아니므로 열거하지 않는다고 덧붙였다.

① 경학

② 철학: (갑)제자학, (을)이학(理學), (병)불학(佛學)

③ 사학

④ 문학

⑤ 기타 학술: (갑)신비(神秘)학술, (을)미예(美藝)학술, (병)응용(應用)학술, (정)
자연학술21)

여기서 주목되는 것은, 마잉이 철학, 사학, 문학과 더불어 경학(經學)
을 독립된 분과학문 영역으로 설정하고 있다는 점이다. 이는 장즈동(張
之洞)이 '수정 장정(章程)'을 통해 경사대학당의 학제 구성에서 경학을
독립시킨 것이나 장타이옌이 『국학개론』에서 경학을 독립시킨 것22)과
동일한 맥락이다. 왕이(王易)도 국학을 '경학(經學), 소학(小學), 철학
(哲學), 사학(史學)'으로 분류한 바 있고, 왕전(王震)과 왕정지(王正
己)도 국학을 '경학, 사학, 철학, 자연과학, 문학, 문장의 유파, 문자학,
청대(淸代)학술사'로 분류하였으며, 황이민(黃毅民)도 국학을 '언어문
자학, 문학사, 경학, 사학, 철학사, 과학'으로 분류하였는데, 모두 경학
을 독립시키고 있다.23) 이렇게 경학을 독립된 분과학문 영역으로 설정

---

21) 馬瀛, 『國學槪論』(民國), p.13-14 참조.

22) 장즈동(張之洞)은 장바이시(張百熙)가 마련한 「흠정경사대학당장정(欽定京師大學堂章程)」
(1902)을 수정하여 「주정대학당장정(奏定大學堂章程)」(1903)을 제정하였는데, 이 '수정 장
정'에서는 이전의 7과(科) 분학(分學) 이외에 경학과(經學科)를 더하고 대학원에 해당하는
통유원(通儒院)을 설치할 것을 규정하고 있다. 장타이옌(章太炎)의 『국학개론(國學槪論)』은
제1장 개론, 제2장 경학의 파별, 제3장 철학의 파별, 제4장 문학의 파별, 제5장 제자(諸子)의
원류와 파별, 제6장 결론으로 구성되어 있다.

23) 馬克鋒, 「國學與現代學術序」: 馬克鋒 編, 『國學與現代學術』(桂林: 廣西師范大學出版社,
2010), pp.12-13 참조. 국학의 분류를 좀더 소개하면 다음과 같다. 중국학술사의 관점에서

한 것은 서학의 학문체계에 따라 전통학술을 분류하더라도 그 핵심을 구성해온 경학의 중요성을 강조하지 않을 수 없었기 때문이다. 마잉은 서학의 학문체계에서 매우 큰 비중을 차지하는 '자연학술'을 오히려 기타학술로 분류하고 있는데, 이는 '자연학술'이 전통학술에서 차지하는 비중이 그만큼 크지 않기 때문이다. 경학을 구성하는 기본 텍스트인 『시경』, 『서경』, 『주역』 등은 각기 문학, 사학, 철학의 범주로 귀속시킬 수 있지만, 그렇게 하는 순간 유기적인 통합체로 유지해온 경학체계는 해체되고 말 것이다. 전통학술을 서학의 학문체계로 재정립하더라도 전통학술의 본령인 경학만큼은 독립된 분과학문 영역으로 계속 유지함으로써 학문적 자기동일성을 이어갈 수 있는 것이다.

허빙송(何炳松)은 「소위 '국학'을 논함(論所謂'國學')」이라는 글에서 국학을 연구해야 할 당위성을 이렇게 표명한 바 있다. "왜냐하면 우리나라는 2천여 년의 학술을 가지고 있어 세계의 학술에서 상당한 지위를 차지해야 하기 때문이다. 그렇다면 우리 스스로 이러한 연구의 책임을 짊어져야 하며 서양학자들이 우리를 대신하여 정리하도록 내버려 두어서는 안 된다. 더욱이 스스로 눈을 감고 오로지 서양학자들을 뒤쫓아 우리의 학술을 연구해서도 안 된다."24) 이렇게 중국의 전통학술에 대한 자부심과 그에 대한 연구 책임을 강조하는 상황에서 경학 중시는 당연해

종타이(鐘泰)는 '육서편(六書篇), 성운편(聲韻篇), 장구편(章句篇), 육예편(六藝篇), 제자편(諸子篇), 목록편(目錄篇), 한송이동편(漢宋異同篇), 문장체제편(文章體制篇)'으로 분류하였고, 우원치(吳文祺)는 '고정학(考訂學), 문자학(文字學), 교감학(校勘學), 훈고학(訓詁學)'으로 분류하였다. 그리고 중국문화사의 관점에서 후스(胡適)는 '민족사, 언어문자사, 경제사, 정치사, 국제교통사, 사상학술사, 종교사, 문예사, 풍속사, 제도사'로 분류하였고, 차오쥐런(曹聚仁)은 '(갑)문학: 평민문학, 귀족문학, 평민화문학, 병태문학, (을)사학, (병)철학: 도가, 유가, 묵가, 법가, 불학, 송명이학, 동원철학(東原哲學), (정)인생철학, (무)정치학, (기)문자학: 훈고학, 음운학, (경)논리학, (신)심리학, (임)천문학, (계)산학(算學), (자)기타과학, (축)종교, (인)미술'로 분류하였다.

24) 何炳松, 「論所謂'國學'」(1929): 胡道靜 主編, 『國學大師論國學(上)』(東方出版中心, 1998), p.61.

보인다. 민국(民國)이 들어선 1912년 이후 대학학제 구성에서 경학이 더 이상 독립적인 분과학문으로 자리 잡지 못하였다고 하더라도 구체적인 학문실천 속에서는 여전히 힘을 발휘하고 있었다. 청대까지 이룩한 중국의 학문전통이 자기동일성이라는 관성의 힘으로 작용함으로써 서학의 학문체계가 구축된 이후에도 경학은 학문실천 속에서 분과학문 영역의 하나로 계속 유지될 수 있었다.

장메이성(張梅笙)은 『국학입문(國學入門)』의 「머리말」에서 젊은이들에게 국경의 구분이 없는 학문 현실과 서양 학문 중심의 실제 상황을 인정하면서도 중국 '스스로 가진 보배'를 잊어서는 안 된다고 주문했다.25) 장메이성은 '스스로 가진 보배'인 국학을 진흥시키는 것이 중요하다고 인식하고 당시 진행된 국학연구의 성과를 구체적으로 예거하였다. 그는 '최근 학술사상'을 설명하면서 민국 이후 20년 동안 학문연구가 주로 '옛 자서(子書)와 사서(史書)의 탐구' 및 '신문화의 창설' 측면에서 이루어졌다고 말하고, 특히 '옛 자서와 사서의 탐구'의 특징으로서 자학(子學)의 발흥, 갑골문(甲骨文)의 수집과 연구, 고사(古史)에 대한 회의(懷疑) 등 세 가지를 들었다.26) 그는 자학(子學)의 발흥이 서양인들의 철학을 익혀서 증명하고 설명함으로써 가능하게 되었는데, 먼저 위항(余杭)의 장빙린(章炳麟)이 불교이론[佛理]과 서양학설[西說]로써 제자(諸子)를 명백히 밝혀내어 묵자·장자·순자·한비자에 대한 독창적인 견해가 있었으며, 지시(績溪)의 후스(胡適), 신후이(新會)의 량치차오가 그 뒤를 이어 자학(子學)이 드디어 일세를 풍미하게 되었다고 했다. 또 갑골문 연구에 대해서는, 최근 인쉬(殷墟)의 서계(書契)가 나오고 뤄전위(羅振玉), 왕궈웨이(王國維) 두 사람이 고증하고 해석하니 귀

---

25) 張梅笙, 『國學入門』(中央編譯出版社, 2009), p.1 참조.
26) 張梅笙, 『國學入門』, p.150-151.

갑고문(龜甲古文)의 학이 드디어 『설문해자』를 덮어버리고 그것을 대신하게 되었으며, 이에 근거해 고례(古禮)와 고문(古文)을 고증하니 경전을 연구해온 많은 학자들이 도달하지 못했던 것들을 발견하게 되었다고 설명했다. 고사(古史)에 의문을 제기한 후스(胡適), 구제강(顧頡剛), 첸쉔통(錢玄同) 등 고사변파(古史辨派)의 연구 경향도 구체적으로 제시하여 옛것을 의심하고 위작을 변별해냄으로써 성인을 숭상하고 경전을 존중하는 견해를 버리고 오로지 고사(古事)의 탐구에 매진하게 되었다고 했다. 이렇게 장메이성이 국학연구의 성과를 구체적으로 예거한 것은 '고유의 미덕'을 회복하기 위한 것이었다. "대개 우리나라 4천여 년의 문화는 도덕·철학·정치 면에서 진실로 구미를 초월하고 있다. 부족한 것은 물질의 문명, 과학의 응용일 따름이다. 그런즉, 오늘날 나라를 구하고 모욕을 씻으려 한다면, 진실로 그 고유의 미덕을 회복하고 그 미비한 새 지식[新知]을 더 보탠다면 이로써 족할 것이다."27) 국학연구의 활성화를 기대하는 장메이성의 주장은 1930년대에도 여전히 '중체서용론'의 관점이 어느 정도 호소력을 가지고 있었음을 보여준다. 이른바 5·4신문화운동 이후 중국의 전통 학문체계는 분화해체되고 서학 중심의 새로운 학문체계로 전환되었지만, 학문적 자기동일성의 유지라는 관성의 힘이 크게 작용함으로써 경학(經學)적인 학문전통이 여전히 저변에 흐르고 있었던 것이다.

학문적 자기동일성의 유지와 관련된 학문전통의 계승은 청대 장쉐청(章學誠)의 학술사상이 청말의 장타이옌의 학술사상으로 계승되고, 그것은 다시 베이징대학의 문과 교수로 포진한 장타이옌의 제자들에게로 계승된다는 사실에서도 확인할 수 있다. 장쉐청은 '육경은 모두 역사이

---

27) 張梅笙, 『國學入門』, p.152.

다(六經皆史)'라고 하여 경전을 역사〔史〕의 범주로 해석하는 분위기를 선도했다. 이러한 관점을 이어받은 장타이옌도 역사〔史〕를 중시하여 그 것을 민족성〔種性〕을 자극하고 혁명을 주장하는 이론적 근거로 삼고자 했다. 또 그는 경전을 역사로 다룰 수 있었기 때문에 경전을 벗어나서 제자(諸子) 연구로 확대하여 새로운 학문적 업적을 이룩할 수 있었다. 장타이옌의 제자들, 이를테면 첸쉔통(錢玄同), 선젠스(沈兼士), 주시 쭈(朱希祖) 등도 베이징대학에 포진하여 역사〔史〕와 제자(諸子)를 중 시하여 그것을 학문적으로 정립시키고자 노력했다. 더욱이 청대 학술은 정치를 탈각한 학문의 순수성을 중시하고 학문의 다양성도 인정하였으 니 방법론적으로 서학에 부합하는 측면도 있어 학문전통으로 계승될 수 있는 여지가 많았다. 구제강(顧頡剛)은 청대 학풍의 특징을 설명하면 서, 이전 시대에는 학문을 정치에 응용하는 것을 최종적인 목적으로 하 였던 반면, 청대의 학자들은 응용의 속박으로부터 과감히 벗어나려고 했 고, 이전 시대에는 일존(一存) 한 가지만 존숭하도록 규정하였던 반면, 청대의 학자들은 고대의 각종 학파를 회복함으로써 자연히 일존의 속박 도 해제시켰다고 했다.28) 청대 학문전통이 서학의 학문체계 내에서 현 대적 계승이 가능하게 된 것은 청대 학술의 이러한 특징에 힘입은 바 크 다. "나는 그들의 학문방법의 정밀함을 좋아했고, 그들이 각고의 노력을 다해 증거를 찾는 것을 좋아했으며, 그들의 치용(致用)을 생각하지 않 는 실사구시의 정신을 좋아했다"29)라는 구제강의 술회는 학문전통의 계 승이라는 측면에서 진실하게 들린다.

다만 주의할 것은, 국학연구의 활성화이든 경학의 독립이든 그것이 학

---

28) 고힐강 지음, 김병준 옮김, 『고사변 자서』(소명출판, 2006), p.135 참조.
29) 고힐강 지음, 김병준 옮김, 『고사변 자서』, p.60 참조.

문적 자기동일성과 관련되어 있다고 하더라도 구체적인 학문실천에서는 서학의 학문체계로 중국의 전통학술을 새롭게 분류하고 해석하는 것이 주된 흐름이었다는 점이다. 다시 말하면 전통 지식과 사상 속에서 서양의 근대 지식과 사상을 이해할 수 있는 자원을 찾아내려는 노력이 적극적으로 행해졌다는 점이다. 이때 전통 지식과 사상 가운데서 자원을 찾아 서양의 근대 지식과 사상을 이해하고 해석하며 표현하는 과정은 결국 중심임을 자부해온 전통 지식과 사상을 주변부로 밀어내는 결과를 초래한다. 거자오광(葛兆光)의 적절한 지적처럼 "중국에서 새로운 변화는 오히려 역사와 전통의 면모를 갖추고 출현한다. 역사와 전통은 무소부재의 강대함과 풍부함이 있기 때문에, 또 역사와 전통이 가지는 의심할 수 없는 정당성과 권위 때문에, 사람들은 옛 용어로 새로운 지식을 해석하고, 본래 있었던 사건으로 현재의 새로운 현상에 비유하며, 낡은 것으로 현대적인 것을 수식한다."30) 따라서 근대 중국의 학문체계의 전환은 겉으로 보기에 학문전통의 계승이라는 복고적인 경향이 강하였지만, 그것은 학문적 자기동일성의 유지라는 맥락에서 이해해야 하며 그 이면은 오히려 과거의 지식과 사상이 새로운 학문체계에 재배치되는 과정으로 파악해야 하는 것이다.

3. 학문의 보편성과 순수학문의 탐구

청말 유신변법을 주도했던 탄스통(譚嗣同)은 "공리(公理)라고 하는 것은 동해(東海)에 놓아도 정확하고, 서해(西海)에 놓아도 정확하고,

---

30) 葛兆光 지음, 이연승 옮김, 『사상사를 어떻게 쓸 것인가』(영남대학교출판부, 2008), p.231.

남해(南海)에 놓아도 정확하고, 북해(北海)에 놓아도 정확하다. 동해에도 성인이 있고 서해에도 성인이 있으니, 이것이 바로 마음이 같고 이치가 같다는 의미이다"31)라고 했는데, 그가 언급한 '공리'는 넓은 의미의 '학문' 또는 '학술'의 개념에 기초하고 있다. 그리고『천연론(天演論)』(진화론)의 출판으로 청말 사상계에 큰 충격을 준 바 있는 옌푸(嚴復)는 "오늘날 학(學)이라고 말하는 것은, 보이지 않고 가려져 있는 것을 탐색하고 다른 것을 합쳐 보고 같은 것을 흩뜨려서 이치를 하나로 관통시키는 일이다. 그러므로 서양 사람들이 그 한쪽을 들어서 '학'이라고 부르는 것은 지극히 빈틈없는 일이다"32)라고 말했다. '학(學)'은 '종교'적인 의미의 '교(敎)'와 다르고 구체적으로 용용할 수 있는 '술(術)'과도 구별되는데, 그것은 자연과 사회 등의 각 영역의 원리와 보편지식을 탐구하고 발견하는 것을 목적으로 한다. 따라서 탄스통과 옌푸는 서양의 '과학(Science)'33) 개념에 가까운 '학'의 개념을 어느 정도 정립하고 있었다고 할 수 있다.

'과학' 개념에 가까운 '학'에 대한 관념은 량치차오에 이르러 더욱 분명해진다. 량치차오는 1911년 6월 26일『국풍보(國風報)』(제2년 제15기)에 발표한「학과 술(學與術)」이라는 글에서 학(學)과 술(術)을 구분

---

31) 譚嗣同,「與唐紱丞書」,『譚嗣同全集』(增訂本) 上冊, p.264. 王中江,『近代中國思維方式演變的趨勢』(四川出版集團・四川人民出版社, 2008), p.403 재인용.

32) 嚴復,「救亡決論」,『嚴復集』第1冊, p.52. 王中江,『近代中國思維方式演變的趨勢』, p.403 재인용. "今夫學之爲言, 探賾索隱, 合異離同, 道通爲一之事也. 是故西人擧一端而號之曰'學'者, 至不苟之事也."

33) 중국에서 '과학(科學)'이라는 용어는 20세기 초에 점차 통용되는데, 일본의 '과학' 관련 저작이 번역되고 그들의 과학 관련 논의가 전해지면서 가능하게 되었다. '과학'이라는 용어는 이전의 '격치학(格致學, 자연과학)' 및 '분과학문(分科之學)'이라는 의미로 겹쳐 사용되다가 점차 '과학'이 우위를 차지하여 현대 학문과 지식에서 독점적인 용어로 자리 잡았다. '공리(公理)'는 '과학' 아래에 각 학문분과의 보편적인 지식・학설 그리고 원리를 통칭하는 것으로 사용되었다. 王中江,『近代中國思維方式演變的趨勢』, p.407 참조.

하여 학을 순수학문인 '과학'의 의미로, 술을 '응용기술'의 의미로 설명한 바 있다. 그는 서양의 'Science'와 'Art'의 구분을 학과 술로 나누어 설명했다. 량치차오는 중국에서 학술(學術)이라는 두 개의 글자는 연속적으로 하나의 명사를 이루지만, 『한서·곽광전찬(漢書·霍光傳贊)』에서 '배우지 않으면 방법을 갖지 못한다(不學無術)'라는 말이 나오면서부터 '학(學)'과 '술(術)'을 대칭적으로 사용하기 시작했다고 밀했다. 그는 근세 서양에서 학문이 크게 흥성하여 학자들이 비로소 학과 술의 분야를 나누게 되었다고 말하고 "학(學)이라고 하는 것은 사물을 관찰하여 그 진리를 발견하는 것이고, 술(術)이라고 하는 것은 발견된 진리를 취하여 실제 쓰임에 적용하는 것이다"34)라고 그 개요를 설명했다. 그리고 학과 술의 구분을 명확히 하기 위해 서양 학자 튀르고(Turgot)의 다음과 같은 말을 길게 인용했다. "과학(科學, 영국의 Science, 독일의 Wissenschaft)이라고 하는 것은 사물의 원인결과의 관계를 연구 탐색하는 것을 목적으로 하는 것이며 사물의 옳고 그름이나 좋은가 그렇지 않은가를 묻지 않는다. …… 기술(術, 영국의 Art, 독일의 Kunst)은 이와 상반된다. 바라는 바가 있으면 그것을 달성하고자 하고 싫어하는 바가 있으면 그것을 피하고자 하는데, 달성하거나 피하고자 하는 방책 중에 무엇이 적당한지를 연구하며, 과학 상 발견한 원리원칙을 이용하여 실제에 시행하는 것이다. 이로부터 말하자면, 학이라고 하는 것은 술의 본체요, 술이라고 하는 것은 학의 응용이다. 이 둘은 서로 밀접한 관계를 가지고 있다. 학이면서 술에 응용하기에 부족하면 무익한 학이요, 술이면서 과학상의 진리를 기초로 하지 않으면 세상을 속이고 사람을 그르치는 술이다."35)

---

34) 梁啓超, 「學與術」, 『飮氷室文集』 第四集, p.2246. "學也者, 觀察事物而發明其眞理者也; 術也者, 取所發明之眞理而致諸用者也."

35) 梁啓超, 「學與術」, 『飮氷室文集』 第四集, p.2246.

이렇게 량치차오는 서양 학자의 '과학(Science)'과 '기술(Art)'에 대한 설명을 상세하게 인용하면서 학과 술의 구분을 명확히 한 뒤 중국의 병폐를 지적했다. 그 병폐는, 첫째 학과 술을 서로 뒤섞어버리는 것이고, 둘째 학과 술을 서로 별개의 것으로 여기는 것이다. 학을 술에 뒤섞어버리면 종종 일시적인 사견(私見)에 의해 가려져서 원리원칙을 충실하게 고찰할 수 없게 되며, 술을 학에 뒤섞어버리면 종종 한 가지 일의 우연한 성패 때문에 융통성 없이 다른 일에도 적용하게 된다는 것이다. 술을 벗어나서 학을 말하므로 고거(考據)·첩괄(帖括)의 학문처럼 머리가 하얗게 쇠도록 노력해도 전혀 세상에 쓰일 수 없게 되며, 학을 벗어나서 술을 말하므로 오늘날 신정(新政)을 말하는 사람들처럼 공연히 다른 사람들의 명칭을 습용하여 아침에 장정(章程)을 반포하고 저녁에 국소(局所)를 설치하지만 그 응용이 어떤 원칙에 의한 것인지 알지 못하고 일을 더욱 복잡하게 만들 뿐이라고 했다.36) 량치차오는 서양의 근대 학문체계 내에서의 학과 술이 명확히 구분되면서도 상호 연관성을 가진다는 사실을 분명하게 인식하고, 이에 근거하여 학과 술의 구분이 모호한 중국의 병폐를 지적한 것이다. 량치차오의 언급에서 알 수 있듯이 1910년대에 중국에서는 이미 학과 술의 구분이 뚜렷하여 순수학문과 응용학문의 차이 및 둘의 상호관계를 충분히 인식하고 있었다.

그렇다고 그런 구분이 곧바로 사회적으로 널리 받아들여진 인식이 되었는가 하는 것은 별개의 문제이다. 관념 차원의 인식으로부터 더 나아가 학과 술의 구분을 사회적 실천을 통해 현실적으로 구현하고자 한 사람이 차이위안페이(蔡元培)였다. 그는 학과 술을 구분하고 학의 원리성과 근본성을 대학학제를 통해 구현하고자 하였는데, 베이징대학(北京大

---

36) 梁啓超, 「學與術」, 『飮氷室文集』 第四集, p.2246 참조.

學)의 체제정비를 통해 구체화되었다. 그는 독일의 대학체제를 본받아 베이징대학을 개혁할 때 우선 '학이 기본이고, 술은 가지줄기이다'라는 인식을 바탕으로 학의 영역으로서 '문·리(文理)를 중시할 것'을 강조했다. 차이위안페이는 우선 '학술(學術)'을 '학(學)'과 '술(術)'로 엄격하게 구별했다. "학술은 학과 술의 두 개의 명사로 나눌 수 있으니, 학은 학리이고 술은 응용이다. 각국 대학의 모든 학문분과, 예컨대 공상(工商), 법률(法律), 의학(醫學)은 학리(學理)를 연구하는 것일 뿐만 아니라 적용(適用)도 강구하는 것이어서 모두 술이다. 순수한 과학과 철학이 바로 학(學)이다. 학은 반드시 술을 빌려 응용이 되고, 술은 반드시 학을 기본으로 삼아야 하니 양자가 나란히 나아가야 한다."37) 오늘날의 관점에서 보아 학술은 학문 활동을 가리키거나 학문의 방법과 이론을 탐구하는 것을 뜻하지만, 차이위안페이는 단음절어로 구성된 중국 문언의 특징을 고려하여 '학술'을 원리를 탐구하는 '학문'과 실제에 응용하는 '기술'로 분리하여 설명한 것이다. 물론 차이위안페이가 '학술'을 '학'과 '술'로 구분한 것은 순수학문과 응용기술 중에서 순수학문의 우위성을 내세우기 위한 것임은 두말할 필요가 없다. 그가 '학술'을 하나의 개념어로서 학문 활동이나 학문 탐구의 의미로 사용하기도 했지만, 학과 술을 엄격히 구분한 것은 학의 원리성 또는 근본성을 강조하기 위한 것이었다.

차이위안페이가 문·리(文理) 두 과(科)를 대학의 핵심 전공영역으로 간주한 것도 학(學)의 원리성을 중시한 데서 비롯된다. "나 개인적인 의견으로는 학과 술은 비록 관계가 지극히 밀접하지만 배우는 사람의 목적이 같지는 않다. 문·리(文理)는 학이다. 비록 간접적인 응용이 있지만, 이를 전공하는 사람은 진리를 연구하는 것을 목적으로 하여 종신토록 종

---

37) 蔡元培,「在愛丁堡中國學生會及學術研究會歡迎會演說詞」: 高平淑 編, 『蔡元培教育文選』(人民教育出版社, 1980), p.135.

사하는 것이다. 겸업이라고 해봐야 가르치고 저술하는 것뿐이며 학리범
위를 벗어나지는 않는다. 법·상·의·공(法商醫工)은 술이다. 직접적
으로 응용하는 것이며, 이를 전공하는 사람 중에 영구적으로 연구하고자
하는 흥취가 있을 수 있지만 일정한 한도에 그치고 직접 사회를 위해 일
해야 한다. 직접 사회를 위해 일하면서 얻은 경험을 되돌려서 그 술의
진보를 촉진하지만 학을 전공하는 사람의 지극히 깊은 연구와는 다르
다."38) 차이위안페이가 1912년 대학학제를 새롭게 정비할 때 법·상
(法商) 등의 과(科)를 설치하려면 반드시 문과(文科)를 함께 설치해야
하며, 의·농·공(醫農工) 각 과를 설치하려면 이과(理科)를 함께 설치
해야 한다고 규정한 것은 학을 기본으로 하고 술을 가지줄기로 삼아야
한다고 보았기 때문이다. 차이위안페이는 학리를 추구하는 순수학문만
을 대학이 담당하고 나머지 실용적인 분야는 따로 전문대학을 설치하여
담당하도록 해야 한다는 입장이었다.39) 그가 학을 연구하면 대학이라
부를 수 있고 술을 연구하면 고등전문학교라 부를 수 있다고 한 것은 그
런 의미이다.

요컨대, 차이위안페이는 '학리'를 중시하여 그것을 대학제도로서 구현
하고자 하였는데, 이는 그가 원리를 탐구하고 이론을 정립하는 순수학문
에 대한 강한 신념을 가지고 있었기 때문이다. '학리'를 중시하는 차이위
안페이의 신념은 결국 베이징대학의 체제정비로 실현되었으니, 그 결과

---

38) 蔡元培,「在愛丁堡中國學生會及學術研究會歡迎會演說詞」: 高平淑 編, 『蔡元培教育文選』,
　　1980), p.135.

39) 1920년 베이징대학은 구체제에 따라 세워진 문·리·법(文理法) 3과(科)를 다시 5부(部)로
　　개편하였다. 제1부는 수학계(數學系), 물리계(物理系), 천문계(天文系)를 포함하고, 제2부는
　　화학계(化學系), 지질계(地質系), 생물계(生物系)를 포함하고, 제3부는 심리계(心理系), 철학
　　계(哲學系), 교육계(敎育系)를 포함하고, 제4부는 중국언어문학계(中國語言文學系), 영국언
　　어문학계(英國語言文學系), 프랑스언어문학계(法國語言文學系), 독일언어문학계(德國語言
　　文學系) 및 앞으로 설치할 기타 국가의 언어문학계를 포함하고, 제5부는 경제계(經濟系), 정
　　치계(政治系), 법률계(法律系), 사지계(史地系)를 포함한다.

초기 베이징대학에서는 순수학문을 중시하는 기풍이 일어나 학술연구가 크게 진작되었다. "중국 학술은 학(學)을 단위로 하는 경우는 극히 적고 사람〔人〕을 단위로 하는 경우가 많다. 전자는 과학이고 후자는 가학(家學)이다"40)라는 푸스녠(傅斯年)의 지적처럼, '학'에 대한 관념이 약하고 가학(家學)에 기초해온 중국의 학문 풍토에서 차이위안페이는 베이징대학의 체제정비를 통해 전통적인 분위기를 일신하고자 했던 것이다.

학문의 순수성을 사회제도적으로 구현한 차이위안페이와 달리 개인적인 학문실천을 통해 그것을 구현하고자 한 사람이 왕궈웨이(王國維)이다. 왕궈웨이는 학문의 보편적 가치를 굳게 믿고 그러한 신념에 따라 많은 학문적 업적을 이룩하였다. 왕궈웨이의 입장은 중학(中學)과 서학(西學)의 구분이 무의미함을 지적하는 데서 출발한다. 그는 「『국학총간』 서(『國學叢刊』 序)」에서 '학(學)의 의미'가 세상에 제대로 밝혀지지 않은 지가 오래되었다라고 말하고 "오늘날 학을 주장하는 사람 사이에 신구(新舊)의 논쟁, 중서(中西)의 논쟁, 유용의 학·무용의 학 논쟁이 있다. 나는 그래서 천하를 향해 '학에는 신구가 없고, 중서가 없고, 유용·무용이 없다'고 말한다"41)라고 했다. 그는 신구, 중서, 유용·무용이라는 말을 사용하는 사람들은 학을 한다고 주장하지만 학을 제대로 알지 못하는 사람이라고 비판했다. 이어 왕궈웨이는 '학의 의미'를 설명하면서 옛사람의 '학'은 지식과 실천〔知行〕을 함께 일컬었고 오늘날은 오로지 지식〔知〕만을 일컫는데, 오늘날의 '학'은 크게 세 가지로 분류할 수 있으니, 과학(科學), 사학(史學), 문학(文學)이 그것이라고 했다.42) 왕궈웨이

---

40) 傅斯年,「中國學術思想界之基本誤謬」,『新靑年』第4卷 第4號(1918.4.15). "中國學術, 以學爲單位者至少, 以人爲單位者轉多. 前者謂之科學, 後者謂之家學."

41) 周錫山 編校,『王國維集』第二冊(中國社會科學出版社, 2008), p.324.

42) 周錫山 編校,『王國維集』第二冊, p.324. "學之義, 廣矣. 古人所謂'學', 兼知行言之. 今專以知言, 則學有三大類:曰科學也, 史學也, 文學也."

는 지식과 실천(도덕)을 포함하는 전통적인 '학'의 범주에서 실천(도덕) 영역을 제외한 지식 영역만을 학으로 간주하고 그것을 과학, 사학, 문학으로 분류하였다. 실천(도덕)을 제외하고 지식만을 '학'으로 간주한 것은 그가 '학'을 순수학문의 관점에서 이해하고 있었기 때문이다. 과거 중국에서는 '학'이 지식과 실천(도덕)을 함께 포함하는 개념이었다고 하더라도 실질적으로는 도덕적 실천이 중심을 이루어 지식론이 발달하지 못했음을 감안할 때, 지식〔知〕만을 '학'의 범주에 포함시키고 있는 왕궈웨이의 인식은 중대한 변화라고 하지 않을 수 없다.

왕궈웨이는 학의 세 가지 영역을 다음과 같이 구체적으로 설명했다.

무릇 사물을 기술하고 그 원인을 추구하여 그 법칙을 확정하는 것을 과학이라 한다. 사물 변천의 궤적을 추구하여 그 인과를 밝히는 것을 사학이라 한다. 둘 사이를 오가며 사물을 감상하고 감정을 펼치는〔玩物適情〕 효과를 겸비하고 있는 것을 문학이라 한다. …… 무릇 사물은 반드시 그 진실〔眞〕을 다해야 하고 도리(道理)는 반드시 그 옳음〔是〕을 추구해야 하는데, 이것은 과학이 담당하는 바이다. 지식의 진실과 도리의 옳음을 추구하고자 하는 사람은 사물과 도리가 그렇게 존재하는 이유와 그 변천의 까닭을 알지 않으면 안 되는데, 이것은 사학이 담당하는 바이다. 지식과 도리의 의론(議論)으로써 표현할 수 없지만 정감(情感)으로써 표현할 수 있는 것, 그리고 실지(實地)에서 추구할 수 없지만 상상에서 추구할 수 있는 것은 문학이 담당하는 바이다.[43]

왕궈웨이가 '학'을 과학, 사학, 문학의 세 가지로 구분한 것은 학문의 분과체계에 따른 것이라기보다 학문하는 방법의 차이를 염두에 둔 것으

---

43) 周錫山 編校, 『王國維集』 第二冊, p.324.

로 보인다. 왕궈웨이의 구분에 따르면, 과학은 원리탐구의 방법에, 사학
은 인과의 사적 방법에, 문학은 정감과 상상의 방법에 의거한 것이다.
왕궈웨이의 이러한 학의 구분은 서양의 근대학문에 대한 이해로부터 나
온 것이지만, 어느 나라의 학문이든 모두 이 세 가지 영역에 포섭된다고
하였으므로 그는 학문의 보편성을 제기하고 있는 셈이다.

왕궈웨이는 "왜 학에는 중서(中西)가 없다고 말하는가?"라는 물음을
제기하고 다음과 같이 설명한다. "세계 학문은 과학, 사학, 문학에서 벗
어나지 않는다. 그래서 중국의 학(學)은 서양 나라에서도 비슷하게 그것
을 다 가지고 있고, 서양 나라의 학은 우리나라에서도 비슷하게 그것을
다 가지고 있다. 다른 점은 광협(廣狹)과 소밀(疏密)의 차이일 뿐이
다."44) 중학(中學)이든 서학(西學)이든 학문의 본질 면에서는 서로 동
일하며, 단지 광협과 소밀의 차이가 있을 뿐이라는 것이다. 더욱이 중국
의 병폐는 학(學)이 없다는 데 있는 것이지 중학이냐 서학이냐 하는 선
택의 문제가 아니라고 했다.45) 그래서 왕궈웨이는 "나는 중서(中西) 두
학(學)이 흥성하면 함께 흥성하고 쇠락하면 함께 쇠락하니 풍기(風氣)
가 이미 열린 이상 서로 밀어주고 도와준다고 말하겠다. 게다가 오늘날
세상에 의거하여 오늘날의 학(學)을 강구해야 하는데, 서학이 흥하지 않
아야 중학이 흥할 수 있다는 것은 있을 수 없고, 역시 중학이 흥하지 않
아야 서학이 흥할 수 있다는 것도 있을 수 없다. 특히 내가 말하는 중학
은 세상의 군자들이 말하는 중학이 아니며 이른바 서학은 오늘날 학교에
서 가르치는 서학이 아니다."46)라고 했다. 왕궈웨이는 신구의 대립이나
중서의 대립이 학문의 본질을 왜곡하여 생산적인 논의를 이끌어낼 수 없

---

44) 周錫山 編校, 『王國維集』 第二冊, p.325.

45) 周錫山 編校, 『王國維集』 第二冊, p.325 참조.

46) 周錫山 編校, 『王國維集』 第二冊, p.325.

다고 보았다. 그는 학문은 특정 지역이나 국가에 한정된 고정적인 실체로 이해하거나 상호 대립적인 관계로 파악해서는 안 되며 보편성을 바탕으로 평등하게 대해야 한다는 점을 표명한 것이다. 그런 점에서 왕궈웨이가 인식한 중학(中學)도 도덕적 수양을 중시하는 전통적인 중학과도 다르며, 그가 인식한 서학도 당시 신식 학교에서 가르치고 있던 실용적인 기술 중심의 서학과도 다르다. 왕궈웨이는 "세상의 군자들은 유용의 쓰임〔有用之用〕만 알고 무용의 쓰임〔無用之用〕을 알지 못하는 사람들이라 할 수 있다"47)라고 말함으로써 '유용·무용'의 대립 자체를 부정하면서 '무용의 쓰임〔無用之用〕'의 진리추구가 학문의 근본 목적임을 강조했다.48)

왕궈웨이는 학문의 보편성을 믿고 진리탐구의 순수학문을 추구함으로써 이론적인 주장에 머물지 않고 스스로 학술연구에 매진했다. 천인췌(陳寅恪)는 1934년 『왕궈웨이 유서(王國維遺書)』의 서문에서 왕궈웨이의 학술내용과 학문연구방법을 세 가지로 개괄하여 제시했다. 첫째, 땅 속에 있는 실물(實物)을 가져다 종이 상의 유문(遺文)과 서로 해석하고 증명했는데, 이는 고고학과 상고사(上古史)에 대한 저작에 속한다. 예컨대, 은(殷)나라 복사(卜辭) 중에서 발견한 선공선왕고(先公先王考) 및 귀방곤오험윤고(鬼方昆吾獫狁考) 등이 그것이다. 둘째, 이족(異族)의 옛 책을 가져다 중국의 옛 책과 서로 보정(補正)하였는데, 이는 요·금·원(遼金元)의 역사적 사실 및 변강(邊疆)의 지리(地理)에 관한 저작에 속한다. 예컨대, 명(萌)의 고고(考古) 및 원나라 비사(秘史)의 주요 원인

---

47) 周錫山 編校, 『王國維集』 第二冊, p.326.

48) 량치차오도 나중에 『청대학술개론(淸代學術槪論)』에서 "실제로 순수한 학자의 입장에서 논한다면, 다만 학문이 되느냐, 되지 않느냐 하는 점만을 물어야 할 것이지, 유용(有用)과 무용(無用)을 문제삼을 필요는 없다. 그렇게 하지 않으면 학문은 독립할 수 없고 발달할 수도 없다"라고 했다. 梁啓超, 『淸代學術槪論』(東方出版社, 1996), p.45.

(元朝秘史之主因), 역모견고(亦兒堅考) 등이 그것이다. 셋째, 외래의 관념을 가져다 고유의 재료를 증명하였는데, 이는 문예비평 및 소설희곡의 저작에 속한다. 예컨대, 홍루몽평론(紅樓夢評論)과 송원희곡고(宋元戲曲考) 등이 그것이다.49) 왕궈웨이의 갑골(甲骨)과 금문(金文)을 이용한 중국고대사 해석도 주목할 만하다. 오늘날의 시각에서는 왕궈웨이의 방법이 대수롭지 않아 보일 수도 있지만, 동시대에 학술적 권위를 누렸던 금문(今文) 경학의 대가인 캉유웨이(康有爲)와 고문(古文) 경학의 대가인 장타이옌(章太炎)의 학풍과 비교해보면 그 가치가 분명해진다. 캉유웨이는 변법(變法)을 주장하면서 '탁고개제(托古改制, 옛 것에 의탁해 제도를 개혁한다는 뜻)'를 제기하여 경적(經籍) 중의 어떤 고사(古史) 기록은 류신(劉歆)이 날조한 것으로 믿을 수 없다고 여겼으며, 고고학적 자료로서 출토된 종정이기(鐘鼎彝器)를 믿지 않았다. 혁명파의 이론적 근거를 제공했던 장타이옌은 경학 면에서 그리고 중국고대사 면에서 캉유웨이의 관점과 크게 달랐지만, 그는 전통적인 삼황오제(三皇五帝)의 고사(古史) 체계를 믿었으며 그 역시 갑골(甲骨)과 금문(金文)을 믿지 않았다. 당시 캉유웨이와 장타이옌은 국학계(國學界)의 권위자로 군림하고 있었으나 왕궈웨이는 그들의 관점과 달리 갑골문으로 상(商)나라의 역사를 증명하고 금문(金文)으로 주(周)나라의 역사를 증명하였으며, 중국고대사의 연구 면에서 또는 중국 고대 사료의 훈고고증 면에서 탁월한 공헌을 하였다.50) 왕궈웨이가 이렇게 많은 학문적 업적을 이룩할 수

---

49) 陳寅恪,「王靜安先生遺書序」,『王國維遺書(一)』(上海書店出版社, 1996.8, 第二次印刷) "一日取地下之實物與紙上之遺文互相釋證, 凡屬於考古學及上古史之作, 如隱卜辭中所見先公先王考及鬼方昆吾玁狁考等是也. 二曰取異族之故書與吾國之舊籍互相補正, 凡屬於遼金元史事及邊疆地理之作, 如萌考古及元朝秘史之主因亦兒堅考等是也. 三曰取外來之觀念與固有之材料互相參證, 凡屬於文藝批評及小說戲曲之作, 如紅樓夢評論及宋元戲曲考等是也."

50) 楊向奎,「"古史辨派"的方法論」(節錄): 馮天瑜・鄧建華・彭池 編著,『中國學術流變(下)』(華東師范大學出版社, 2003), pp.731-732 참조.

있었던 것은 순수학문의 가치를 굳게 믿고 학문실천에 매진했기 때문이다. 왕궈웨이의 학술연구는 대체로 서양의 근대 학문관념을 가져다 중국 고유의 재료를 증명하는 것이었으니 이러한 학술연구방법은 그가 학문의 보편성을 굳게 믿은 데서 말미암은 것이다.

4. 국학연구의 '사상' 지향과 '학술' 지향

량치차오(梁啓超)는 1902년에 발표한 「학술의 위력이 세계를 좌우한다(論學術之勢力左右世界)」라는 글에서 '위력(威力)' 면에서는 알렉산더와 칭기즈칸을 따를 자 없었으나 오늘날까지 그의 유풍(流風)과 여열(餘烈)은 남아 있지 않으며, '정술(政術)' 면에서 메트르니히가 오스트리아에서 주도권을 잡고 나폴레옹 3세가 프랑스에서 정권을 잡고 있을 때가 으뜸이었으나 그 정책은 그의 몸과 이름과 함께 사멸되었는데, 그렇다면 "천지간에 유일무이한 대 세력(大勢力)은 어디에 있는가? 지혜(智慧)일 따름이요 학술(學術)일 따름이다"[51]라고 말했다. 량치차오는 '위력'이나 '정술'은 일시적이지만 '학술'은 항구적인 힘을 가지고 있음을 역설하였는데, '학술'은 '지혜'라는 말과 병치되고 있거니와 물리적인 '위력'이나 실용적인 '정술'과 구별되는 정신적 요소에 해당한다.

량치차오는 1902년에 발표한 『중국 학술사상 변천의 대세를 논함(論中國學術思想變遷之大勢)』이라는 저술에서는 '학술'이라는 말 대신에 학술과 사상을 하나로 묶어 '학술사상'이라는 말로 표현하고 그 중요성을 이렇게 강조했다. "학술사상은 한 나라에 있어서는 사람들의 정신과 같

---

51) 梁啓超, 「論學術之勢力左右世界」, 『飮氷室文集』 第一集, p.285.

으며, 정사(政事), 법률, 풍속 및 역사상 여러 가지 형상은 그것의 형질이다. 그래서 그 나라의 문야(文野)와 강약(强弱)의 정도가 어떠한지 엿보려면 반드시 학술사상을 살펴보아야 한다."52) 그는 또 "만약 제군들이 본국의 학문을 버려두고 종사할 필요가 없다고 하면 우리나라는 비록 백수십 명의 다윈, 존 밀러, 헉슬리, 스펜서를 얻는다 해도 나는 그것이 학계에 조금의 영향도 없을까 염려된다"53)라고 말했다. 량치차오는 한 나라의 학술사상은 나라사람들의 정신을 대표하는 바, 학술사상을 진작시키기 위해 '본국의 학문'에 종사할 것을 요청하고 있다. 량치차오가 '학(學)'이라는 말 대신에 '학술사상'이라는 말을 사용하고 있어 전통적인 인식과 다른 면모를 보이고 있지만, 학술과 사상을 구분하지 않은 채 통합적인 개념어로 사용하고 있다는 점에서 전통으로부터 완전히 벗어난 것은 아니다.

그는 '학술사상'을 '학문'과 연계시킴으로써 학술의 범주에서 논의하고 있는 듯하지만, 사실은 그것이 사람들의 정신과 관계하고 그 형질로서 정사, 법률, 풍속 등을 예거하고 있어 순수학문 영역보다는 사상영역에 훨씬 가까운 의미로 사용하고 있다. 량치차오에게 '학술사상'은 학술이면서 사상이고 사상이면서 학술을 의미하지만, 강조점이 다를 수 있다. 만일 '학술사상'을 순수 학술로만 한정해서 이해한다면 정사, 법률, 풍속과 직접적인 연관을 맺기 어려울 것이다. 순수 학술이 정사, 법률, 풍속과 연관을 맺으려면 어떤 매개가 필요한데, 그 매개가 바로 사상이다. 그렇

---

52) 梁啓超, 「論中國學術思想變遷之大勢」: 胡道靜 主編, 『國學大師論國學(上)』, p.21. "學術思想之在一國, 猶人之有精神也, 而政事·法律·風俗及歷史上種種之現象, 則其形質也. 故欲覘其國文野强弱之程度如何, 必於學術思想焉求之."

53) 梁啓超, 「論中國學術思想變遷之大勢」: 胡道靜 主編, 『國學大師論國學(上)』, p.23. "若諸君而吐棄本國學問不屑從事也, 則吾國雖多得百數十之達爾文, 約翰彌勒, 赫胥黎, 斯賓塞, 吾懼其於學界一無影響也."

다면 량치차오의 '학술사상'은 학술에서 출발하여 매개로서의 사상까지 포괄하는 개념이지만, 그것이 사람들의 정신과 관계하여 정사, 법률, 풍속까지 나아가야 한다는 점에서 오히려 사상에 편중된 개념이라 할 수 있다.

보통 '학술사상'은 중국의 전통 문맥에서는 '학(學)'이라는 말로 표현되어 왔다. '학'에 대한 쉬서우웨이(許守微)의 주장은 이를 뒷받침해준다. "나라에 학(學)이 있으면 비록 망하더라도 다시 흥하며, 나라에 학이 없으면 한번 망하면 영원히 망한다. 왜인가? 대개 나라에 학이 있으면 나라가 망하더라도 학이 망하지 않고, 학이 망하지 않으면 나라는 다시 만들 수 있다. 나라에 학이 없으면 나라가 망하면 학도 망하고, 학이 망하면 나라의 망함은 마침내 영원해진다."54) 쉬서우웨이가 말한 '학'은 역사동일성을 이끌어내는 어떤 정신적 요소와 관계되는데, 이는 량치차오의 '학술사상'과 동일한 함의를 갖는다.

'학'이나 '학술사상'이라는 말에서 알 수 있듯이 청말(淸末)까지 중국에서는 학술과 사상이 엄밀하게 구분되지 않고 통합적으로 이해되고 있었다. 뤄즈톈(羅志田)이 "중국 전통은 본래 학술분과를 강조하지 않았으니, 오늘날 이른바 '사상'과 '학술'의 구분은 청나라 사람 및 청대 이전의 절대다수의 역대 학자들의 마음속에서 아마 근본적으로 존재하지 않았다"55)라고 말한 것은 충분한 설득력을 갖는다. 그래서 량치차오와 첸무(錢穆)가 각기 동일한 제목으로 쓴『중국근삼백년학술사(中國近三百年學術史)』가 청대 '학술사'의 권위적인 저작인 동시에 청대 '사상사'의

---

54) 許守微, 「論國粹無阻于歐化」, 『國粹學報』 第1年 第7期(1905.8.20): 桑兵, 『晚淸民國的國學硏究』(上海古籍出版社, 2001), p.5.

55) 羅志田, 「導讀:道咸'新學'與淸代學術史硏究」: 章太炎·劉師培 等, 『撰中國近三百年學術史論』(上海古籍出版社, 2008), p.4.

필독서가 될 수 있는 것이다. 물론 학술행위를 통해 사상을 드러내는 경우가 많으므로 학술자체만으로도 사상을 표현할 수 있다. 더욱이 청대 학자들은 대부분 훈고, 음운, 교감 등 고증학 방법을 적용한 학문적 실천으로 경전 연구에 많은 업적을 이룩하였으니 현대적인 관점에서 볼 때 그것은 학술사의 범주에 속한다. 말하자면 청대는 학술사가 두드러져 학술사가 사상사를 포섭하는 양상을 띠고 있는 것이다. 그렇다고 하더라도 량치차오와 첸무가 동일하게 학술사라는 이름으로 사상사를 아울러 다룬 것은 적어도 청대까지 중국에서는 학술과 사상의 구분이 엄밀하지 않았음을 반영한 것이다.

20세기 초에 이르면 서학의 영향으로 말미암아 학술과 사상의 구분이 뚜렷해지는데, 학술과 사상의 구분은 당시 국학(중학)과 서학에 대한 입장의 차이를 분석하는 데 매우 유용한 개념적 범주로 활용할 수 있다. 예컨대, 20세기 초 '국수(國粹)'의 국학 논의는 서양의 침략에 맞서는 저항적 이데올로기를 제공하는 한편 만주족에 대항하는 한족의 정신을 선양하려는 의도를 가지고 있었으므로 경세(經世)를 위한 '사상' 영역에서 진행된 것이었다. 혁명파의 이념을 제공했던 장타이옌이 한족(漢族)의 민족성을 자극하기 위해 국학을 적극적으로 연구한 것은 가장 두드러진 예에 해당한다. 하지만 1911년 신해혁명(辛亥革命) 이후 국학이 더 이상 경세(經世)의 기능을 맡을 수 없고 서학이 대신해서 그 기능을 떠맡게 되자 경세의 기능을 상실한 국학은 결국 학술연구 영역으로 축소될 수밖에 없었다. 5·4신문화운동 이후 그것은 오히려 '국고정리' 운동에서 보듯 학술연구 영역에서 주도적인 위치를 차지하게 된다. 당시 서학이 절박한 경세의 기능을 떠맡아 '사상'으로 유통되기 시작하였다고 하더라도 학문전통이 누적된 중국에서 외래적인 것이 곧바로 '학술'로서 자리 잡기는 어려웠을 것이다. 5·4시기에 사상을 추구하면 서학을 논해야 했고 학술을 추구하면 국학을 대상으로 해야 했던 것은 어쩔 수 없는 상황이기도 했다.

타이징농(臺靜農)은 회고의 글에서 베이징대학 "중문과〔中文系〕의 신구(新舊) 대립은 단지 문언(文言)과 백화(白話)의 논쟁일 뿐이다. 군벌통치의 반대, 과학과 민주의 요구 면에서 중문과의 신구 인물 사이에 의견대립은 없었던 것 같다"[56]라고 했지만, 베이징대학 교수들 사이에 사상적 측면에서 이념대립이 없었던 것은 아니다. 그것은 '문제(問題)와 주의(主義)' 논쟁을 통해 표면화되는데, '문제' 지향의 후스(胡適)와 '주의'지향의 리다자오(李大釗)·천두슈(陳獨秀)의 대립이 그것이다. '문제와 주의' 논쟁은 그때까지 사상과 학술이 '학' 또는 '학술사상'이라는 개념으로 통합되어 있던 데서 점차 분리되어 각기 독립된 영역을 구축해나가는 과정에서 불거진 것이다. 그래서 5·4운동 이후 지식인들의 분화를 촉진한 '문제와 주의' 논쟁은 현대 중국의 사상사 및 학술사를 이해하는 데 매우 중요한 전환점을 제공해준다.

이를 그림으로 나타내면 다음과 같다.

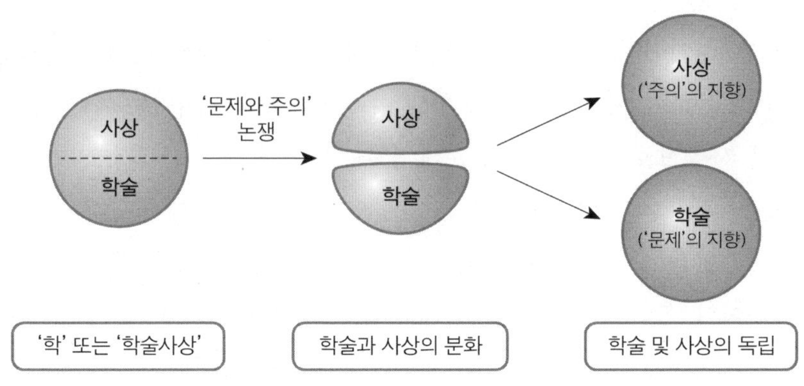

---

56) 臺靜農, 「早期三十年的教學生活」, 『龍坡雜文』, p.163. 劉國生 主編, 『從北大走出的文學家』 (內蒙古文化出版社, 2008), p.11 재인용.

차이위안페이는 베이징대학 체제정비를 통해 '학술'의 독립성을 지향하면서 학술연구를 진작시킴으로써 결과적으로 '사상'과 '학술'이 분리되는 여건을 조성하였다. 천두슈(陳獨秀)와 리다자오(李大釗)가 베이징대학에 부임하여 베이징대학 체제정비에서 중대한 역할을 담당할 수 있었던 것은 근대적인 학술연구체제를 구축하는 데 '사상'적 선도가 절대적으로 필요했기 때문이다. 하지만 그 목표가 어느 정도 달성된 후 그들의 역할은 위축될 수밖에 없었다. 학술연구가 제도적으로 구축되어 점차 '학술'의 독립성이 강화되면서 그들에게도 '사상'의 선도 역할에 못지않은 또 다른 학술상의 역할을 요구하게 된 것이다. 만일 그들이 그에 적응하지 못하면 제도적으로 구축된 '학술' 영역으로부터 소외될 수밖에 없었다. 애초부터 '사상'의 선도역할을 수행해온 그들로서는 '학술'을 지향하는 제도적인 대학 내에 머물러 있기 어려웠으며, 오히려 '사상'을 실천하는 사회정치운동에 적극 가담할 수밖에 없었다. 따라서 '문제와 주의' 논쟁은 바로 '사상' 지향과 '학술' 지향을 둘러싼 베이징대학 내 교수들의 갈등이 표면화된 것이다. 그것은 결과적으로 당시 지식인들의 분화를 촉진하는 중대한 계기로 작용하였다.

물론 차이위안페이의 베이징대학 체제정비가 '학술'의 독립성을 지향하였다고 하여 '사상' 영역에 영향을 미치지 않았다는 의미는 아니다. '학술'이 '사상'으로부터 독립함으로써 순수 학술연구가 가능해지고 그 결과 학문의 깊이가 더해짐에 따라 그것은 오히려 '문제'에 대한 인식의 심화를 가져와 '사상' 영역으로 개입해 들어갈 수 있는 여지를 제공해주게 되는 것이다. 5·4운동에서 청년학생들이 주체세력으로 등장하며, 그중에서도 베이징대학 학생들의 활동이 두드러졌다는 점은 이를 증명한다.

'국고(國故)'의 국학연구가 '사상' 지향과 '학술' 지향을 뚜렷하게 갈라놓은 '문제와 주의' 논쟁 이후에 더욱 본격화된다는 사실은 매우 시사적이다. '국고'의 국학연구는 중국인의 정신이나 사상을 발굴하거나 선양하려는 데 목적을 두지 않고 서학의 학문방법을 학술적으로 적용하여 '국고'를 체계적으로 정리하는 것을 주된 취지로 삼았으니 '학술' 지향을 뚜렷하게 표방한 것이다. 후스(胡適)가 '국고(國故)'라는 명사를 가치중립적인 의미로 사용한다고 천명하였듯이 '국고' 연구는 과거의 재료를 서학의 학문방법인 '과학적 방법'을 적용하여 정리하는 것이었다. 후스의 학술활동은 방법론을 중시하는 것이었으니, 그가 '사상방법'이라는 말을 사용하더라도 그것은 사상의 '방법', 즉 연구방법론에 치중된 것이었다. 말하자면 후스의 '국고정리'는 '국고'를 재료로 삼아 서학의 학문방법을 적용하는 학술운동에 한정된 것이었다.

그런데 '국고정리'가 만족스런 학술적인 성과를 이룩하였다고 하더라도 사상운동의 측면에서 제한된 영향력을 행사할 수밖에 없었는데, 이는 그것의 궁극적 목표가 '학술' 지향에 있었기 때문이다. 당시 "새로운 조류를 받아들이고 낡은 외투를 벗어던져야"57) 한다고 주장했던 루쉰(魯迅), 궈모뤄(郭沫若) 등이 후스(胡適)의 '국고정리' 운동을 비판적으로 바라보았던 것은 '사상' 지향의 입장에서 '학술' 지향의 입장을 겨냥한 것이었다. '사상' 지향은 영향과 파급 면에서 '학술' 지향보다 훨씬 크고 강력한 힘을 발휘할 수 있다. 다만 '사상' 일변도로 나아갈 경우 자칫 논리의 비약이나 생략 또는 단순화가 문제가 될 수 있다. '사상' 지향은 목적과 의도가 분명하여 그것을 실현하려는 욕망이 앞섬으로써 객관적인 증거를 확보하거나 논리적인 정합성을 갖추는 데 소홀해질 수 있기 때문이다.

요컨대, 서학이 경세의 기능을 떠맡아 주로 '사상' 영역에 영향력을 강

---

57) 魯迅, 『未有天才之前』, 『魯迅全集(1)』(人民文學出版社, 1981), p.169.

화하고 있었지만 그 방법론은 국학연구에 적용되어 '학술' 영역에 영향을 미치지 않을 수 없었다. 서학의 학문방법은 이른바 '과학'이라는 이름으로 권위와 합법성을 획득하게 되는데, 국학연구도 전통적인 학문방법에서 탈피하여 서학의 학문방법을 적극적으로 수용하지 않을 수 없었다. 이른바 '국고정리' 운동은 바로 경세의 기능을 상실한 국학(중학)이 '사상' 영역으로부터 빠져나와 서학의 학문방법을 활용하여 '학술' 운동을 지속해나가려는 움직임인 것이다. 다만 서학의 학문방법을 활용한다 하더라도 구체적인 학문실천 속에서는 전통으로부터 자원을 발굴하여 적용할 수 있다. 후스가 '국고정리' 운동에서 청대 고거학(考據學)의 학문방법을 적극적으로 활용한 것은 비견한 예이다.

결국 '국수(國粹)'의 국학연구는 '학술'이라는 이름을 빌려 전통학문의 '사상' 기능을 회복함으로써 권위와 합법성을 획득하여 역사적·문화적 자기동일성을 유지해나가려는 의도를 갖는다. 반면 '국고(國故)'의 국학연구는 서학의 학문방법을 적용하되 전통적인 학문방법도 자원으로 활용하면서 순수 '학술'을 강조하여 학문적 객관성을 확보하려는 의도를 갖는다.

4장

량수밍(梁漱溟)의 동서문화론과 중국문화부흥

중국 근대학문의 형성과 학술문화담론

1. 인생문제와 중국문제1)

중국 지식인들은 19세기 말 이후 밀어닥친 서양문화의 충격 앞에서 엄청난 위기를 겪었고, 그 위기를 문화적 변혁을 통해 극복하고자 했다. 량수밍(梁漱溟) 역시 5·4시기 동서문화논쟁에서 문화적 위기를 극복하기 위해 그것을 철학의 범주로 끌어들여 해법을 찾고자 했다. 그의 『동서문화와 그 철학(東西文化及其哲學)』은 바로 중국의 문화적 위기를 극복할 수 있는 방법과 대안을 찾으려는 노력의 산물이었다.

5·4시기 동서문화논쟁의 양대 진영은 20세기 이후 현대 서구 지식인 사회에 출현한 양대(兩大) 사상·문화관으로부터 직접적인 영향을 받았다. 서구의 양대 사상·문화관이란 영국과 미국을 중심으로 하는 실증적 사회학자 진영과 독일을 중심으로 하는 관념적 역사철학자 진영이 각각 대표한다. 실증적 사회학자들은 문화를 기존 사실의 각종 형태가 총화된 것, 곧 인류가 창조한 물질적·정신적 성과의 총화로 이해한다. 반면에 관념적 역사철학자들은 문화를 생명 혹은 생활을 본위로 하는 살아 있는 것으로 해석한다. 동서문화논쟁 당시 서구화파는 주로 영·미의 실증주의적 사회학자들의 견해를 따랐고, 동방문화파는 주로 독일의 관념론적 역사철학의 입장을 따랐다고 할 수 있다.2) 부연하면, 제1차 세계대전 이후 서구 사상계의 지형은 영국과 미국을 중심으로 일어난 경험주의·실증주의·실용주의와 같은 과학주의 사조와, 독일과 프랑스를 중심으로 한 반주지주의(反主知主義)·선험주의(先驗主義)·생명사상·유의지론(唯意志論)과 같은 인본주의 사조의 대립 구도였다. 5·4

---

1) 이 장은 『中國語文學誌』 제35집에 게재된 「梁漱溟의 동서문화론과 중국문화부흥의 학술적 담론」을 수정 보완한 것이다.

2) 張岱年·程宜山, 『中國文化與文化論爭』(中國人民大學出版社, 2006), p.1 참조.

신문화운동을 주도한 서구화파는 주로 과학주의 사조를 수용하였는데, 그중에는 과학주의자들과 초기 마르크스주의자들이 포함된다. 서구화파의 반전통(反傳統)사상에 반대한 동방문화파는 서구 인본주의 사조에서 깊은 영향을 받았으며, 여기에는 완고한 전통주의자들도 있었지만 신전통주의자들, 곧 '현대 신유가'도 포함된다.3) 량수밍은 동방문화파의 입장에서 『동시문화와 그 철학』을 지술하여 새로운 단계의 동서문화논쟁을 촉발시켰는데, 중국의 전통문화, 즉 유가(儒家)를 새롭게 해석하고 사고하는 '현대 신유가'의 길을 터놓았던 것이다.

량수밍은 1918년 『베이징대학일보(北京大學日報)』에 동양학을 연구할 사람을 구하는 광고를 실었다. 그 광고는 '동양문화와 서양문화는 모두 세계적인 문화이고 중국은 동양문화의 발상지이다. 그리고 베이징대학(北京大學)은 중국의 최고 학부이다. 그러므로 동양문화에 공헌이 없을 수 없는데, 베이징대학이 공헌할 수 없다면 누가 그 책임을 질 것인가?'4) 하는 내용을 담고 있었다. 량수밍은 세계문화에서 동양문화, 즉 중국문화가 차지하는 위상을 환기시키면서 동양문화에 공헌해야 할 책임을 중국의 최고학부인 '베이징대학'의 소임으로 강조하고 있다. 그것은 베이징대학 교수로서 자신의 책임을 환기시키는 것이기도 하다.

량수밍의 이러한 책임의식은 장타이옌(章太炎)이 "내가 죽으면, 중국의 문화는 없어지고 만다(吾死, 中夏文化亡矣)"라고 말한 것과 같은 자부심과 결부되어 있다. 량수밍은 1942년 중일전쟁이 한창이던 때에 자

---

3) 송종서 지음, 『현대 신유학의 역정』(도서출판 문사철, 2009), pp.41-42 참조.

4) 梁漱溟, 『東西文化及其哲學』(上海世紀出版集團・上海人民出版社, 2006), p.23 참조. 강중기의 한국어 번역본 『동서 문화와 철학』(솔, 2005)도 참고하였음(이하 생략). 량수밍의 설명에 따르면, 사람들은 많이 찾아오지 않았고 찾아온 몇 사람도 매우 부적절한 사람들이었다고 한다. 량수밍은 또 철학연구회에 '공자철학연구회'를 건립하기도 했지만, 나중에 딩푸젠(丁父顏)이 폐지하고 말았다고 했다.

신의 아들에게 보낸 서신에서 "나는 죽을 수 없다. 내가 만약 죽으면 천지의 빛이 변할 것이고 역사의 궤도가 바뀔 것이다(我不能死. 我若死, 天地將爲之變色, 歷史將爲之改轍.)"라고 말했듯이 일생동안 중국문화의 계승자로 자부했다. 『동서문화와 그 철학』의 「자서」에서 서양인들을 겨냥하여 "그들은 그처럼 물질적 피폐를 당하여 정신적 회복을 꾀하지만, 그들의 정신이란 것이 또한 헤브라이적인 것에 불과하고 아무리 해도 거기서 벗어나지 못하니 참으로 위대한 진리[大道]를 들어본 적이 없다. 내가 저들을 공자의 길로 인도하지 않을 수 있겠는가"5)라고 말한 것도 중국문화에 대한 그의 강한 자부심에서 비롯된 것이다. 강한 자부심은 책임감을 동반하는바, 량수밍은 "공자의 참모습을 내가 앞장서서 주장하지 않으면 누가 나서겠는가?"6)라고 말함으로써 강한 책임감을 드러내었다. 량치차오(梁啓超)가 기계적이고 유물적인 메마른 생활 가운데 서로 치고 싸우고 있는 서구인들을 불쌍하게 여겨 중국 조상들의 정신으로 서구인의 물질생활에서 오는 정신적 피폐를 구원할 수 있을 것으로7) 생각한 것과 동일한 범주에 속한다고 할 수 있다.

량수밍은 1960년대에 자신의 사상적 변천을 세 시기로 구분해서 설명한 바 있다. "나는 늘 나 자신의 일생에 걸친 사상적 변천을 대략 세 시기로 구분하는데, 제1기가 바로 근대 서양의 노선이다. 서양의 공리주의적 인생사상으로부터 인도의 출세사상으로 전환한 것이 제2기이다. 인도사상으로부터 중국 유가사상으로 되돌아온 것이 바로 제3기이다."8) 실용을 중시한 선친의 영향을 받은 량수밍은 어려서부터 신식교육을 받

---

5) 梁漱溟, 「自序」, 『東西文化及其哲學』, p.2.

6) 梁漱溟, 「自序」, 『東西文化及其哲學』, p.3.

7) 梁啓超, 「治國學的兩條大路」: 양계초 지음·이계주 옮김, 『中國古典學入門』(형성사, 1995), p.33 참조.

8) 梁漱溟, 「我對人類心理認識前後轉變不同」, 『東西文化及其哲學』, p.233.

아 처음에는 근대 서양의 공리주의 사상에 기울었다. 하지만 인생문제를 고민하기 시작하면서 잠시 불교에 귀의했으며, 결국에는 중국의 전통 유가사상으로 돌아왔다.

량수밍은 제1기의 공리주의 사상에서는 이해득실을 분명하게 아는 것이 시비를 명확하게 하는 것이라고 여겼고, 그것은 바로 욕망을 긍정하고 욕망에 순응하며 인생을 살아가려는 것이었다고 했다. 제2기 출세사상에서는 인생을 근본적으로 부정하고 일체의 욕망을 소멸시켜 무욕의 경지에 도달하고자 하였는데, 왜냐하면 인생의 각종 고통〔苦〕이 욕망에서 나온다는 것을 깨닫고, 욕망이 없어야 고통이 사라진다고 보았기 때문이다.9) 그렇지만 량수밍은 결국 유가사상으로 돌아오게 되는데, 그럴 만한 충분한 이유가 있었다. 유가서적에서는 욕망을 주장하는 분위기가 없고 또한 종교적 금욕주의의 흔적이 조금도 없어서 그것이 서양 근대를 넘어설 뿐 아니라 서양 중세를 넘어서서 금욕과 욕망의 어느 한 편에 떨어지지 않는다고 보았기 때문이다. 인생에서 욕망에 의해 야기되는 각종 고통을 깨닫고 인도불교의 출세로 기울었지만, 유가서적을 읽고는 일종의 부드럽고 온화하고 담백하고 즐거운 정취에 물들어 고통을 잊고 욕망을 잊을 수 있었기 때문이라는 것이다.

량수밍이 『동서문화와 그 철학』(1921)을 지은 시기는 불교에 마음이 기운 데서 유가를 숭상하는 데로 전환하던 그 무렵이었다. "지금으로부터 45년 전에 『동서문화와 그 철학』이 바로 이로부터 저술되어 출판되었다. 그 책에서는 묵자를 비판하고 공자를 추숭(追崇)하였는데, 그것

---

9) 梁漱溟, 「我對人類心理認識前後轉變不同」, 『東西文化及其哲學』, p.234. 량수밍은 제1기와 제2기가 인생 태도에서는 전후가 크게 상반되지만, 욕망에 근거하여 인간의 심리를 이해한 것은 동일하다고 보았다. 단지 전자는 욕망을 정당한 것으로 여기고 후자는 욕망을 미망(迷妄)한 것으로 여겼을 뿐이라고 했다.

은 완전히 인간의 심리에 대한 인식의 심화에 기초한 것이고, 동시에 근대 서양과 고대 중국과 고대 인도의 상이한 인생 태도가 실로 인류문화 발전의 세 단계를 대표한다는 것을 파악한 데서 비롯되었다"10)라고 말한 데서 알 수 있거니와, 량수밍은 인생문제를 고민해온 자신의 실제 경험을 바탕으로 근대 서양과 고대 중국과 고대 인도의 상이한 인생태도를 인류문화 발전의 세 단계를 대표한다고 귀납했다. 어쩌면『동서문화와 그 철학』은 량수밍 자신의 사상적 전환을 학술적으로 해명하기 위한 것이었는지도 모른다.

량수밍은 자신의 일생을 지배한 가장 중요한 문제가 인생문제와 중국문제였다고 서술한 바 있다.11) 앞서 살펴본 바와 같이 인생문제에 봉착했을 때 량수밍은 우선 불교에 귀의함으로써 해결하고자 했다. 하지만 인생문제뿐만 아니라 중국문제도 량수밍의 의식을 지배하고 있었으니, 불교귀의로 모든 문제가 해결된 것은 아니었다. 량수밍은『동서문화와 그 철학』의 「자서」에서 불가생활에 반대하고 공가생활을 주장한 것은 동서문화 문제를 연구하고 중국인을 위해서 마땅히 그래야 한다고 추론해낸 결론이었기 때문이라고 말했는데,12) 당면한 동서문화 문제, 즉 중국문제로 말미암아 량수밍은 불가로부터 유가로 전환하지 않을 수 없었던 것이다.

량수밍에게 중국문제는 문화문제로 귀착된다. "중국인은 중국문화〔中國化〕를 뿌리째 버릴 수 있는가? …… 다른 민족에게는 동서문화의 문제가 긴박하지 않지만, 중국인에게는 그 해결이 절박하게 요구된다. 이 문제가 중국에서는 먼 미래의 문제가 아니라 매우 급박한 문제라는 것을 알

---

10) 梁漱溟,「我對人類心理認識前後轉變不同」,『東西文化及其哲學』, p.226.

11) 梁漱溟,「我對人類心理認識前後轉變不同」,『東西文化及其哲學』, p.222 참조.

12) 梁漱溟,「自序」,『東西文化及其哲學』, p.2 참조.

수 있다."13) 량수밍은 중국의 문화적 출로를 어떻게 설정할 것인가 하는 문제를 가장 시급한 당면 과제로 이해했다. 그는 "새로운 길을 찾아내지 못한다면 동양문화는 종교·형이상학과 함께 문화의 화석이 되어버릴 것"이라는 문화적 위기감에 사로잡혀 있었다. 19세기 말 이래 서양문명이 스스로를 보편이자 문명기준으로 인식하여 그것을 동양으로 확대시키며 '제국주의'로 등장한 상황에서 중국의 문화적 출로 문제는 시급히 해결해야 할 사안이었다. 이때 량수밍은 인생문제와 중국문제를 동시에 해결할 수 있는 해법을 유가(儒家)에서 찾을 수 있다고 확신했는데, 유가는 원래 인생문제를 핵심 사안으로 다룰 뿐만 아니라 중국문화의 원류로서 문화정체성과 직결되어 있기 때문이었다. 게다가 실존적 고민으로부터 책임감의 자각으로 나아감으로써 종교선택에서 문화선택으로 방향 전환을 꾀한 량수밍의 선택은 중국의 마지막 유자(儒者)의 한사람으로서 자살로 생을 마감한 아버지 량지(梁濟)의 죽음도 큰 자극이 되었을 것이다.

인생문제에 대한 고민에서 출발한 량수밍은 결국 중국 지식인으로서의 문화적 책임감이 강하게 작용함으로써 덕성, 도덕, 직각을 중시하는 유가의 인생태도로 돌아와 그것을 중국이 나아가야 할 문화적 방향으로 설정하고자 했다. 그것은 자부심과 책임감으로 충만한 량수밍이 불가에서 유가로 전환하여 중국문화의 자기정체성을 학술적으로 정립하려는 노력의 일환으로 보인다. 따라서 『동서문화와 그 철학』은 인생문제와 중국문제를 함께 고민해온 량수밍이 유가의 문화적 가치를 학술적으로 재정립함으로써 그가 직면한 두 가지 문제를 동시에 해결하려는 시도였다고 할 수 있다.

---

13) 梁漱溟, 『東西文化及其哲學』, p.15.

2. 유럽문명의 파산과 중국문화부흥

량치차오(梁啓超)는 유럽을 시찰한 뒤 쓴『구유심영록(歐游心影錄)』(1919)에서 제1차 세계대전 직후 유럽에 만연되어 있던 문명파산의 비관적인 분위기를 다급하게 전했다. 량치차오는 유럽에서 만난 미국의 한 신문기자와의 대화를 에피소드로 소개하면서 그 쪽 분위기를 생생하게 전하고자 했다. 기자가 그에게 "당신은 중국으로 돌아가서 무슨 일을 할 작정이요? 서양문명을 가지고 돌아가려고요?"라고 묻자 그는 "그야 당연하지요"라고 대답했다. 기자는 한숨을 내쉬면서 "아아, 불쌍하네요. 서양문명은 이미 파산했는데요"라고 말했고, 그는 기자에게 "그런데 당신은 미국으로 돌아가서 무슨 일을 하려고요?"라고 물었다. 기자는 "나는 돌아가서 대문을 걸어 잠그고 당신들이 중국문명을 가져다가 우리를 구해주기를 그냥 기다리겠소"라고 말했다는 것이다.14) 량치차오는 유럽전쟁의 결과로 나타난 변화로서 "이번 전쟁은 인류정신생활에 막대한 자극을 주었으니, 인생관에 큰 변화가 일어났고 철학이 다시 흥성하고 심지어 종교가 부활하게 되었다"15)라고 설명하고 중국 청년들에게 중국문화를 다시금 떨칠 수 있기를 기대했다. "첫째, 사람마다 본국 문화를 존중하고 애호하는 성의가 있어야 한다. 둘째, 서양인들이 학문을 연구하는 방법을 이용해서 본국 문화를 연구하여 그 진상을 얻어야 한다. 셋째, 우리의 문화를 종합하고 다른 사람의 것을 가져다 그것을 보조(補助)하여 우리문화와 화합작용을 일으켜 일종의 신문화체계를 이룩해야 한다. 넷째, 이러한 체계를 바깥으로 확충하여 인류전체로 하여금 우리문화의

---

14) 梁啓超,『歐游心影錄』(上海『時事新報』, 1920.3.3~3.25): 羅榮渠 主編,『從'西化'到現代化』上冊(黃山書社, 2008), p.4.

15) 梁啓超,『歐游心影錄』: 羅榮渠 主編,『從'西化'到現代化』上冊, p.9.

장점을 얻도록 해야 한다."16) 그것은 "대해(大海) 맞은편 저쪽에 수억의 사람들이 물질문명의 파산에 괴로워하며 숨이 넘어갈듯 살려달라고 소리치며 그들을 구해주기를 기다리고 있기"17) 때문이라는 것이다. 그는 중국이 전 세계 인구의 4분의 1을 차지하는 만큼 책임 역시 4분의 1을 짊어져야 한다는 말도 덧붙였다.

량치차오는 서양의 학문연구방법이 정밀하기에 그것을 빌려오지 않을 수 없음을 인정하면서도 서양의 물질문명의 파산을 구제할 수 있는 대안은 역시 중국의 정신문명임을 강조했다. 요약하면 세계 인구의 4분의 1을 차지하는 중국은 그에 상응하는 책임을 지고 중국의 정신문명을 완성하는 한편 중서문화 융합의 '신문화체계'를 이룩하여 인류전체로 확대해 나가야 한다는 것이다. 실제로 량치차오는 목소리만 높이지 않고 유럽여행에서 돌아온 후 스스로 중국문화를 떨치는 일에 매달렸다. 그는『묵경교석(墨經校釋)』,『청대학술개론(淸代學術槪論)』,『묵자학안(墨子學案)』,『중국역사연구법(中國歷史硏究法)』,『대승기신론고증(大乘起信論考證)』,『도연명(陶淵明)』,『유가철학(儒家哲學)』등의 저술을 연이어 출판했으며, 베이징(北京), 톈진(天津), 상하이(上海), 닝보(寧波), 지난(濟南) 등지의 대학 및 교육단체에 초빙되어 200여 차례나 중국문화학술에 관한 강연회를 가졌다.

유럽문명의 비관적 분위기를 전하면서 중국인들의 책임을 강조한 량치차오의 목소리는 당시 중국 지식인들에게 큰 호소력을 지녔다. 량수밍도『구유심영록』으로부터 크게 영향을 받았으니, 그 증거가『동서문화와 그 철학』에 여실히 드러난다. "그들이 성취한 문명에서 과학과 철학을 개창하여 지식과 사상 면에서 다른 어떤 민족도 그 만분의 일에 미치

---

16) 梁啓超,『歐游心影錄』: 羅榮渠 主編,『從'西化'到現代化』上冊, pp.12-13.

17) 梁啓超,『歐游心影錄』: 羅榮渠 主編,『從'西化'到現代化』上冊, p.13.

지 못하였다. 지식과 사상의 양으로도 미치지 못할 뿐 아니라, 정밀하고 심오함에 있어서도 그들을 따를 사람이 없었다. 그러나 그들은 정신적으로 손상을 입고 생활에서 고통을 받았으니, 이는 19세기 이래 감출 수 없는 사실이다."18) 유럽인들이 직면한 정신적 손상과 생활상의 고통을 언급한 량수밍의 이러한 관점은 량치차오가『구유심영록』에서 서술한 내용을 그대로 따르고 있다. 량치차오가『청대학술개론』의 맺음말에서 세계학풍의 최근 변화를 논하면서 "물질문명이 활짝 피어나게 되니 '정신상의 기아'는 더욱 그 고통을 견디지 못하게 되었다"19)라고 표현한 데서도 확인이 되는데, 량수밍의 관점은 량치차오의 관점을 잇는 것이었다. 제1차 세계대전이 유럽인들에게 정신적 손상과 생활상의 고통을 안겨줌으로써 유럽문명의 한계가 분명해지자 중국 지식인들 사이에 그것을 치유하고 구제할 방법은 오로지 중국문화에 있다는 생각이 팽배해졌다. 량수밍 역시 이러한 분위기에 호응하여 중국문화의 가치를 새롭게 인식하기 시작한 것이다.

그런데 고려해야 할 것은, 량치차오의『구유심영록』에 묘사된 유럽문명의 참상은 량치차오가 직접 유럽 시찰을 통해 목도하였다고 하더라도 그것은 중국인의 시선으로 바라본 참상이었다는 점이다. 량치차오는 1902년 3월 10일『신민총보(新民叢報)』에 발표한「중국 학술사상 변천의 대세(論中國學術思想變遷之大勢)」라는 글에서 '자대(自大)' 관념을 강하게 표출한 바 있다. "5대륙 중에 가장 큰 대륙이며 그 대륙 중에서도 가장 큰 나라는 누구인가? 우리 중화(中華)이다. …… 서양인들은 말하길, 세계문명의 조국(祖國)에는 다섯이 있으니 중화, 인도, 이란, 이집트, 멕시코라고 한다. 그렇지만 이들 중 네 곳은 그 나라가 망했고

---

18) 梁漱溟,『東西文化及其哲學』, p.66.
19) 梁啓超,『淸代學術槪論』(東方出版社, 1996), p.98.

그 문명도 그와 함께 다 망했다. …… 그렇지만 우리 중화라고 하는 것은 우뚝 독립해서 면면이 이어져 성장하고 광대해져 오늘날에 이르렀다."20) 이처럼 '자대' 관념이 강하면 강할수록 제1차 세계대전 후의 유럽문명이 노정한 한계는 량치차오에게 중국문화부흥에 대한 강한 욕망을 불러일으키게 되는 것이다. 제1차 세계대전 이후 유럽에 허무주의가 만연하고 서양문명에 대한 비판이 비등해지자 중국인들은 그것을 곧바로 중국문명의 부활을 알리는 계기로 이해한 것이다.

그럼 왜 중국인들은 유럽문명의 파산 경고와 유럽인들의 비관적 정서와 마주쳤을 때 곧바로 중국문명의 부활을 떠올리게 되었을까? 중국인들은 은연중에 세계문명을 서양문명과 중국문명으로 양분하고 두 문명 사이의 대립과 경쟁으로 파악함으로써 서양문명의 몰락은 곧바로 중국문명의 부활로 이어진다고 생각하게 된 것이다. 이러한 태도는 서양문명의 실상을 깊이 연구할 기회를 차단하고 중국문명을 객관화하는 노력을 무력화시킬 수 있다. 량치차오는 중국문화의 부흥을 학술사상사의 측면에서 구체적으로 언급한 바 있다. 그는 「중국 학술사상 변천의 대세」에서 쇠락과 부흥의 관념에 따라 중국 학술사상사를 일곱 시대로 나누었다. "첫째, 배태(胚胎)시대로서 춘추(春秋) 이전이 그것이다. 둘째, 전성(全盛)시대로서 춘추말 및 전국(戰國)이 그것이다. 셋째, 유학(儒學)통일시대로서 양한(兩漢)이 그것이다. 넷째, 노학(老學)시대로서 위진(魏晉)이 그것이다. 다섯째, 불학(佛學)시대로서 남북조·당(南北朝·唐)이 그것이다. 여섯째, 유불(儒佛)혼합시대로서 송·원·명(宋元明)이 그것이다. 일곱째, 쇠락(衰落)시대로서 근 250년이 그것이다. 여덟째, 부흥(復興)시대로서 오늘날이 그것이다."21) 량치차오는 청대(淸

---

20) 梁啓超,「論中國學術思想變遷之大勢」: 胡道靜 主編,『國學大師論國學(上)』(山東出版中心, 1998), p.22.

代)를 쇠락시대로 규정한 뒤 자기 당대를 부흥시대로 규정하고 있는 것이다. 량치차오는 "만약 제군들이 본국의 학문을 버려두고 종사할 필요가 없다고 하면 우리나라는 비록 백수십 명의 다윈, 존 밀러, 헉슬리, 스펜서를 얻는다 해도 나는 그것이 학계에 조금의 영향도 없을까 염려된다"[22]라고 하여 지식인들에게 중국학문에 뜻을 둘 것을 호소하였는데, 량치차오가 자기 당대를 중국문화의 부흥시대로 규정한 것은 당위의 과제로 제기한 것으로 볼 수 있다.

이렇게 유럽문명 파산이라는 비관적 정서가 널리 퍼지고 중국문화부흥에 대한 욕망이 고양되는 사회적 분위기 속에서 량수밍은 동서문화에 대한 학술적인 고민을 시작한 것이다. 량수밍은 우선 서양문화와 중국문화를 비교하여 중국이 서양에 미치지 못하는 세 가지 문화적 특징을 들었다. 첫째, 서양문화의 물질생활 면에서의 자연정복은 중국에는 존재하지 않거나 뒤떨어진다. 둘째, 서양문화의 학술사상 면에서의 과학방법도 중국에는 존재하지 않는다. 셋째, 서양문화의 사회생활 면에서의 '민주주의'도 중국에는 존재하지 않는다. 이 세 측면에서 볼 때, 중국은 거의 서양에 미치지 못하고, 단지 부정적인 모습만을 드러내며 긍정적인 모습은 찾을 수 없다는 것이다.[23] 그러나 중국이 현학적(玄學的) 직관(直觀)의 길을 걸어서 이런 부정적인 모습을 드러내었지만, 중국은 그 길을 걸어서 훌륭한 성취도 이룩했으니 "중국문화의 정신과 그 우월한 점을 지적할 수 있다"[24]는 것이다. 량수밍은 '중국문화의 정신과 그 우월한 점'을 마치 선언적으로 제시하고 있는 듯한데, 이는 그가 중국문화에 대

---

21) 梁啓超, 「論中國學術思想變遷之大勢」: 胡道靜 主編 『國學大師論國學(上)』, p.23.
22) 梁啓超, 「論中國學術思想變遷之大勢」: 胡道靜 主編 『國學大師論國學(上)』, p.23.
23) 梁漱溟, 『東西文化及其哲學』, pp.66-67 참조.
24) 梁漱溟, 『東西文化及其哲學』, p.68.

한 강한 믿음을 가지고 있었기 때문이다. 량수밍이 1965년에 이르러서도 여전히 "단언하건대, 아주 가까운 미래에 자연을 정복하고 이용하는 근대 서양문화를 이어 중국문화가 부흥할 것이다"[25]라고 말한 것을 보면, 중국문화부흥에 대한 믿음이 대단히 강하였음을 짐작할 수 있다.

중국문화부흥에 대한 강한 믿음은 자신감과 응집력의 회복을 기대한다. 1940년 왕야난(王亞南)은 『대공보(大公報)』에 실린 량수밍의 「중국은 무엇으로 세계에 공헌할 것인가」라는 글을 읽고 량수밍의 동서문화관을 비평하면서 "량(梁)선생이 쓴 이 글은 누구의 얼굴을 바라보고 발언하는 것이 아니라 자기 내심의 실감(實感)과 자신을 향해 발언한 것이다. 감동을 주기 위한 것도 사람들로부터 갈채를 받기 위한 것도 아니며, '고립무원'의 심정으로 사람들이 자기와 마찬가지로 민족의 자긍심과 자부심을 갖기를 바라면서 한 말이다"[26]라고 하였는데, 량수밍의 심리상태를 정확하게 꿰뚫어 보았다고 할 수 있다. 자신감과 응집력의 회복을 기대하는 것은 주변부로 밀려난 데 대한 방어적 복원심리와 관련이 있다. 량수밍은 중심으로 자처해왔던 중국문화가 서양문화의 도전 앞에 왜소화되어 주변으로 밀려났음을 깨달았을 때, 서양문화의 우위를 현실적으로 인정하지 않을 수 없었다. 하지만 서양문화의 지식과 사상을 수용하여 전통을 재해석하고 서양문화가 직면한 문제점을 깊이 인식하면서 중국문화부흥에 대한 강한 믿음을 갖게 된 것이다. 그래서 그는 "중국문명이 추호도 가치가 없다면 그만이지만, 가치가 있다면 진실로 서양, 인도와 달리 스스로 일파를 이루고 이 일파에 근본이 되는 방법이 반드시 있을 것이다. 단지 뜻있는 사람이 해내기를 기다릴 뿐이다. 이는 대단히

---

25) 梁漱溟, 「我對人類心理認識前後轉變不同」, 『東西文化及其哲學』, pp.226-227.

26) 王亞南, 「論東西文化與東西經濟: 評梁漱溟先生的東西文化觀」: 羅榮渠 主編, 『從'西化'到現代化』 上冊, p.206

큰 일이니 중국인들이 힘쓰지 않으면 안 될 것이다"27)라고 하여 강한 의무감을 불러일으켰다. 이렇듯 량수밍의 심리는 자비(自卑)와 자신(自信)이 착종되어 있었는데, 그는 자비의 현실 상황을 인지하면서 그를 극복할 수 있는 대안을 마련하여 자신을 회복하려는 것이었다. 원래 과거 중국에서는 뛰어난 문화가 생산되었지만 그 길을 제대로 걷지 않아 낮은 수준의 문화에 머물렀으므로 그 길을 제대로 걸어서 세계 미래 문화의 방향을 다시 열어야 한다는 것이다.

3. '과학'에 대한 심화된 이해

량치차오는 서양의 과학 관념으로부터 영향을 받아 청대(淸代) 학술에서 '과학적 방법'의 특징을 찾아내려고 노력했다. 그는 『청대학술개론』에서 "내가 여러 번 언급했듯이 청대 학자들은 순수하게 귀납법을 이용하였고, 순수한 과학정신에 입각하여 학문을 연구하였다"28)라고 하여 귀납법을 사용한 청대 학술의 성격을 과학정신에 입각한 학문 연구로 규정했다. 량치차오는 청대 학술 중에서 특히 다이전(戴震)의 학문방법이 근세 과학적 특징을 잘 구현하고 있다고 보아 다이전의 "연구정신은 근

---

27) 梁漱溟, 『東西文化及其哲學』, p.114.

28) 梁啓超, 『淸代學術槪論』, pp.56-57. "夫吾固屢言之矣, 淸儒之治學, 純用歸納法, 純用科學精神." 량치차오는 좀더 부언하여 설명했다. "이와 같은 방법과 정신은 어떤 과정을 통해 실현될 수 있었는가? 첫째, 반드시 먼저 사물을 유심히 관찰하여 어떤 점이 특별히 주의를 기울일 가치가 있는가를 확인한다. 둘째, 하나의 항목에 관심을 갖게 되면 곧 그 사항과 같은 종류의 것이거나 상관관계가 있는 것을 모두 나열하여 비교 연구한다. 셋째, 비교 연구한 결과를 통해 자신의 의견을 세운다. 넷째, 이 의견에 근거하여 여러 방면에서 광범위하게 증거를 모으는데, 증거가 타당하면 의견을 정설로 삼고 유력한 반증이 있으면 이것을 버린다. 오늘날의 모든 과학은 이와 같은 단계에 따라 성립되었고, 청대 고증학자들은 정설 하나를 세우는 과정에서도 반드시 이 단계를 밟았다."

세과학이 성립하는 바탕이 되었다"29)라고 했다. 그런데 량치차오가 "청대 학문은 경학(經學)을 중심으로 이루어진 것이다. 경학의 최대 공적은 거의 모든 경전에 새로운 소(疏)를 단 것이다"30)라고 하였듯이, 정작 다이전은 경전 연구에서 크게 벗어나지 않았다. 다이전은 '경전 연구〔治經〕'에 매달려 '믿을 만한 것을 전하고 의심스러운 것은 전하지 않으면 의심스러운 것이 사라지게 되어 경전 연구에 잘못됨이 없을 것이다'라고 했거니와, 다이전의 학문방법은 '경전 연구'의 방법으로서 글자의 뜻과 자구의 의미를 밝혀내고 그것의 진위를 판별하는 데에 한정되어 있었다.

근세 과학에서 중시하는 정리(定理)는 사물의 본질과 관계의 법칙을 밝히는 것인데, 경전의 글자의 뜻과 그 진위를 판별하는 것과 크게 상관없어 보인다. 근세 과학은 자연계를 대상으로 하거나 인간사회를 대상으로 하여 정리를 탐구하는 것을 주요 목표로 한다. 특히 자연계를 대상으로 하여 정리를 밝혀내는 것이 근세 과학의 가장 두드러진 특징이다. 그런데 량치차오가 "중국 수천 년의 학술은 …… 자연계 방면에는 거의 주의를 기울이지 않았다는 점은 숨길 수 없는 사실이다. …… 천문학과 수학은 경학(經學)과 사학(史學)의 고유한 부분이었으므로, 그것의 종속적인 형태로서 연대해서 발달할 수 있었다"31)라고 언급하였듯이 중국의 학술은 자연계 방면에는 거의 주의를 기울이지 않았다. 이렇게 보면 '경전 연구'에 한정된 다이전의 학문방법을 곧바로 근세의 과학적 방법과 동일한 것으로 단정하기는 어려울 것이다. 량치차오도 "안타깝게도 이 정신은 겨우 고대를 연구하는 데만 응용되고 자연과학분야에는 응용되

---

29) 梁啓超, 『淸代學術槪論』, p.32 참조. "此種硏究精神, 實近世科學所賴以成立."
30) 梁啓超, 『淸代學術槪論』, p.45.
31) 梁啓超, 『淸代學術槪論』, pp.27-28.

지 않았으니, 이것은 시대가 그렇게 만든 것이다"32)라고 부언함으로써 다이전의 학문방법의 한계를 분명히 지적했다. 더욱이 다이전이 순수하게 귀납법을 사용하는 과학정신을 보여주었다고 하더라도 사물의 본질과 관계 법칙을 밝히기 위해 귀납법을 사용한 것이 아니라 경전의 글자의 뜻과 자구의 의미를 밝혀내기 위해 귀납법을 사용하였으므로 그것을 근세의 과학적 방법과 동일하다고 말하기는 어려울 것이다. 량치차오가 청대 학문이 쇠퇴한 첫 번째 원인을 지적하면서 "청대 학문은 '실(實)' 자(字)를 제창하여 번성하였으나, '실' 자를 관철시키지 못했기에 쇠퇴한 것이니 자업자득인 셈이다"33)라고 했으니, 결과적으로 다이전의 학문방법이 과학적 방법에 이르지 못한 이유를 설명하고 있는 셈이다.

여기서 량치차오가 중시한 '과학' 개념은 중국의 근대학술을 논하는 데 있어 대단히 중요한 의미를 갖는다. 과학 개념의 광범위한 적용은 20세기 중국의 학술과 사상의 중요한 특징 중의 하나이기 때문이다. 청말 이후 중국 사상에서 과학은 해방을 상징하는 역할을 했으며, 여러 가지 사회·문화 영역에서 객관적인 근거를 제공하는 것이었다. 그것은 신문화운동자들이 기대한 변혁의 필요성을 증명해주었고, 또한 그 변혁의 목표와 모델까지 제시하기도 했다. '과학' 개념을 통한 객관적인 진리에 대한 인식은 신문화운동의 역사적·사회적 변혁에 '필연성'을 제공해주는 것이었다.34) 5·4신문화운동의 시대분위기 속에서 량수밍 역시 '과학'을 중시하여 서양문화에서 차지하는 그것의 가치를 충분히 인식하고 있었

---

32) 梁啓超, 『淸代學術槪論』, p.35. "惜乎此精神僅應用於考古, 而未能應用於自然學界, 則時代爲之也."

33) 梁啓超, 『淸代學術槪論』, p.64. "要之淸學以提倡一'實'字而盛, 以不能貫徹一'實'字而衰, 自業自得, 固其所矣."

34) 왕후이 지음·김택규 옮김, 『죽은 불 다시 살아나: 현대성에 저항하는 현대성』(삼인, 2005), pp.135-136 참조.

다. 중국의 학문은 대부분 술(術)이지 학(學)이 아니며, 학술(學術)이 나누어져 있지 않다고 여겼던 량수밍으로서는 과학의 중요성을 누구보다 잘 알고 있었다. 그가 서양문화의 가장 두드러진 특징으로 과학을 먼저 제시함으로써 서양문화의 핵심에 다가갈 수 있었으며, 또한 그의 과학에 대한 심도 있는 이해는 그의 저술로 하여금 학술적인 완성도를 높이는 기초가 되었다고 할 수 있다.

그런데 과학이 서양에서 왔지만 중국인들이 그것을 중시한 까닭은 그 유용함으로 인해 부국강병의 가장 유력한 수단이 될 수 있다고 판단했기 때문이다. 대부분의 경우 중국인들의 마음속에 간직한 과학은 기술에 훨씬 가까웠다.35) 당시 과학을 기술로 이해한 일반적인 경우와 달리 량수밍은 과학에 대한 더욱 진전된 이해를 가지고 있었다. 량수밍은 "서양문화는 의욕의 전진적인 추구를 근본정신으로 한다"라고 말하고 그로부터 생겨난 것이 '과학'과 '민주주의'라고 했다. 량수밍은 특히 많은 지면을 할애하여 서양문화의 가장 두드러진 특징인 과학을 중국문화와 비교하면서 상세하게 설명해나간다. 그는 "과학은 보편적 원리와 원칙을 추구하고 모두가 공인하는 실증을 요구한다"36)고 간단하게 정의를 내린 뒤 서양의 과학의 특징을 다음과 같이 설명했다. "서양인은 과학의 길을 걸어서 모든 일에서 과학을 이루었다. 처음에는 자연계에 한정되었으나 나중에는 각종 인간사[人事]에 대해 탐구하여, 위로는 국가 정치에서 아래로는 사회의 작은 일들에까지 전문적인 학문을 두어 연구를 수행하였다. 그들은 공인된 객관적 지식, 인과관계의 필연적인 원리, 신뢰할 만한 원칙을 추구하고 결코 개인의 지혜에 의지하여 임기응변으로 문제를

---

35) 천샤오밍·단스롄·장융이 지음, 김영진 옮김, 『근대 중국사상사 약론』(그린비, 2008), p.30 참조.

36) 梁漱溟, 『東西文化及其哲學』, p.34.

해결하려 하지 않았다. 그래서 과학적 방법을 가지고 하나하나 학문을 이루었다."37) 량수밍은 서양문화의 가장 두드러진 특징인 과학을 정확하게 설명하면서 그것이 학문 성립의 전제조건임을 명시했다. 이어 그는 중국에서는 대소사를 막론하고 과학을 전문적으로 논하지 않았으므로 학문 역시 성립되기 어려웠다고 부연했다. "모든 중국의 학문은 대부분 기술이지 학문이 아니다. 혹은 학문과 기술이 분리되어 있지 않아서, 원예와 분리된 식물학이 없고 병을 치료하는 처방서와 분리된 병리학이 없으며 더욱이 생리학·해부학 같은 것은 존재하지 않는다. 서양처럼 학문이 기술과 독립적이어서 각각 별도로 존재하는 것과는 전혀 다르다. 중국에는 서양에서와 같은 학문이 없다고 말하는 것도 가능하다. 왜냐하면 오직 방법이 있어야 학(學)이라고 할 수 있는데, 과학적 방법이라야만 학문의 방법이 될 수 있다고 한정하지는 않더라도, 방법을 말하면 과학의 기풍이지 예술적 취향은 아니기 때문이다."38) 량수밍이 보기에 중국에서 제대로 된 학문이 성립하기 어려웠던 것은 기술의 범주에 머물러 과학적 방법이 부재하였기 때문이다. 그래서 량수밍은 "중국학술의 착오는 다 방법이 엄밀하지 못한 데서 연유하는데, 가끔 추상적이고 현학적인 추리를 경험적 지식에 속하는 구체적 문제에 적용한다"39)라고 지적했던 것이다.

량수밍은 의술을 예로 들어 서양과 중국의 방법의 차이를 이해하기 쉽게 설명한다. 같은 병에 대해 중의(中醫)에서는 중풍이라 하고 양의(洋醫)에서는 뇌출혈이라고 하고, 중의에서는 상한(傷寒)이라 하고 양의에서는 장티푸스라고 하는데, 병을 설명하는 과정이 다르고 현상을 관찰하

---

37) 梁漱溟, 『東西文化及其哲學』, p.34.

38) 梁漱溟, 『東西文化及其哲學』, pp.34-35.

39) 梁漱溟, 『東西文化及其哲學』, p.113.

는 방법이 다르기 때문이라는 것이다. 즉 양의는 뇌와 창자를 해부하여 병근의 소재를 확인한 후에 말하므로 그 방법은 실험과 관찰이지만, 중의에서는 외면상의 모양을 보아 바람을 맞은 것 같으니 중풍이고 추위에 상해를 입은 것 같으니 상한이라는 것이다. 양의는 검사와 실험을 하므로 과학적 방법이고 중의는 추측과 직관에 의한 것이므로 현학적(玄學的) 빙법이라는 것이다. 량수밍은 나아가 그 방법의 차이로 인해 결과가 달라진다는 점을 다음과 같이 설명한다. "현학적 방법으로 지식을 추구하고 제시하는 주장은 과학적 방법으로 지식을 추구하여 말하는 이론과 전혀 다르다. 과학적 방법으로 얻는 것은 지식이지만, 현학적 방법으로는 지식을 얻을 수 없고 기껏해야 주관적 의견을 얻을 수 있을 뿐이다."40) 량수밍은 현학적 방법으로는 진정한 지식을 얻을 수 없음을, 음양오행에 의거한 중의(中醫)의 설명방법을 예로 들어 부연했다. 가령 개인의 얼굴색이 희고 윤기가 있으면 폐에 병이 없다고 한다. 왜냐하면 폐는 금(金)에 속하고 금(金)은 흰색인데 지금 폐가 본래 색깔을 보이므로 병이 없다는 것이다. 또 생강은 불에 구우면 검게 되는데 이를 신장에 이용할 수 있다고 한다. 왜냐하면 신장은 수(水)에 속하고 검은색이기 때문이다. 이런 부류들은 대단히 많은데, 량수밍은 이 기이한 추리와 이상한 논리가 중국에서 천여 년 동안 통용되어 왔다는 것이다. "중국인은 학설과 이론을 말할 때 신묘하기를 구하며 궤변적이고 신비적이어서 이치로 논할 수 없어야 비로소 훌륭한 것으로 친다. 서양과 비교하면 논리가 결핍되어 있을 뿐 아니라 '비논리적 정신'이 너무 발달하였다. 비논리적 정신은 바로 현학적 정신이다. 과학은 논리에 의지하여 성취된다. 논리에서 나온 것은 확실한 지식이자 과학적 지식이고 비논리에서 나온 것은

---

40) 梁漱溟, 『東西文化及其哲學』, p.36.

전혀 지식이 아니며, 고상하게 말하면 현학(玄學)의 현담(玄談)이다."41) 량수밍은 과학적 방법과 현학적 방법의 차이를 설명함으로써 서양문화와 중국문화의 차이를 명확하게 드러내었는데, 이를 통해 과학적 방법의 의미와 서양문화의 가치를 크게 환기시켜주고 있는 것이다.

량수밍은 과학적 방법을 깊이 이해하고 있었기에 서양문화의 본질을 설명하는 데 네 단계의 과정을 설정할 수 있었다. "먼저 서양의 각종 문물로부터 공통의 특색을 추출해내는 것이 제1단계이다. 그리고 이들 특색으로부터 하나의 근원을 찾아내는 것이 제2단계이다. 그런 다음 이 근본정신으로 서양문화의 내력이 어떠한지를 전체적으로 살펴보는 것이 제3단계이다. 여기에서 다시 각종 문물이 어떤 의미를 갖는지 하나하나 따져보는 것이 제4단계이다." 량수밍은 서양문화의 본질을 정확하게 이해하기 위해 논리적 정합성을 갖춘 네 단계의 탐구과정을 거치는 방법론을 제시하고 있는데, 이는 그가 서양의 과학적 방법을 실천적으로 적용한 결과이다. 량수밍은 과학적 방법의 엄밀성과 논리적 체계의 중요성을 명확하게 인식하고 있었으므로 그것을 자신의 저술 속에 구현하기 위해 문화발전의 원리를 설명하는 데 치밀한 논리와 세밀한 논증을 추구하게 되는 것이다. 이점이 그의 저술이 당시 상당한 반향을 불러일으킬 수 있었던 원인의 하나이다.

4. 직각(直覺)에 의거한 중국문화부흥의 학술적 담론

량수밍이 동서고금의 다양한 철학사상으로부터 영향을 받았음은 주지

---

41) 梁漱溟, 『東西文化及其哲學』, pp.36-37.

의 사실이다. 그는 동시대 슝스리(熊十力)와 함께 불교의 유식학(唯識
學)의 영향을 깊이 받았을 뿐만 아니라 왕양밍(王陽明)의 타이저우학파
(泰州學派)에도 심취하였고, 쇼펜하우어의 '생의 맹목적 의지(blinder
Wille zum Leben)'와 베르그송의 '생명의 약동(élan vitale)'에서도
많은 영향을 받았다.42) 특히 쇼펜하우어와 베르그송의 영향을 받은 량
수밍은 문화를 탄생시키는 근본 원인을 '의욕'으로 보고 그 '의욕'이 표출
되는 방향에 따라 문화가 각기 달라진다는 명제를 세웠다. 량수밍의 문
화론에서 '의욕'은 우주와 생명의 존재와 그 본질을 설명하는 핵심 개념
이다. 의욕은 정신적 노력·추세·동기를 가리키면서도 때로는 초월적
실체를 의미하기도 한다. 이러한 '의욕'의 성질과 지향은 인생의 태도를
의미하는 것이며, 인류 문명의 세 가지 다른 노선과 방향을 표현한다.
량수밍은 이 '의욕'에 기초하여 모든 인류의 생활은 대략 세 가지 노선
내지 양식에서 벗어나지 않는다고 보았다. 첫째는 자신이 바라는 것을
얻으려고 애쓰고 자신의 욕구를 충족시키려 하는 것이고, 둘째는 문제에
부딪치면 해결하려 하지 않고 바로 그 처지에서 자기만족을 구하는 것이
고, 셋째는 문제에 부딪치면 이 문제 혹은 욕구를 근본적으로 취소하려
하는 것이다.43) 요약하면 하나는 전진적인 추구이고, 둘은 자신의 생각
에 대한 변환·조화·조절이고, 셋은 자신을 돌려 뒤로 물러서는 추구이
다.44) 량수밍은 이 세 가지 서로 다른 '노선[路向, 방향]'은 대단히 중요
하며, 문화 고찰의 모든 설명은 여기에 근거한다고 했다.

량수밍이 보기에 문화는 한 민족의 생활양식이며, 또 그 생활양식은
'의욕'이 분출되어 나온 모습이다. "문화란 무엇인가? 한 민족의 생활양

---

42) 송종서 지음, 『현대 신유학의 역정』, p.81 참조.
43) 梁漱溟, 『東西文化及其哲學』, pp.57-58 참조.
44) 梁漱溟, 『東西文化及其哲學』, p.58 참조.

식일 뿐이다. 생활은 또 무엇인가? 생활은 바로 다함이 없는 의욕(will)
— 여기서 말하는 '의욕'은 쇼펜하우어가 말하는 '의지'에 가깝다 — 과
그것의 부단한 충족과 불충족일 뿐이다. 전체민족과 전체 생활이 표출해
낸 생활양식이 어떻게 서로 다른 색채를 띠게 되었는가? 생활양식의 최
초의 근본 원인인 의욕이 서로 다른 방향으로 분출되어 다른 모습으로
발휘되었기 때문이다. 그러므로 한 문화의 근본 혹은 근원을 탐구하려
면, 그 문화의 근원인 의욕을 고찰하여 그 문화의 방향이 다른 문화와
어떻게 다른지를 파악하기만 하면 된다."45) 이렇게 량수밍은 쇼펜하우
어의 철학 개념인 '의욕'을 차용하여 자신의 문화론 전개의 기본개념으로
삼았다. 더욱이 베르그송과 러셀의 철학으로부터 영향을 받아 불학(佛
學)의 유식학을 보충하고 증명하여 동서문화를 해석하는 인식론적 기초
로 삼았다.46) 량수밍은 베르그송의 방법은 유식(唯識)에 어울리지 않
지만, 그것이 도출해낸 원리는 매우 긴밀하게 유식과 부합한다고 여겼
다. 베르그송이 말하는 '생명'·'지속'은 전체적이고 불가분의 것인데, 베
르그송의 방법은 유식과 마찬가지로 생명·생물을 연구 대상으로 한다
는 것이다. 또 러셀이 추구한 길은 이지를 사용하여 대상 세계에 대한
연구를 수행한 것으로 유식과 관계없는 듯하지만, 러셀이 주장하고 아인

---

45) 梁漱溟, 『東西文化及其哲學』, p.31.
46) 거자오광(葛兆光)은 19세기 말 20세기 초에 중국의 지식인들이 불학에 관심을 갖게 된 상황
　　과 그 결과를 이렇게 설명했다. "따라서 풍부한 상상과 세밀한 논리를 가진 불학이 잠시
　　지식 자원을 충당하였고, 전통적 사상 세계를 지탱하는 동시에 새로운 사상을 해석하는 무
　　거운 책임을 맡았다. 그러나 사실상 그 부흥의 결과 오히려 서학의 침투를 이끌었고, 어떤
　　의미에서는 만청에서 민국 초에 이르는 사상사의 대변혁을 이끌어내게 되었다."(葛兆光 지
　　음 · 이연승 옮김, 『사상사를 어떻게 쓸 것인가』, p.91) 예컨대, 장빙린(章炳麟, 장타이옌)의
　　경우 불학을 가지고 상당히 논리적으로 노장사상(老莊思想)을 해석해냈는데, "그의 저서인
　　『제물론석(齊物論釋)』은 비록 억지로 끌어다 맞춘 곳이 간간이 있긴 하지만 확실히 '장자철
　　학'을 연구하는 사람들을 위해 새로운 지평을 연 것이었다."(梁啓超, 『淸代學術槪論』,
　　pp.86-87) 량수밍도 불교의 유식학(唯識學)을 사상적 자원으로 삼아 인식론적 근거를 마련
　　함으로써 서학(西學)에 대응하고자 했다.

슈타인의 상대성이론으로 증명한 '사태상속설(事態相續說)'은 단견과 상견을 벗어난 것으로서, 하나의 돌은 하나의 돌이 아니라 많은 돌의 연속이라고 주장하여 고정적인 실체에 반대하는 유식의 이론을 증명해주고 있다고 설명했다.47)

이렇게 근대 서양의 철학개념을 적극적으로 받아들인 량수밍은 자신의 문화론 전개의 인식론적 기초를 유식학에서 마련하였는데, 그는 가이 살바토레 엘리토(Guy Salvatore Alitto)와의 대담에서 "내가 철학사상 면에서 가장 좋아하고 숭배한 사람은 프랑스의 베르그송이다"48)라고 말한 바 있거니와, 이때 베르그송의 직각(直覺) 개념을 십분 활용한다. 그는 유식학 용어인 현량(現量), 비량(比量), 비량(非量)을 사용하여 인식과정을 설명하면서, 인식이 현량(現量, 감각)―비량(比量, 구별과 종합)만으로는 불가능하고 중간 역할로서 비량(非量)이 필요하다고 보고 이 비량(非量)을 베르그송의 철학개념인 직각(直覺)으로 바꾸어놓았다. 이는 서양의 철학개념을 받아들여 유식학의 체계를 일부 수정한 것이다. 량수밍은 "'수(受)'·'상(想)'이라는 두 심소(心所)가 의미에 대해 인식하는 것이 직각이다. 그러므로 현량(現量)의 감각으로부터 비량(比量)의 추상개념에 이르는 사이에는 '직각'의 단계가 필요하다. 현량(現量)과 비량(比量)에만 의지해서는 인식이 이루어질 수 없다. 이는 유식(唯識)의 주장에 대한 나의 수정이다"49)라고 했다. 현량(現量)은 본질에 대해 덧붙이거나 빼지 않고, 비량(比量)도 이러저러한 감각에 대해 구별과 종합의 작용을 행하지만 덧붙이거나 빼지 않고 추상적 의미

---

47) 梁漱溟, 『東西文化及其哲學』, p.87 참조.

48) 梁漱溟·艾愷(Guy Salvatore Alitto) 著, 艾愷 譯, 『這个世界會好嗎?: 梁漱溟晚年口述』(外語敎學與硏究出版社, 2010), p.187.

49) 梁漱溟, 『東西文化及其哲學』, p.74.

를 획득해낸다. 그러나 오직 직각만이 그 실질에 자의적으로 덧붙인다. 본성상 자의적이므로 비량(非量)인 것이다. 그런데 '비량(非量)'이라 하지 않고 직각이라는 용어를 사용하는 것은, 유식(唯識)에서 말하는 '비량(非量)'이 '사현량(似現量)'과 '사비량(似比量)'을 포괄하는 말로서 소극적이고 부정적인 용어이며, 현량(現量)과 비량(比量)에서 나오지 않는 일종의 특수한 심리작용을 가리키기 때문이다. 그래서 량수밍은 '비량(非量)'보다 직각이라는 용어를 사용하는 것이 더 낫다고 보았다.50) 즉 비량(非量)은 현량(現量)도 비량(比量)도 아닌 인식을 가리키는데, 자의적으로 덧붙이는 그 무엇의 작용을 나타내기 위해 부정적인 비량(非量) 개념 대신에 그 자리에 직각 개념을 앉힌 것이다. 이처럼 량수밍은 유식학에서 소극적이고 부정적인 의미로 사용되던 비량(非量)이라는 말을 직각이라는 말로 대체함으로써 유식학의 의미를 더욱 확장시켜 놓은 것이다. 량수밍은 베르크송의 직각 개념을 유식학 체계에 도입하여 유식학적 인식론을 더욱 풍부하게 만들었다고 할 수 있다.

량수밍은 이 직각 개념을 활용하여 서양·중국·인도 세 문화에 대한 비교고찰의 결과 각 문화의 생활 특징을 다음과 같이 개괄했다. 첫째 서양인의 생활은 직각이 이지(理智)를 운용한다, 둘째 중국인의 생활은 이지(理智)가 직각(直覺)을 운용한다, 셋째 인도인의 생활은 이지(理智)가 현량(現量)을 운용한다는 것이다. 여기서 주목되는 것은 서양인의 생활과 중국인의 생활의 차이를 직각(直覺)과 이지(理智)의 운용방식의 차이로 설명하고 있는 부분이다. 량수밍의 설명에 따르면, 일체 서양문화는 생각마다 자아[我]를 인식하여 전진적으로 추구함으로써 이뤄진 것인데, 이 '자아[我]'에 대한 인식은 감각으로 할 수 있는 것도, 이지

---

50) 梁漱溟, 『東西文化及其哲學』, p.75 참조.

로 할 수 있는 것도 아니며 전적으로 직각으로 얻은 것이라고 한다. 그래서 서양인의 생활에서 직각은 중요한 지위를 차지하며 그때 사용하는 도구가 이지이므로 서양의 생활은 직각이 이지를 운용한다고 말한 것이라고 했다.51) 그런데 중국인의 생활에 대해서는 일찍이 매우 높은 수준의 문화에 도달하려고 하여, 성인(천재)이 이지로써 직각을 조절하고 운용하는 생활로 인도하였다는 것이다. 다만 고내 중국문화는 형식은 갖추었으나 본뜻이 점차 사라져 결과적으로 이지가 발달하지 않아 낮은 수준의 문화에 머물렀을 뿐이라고 지적했다. 그렇지만 그것의 매우 심오한 철리(哲理)는 이지로써 직각을 조절해서 인식한 관념으로, 단지 직각에 의해 획득한 것(서양문화를 염두에 둔 표현)보다 뛰어나다는 것이다. 그리고 직각에 따르는 생활은 매우 고명한 생활로서 이지가 크게 발달한 후에야 실행할 수 있다고 했다. 그래서 량수밍은 "이른바 이지로써 직각을 운용한다는 것은 사실 직각이 이지를 운용하고 이지로서 다시 직각을 운용하는 것이다. 단순히 직각으로 이지를 운용하는 것보다는 한층 복잡하고 한 단계 더 나아간 것이다"52)라고 하여 이지가 직각을 운용하는 단계가 직각이 이지를 운용하는 단계보다 발전된 단계임을 설명했다. 이는 중국문화가 서양문화보다 더 우월한 문화 단계임을 논증하는 과정이다. 미래 세계에서 사람들의 생활이 성공하려면 이지로써 직각을 조절하는 방식이 되어야 하므로53) 중국문화가 자연스럽게 부흥할 것이라는 논리가 성립되는 것이다.

그런데 문제는, 서양문화는 직각이 이지를 운용하는 것이고 중국문화는 이지가 직각을 운용하는 것이라고 대비적으로 서술해놓고, 다시 이지

---

51) 梁漱溟, 『東西文化及其哲學』, pp.150-151 참조.
52) 梁漱溟, 『東西文化及其哲學』, p.151.
53) 梁漱溟, 『東西文化及其哲學』, p.152 참조

가 직각을 운용하는 것은 직각이 이지를 운용하는 것까지 포함하는 발전된 단계임을 어떻게 증명할 것인가 하는 점이다. 량수밍은 "이런 주장은 매우 우둔하고 터무니없지만, 이렇게 말하지 않으면 나의 뜻을 나타낼 수 없다"[54]라고 했는데, 논리적 정합성을 위해 그가 견강부회한 일면이 있음을 스스로 고백한 것이다. 량수밍은 1980년 7월에 쓴 「발문」에서도 60년 전의 자신의 저술에 대해 "돌이켜 보니 어느새 60년이 지난 일이다. 당시 식견이 얕고 유학에 '본능', '직각' 등 근대 서양의 용어를 함부로 끌어들여 설명한 데 대해, 스스로 부끄러워하는 바다. 실로 근본적으로 엄중한 착오였다는 점을 여기서 밝히지 않을 수 없다"[55]라고 했다. 겸사일 수 있으나 중국문화부흥이라는 당위적 과제를 학술적으로 증명하기 위해 논리체계를 세우는 과정에서 착오와 비약이 불가피했음을 인정한 것이다.[56]

　량수밍은 직각을 부연하여 맹자(孟子)가 강조한, 생각하지 않아도 아는 '양지(良知)'이고 배우지 않아도 할 수 있는 '양능(良能)'이라고 말한[57] 다음 이렇게 설명했다. "이 직각은 사람이 본래 갖고 있는 것이고,

---

54) 梁漱溟, 『東西文化及其哲學』, p.152.

55) 梁漱溟, 「1980年著者跋記」, 『東西文化及其哲學』, p.206 참조

56) 량수밍이 서양의 새로운 철학적 흐름에서 직각(直覺)이 중시되고 있음을 알고 유가철학 역시 직각을 근본으로 삼고 있으므로 미래의 세계문화는 중국문화가 될 것이라고 단언한 것은, 량치차오가 『청대학술개론』에서 스스로를 논술하는 대목에서 행한 자기비판의 내용과 상통한다. 량치차오는 "수입된 사상은 마땅히 그 본래 모습과 앞뒤 논리를 갖추고 있어야만 중국인들에게 절실한 연구 자료로 제공될 수 있다"라고 말하고 자신을 두고 "어떤 학문을 조금씩만 섭렵해도 바로 논술의 대상으로 삼았다. 따라서 그의 저술은 애매모호하고 근거가 없으며 추상적인 말이 많았고, 심한 경우에는 아예 잘못된 생각이기도 했다"라고 비판했다.(梁啓超, 『淸代學術槪論』, p.81) 량치차오의 자기비판의 근거는 량수밍에게도 적용될 수 있을 듯하다. 량수밍이 서양철학의 새로운 흐름인 베르그송의 직각(直覺) 개념을 공자의 인(仁) 개념에 곧바로 대응시켜 논하고 있는 대목은 그런 비판을 가능케 한다. 량치차오는 중국 사상의 고질병으로 '모방을 좋아하는 것'과 '이름과 실제를 혼동하는 것'을 예로 들었는데,(梁啓超, 『淸代學術槪論』, p.80) '이름과 실제를 혼동하는 것'의 예는 량수밍에게서도 발견된다.

습관에 물들었을 때를 제외하고는 원래 매우 예민하다. 어떻게든 그 본래의 예민함을 회복하면, 저절로 작용하여 법도를 잃지 않게 된다."58) 량수밍은 직각을 인간이 본래 갖추고 있는 것으로 그 자체가 선(善)이 된다고 단정했다. 그래서 그는 "이 예민한 직각이 공자가 말하는 인(仁)이다"라고 말함으로써 직각을 공자의 인과 연결시켜 해석했다.59) 직각을 공자의 사상체계에서 가장 중요한 인에 대응시키고 있다는 것은 량수밍의 문화론이 직각이라는 현대철학 개념을 이용하여 중국의 유가사상을 재해석하는 작업임을 시사한다.

량수밍은 공자의 '일이관지(一以貫之)'의 해석을 둘러싸고 후스(胡適)와 다른 견해를 제시했다. 량수밍은 '일이관지'를 지식을 구하는 방법으로 이해한 후스를 비판하면서 직각의 운용을 가리키는 것이라고 해석했다. 량수밍은 공자의 '일이관지'를 직각을 통해 조화, 즉 중(中)에 도달하는 형이상학적인 의미로 이해했다. 그래서 량수밍은 "후스는 그것(일이관지)을 지식을 구하는 방법을 논한 것이라고 여겼으나, 이는 옳지 않은 듯하다. 왜냐하면 공자뿐 아니라 동양인은 모두 정적인 지식의 연구를 좋아하지 않기 때문이다. 게다가 유가(儒家)는 전적으로 직각을 사용하고 이지를 사용하는 일은 매우 드물기 때문이다"60)라고 했다. 그래서 량수밍은 공자의 형이상학과 인생의 도리는 지식을 구하는 방법으로 일관할 수 있는 것이 아니라고 보았다. '일이관지'를 둘러싼 해석의

---

57) 梁漱溟, 『東西文化及其哲學』, p.121 참조 『孟子·盡心上』: "孟子曰, 人之所不學而能者, 其良能,也 所不慮而知者, 其良知也."

58) 梁漱溟, 『東西文化及其哲學』, p.121.

59) 량수밍은 직각이 선(善)임을 설명할 때 『맹자(孟子)』에 나오는 "군자는 푸줏간을 멀리한다(君子遠庖廚)"라는 말을 인용하여 증명하고 있는데,(梁漱溟, 『東西文化及其哲學』, p.119) 이는 그의 입론이 현학(玄學)과 그리 멀지 않다는 점을 시사한다.

60) 梁漱溟, 『東西文化及其哲學』, p.117.

차이를 통해 볼 때, 후스는 지식론의 관점에서 중국문화를 재해석하고 있으며, 량수밍은 직각의 관점에서 중국문화를 재해석하고 있는 것이다.

후스가 『중국철학사대강』에서 공자의 '인(仁)'을 설명하여 "인은 사람의 이상적인 도리이다. 이 도리를 다하는 것이 바로 인이다. …… 완전한 사람은 바로 사람의 도리를 다하며, 인격의 완성이며, 인이다"라고 말한 데 대해 량수밍은 무엇을 뜻하는지 분명하지 않다고 하고, 후스가 근본적으로 공자의 도리를 알지 못해서 명백하게 설명할 수 없었기 때문이라고 지적했다.61) 량수밍과 후스의 인(仁)에 대한 해석의 차이는 주시(朱熹)의 인(仁)에 대한 이해를 어떻게 평가할 것인가 하는 데서 두드러지게 나타난다. "후스 선생은 또 '주시(朱熹)와 같은 후인들이 인(仁)이란 사심이 없어서 천리(天理)와 합치되는 것을 가리킨다고 한 것은 송대(宋代) 유학자들의 억설(臆說)이고 공자의 본래 의도가 아니다'라고 하였다. 나는 후스 선생이 어떤 진정한 이해와 뚜렷한 견해가 있어서 이와 같이 단언하는지 모르겠다. 주자(朱子, 朱熹)의 견해는 오늘날 사람들의 주관적인 견해와는 다르다. 그의 주장은 근본에서 나온 것으로서, 공자의 본래적인 의미와 추호도 어긋나지 않는다."62) 여기서 량수밍은 후스의 논점을 비판하면서63) 주시의 인의 개념이 공자의 진정한 인의 개념에 도달해 있음을 옹호하고 있다. 이는 공자의 인에 대한 량수밍의 이해가 인에 대한 주시의 해석, 즉 인을 천리와 합치되는 것으로 보는 해석과 동일한 맥락에 놓여 있음을 시사한다. 그래서 량수밍은 공자의 인을

---

61) 梁漱溟, 『東西文化及其哲學』, pp.121-122 참조.

62) 梁漱溟, 『東西文化及其哲學』, p.122.

63) 량수밍은 인(仁)을 직각으로 해석하여 중시한 것은 주시(朱熹)의 학문체계에서 성리(性理)를 그가 긍정하고 있음을 의미한다. 반면 후스는 주시(朱熹)의 학문체계에서 격물치지(格物致知)의 방법을 과학적 방법으로 여겨 학술방법론을 대단히 중시했다. 그렇다면 량수밍과 후스가 인(仁)의 해석을 둘러싸고 주시에 대한 태도가 다르지만, 결국은 각도를 달리하여 모두 주시의 학문체계를 긍정하고 있는 셈이다.

직각으로 해석하고 직각의 가치를 극도로 높일 수 있었던 것이다. "유가는 완전히 직각에 의지하고, 그래서 중요한 것은 오직 직각의 예민하고 날카로움에 있다. 그리고 두려워하는 바는 바로 오직 직각이 마비되고 피폐하여 둔해지는 것이다. 모든 악은 직각의 마비에서 비롯되며 다른 원인은 없다. 그래서 공자의 가르침은 바로 '인을 구함'이다. 인류의 모든 덕은 본래 이 직각에서 유래하며, 공자의 '인'에서 나온다. 따라서 '인'이 각종 미덕을 대표할 수 있는 것이다."64) '인'을 직각으로 간주하여 인류의 모든 덕이 직각에서 유래한다고 본 량수밍은 공자 해석을 둘러싸고 '도덕의 습관'을 중시한 후스의 관점을 비판하게 되는 것이다. "직각이 예민하면 대응하지 못할 일이 없다. 하나는 저절로 살아 움직여서 쉼 없이 날로 새로운 것이고, 하나는 자연스런 흐름을 방해하고 생기를 막히게 한다. 생기를 막히게 하는 것보다 해로운 일이 없으므로 공가에서는 습관을 배척한 것이다. 그러므로 후스 선생이 도덕의 습관을 중시하여 공자의 인생철학을 논한 것은 찬성할 수 없다."65) 이렇게 량수밍은 '인'을 직각으로 해석하여 공자의 인생철학을 논함으로써 '도덕의 습관'이라는 관점에서 공자의 인생철학을 설명한 후스의 입장에 동의할 수 없었던 것이다.

이러한 해석의 차이는 직각을 인정하느냐 그렇지 않으냐 하는 데서 발생한다. 량수밍은 효도도 자식의 부모에 대한 직각일 뿐이므로 후스가 공가(孔家)에게 반드시 '무엇 때문'이냐고 추궁하는 것은 실로 난처한 일이라고 했다. "우리 인간의 행위는 사실 대부분 무엇을 위한 것이지만, 가장 좋은 것은 무엇을 위하지 않는 것이다. '무엇을 위함이 아니면서 행

---

64) 梁漱溟, 『東西文化及其哲學』, p.122.
65) 梁漱溟, 『東西文化及其哲學』, p.126.

하는 것'이 유가(儒家)에서 가장 중시하고 힘써 주장하면서 사람들에게 가르치는 내용이다."66) 량수밍은 '인'을 직각으로 재해석하고 '무엇을 위함이 아니면서 행하는' 당위를 내세움으로써, 이익이 되느냐 그렇지 않느냐를 기준으로 하는 묵자(墨子)를 부정적으로 평가하게 되는 것이다. 이는 묵자를 대단히 긍정적으로 평가했던 후스의 관점과 크게 다르다. 량수밍은 묵자를 비판하여 "묵자와 같은 방법은 사람을 완전히 기계로 만들어 숨 막히게 할뿐 아니라, 계산까지 덧붙으면 마음은 활발해지지 않고 흥취가 일지 않아 자연에 합치되지 못한다"라고 하였고, 그에 비해 "공가(孔家)는 자연스럽고 활발하게 물 흐르듯 행하려하기 때문에 계산을 배척한다"라고 했다.67) 시비를 따지고 계산적이면, 자연스럽게 선(善)에 도달하는 인(仁), 즉 직각의 발현을 가로막게 된다는 것이다. 량수밍은 중국문화는 직각을 중시하는 것이 특색인데 그것은 공자의 태도이며, 서양문화는 공리를 중시하는 것이 특색인데 그것은 묵자의 태도와 유사하다고 보았다. 공리적 태도가 오늘날 서양문화가 직면한 곤경의 뿌리이므로 그 곤경을 극복하기 위해서는 직각을 긍정하는 공자의 태도를 회복해야 한다는 것이다.

　량수밍은 인(仁)과 직각(直覺)을 모든 덕의 근원으로 봄으로써 선진(先秦)시기의 공자로 되돌아가고자 했다. 왜냐하면 량수밍이 보기에 공자 이후에 진정으로 공자의 뜻을 행한 사람은 드물었고, 그런 만큼 진정한 중국문화가 제대로 실현된 적이 없었기68) 때문이다. "공자의 인생태도는 아직 실현되지 않았다"69)는 것이나 "공자는 완전하고 주인이며, 제

---

66) 梁漱溟, 『東西文化及其哲學』, p.129.
67) 梁漱溟, 『東西文化及其哲學』, p.130.
68) 梁漱溟, 『東西文化及其哲學』, pp.138-139 참조.
69) 梁漱溟, 『東西文化及其哲學』, p.143.

자는 부분이고 손님이다"70)라고 말한 것을 보면, 중국문화의 기점인 공자로 되돌아가는 것이 량수밍의 목표였음을 알 수 있다. 량수밍은 중국문화가 직면한 곤경을 공자 자체의 문제로 파악하지 않고 공자 이후 그 제자들의 문제로 파악한 것이다. 그는 공자의 제자들에 의해 이루어진 한대(漢代) 이후의 중국문화는 공자의 진정한 정신을 실현하지 못했다고 보았다. "당시 경전을 전수하던 이들은 사실 공자의 정신을 얻지 못하였다. 저 한대 사람들은 경전을 골동품으로 삼아 연구하여 공자의 인생 생활에 대해서는 전혀 유의하지 않았으며, 단지 외면적인 연구만 행하고 내면의 연구는 없었다."71) 그래서 량수밍에게는 공자의 본래 인생철학을 회복하는 것이 가장 시급한 과제였다.

요컨대, 량수밍은 5·4시기의 새로운 사상·문화적 분위기 속에서 정신적인 측면에서 중국문화가 우월하다는 점을 논리와 체계를 갖추어 설명함으로써 중국문화가 미래 세계문화의 방향이 될 것임을 주장하였는데, 그의 동서문화론은 근대적 학술의 논리와 체계를 갖추어 설명됨으로써 당시 큰 반향을 불러일으킬 수 있었다. 새로운 사상문화 환경 속에서 시대에 민감하게 반응했던 지식인으로서 량수밍은 중국의 전통문화를 비판하는 입장에 서야 했지만, 제1차 세계대전 이후 서양문화가 직면한 한계를 직시하면서 중국문화부흥에 대한 기대를 한껏 높이면서 그것을 학술적 담론으로 전환시킬 필요가 있었던 것이다. 량수밍은 '의욕'과 '직각'을 통해 인식론적 근거를 마련하고 '문화로향(文化路向)'이라는 방법론을 창안하여 미래 세계문화의 방향이 중국문화가 될 것임을 주장하였는데, 그의 동서문화론은 결국 중국문화우월 또는 중국문화부흥의 관념

---

70) 梁漱溟, 『東西文化及其哲學』, p.139.

71) 梁漱溟, 『東西文化及其哲學』, p.139.

을 새로운 시대환경에 속에서 학술적 담론으로 전환시키는 역할을 수행한 것이다. 당시 그의 중국문화부흥의 학술적 담론은 논리와 체계를 갖추어 설명됨으로써 중국의 근대학술의 성립에 큰 기여를 했다고 할 수 있다. 다만 량수밍이 중국학술의 착오는 다 방법이 엄밀하지 못한 데서 연유하는데 가끔 추상적이고 현학적인 추리를 경험적 지식에 속하는 구체적 문제에 적용한다고 하였거니와, 그의 동서문화론이 방법의 엄밀성을 추구하였다고 하더라도 문화문제를 추상적이고 현학적인 추리와 비약에 근거한 간단한 공식으로 표현함으로써 스스로 비판한 중국학술전통의 문제점을 안으로 간직하고 있었던 것이다. 량수밍의 동서문화론에 대해, '매우 복잡한 문화현상'을 단순한 공식으로 '두루뭉실하게' 표현하였다고 지적한 후스의 비판72)은 여기서 의미를 갖는다. 더욱이 양밍자이(楊明齋)가 『중서문화관 비평(評中西文化觀)』이라는 책에서 량수밍의 동서문화론을 사상문화계몽과 도덕론에 의거해 중국문제를 해결하려는 '문화결정론'이라고 비평했던73) 것도 타당성을 갖는다.

5. 문화정체성과 '주역(周易)'적 조화론

량수밍은 서양은 과학적 정신을 가지고 무수한 학문을 낳았으며 중국은 예술적 정신을 지녔기 때문에 학문을 산출해내지 못했다고 인식했다. 그 결과 중국에서는 학문이 없었고 기술도 발달할 수 없었다는 것이다.

---

72) 胡適, 「讀梁漱溟先生的『東西文化及其哲學』」: 羅榮渠 主編, 『從'西化'到現代化』上冊, pp.85-86 참조

73) 李毅・張鳳江, 『選擇與裂變』(遼寧敎育出版社, 1996), p.20 참조. 楊明齋, 『評中西文化觀』(黃山書社, 2008) 券一 「評 『東西文化及其哲學』」 참조.

중국의 정치가 인치(人治)를 숭상하고 서양의 정치가 법치(法治)를 숭상하는 것도 모두 이로부터 말미암은 것이라고 보았다.74) 량수밍은 특히 서양문화는 모두 '민주주의'와 '과학'이라는 두 정신의 결정체라고 하여, 하나는 사회생활에서 표현되고 하나는 학술사상에서 표현되는데, 학술사상과 사회생활은 독립해서 존재하는 것이 아니므로, 두 정신도 분리될 수 없다고 했다.75) 서양문화가 이러한 우수성을 지니고 있으므로 중국도 따라 배우지 않을 수 없는데, 다만 서양문화의 길을 그대로 걸을 수는 없고 그들이 견지한 '방향[노선]'을 취해야 한다고 했다. 그렇지 않으면 그들의 겉모양만 배울 수 있을 뿐, 진면목을 배울 수 없기 때문이라는 것이다. 서양문화가 서양문화일 수 있는 것은 그 겉모습 때문이 아니라 그 내부의 '방향' 때문인데,76) 량수밍이 왜 '동방문화(東方文化)', '서방문화(西方文化)'라는 말 대신에 '동방화(東方化)', '서방화(西方化)'라는 말을 사용하였는가 하는 것이 여기서 분명해진다. 문화는 구체적으로 드러난 겉모습보다 내부의 노선과 방향이 더 중요하므로 그 방향성을 표시해줄 수 있는 '화(化)'라는 글자를 덧붙여 '동방(東方)-화(化)'와 '서방(西方)-화(化)'라는 말을 사용하는 것이 더 적절한 것으로 볼 수 있다[사실 문화(文化)의 '화(化)'도 그런 의미에 가깝다]. 량수밍은 문화의 노선을 나타내는 '로향(路向)'이라는 말을 사용하였듯이 문화의 방향성을 두드러지게 표현하기 위해 '동방화'와 '서방화'라는 말을 적극적으로 사용한 것으로 보인다.

　량수밍은 중국인은 처음부터 서양처럼 '자아[我]'를 인식할 수 없었고, 서양처럼 사람과 자연이 대립적으로 분리되지 않았으며, 서양처럼 사람

---

74) 梁漱溟, 『東西文化及其哲學』, p.35 참조.
75) 梁漱溟, 『東西文化及其哲學』, p.46 참조.
76) 梁漱溟, 『東西文化及其哲學』, p.47 참조.

사이에 경계가 분명하게 정해지지도 않았고, 더욱이 서양과 같이 지식
(과학)이 발달하여 그에 의지하는 생활을 하지도 않았다고 보았다.77)
그렇지만 이제 서양철학에서는 오히려 그 방향을 완전히 바꾸어, 절대
(絶對)에 대한 연구로부터 상대(相對)에 대한 연구로, 지식 중시로부터
정서와 의지의 중시로, 이지의 사용으로부터 직각의 존중으로, 지식적인
것에서 행위적인 것으로, 외적으로 고찰하던 시선을 자신과 생명에로 돌
리는 것으로 전환하게 되었다는 것이다. 량수밍은 "이제 서양인들도 과
학의 길을 거쳐 중국적인 길로 전환하였다 ― 현재 서양철학계의 새로운
풍조는 동양적인 색채다. 이는 어쨌든 부인할 수 없는 사실이다. 동양인
의 철학적 연구는 다 생명을 추구하는 것이고, 서양인은 단지 지식을 획
득하려고 했다. 그러나 이제 모두가 생명을 추구하는 길로 들어섰다"78)
라고 진단했다. 진단의 결과 '문화로향'의 3단계설에 따라, 최초의 것은
고대 서양과 근세에 부흥한 것을 가리키고, 두 번째의 것은 고대 중국에
서 흥성했고 가까운 미래에 부흥할 것을 가리키고, 마지막의 것은 고대
의 인도에서 부흥했고 비교적 먼 장래에 부흥할 것을 가리킨다고 말하
고, 지금은 근대에서 가장 가까운 미래로 넘어가는 과도기라는 것이다.
그래서 "현재의 철학은 동양적일 뿐 아니라 직접적으로 중국적인 것에
해당한다. ― 중국철학의 방법은 직각이고, 주목하여 연구하는 것은 '생
(生)'이다. 이 과도기에는 아직 크게 일치하지는 않지만, 더욱 나아가면
곧장 중국적인 길로 들어서리라고 본다"79)라고 확신했다. 이처럼 량수
밍은 서양 근대 생철학의 흥기를 보고 서양문화 전환의 징후를 포착하면
서 그것이 중국문화의 방향과 일치하는 것으로 판단했다. 량수밍은 생철

---

77) 梁漱溟, 『東西文化及其哲學』, p.151 참조.
78) 梁漱溟, 『東西文化及其哲學』, p.167.
79) 梁漱溟, 『東西文化及其哲學』, p.167.

학이, 각박하고 잔혹한 데서 벗어나 정취와 활기를 회복시켜주고 물질로 변해버린 우주를 정신적 우주로 다시 변화시킬 수 있다고 보아 서양의 '유일한 구원의 빛'으로 이해했다.[80] 량수밍은 그것을 서양적인 길에서 중국적인 길로의 전환이라고 이해했으니, 직각 중시의 생철학이 유가(儒家)와 상통하기에 세계의 미래 문화방향은 중국적인 길이 될 것으로 단정한 것이다. 그것은 쌍(雙)·조화·평형·중(中)을 근본사상으로 하는[81] 공자의 인생철학의 길이기도 하다. 다만 여기서 문제가 되는 것은 생철학이 서양철학 전체를 대표할 수 있는가, 그리고 생철학이 진정으로 서양문화의 방향을 결정할 수 있는가 하는 것이다. 생철학이 서양문화의 자기비판을 담고 있어 생철학의 흥기를 통해 서양철학 전환의 징후를 포착할 수 있다고 하더라도 그것 자체가 서양문화의 전체적인 방향전환이라고 단정하기는 어렵기 때문이다.

량수밍은 생철학의 흥기에 주목했을 뿐만 아니라 자본주의에서 사회주의로의 경제체제의 변화 역시 서양문화 전환의 징후로 포착했다. "현재의 개인본위·생산본위의 경제를 사회본위·분배(소비)본위로 바꿔야 한다. 이러한 변혁의 요구에 따라 나온 것이 사회주의이다. 서양문화 전환의 맹아가 여기에서 나타났다."[82] 량수밍은 대량생산 자본주의 경제의 불합리성을 지적하면서, 그것은 마음을 기르지 못하고 안정된 생활을 유지하지도 못하며, 무료하여 즐거움을 찾게 되니 풍기가 문란하고 술주정하고 소란을 부리며 자살하고 살인하는 등 이루 말로 다할 수 없을 지경이라는 것이다. 이 문제의 근본적인 해결을 위해서는 불합리한 경제가 개혁되어야 하는데,[83] 량수밍은 자본주의경제체제는 직각에 따

---

80) 梁漱溟, 『東西文化及其哲學』, p.168.
81) 梁漱溟, 『東西文化及其哲學』, p.138. "雙, 調和, 平衡, 中, 都是孔家的根本思想."
82) 梁漱溟, 『東西文化及其哲學』, p.156.

라 살 수 없는 상황을 조장하므로 사회주의경제체제가 도래할 수밖에 없다고 보았다.84) 서양에서 직각을 중시하는 생철학이 흥기하고 인간의 욕망을 제어하는 사회주의경제체제가 부상하고 있음에 주목한 량수밍은 그것을 서양문화 전환의 징후로 포착하면서 공자의 인생철학의 방향과 유사하다고 판단하여 중국문화가 미래 세계문화의 방향이 될 것임을 주장한 것이다.

량수밍의 이러한 주장의 밑바탕에는 중국문화부흥에 대한 선험적 믿음이 짙게 깔려 있다. 19세기 중엽 이후 서양문화가 중국으로 밀려들면서 중국문화와 서양문화 사이에 중심과 주변의 위치 바꿈이 일어난 것은 부인할 수 없는 현실 상황이었다. 량수밍은 현실적으로 중심을 차지하고 있는 서양문화의 가치를 객관적으로 인정하지 않을 수 없었지만 심리적으로 받아들이기 어려웠기에 주변으로 밀려난 중국문화의 가치를 새롭게 증명하고자 하였다. 그는 위기에 처한 중국문화의 정체성 확립이 시급하다고 인식했고, 그를 위해 중국문화의 가치를 학술적으로 재정립할 필요성을 강하게 느낀 것이다.

그렇기에 량수밍의 동서문화론에는 주관적 편견의 개입이 불가피했다. 량수밍은 『동서문화 그 철학』의 결론부분에서, "첫째, 인도(印度)적 태도는 배척해야 하며, 추호도 용납해서는 안 된다. 둘째, 서양문화는 전적으로 수용해야 하지만, 근본적으로 개조해야 한다, 즉 그 태도를 바꿔야 한다. 셋째, 중국의 원래의 태도를 다시 새롭게 가져와야 한다"85) 라고 했다. 그는 이 세 가지가 근래에 이 문제를 연구하고 난 뒤에 도달

---

83) 梁漱溟, 『東西文化及其哲學』, p.157.

84) 량수밍이 자본주의경제체제에서 사회주의경제체제로의 전환을 긍정적으로 이해하고 있음을 고려할 때, 제1로향 → 제2로향 → 제3로향의 문화발전 단계설은 마르크스의 역사유물론의 사적 전개 모델과 많이 닮아 있음을 발견하게 된다.

85) 梁漱溟, 『東西文化及其哲學』, pp.189-190.

한 자신의 최종적인 결론이라고 말하고 면밀하고 신중하게 결정한 것으로 결코 우연히 얻은 감상이 아니라고 강조했다.86) 인류문화는 제1문화로향 → 제2문화로향 → 제3문화로향으로 발전해나가는 것인바, 먼 장래의 일인 제3문화로향의 인도문화는 언급할 것이 못되므로 현실적으로 가장 중요한 것은 가까운 장래에 나타날 제2문화로향의 중국문화라는 것이다. 그런데 면밀하고 신중하게 얻은 결론이라 하여 그것이 곧바로 세계문화의 방향이 되는 것은 아니다. 더욱이 어느 한 '문화로향'으로부터 전혀 다른 또 하나의 '문화로향'으로 옮겨가는 것이 어떻게 가능한지에 대한 설명이 결여되어 있다. 사실 문화의 선택과 발전은 어느 한 가지 인식론적 근거나 철학적 논리에 따라 이루어지는 것이 아니며, 오히려 현실적이고 복잡한 이해관계 속에서 이루어진다.

『동서문화와 그 철학』이 출판된 뒤 량수밍의 동서문화론에 포함된 주관적 편견에 대한 비판이 만만치 않았는데, 그것을 당연해 보인다. 우선 장동쑨(張東蓀)은 량수밍의 동서문화론을 비판적으로 검토하면서, 량수밍의 주장이 단지 '철학관(哲學觀)'적 동서문화론이며 민족심리학적인 동서문화론은 아니라고 했다. 그는 량수밍이 동서문화를 철학으로 환원시켜놓았다고 보아 다음과 같이 정리했다. 첫째, 문화를 각각 하나의 철학으로 환원시켜 놓았다. 둘째, 문화가 철학으로부터 생겨나는가? 셋째, 문화의 범위와 철학의 범위가 서로 상응하는가? 넷째, 한 민족의 문화는 하나의 철학으로부터 영향을 받아 생겨나는 것이 아니며, 다른 민족의 철학이 수입되어 영향을 미칠 수도 있다.87) 장동쑨은 량수밍의 동서문화론이 철학을 비교한 것이지 문화를 비교하거나 분석한 것이 아니

---

86) 梁漱溟, 『東西文化及其哲學』, p.190 참조.
87) 張東蓀, 「讀『東西文化及其哲學』」: 羅榮渠 主編, 『從'西化'到現代化』 上冊, p.59

라고 비판한 것이다. 또한 옌지청(嚴旣澄)은 "류보밍(劉伯明) 선생이
량수밍의 주장이 전후가 부합하지 않는다고 여겼듯이, '세 가지 문화가
순서적으로 발전하여 하나의 직계(直系)를 이루어 인도문화가 인류의
귀속이 된다'라는 이 말은, 따라서 량(梁)군이 '불학의 기존관념에 의거
하여 서방화(西方化, 서양문화)와 중국화(中國化, 중국문화)를 평론한
것이다'"라고 말했다.88) 세계문화가 제1로향 → 제2로향 → 제3로향으
로 나아가 결국 인도문화로 귀결된다는 것은 량수밍의 동서문화론이 불
학에 근거하고 있기 때문인데, 옌지청은 이점을 비판적으로 지적한 것이
다. 량수밍은 이지적으로는 유가철학에 근거하여 동서문화론을 전개하
고 있지만 인식론적 근거를 불학의 유식학에 두고 있었으므로 인도문화
로의 귀속이라는 결론에 도달하게 된 것으로 보인다.

후스도 량수밍의 문화발전단계설을 비판적으로 검토했다. 후스는 량
수밍이 제기한, 서방화(西方化)로향 → 중국화(中國化)로향 → 인도화
(印度化)로향으로 진행될 세계문화의 발전단계설은 일종의 '문화윤회론
(文化輪回論)'일 뿐이며 객관적 근거를 결여한 주관적인 편견에 지나지
않는다고 보았다.89) "우리는 량(梁)선생이 '준도리(准道理)'를 즐겨 찾
는 사람이며 '시종 자기 사상을 위주로 하는' 사람임을 알아야 한다. 이
두 가지 측면을 이해한 다음 대담하게 그의 이 책을 읽을 수 있고, 그런
다음 그의 이 책에 담긴 '뛰어난 견해'의 부분과 주관적인 편견으로 덮여
있고 지나치게 무단적인 부분을 터득할 수 있기를 바란다."90) 후스는
량수밍의 문화론 공식이 복잡하고 다양한 문화와 역사를 무시하고 단순
화하고 있다고 지적하였는데, 역사적인 객관사실에 근거하기보다 주관

---

88) 嚴旣澄, 「評 『東西文化及其哲學』」: 羅榮渠 主編, 『從'西化'到現代化』 上冊, p.70.
89) 胡適, 「讀梁漱溟先生的 『東西文化及其哲學』」: 羅榮渠 主編, 『從『西化』到現代化』 上冊, p.86.
90) 胡適, 「讀梁漱溟先生的 『東西文化及其哲學』」: 羅榮渠 主編, 『從『西化』到現代化』 上冊, p.82-83.

적인 편견에 의거한 현학(玄學)에 가까운 것이라고 보았다. 물론 이러한 비판은 문화를 대하는 후스와 량수밍 사이의 입장의 차이를 반영한다. 당시의 동서문화논쟁은 '문화보편주의'적 입장과 '문화자민족중심주의'적 입장의 차이에서 촉발되었는데, 후스는 '문화보편주의'적 입장에서 인류문화는 대동소이하다고 보았고 량수밍은 '문화자민족중심주의'적 입장에서 인류의 주요 세 가지 문화는 '노선〔路向〕'이 다른 근본적인 차이를 갖는다고 보았던 것이다. 다만 여기서 주의할 것은 이러한 입장의 차이에도 불구하고 후스와 량수밍은 모두 중국문화 또는 중국철학의 미래를 낙관적으로 보고 있다는 점이다. 후스는 『중국철학사대강』의 「부록」에서 중국철학과 서양철학이 만나 50년 후에는 '세계철학'이 될 것으로 기대하였는데, 중국의 입장에서 '세계철학'을 언급하고 있으므로 그것은 중국철학의 낙관적 부흥론과 다르지 않다.

이제, 지적할 것은 량수밍의 동서문화론에 내포된 조화론적 관점이다. 량수밍은 동서문화가 근본적으로 다르다는 점을 전제하고 문화의 발전단계설을 제기하였는데, 그의 문화단계설은 조화론을 부정하는 듯이 보인다. 하지만 량수밍의 동서문화론은 결과적으로 동서 두 문화, 특히 중국문화와 서양문화 사이의 조화를 꾀하고 있음이 은연중에 드러난다. 량수밍은 불교의 유식학을 끌어들여 인식론적 측면에서 동서문화의 차이를 논하고 서양문화의 과학과 민주주의의 현재적 가치를 충분히 긍정한 뒤 새롭게 부각되는 직각 개념을 통해 서양문화를 비판하면서 중국문화 부흥을 입증하고자 했다. 그런데 여기서 주목되는 것은 이 직각이 조화에 도달할 수 있는 주요한 능력으로 간주된다는 점이다. "이러한 조화 혹은 중(中)은 오직 직각으로 인식할 수 있어서 중(中)에 도달했을 때 참으로 중(中)이라 느끼고, 부조화에 도달했을 때 확실히 부조화라고 느낀다. 이것은 이지의 판단으로는 그 이유를 규명할 수 없다. 아마 이지로 추리해서는 인식할 수 없을 것이다. 만일 규명하거나 추리해나가면 근본이 파괴되어 설명할 수 없게 된다."91) 그렇다면 량수밍은 '주역(周易)'적인 조화에 이를 수 있는 직각의 능력을 인정하고 있는데, 이지가 직각을 운용하는 중국문화가 직각이 이지를 운용하는 서양문화의 특징을 포함하는 더 발전된 단계라고 설명하였듯이 결과적으로 이 직각의 능력에 기대어 동서문화의 조화를 꾀하고 있는 셈이다.

량수밍은 '노선[路向]'이 서로 다른 동서(東西) 두 문화의 '주역(周易)'적인 조화를 꾀하고 있어 언뜻 보기에 자기모순 같은데, 이러한 모순은 량수밍의 이지(理智)와 정감(情感), 자비(自卑)와 자신(自信) 사이의 심리적 모순92)과 관련되어 있다. 직각의 능력을 믿었던 량수밍은 이러한 심리적 모순이 무의식적으로 작용하여 동서문화조화론에 이르게 된 것으로 보인다. "그런 종래 서양인의 인생태도가 오늘날 서양인에게는 더욱 고통을 주고 종래의 중국인에게는 그 치우친 점을 구제할 수 있지만, 종래의 중국인의 태도는 반드시 수정을 거쳐야 한다. 더욱이 세계의 두 번째 길의 문화의 개벽을 예비하고 촉진하려면, 종래의 서양적 태도를 변화시켜야 한다."93) 량수밍은 양무파(洋務派)의 '중체서용'론과 5·4시기의 두야쳰(杜亞泉)과 량치차오의 중서문화조화론을 근본적으로 실현할 수 없는 공상일 뿐이라고 비판했지만, 은연중에 자기도 '유가의 인생태도'에 '서양의 민주와 과학'을 더하는 동서문화조화론적 태도를 드러내게 된 것이다. 물론 량수밍의 동서문화조화론은 량치차오가 선언적으로 제시한 중서문화융합의 주장과 달리 훨씬 복잡한 체계와 논리를 갖추고 있다. 량치차오는 "서양의 문명을 가져다 우리의 문명을 확충하

---

91) 梁漱溟, 『東西文化及其哲學』, p.116.

92) 鄭大華, 『梁漱溟與胡適』(中華書局, 1994), p.420

93) 梁漱溟, 『東西文化及其哲學』, p.192.

고 또 우리의 문명을 가져다 서양의 문명을 보조(補助)하여 그것을 화합하여 일종의 신문명을 만들어내는 것이다"[94]라고 했지만, 그것은 어디까지나 방법론이 부재한 선언적인 중서문화융합에 가깝다. 하지만 량수밍의 그것은 철학적 인식론에 근거해 '문화로향'이라는 방법론을 창안하고 적용하여 문화발전단계설에 따른 가까운 장래의 중국문화부흥의 가능성을 힉술적으로 논증한 것이다.

---

94) 梁啓超, 『歐游心影錄』: 羅榮渠 主編, 『從‘西化’到現代化』 上冊, p.11.

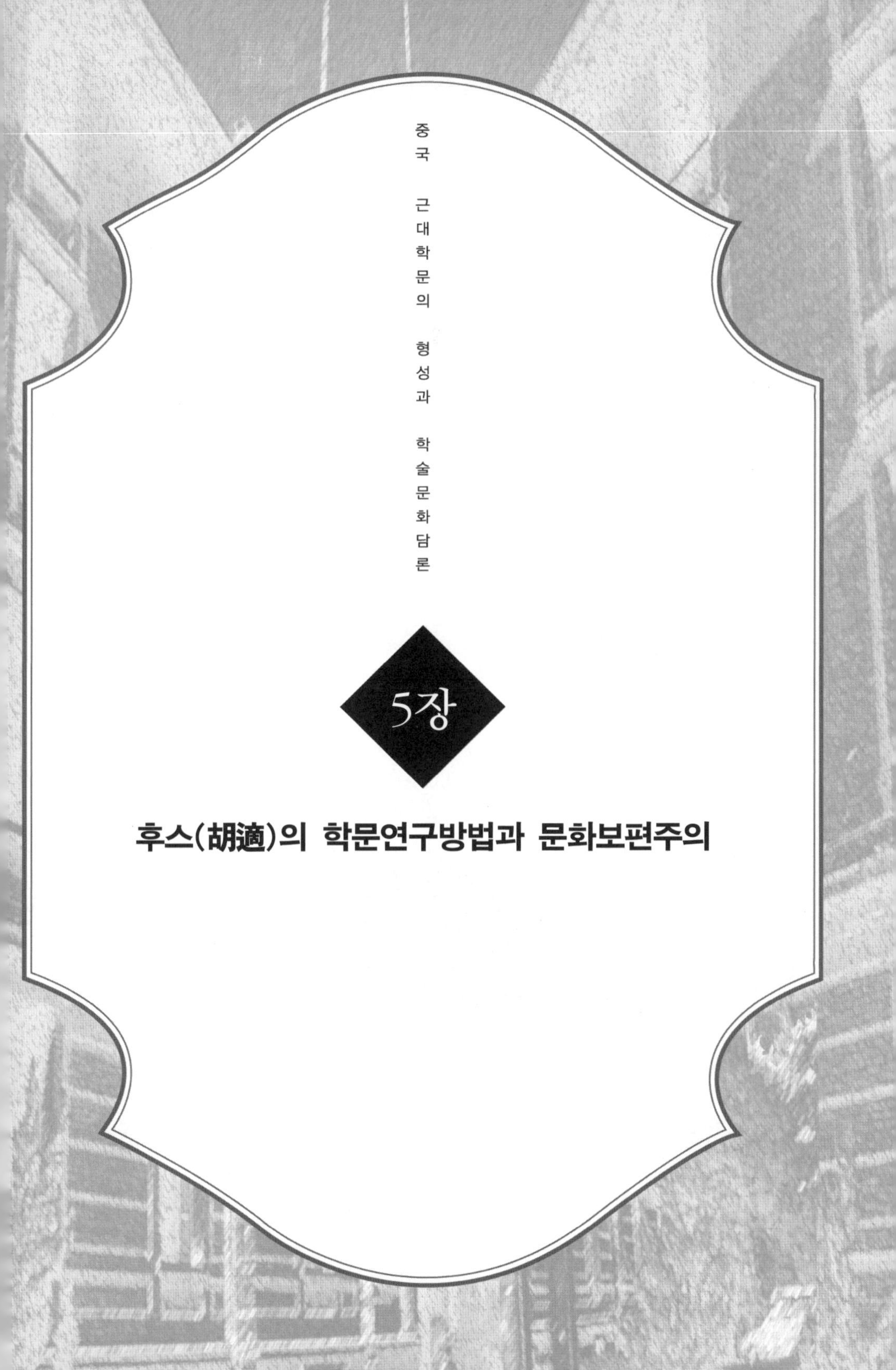

5장

후스(胡適)의 학문연구방법과 문화보편주의

중국 근대학문의 형성과 학술문화담론

1. 학문적 권위와 전통학문의 뿌리

1919년 3월 18일 린수(林紓, 林琴南)는 백화문운동을 반대하기 위해 차이위안페이(蔡元培)를 비난하는 「차이허칭 태사에게 보내는 서한(致蔡鶴卿太史書)」을 『공언보(公言報)』에 실었다. 여기서 그는 백화문운동이 경전과 도에 위배되며, 공맹(孔孟)을 전복하고 윤상(倫常)을 깎아 없앤다고 지적하고 "고서를 전폐하고 토어를 문자로 사용하겠는가"라고 반문했다.[1] 백화문을 토어로 여기며 문언적 글쓰기를 고집한 린수의 주장에 대해 차이위안페이는 『진화와 윤리(天演論)』·『법의 정신(法意)』·『국부론(原富)』 등의 원문은 모두 구어인 백화(白話)로 되어 있으나 옌푸(嚴復)가 문언으로 번역했고, 소 뒤마, 디킨스, 하디 등이 지은 소설은 모두 백화로 되어 있으나 린수 본인이 문언으로 번역했다고 지적한 뒤 "그대와 옌(嚴)군이 번역한 것이 원본보다 더 낫다고 말할 수 있는가?"[2]라고 맞섰다. 그리고 린수가 『수호전』과 『홍루몽』의 작자는 모두 널리 다양한 책들을 읽은 사람이니 만권을 독파하지 않으면 고문을 지을 수 없을 뿐만 아니라 백화도 지을 수 없다고 말한 데 대해 차이위안페이는 다음과 같이 응수했다. "베이징대학(北京大學) 교원 중에 백화문을 잘 짓는 사람으로는 후스즈(胡適之, 즉 후스胡適), 첸쉔통(錢玄同), 저우쭤런(周作人) 군이 있는데, 그대는 무엇으로 그들이 다양한 책들을 널리 읽지 않고 고문을 지을 수 없어 백화문으로 자신의 결점을 감추려 한다고 말할 수 있는가? 후(胡)군은 한학(漢學) 가문에서 예전부터 고문을 지었으며, 많지는 않으나 그가 지은 『중국철학사대강(中國

---

1) 林紓, 「致蔡鶴卿太史書」(『附錄一: 『林琴南來函』): 劉夢溪 主編, 『蔡元培卷』(中國現代學術經典)(河北敎育出版社, 1996), p.290 참조.
2) 蔡元培, 「致 『公言報』」: 劉夢溪 主編, 『蔡元培卷』, p.286.

哲學史大綱)』을 보면 그의 고서를 보는 식견은 청대(淸代) 건가(乾嘉) 시기 학자들에 뒤지지 않는다. 첸(錢)군이 지은 '문자학강의(文字學講義)', '학술문통론(學術文通論)'은 모두 고아(古雅)한 고문이다. 저우(周)군이 번역한 외국소설은 문필이 예스럽고 심오하여 어려우니 학문이 얕은 자는 이해할 수 없다."3) 차이위안페이는 백화, 즉 구어로 된 외국작품을 문언으로 번역한 것이 원작보다 더 훌륭한가라고 반문하면서 문언을 고집하는 린수를 풍자하는 한편, 백화문 제창자인 후스, 첸쉔통, 저우쭤런 등이 뛰어난 고문(古文) 실력을 갖추고 있음을 구체적인 예를 들어 설명하고 있다.

여기서 주목되는 것은, 린수의 주장에 맞서 차이위안페이가 백화문 사용의 정당성을 적극적으로 옹호하기보다 백화문 제창자들의 고문 실력을 입증하는 것으로 대응하고 있다는 점이다. 린수의 공격은 우선 백화문 제창자들의 고서독해능력과 문언적 글쓰기 능력을 의심한 데서 비롯된다. 이에 맞선 차이위안페이의 대응은 백화문제창자들이 고서독해능력과 문언적 글쓰기 능력이 뒤떨어지지 않는다는 점을 부각시키는 것이었다. 이렇게 린수의 공격과 차이위안페이의 대응은 모두 고서독해능력과 문언적 글쓰기 능력을 둘러싸고 전개된 것이다. 고서독해능력과 문언적 글쓰기 능력은 당시 지식인 사회에서 갖추어야 할 가장 중요한 조건으로서 전통학문의 뿌리를 입증하는 기본 소양으로 비쳐졌던 것이다.

고문 실력 이외에 학문적 권위를 인정받는 데 학문적 배경이나 학문계보도 대단히 중요한 요소로 작용했다. 당시 베이징대학을 다녔던 타오시성(陶希聖)은 학문계보와 학문적 권위 사이의 연관관계를 이렇게 회고한 바 있다. "국학을 강의한 선인모(沈尹默) 선생과 문자학을 강의한 선

---

3) 蔡元培, 「致『公言報』」: 劉夢溪 主編, 『蔡元培卷』, pp.286-287.

젠스(沈兼士) 선생은 모두 장타이옌(章太炎) 선생의 문하생이었다. 민국 초기에 베이징의 문사학계(文史學界)의 태두는 모두 타이옌(太炎) 선생의 문하로부터 나왔다. 그 두 분(선인모와 선젠스 — 인용자)도 그 쟁쟁한 사람들에 속하며 우리 학생들은 대단히 경모했지만, 그들의 위에는 황지강(黃季剛, 즉 황칸黃侃) 선생이 있어 본과의 국학문(國學門)에서 강의하고 있었다. 우리 예과학생들은 감히 그를 넘보기 어렵다고 생각했다."4) 당시 베이징대학 문과는 국학 대가로 불린 장타이옌의 제자들이 교수로서 포진하고 있었으니, 장타이옌의 학문계보를 잇는 것만으로도 학문적 권위를 인정받고 전통학문의 조예를 입증하는 근거가 되었다.

1917년 27세의 젊은 나이에 미국유학에서 돌아와 베이징대학 철학과 교수로 부임한 후스(胡適)는 처음 학생들로부터 따가운 시선을 받아야만 했다. 후스는 부임한 첫해인 1917년 가을학기에 본과(本科) 철학문(哲學門) 1학년의 〈중국철학〉과 〈중국철학사〉, 2학년의 〈중국철학〉과 〈중국철학사〉를 강의하였고5) 개편된 교과과정에 따라 1918년 봄학기에는 본과 철학문 1·2학년 합반의 〈중국철학사대강〉과 〈서양철학사대강〉을 강의하였는데,6) 미국유학 출신인데도 〈중국철학〉, 〈중국철학사〉와 같은 전통학문의 강의를 맡음에 따라 사람들에게 의구심을 자아낸 것이다. 더구나 전통적인 학문계보가 뚜렷하지 않았으니 학문적 뿌리를 입증하기도 어려웠던 것이다. 물론 후스는 미국유학에서 획득한 과학적 방법론을 내세워 학문적 우위를 견지할 수 있었지만, 근본적인 해결책은

---

4) 陶希聖,「北京大學豫科」: 陳平原·夏曉虹 編,『北大舊事』(北京大學出版社, 2009), p.152 참조.
5)「文科本科現行課程」,『北京大學日刊』 第十二號(1917.11.29):『北京大學史料』 第二卷·二, pp.1051-1052 참조.
6)「文本科第二學期課程表」,『北京大學日刊』第三十八號(1918.1.5):『北京大學史料』第二卷·二, p.1064 참조.

아니었다. 당시 베이징대학 교수들은 자신의 강의내용을 책으로 펴내는 것이 일반적이었는데,7) 후스도 서둘러 〈중국철학사〉 강의내용을 토대로 『중국철학사대강』(상무인서관商務印書館)을 책으로 펴냈다. 후스가 이 책을 서둘러 인쇄에 부친 것은 스스로 전통학문에 대한 조예를 입증해야 했기 때문이다. 그래야만 사람들의 의구심을 불식시키고 베이징대학 문과 교수로서 입지를 굳건히 할 수 있었다. 차이위안페이는 1918년 8월 후스의 『중국철학사대강』(중국고대철학사)을 위해 쓴 서문에서 "선생이 베이징대학에 부임하여 중국철학사를 강의한 지 겨우 1년이 되었다. 이 1년이란 짧은 기간에 '중국고대철학사대강'을 완성했다는 것은 그의 영민한 재주를 엿볼 수 있게 해준다"8)라고 칭찬했다. 사실 후스는 콜롬비아대학에서 준비 중이던 철학박사 학위논문의 내용을 기초로 하고 〈중국철학사〉 강의를 통해 내용을 보강하여 1년 만에 『중국철학사대강』을 완성하였는데, 그 절박성을 충분히 짐작할 수 있다. 후스는 이 저서를 통해 스스로 전통학문에 대한 조예를 입증함으로써 결국 자신의 학문능력을 사람들에게 충분히 각인시킬 수 있었다.

차이위안페이는 또 『중국철학사대강』의 서문에서 '한학(漢學)'을 연구한 사람 중에서 서양철학사를 연구한 사람은 없으며 서양철학을 공부한 사람 중에서 '한학'을 함께 연구할 수 있는 사람도 매우 적은데, 후스는 서양유학을 했을 뿐만 아니라 전통학문도 계승하고 있어 양쪽을 겸비하고 있다고 높이 평가했다. "후스즈(胡適之) 선생은 한학(漢學)을 세전

---

7) 陳平原, 「序」, 『早期北大文學史講義三種』(北京大學出版社, 2005), p.6 참조. 당시 베이징대학은 교원들의 강의원고를 인쇄하여 학생들에게 나누어주도록 요구하였는데, 그것은 학술상의 고려도 있었지만 좀 더 실제적인 원인도 있었다. 바로 교원들의 방언이 너무 심하여 의사소통이 제대로 될 수 없었기 때문이다. 루쉰(魯迅)이 1920년에 베이징대학에서 중국소설사를 강의할 때도 매주 미리 강의원고를 우편으로 보내어 석인(石印)하여 수업 전에 학생들에게 나누어주도록 했다.

8) 蔡元培, 「序」: 胡適, 『中國古代哲學史』, 『胡適文集(6)』(北京大學出版社, 1998), p.155.

(世傳)하던 지시(績溪)의 후(胡)씨 집안에서 태어나 선천적으로 한학의 전통을 이어받았다. 어려서부터 신식 학교 교육을 받았으나 한학을 꾸준히 독학하여 오늘날까지도 계속해오고 있다. 또 그는 미국 유학 시절에 문학과 철학을 겸해 연구하여 서양 철학에 깊은 이해를 얻은 사람이다. 그래서 중국 고대 철학사의 난점은 선생의 손에 의해 비교적 용이하게 다루어질 수 있게 되었다."9) 차이위안페이는 후스가 미국 유학을 통해 서양철학에도 정통하며 가학(家學)을 계승하여 한학에도 밝아 중국 고대철학을 다룰 수 있는 능력을 충분히 갖추고 있다고 설명했다. 사실 정확히 따진다면, 후스는 지시(績溪) 출신이긴 하지만 '한학을 세전(世傳)하던 지시(績溪)의 후(胡)씨 집안'(후쾅종胡匡衷, 후빙첸胡秉虔, 후페이후이胡培翬를 가리킴 — 인용자)은 아니었다. 그런데 차이위안페이가 '한학을 세전하던 지시 후씨의 집안'에서 태어나지 않은 후스를 굳이 그 집안 후손으로 표현하고 있는 것은 왜일까? 그것은 '중국고대철학사'를 다룰 만한 충분한 한학 실력을 갖추었음을 입증하는 데 후스의 개인적인 학문능력을 칭찬하는 것만으로는 부족했기 때문이다. 한 개인의 한학 실력을 입증하기 위해서는 개인적인 학문능력 못지않게 학문적 배경이나 학문계보도 표방할 수 있어야 했다. 그래서 차이위안페이는 후스가 '지시 출신의 후씨 집안'의 학문계보를 잇는 것으로 명시적으로 밝혀놓아 한학의 뿌리가 깊음을 암묵적으로 드러내었던 것이다. 차이위안페이가 '지시 출신의 후씨 집안' 운운했던 것은 어쩌면 베이징대학 문과 내에서 학문계보가 취약한 후스의 입지를 강화시켜주기 위한 포석이었는지도 모른다. 량치차오(梁啓超)가 『청대학술개론(淸代學術槪論)』에서 "지시(績溪)의 여러 후(胡)씨의 후손으로 후스(胡適)란 사람이 있는

---

9) 蔡元培, 「序」: 胡適, 『中國古代哲學史』, 『胡適文集(6)』, p.155.

데, 역시 청대 학자들의 학문방법으로 공부하여 정통파의 유풍을 간직하고 있었다"10)라고 서술한 것도 동일한 맥락에서 나온 것으로 보인다. 량치차오의 설명은 청대 학자들의 학문방법을 잇고 있는 후스의 학문방법을 적절하게 지적한 것이지만, 차이위안페이의 논점과 크게 다르지 않다.

후스와 비슷한 시기에 천두슈(陳獨秀)의 추천으로 베이징대학에 들어간 류원뎬(劉文典)도 후스의 『중국철학사대강』에 자극을 받아 1921년 『회남홍렬집해(淮南鴻烈集解)』의 저술을 완성했다.11) 역시 천두슈의 도움으로 베이징대학에 들어간 류푸(劉復)도 학문능력을 인정받기 위해 베이징대학의 경비지원을 받아 프랑스로 유학을 떠나지 않을 수 없었다. 류푸는 프랑스에서 5년간 유학하면서 실험음성학을 연구했는데, 그가 실험음성학을 전공으로 선택한 것은 언어문자학에 해당하는 전통 소학(小學)을 중시하던 베이징대학 문과의 학풍을 반영한 것이었다.12) 선인모(沈尹默)는 베이징대학 학생들이 읽어야 할 책으로 장타이옌의 『국고논형(國故論衡)』, 『여씨춘추(呂氏春秋)』, 『회남자(淮南子)』, 타이스탄(太史談)의 『논육가요지(論六家要旨)』, 류시에(劉勰)의 『문심조룡(文心雕龍)』, 류즈지(劉知幾)의 『사통(史通)』, 구팅린(顧亭林)의 『일지록(日知錄)』, 첸다신(錢大昕)의 『십가재양신록(十駕齋養新錄)』, 장스자이(章實齋)의 『문사통의(文史通義)』 등을 추천했는데,13) 전통학

---

10) 梁啓超, 『淸代學術槪論』(東方出版社, 1996), p.7 참조.

11) 陳以愛, 『中國現代學術硏究機構的興起』(江西敎育出版社, 2002), pp.28-29 참조. 류원뎬(劉文典)은 그를 베이징대학에 들어올 수 있도록 추천해준 천두슈(陳獨秀)가 1919년 4월에 베이징대학을 떠나게 되면서 위기감을 느끼게 되었고, 천두슈가 베이징대학을 떠난 이듬해부터 저술에 착수하여 『회남홍렬집해(淮南鴻烈集解)』를 완성했다. 그가 『회남자(淮南子)』를 선택하여 교감작업을 진행한 것은 청말민초(淸末民初)의 제자학(諸子學) 흥성과 관련되어 있을 뿐만 아니라 당시 베이징대학 문과에서 고증(考證)을 중시하던 학풍과도 부합하는 것이었다. 이 책은 1923년에 출판된 후 크게 주목받았는데 이듬해에 곧바로 재판이 나왔다.

12) 陳以愛, 『中國現代學術硏究機構的興起』, p.29 참조.

13) 陶希聖, 『北京大學豫科』: 陳平原・夏曉虹 編, 『北大舊事』, p.152 참조.

문의 뿌리를 중시하던 당시 베이징대학 문과의 학술분위기를 충분히 짐작할 수 있다.

후스는 『중국철학사대강』을 펴내면서 제1편 『도언(導言)』에서 철학사료의 종류, 사료의 판정과 그 방법, 사료를 정리하는 방법 등 사료에 관한 상세한 설명을 덧붙여놓았는데, 큰 편폭을 할애하여 그러한 설명을 덧붙인 이유는 무엇일까? 그것은 당시 학문적 권위를 인정받기 위해서는 전통학문에서 중시되던 고증학 능력을 충분히 보여주어야 했기 때문이다. 차이위안페이가 후스를 두고 건가(乾嘉) 시기 고증학 방면의 조예가 깊다고 거듭 강조한 것은 그럴 만한 이유가 있었다. 후스 본인도 고증학 방면에 충분히 기량을 발휘해야 학자로서 발언권을 가질 수 있다는 점을 잘 알고 있었다.14) 『중국철학사대강』이 '철학사' 기술이므로 고증에 치중할 필요가 없는데도 굳이 노자, 공자, 묵자, 순자의 생평과 저술에 대한 세밀한 고증을 진행하고 있는 것은 바로 그런 이유 때문이다.

후스가 베이징대학 문과 내에서 '문사철(文史哲)'의 각 전공영역을 자유롭게 넘나들었던 것도 시사적이다. 후스는 1920년대 초 철학과 교수로서 〈중국근세철학〉, 〈중국철학사〉, 〈영문 철학서 선독〉 과목을 담당했고, 영문학과 교수로서 〈영문 연설〉, 〈영문 작문〉 과목을 담당하기도 했다. 이 시기 문과연구소(文科研究所) 주임 일람표를 보면 후스는 문과연구소 철학문(哲學門) 주임을 맡고 있었으며, 학과교수회 주임 일람표를 보면 영문과 주임교수를 맡고 있었으며, 문과 연구소 연구과목(研究科目)의 담임교원 일람표를 보면 소설연구과목의 담임교원도 맡고 있었다. 1930년대에는 중국문학과〔中國文學系〕 교수 겸 주임 그리고 문학원(文學院) 원장을 맡기도 했다.15) 후스의 이러한 경력은 물론 그의 탁

---

14) 余英時, 「中國近代思想史上的胡適」, 『現代學人與學術』(『余英時文集』第五卷)(廣西師范大學出版社, 2006), p.261 참조.

월한 능력에서 비롯되었지만, '문사철(文史哲)'을 통합적으로 바라보는 전통학문에 깊이 뿌리내리고 있었기에 가능했던 것으로 보인다.

2. 과학적 학문연구방법

서양의 근대 과학을 단순히 기계, 무기, 현미경과 같은 물질적인 요소로 인식하던 데서 벗어나서 정신문명으로 받아들인 대표적인 인물이 후스다. 후스는 '과학'을 정신으로 받아들이면서 과학적 학문방법을 크게 강조했는데, 이를 통해 중국의 전통적인 학문연구방법에서 벗어날 수 있는 새로운 길을 열고자 했다. 그는 『사십자술(四十自述)』에서 중국 사상과 중국 역사를 연구한 자신의 여러 저작은 모두 이 '방법'이라는 관념을 둘러싸고 이루어졌으니 '방법'은 실로 자신의 40년 동안의 모든 저술을 지배하여왔다"라고 말한 바 있는데, 학문연구 '방법'은 후스의 학술사상에서 가장 중요한 위치를 차지한다. 후스는 「학문연구 방법과 재료(治學的方法與材料)」라는 글에서 "학문 연구는 오로지 방법에 달려 있다. 방법이 가장 중요하며 재료는 오히려 그다지 중요하지 않다. 정밀한 방법이 있으면 어떠한 재료라도 훌륭한 성과를 거둘 수 있다"라고 전제한 뒤 "동일한 재료라도 방법이 없으면 성과를 거둘 수 없고, 방법이 있으면 성과를 거둘 수 있으며 훌륭한 방법이 있으면 훌륭한 성과를 거둘 수 있다"16)라고 설명했다. 물론 후스는 동일한 방법이라도 다른 재료에 사용하면 성과도 크게 달라진다고 하여 '방법'의 중요성과 더불어 '재료'의 중

---

15) 王學珍·郭建榮 主編, 『北京大學史料(第二卷·一 1912-1937)』(北京大學出版社, 2000), p.357, p.358, p.359, p.407 참조.

16) 胡適, 『治學的方法與材料』: 嚴運受 編, 『胡適學術代表作』下卷(安徽敎育出版社, 2007), p.145.

요성도 함께 언급했지만, 그의 관심은 우선 방법론에 집중되어 있었다. 그 결과 그는 '과학적 방법'을 전면에 내세웠다. 그는 「학문연구 방법과 재료」에서 '과학적 방법'을 "사실을 존중하고, 증거를 존중하는 것(尊重事實, 尊重證據)"이라고 요약한 뒤, 응용 면에서 '과학적 방법'을 "대담한 가설, 세심한 실증(大膽的假設, 小心的求證)"이라는 명제로 정리했다.

그런데 후스는 "역사적으로 서양의 최근 삼백 년 동안의 자연과학이 모두 이러한 방법의 성과이며, 중국의 삼백 년 동안의 박학(樸學) 역시 이러한 방법의 결과이다"17)라고 하여 서양의 자연과학과 청대(淸代) 박학의 학문방법을 동일한 범주의 '과학적 방법'으로 간주했다. 박학이란 청대를 관통하는 고증학의 학술경향을 총칭하는데, 고전의 원초적인 형태와 의미를 파악하기 위해 문헌이나 언어를 연구하는 학문방법이다. 고전 본래의 뜻을 밝히는 소박함과 진실함에 학문의 목적을 둔다는 뜻에서 '질박한 학문', 즉 '박학(樸學)'이라는 이름을 붙인 것이다. 박학은 고서(古書)를 두루 참고하여 증거를 제시하는 치밀한 고증을 통해 글자와 구절의 음과 뜻을 밝히는 것인데, 경학(經學), 사학(史學), 금석학(金石學), 훈고학(訓詁學), 교감학(校勘學) 등을 포함하며 그중에서도 훈고학, 특히 음운학(音韻學)에서의 성과가 두드러진다. 청대 박학은 직접 옛 경전으로 되돌아가 경전의 한 글자, 한 구절을 원문과 원작의 의도에 어긋나지 않게 해석하고 증명하는 것을 가장 중시한다. 청대 학자들은 학문연구에서 주관적인 견해의 개입을 경계하였고, 더 많은 자료를 고서에서 찾아내어 해석의 근거로 삼았다. 그들은 옛 성인의 원래의 뜻을 해치지 않는 것을 학문연구의 지향점으로 삼았다. 이렇게 청대 박학은 실제 자료를 통한 증거 제시라는 방법론을 사용하고 있어 후스는 이를 '과

---

17) 胡適, 「治學的方法與材料」: 嚴運受 編, 『胡適學術代表作』 下卷, p.145.

학적 방법'의 범주에 포함시킨 것이다.

그렇지만 후스는 청대 박학과 서양의 자연과학의 가장 큰 차이점은 재료가 다르다는 데 있다고 분명하게 언급했다. 동일한 연구방법을 사용하더라도 다루는 재료가 다르면 상이한 결과를 낳는데, 박학이 거둔 일정한 성과에도 불구하고 '문자적(文字的)인 데' 머물러 있어 그 한계 역시 뚜렷하다고 지적했다. "과학적 방법은 분명 옛 종이무더기에게 광명을 가져다줄 수 있었지만, 옛 종이의 재료는 결국은 과학적 방법을 죽게 만들었다. 그래서 지금까지 삼백 년 동안의 학술도 문자의 학술에 지나지 않았으며 삼백 년의 광명도 옛 종이무더기의 불꽃에 지나지 않았을 뿐이다."18) 후스는 구체적으로 서양 학술의 역사를 소개하면서 망원경이 발명된 1609년부터 현미경이 발명된 1675년까지 60여 년 동안의 중국과 유럽의 학술을 비교한 뒤, 중국근세학술과 서양근세학술의 갈라짐은 모두 이 몇 십 년 사이에서 확정되었다고 설명했다. 중국의 학문은 모두 종이 위의 학문에 지나지 않는데, 팔고(八股)로부터 고음(古晉)의 고증으로 나아간 것은 대단한 진보라고 할 수 있겠지만 결국은 종이 위의 노력에 지나지 않는다고 보았다. 그에 비해 서양의 학술은 이 몇 십 년 동안 자연과학의 길을 걷게 되었다는 것이다. 그래서 구옌우(顧炎武), 옌뤄쥐(閻若璩)가 중국 삼백 년의 학술국면을 규정하게 되었고, 갈릴레이, 케플러, 보어, 뉴턴이 서양 삼백 년의 학술국면을 규정하게 되었다고 했다.19) 그들이 비슷한 방법을 가지고 있었으나 갈라진 것은 재료가 완전히 달랐기 때문인데, "옌뤄쥐의 재료는 오로지 문자적인 것이었고, 갈릴레이와 같은 사람들의 재료는 실물적인 것이었다. 문자의 재료는 제한적이어서 이리저리 파고들어도 도무지 옛 종이무더기의 범위를 벗어

---

18) 胡適, 「治學的方法與材料」: 嚴運受 編, 『胡適學術代表作』 下卷, p.147.

19) 胡適, 「治學的方法與材料」: 嚴運受 編, 『胡適學術代表作』 下卷, p.149 참조.

나지 못한다. 그래서 삼백 년의 중국 학술의 최대성과는 양대(兩大)『황청경해(皇淸經解)』에 지나지 않는다"[20]는 것이다. 이어 후스는 실물의 무궁한 재료를 가진 서양의 학술과 종이무더기의 문자적인 재료를 가진 중국의 학술을 구체적으로 비교했다. "종이 상의 재료는 고거(考據)의 방법을 낳을 수밖에 없으며, 고거의 방법은 단지 피동적으로 재료를 운용할 뿐이다. 자연과학의 재료는 오히려 실험의 방법을 낳는다. 실험은 기성의 재료의 구속을 받지 않고 임의로 평상시에 볼 수 없는 상황을 창조할 수 있으며, 새로운 결과를 짜낼 수 있다. 고증가(考證家)에겐 만약 증거가 없으면 고증을 할 수 없고 사가(史家)에겐 사료(史料)가 없으면 역사가 없다. 자연과학자는 그렇지 않다. 육안으로 볼 수 없는 것은 망원경을 사용할 수 있고, 현미경을 사용할 수 있다. …… 그러므로 실험의 방법은 재료를 자유롭게 생산할 수 있는 고증방법인 것이다."[21] 결론적으로 후스는 중국의 고증학 방법이 정밀하기는 하지만 실물의 재료를 사용하지 않고 실험의 방법으로 나아가지 못하였기 때문에 중국의 "삼백 년 동안의 최고 성과는 결국 몇 부의 고서를 정리한 데 지나지 않았다"[22]고 분석했다. 그래서 그는 "삼백 년 동안 최고의 총명과 지혜가 이 옛 종이무덤에 소모되었지만 아무런 성과도 없었다. 우리는 마땅히 길을 바꾸어 걸어가야 한다"[23]라고 강조했다. 바꾸어 걸어가야 할 길이란 바로 실험의 방법을 사용하는 과학적 방법임은 두말할 필요도 없다.

---

20) 胡適, 「治學的方法與材料」: 嚴運受 編,『胡適學術代表作』下卷, p.149.

21) 胡適, 「治學的方法與材料」: 嚴運受 編,『胡適學術代表作』下卷, p.150.

22) 胡適, 「治學的方法與材料」: 嚴運受 編,『胡適學術代表作』下卷, p.152.

23) 胡適, 「治學的方法與材料」: 嚴運受 編,『胡適學術代表作』下卷, p.154. 후스(胡適)의 관점은 학문방법 면에서 새로운 길을 걸어야 한다는 점에서 량수밍(梁漱溟)의 관점과 일치한다. 량수밍 역시 서양의 학문방법, 즉 과학적 방법을 전반적으로 가져와 중국의 자기변화를 모색해야 한다고 주장했기 때문이다. 하지만 량수밍은 인생태도 면에서 중국의 원래 태도를 가져오는 '중국화(中國化, 중국문화)'의 길을 걸어야 한다고 했다. 이점에서 량수밍은 '과학적 인생관'을 지지했던 후스와 갈라진다.

이렇게 본다면, 후스가 박학을 '과학적 방법'의 범주에 포함시킨 것은 박학이 지닌 본래의 특성 때문이기도 하지만, 박학을 우선 긍정한 뒤 그 한계를 분명히 지적함으로써 실험을 중시하는 서양의 '과학적 방법'의 길로 나아가야할 당위성을 부각시키기 위한 것이었다고 할 수 있다. 후스는 청대 학술을 설명하면서 "우리는 그 시대를 '과학'의 시대라고 부르는 이유가 있으니, 탐구하여 자연을 정복하는 성취가 있었기 때문이 아니라 진정한 과학적 태도와 방법이 그 시대의 일체의 교감학연구, 역사연구에 스며들어 있었기 때문이다. 바로 이전 왕조의 이러한 과학적 전통은 우리들로 하여금 적어도 일부 사람들이 근대과학연구의 각 영역에서 심리적으로 편안하게 느낄 수 있도록 해준다"[24]라고 했다. 청대 박학이 과학적 방법의 범주에 든다고 하더라도 그 자체가 과학을 탄생시킨 것은 아니다. 다만 박학을 과학적 방법의 범주에 포함시킬 수 있는 이상 서양의 근대과학도 중국의 전통과 부합하므로 그 수용에 따른 심리적 거부감을 크게 줄일 수 있을 것이다.

그렇다면 '과학적 방법'을 앞세운 후스의 학문연구방법은 구체적으로 어떤 것이었을까? 주지하는 바와 같이 후스는 자신의 사상이 헉슬리 (Huxely)와 듀이(Dewey)로부터 가장 큰 영향을 받았다고 언급한 바 있다.[25] 헉슬리는 회의하는 방법을 가르쳐주었고 듀이는 어떻게 생각할 것인가를 가르쳐주었는데, 이 두 사람이 그에게 과학적 방법의 성질과 기능을 명료하게 해주었다는 것이다. 특히 존 듀이의 실험주의는 후스의 학문연구방법을 구성하는 핵심적 방법론이다. 후스는 듀이의 프래그머티즘(실용주의)을 실험주의로 번역하였는데, 듀이가 사상을 논한 5단계설은 후스의 학문연구방법론 형성에 결정적인 단서를 제공해주게

---

24) 胡適, 「中國近一千年是停滯不進步嗎?」: 嚴運受 編, 『胡適學術代表作』 中卷, p.124.
25) 胡適, 「介紹我自己的思想」, 『胡適文存』 第四集(影印本), p.606 참조.

된다. 5단계설이란, ① 난제(難題)의 상황, ② 난제의 지점이 구경(究竟) 어디에 있는가를 확정, ③ 난제를 해결할 여러 가지 방법의 가정(假定), ④ 여러 가지 가정이 포함하는 결과를 하나하나 생각해내어 어느 가정이 이 어려움을 해결할 수 있는지 확인, ⑤ 이런 해결을 실증하여 사람들에게 믿도록 하거나 이런 해결이 오류라는 것을 증명하여 사람들에게 믿지 않도록 하는 것이 그것이다.26) 이 중에서 세 번째 단계인 가정의 설정은 위아래를 연결시켜주는 중요한 역할을 하는데, 귀납법과 연역법을 가르는 전환점이 된다. 후스가 학문연구방법으로 명제화한 '대담한 가설, 세심한 실증(大膽的假設, 小心的求證)'이라는 말도 결국은 이 세 번째 단계로부터 유래되었다고 할 수 있다.27) 그는 반복적으로 증거를 수집하고 예거하는 청대 박학의 귀납적 방법에 듀이의 실험주의적 '가정'의 개념을 더함으로써 박학(樸學)의 학문방법에서 결여되어 있던 논리성과 형식요소를 보완하여 좀더 완결적인 과학적 학문방법을 명시적으로 드러낼 수 있었다. 후스의 학문연구방법에서 '증거' 제시가 무엇보다 중시되는 것은 당연하다. 후스는 역사적인 관점에서 사물의 변화발전 추세를 추적하고, 엄격한 고거방법(考據方法)으로 사료를 비판적으로 바라볼 것을 주문했다. 그는 '증거' 제시의 확실성과 엄정성을 강조하여 일체의 사료를 '증거'라고 할 때 사가(史家)는 이렇게 물어야 한다고 요구했다. ① 이러한 증거는 어디에서 찾은 것인가? ② 언제 찾은 것인가? ③ 어떤 사람이 찾은 것인가? ④ 장소와 때에 의거할 때, 이 사람은 증인이 될 자격이 있는가? ⑤ 이 사람이 비록 증인의 자격이 있다고 하더라도 그가 이 말을 할 때 거짓으로 할(무심코 또는 의식적으로) 가능성이 있는가?28) 이렇게 '증거'의 확실성과 엄정성을 요구한 것이 후스

---

26) 胡適, 「實驗主義」, 『胡適文存』 第一集(影印本), p.323 참조.

27) 徐雁平, 『胡適與整理國故考論』(安徽敎育出版社, 2003), pp.70-71

의 학문연구방법의 두드러진 특징이다.

더욱이 실험주의적 학문방법에 헉슬리의 진화론적 회의주의가 더해지면서 후스는 과거와 현재의 상태에 안주하지 않고 지속적으로 회의하고 탐구하는 학문적 자세를 견지할 수 있었다. 말하자면 그는 듀이의 실험주의와 헉슬리의 회의주의를 종합하여 회의 → 가설 → 논증의 단계를 거치는 과학적 학문방법을 제시하게 되는 것이다. 후스는 회의주의적 태도를 끝까지 견지하는 것이 과학적 학문방법의 가장 중요한 정신적 요소라고 보았다. "일체의 사물에 대해 과감히 회의하고, 진실하고 정확한 증거가 없으면 모두 믿지 않는다. 이러한 태도는 비록 소극적이지만 대단히 큰 공로가 있다. 왜냐하면 그것은 우리로 하여금 미신과 권위의 노예가 되지 않게 할 수 있기 때문이다. 회의의 태도는 건설적이고, 창조적이며, 진리를 찾는 유일한 경로이다."29) 후스는 끊임없는 회의를 통해 미신과 권위를 타파함으로써 객관적인 사실과 진리에 이를 수 있다고 확신했다. 이른바 '대담한 가설, 세심한 실증'이라는 명제도 끊임없는 회의의 태도를 견지하면서 충분한 증거를 제시해야 비로소 정론(定論)으로 확정할 수 있다는 방법론을 요약한 것이다. 후스는 유럽의 학술사에서 대두한 과학적 학문방법의 두 가지 두드러진 특징으로 가설과 실증, 즉 연역과 귀납을 들면서 그 중요성을 좀더 부연했다. 그는 「청대 학자의 학문연구방법」에서 "철학자는 과학의 경험이 없으면 결코 원만한 과학방법론을 말할 수 없다. 과학자는 철학의 흥취가 없으면, 역시 원만한 과학방법론을 말할 수 없다"30)라고 하여 진리를 통찰하는 철학자처럼 대담하

---

28) 胡適, 「古史討論的讀後感」, 『胡適文存』 第二集(影印本), p.107 참조. 嚴運受 編, 『胡適學術代表作』 中卷, p.87 참조.

29) 胡適, 「東西文化之比較」: 嚴運受 編, 『胡適學術代表作』 下卷, p.162.

30) 胡適, 「清代學者的治學方法」: 嚴運受 編, 『胡適學術代表作』 下卷, p.75.

게 '가설'을 세우고 구체적인 실험을 통해 사실을 검증해나가는 과학자처럼 세심하게 '실증'할 수 있어야 한다는 것이다.

그런데 주의할 것은 후스의 학문연구방법이 '과학적 방법'이라는 이름을 걸고 있지만 그것은 중국의 전통적인 학문방법과 서양의 근대적인 학문방법으로부터 모두 영향을 받았다는 점이다. 우선 후스의 학문연구방법에 영향을 끼친 전통적인 요소로는 송대(宋代) 이학(理學)과 청대(淸代) 박학(樸學)을 들 수 있다. 청대 박학의 특징은 그가 청대 학술의 성과를 설명한 데서 분명하게 드러난다. 후스는 청대 학술의 세 가지 두드러진 성과로 '고적(古籍)의 체계적인 정리', '고서의 발견과 번각(翻刻)', '고고(考古), 즉 고물(古物)의 발견'을 들었다. 특히 '고적의 체계적인 정리'의 성과에 대해 부연설명을 덧붙여, 그것은 '고서 정리', 훈고(訓詁)로서 일종의 과학적 귀납법에 부합하며 옛 단어·옛 글자의 원시적인 의미를 찾아내는 것, 점진적으로 발전해 나온 일종의 중국의 '고급 비판학(Higher Criticism)'으로서 고적의 진위를 확정하는 판본교감학이라고 했다.31) 송대 유학(儒學)은 이(理)와 기(氣)를 이용하여 우주 또는 인간을 설명하면서 본성론, 우주론, 태극론 등으로 분류할 수 있는데, 청대 학자들은 송대 유학인 이학(理學)이 추상적이고 황당하며 확실한 증거로 검증할 수 없는 학문이라고 여겼고, 특히 도교와 불교가 뒤섞여 있어 순수한 유가(儒家)라고 인정하지 않았다. 그들은 복고적인 태도를 취해 한대(漢代)의 유학으로 되돌아가고자 했다. 후스는 청대 학자들이 추구한 이러한 학문방법을 '과학적 태도'로 간주하여 긍정적으로 평가하였지만, 나아가 청대 학자들이 비판한 송대 이학으로부터도 학문방법을 차용할 수 있다고 보았다. 송대 이학의 기초를 다진 청하오(程顥)·청

---

31) 胡適 口述, 唐德剛 譯注, 『胡適口述自傳』(廣西師范大學出版社, 2006), p.201.

이(程頤) 형제는 이(理)는 '우주의 근원으로 절대적으로 영원한 존재'라는 이학의 기본개념을 바탕으로 '격물치지(格物致知)'를 주장했다. '격물치지'는 사물의 이치를 구명해 자기의 지식을 확고하게 하는 것을 말하는데, 후스는 '격물치지'에 과학적 요소가 다분하다고 판단했다. '격물치지'는 사물의 모든 근본과 이치를 알아낼 수 있다는 것을 전제로 한다. 특히 송대 이학을 완성시킨 주시(朱熹)는 근본을 알아가는 과정에는 누적과 관통과 유추가 있다고 하였는데, 누적과 관통의 관계는 개별적인 것에서 일반적인 것으로 나아가는 과정이며, 이는 귀납적인 동시에 종합적인 과정이라 할 수 있다. 주시(朱熹)는 "한 가지 일을 만나, 그 일에 나아가 그 이(理)를 궁구하여 잠깐사이에도 많아지면 자연히 관통할 수 있다"라고 하였다.32) 다만 사물의 이치를 궁구하는 주시의 격물(格物)의 방법은 과학으로 발전하지 못했는데, 그의 이학이 도덕적 인식론, 특히 '본연의 성(性)을 회복하는 것'에 머물러 있었기 때문이다. 중톈웨이(鐘天緯)는 "격치(格致)의 학문은 중서(中西)가 다르다. …… 대개 중국은 도(道)를 중시하고 기예(技藝)를 가벼이 여겼으니 그 격치는 오로지 의리(義理)를 중시하는 것이었고, 서양은 기예를 중시하고 도를 가벼이 여겼으니 그 격치는 대부분 물리(物理)에 편중되어 있다. 이것이 바로 중서가 갈라지는 이유이다"33)라고 하여 의리에 집중된 중국의 '격치(格致)' 학문과 물리에 치중한 서양의 '격치' 학문이 서로 다르다는 점을 명확하게 지적했다. 이는 송대 이학이 과학으로 발전하지 못한 이유를 간접적으로 설명해준다.34)

---

32) 진래 저·이종란 역, 『주희의 철학』(예문서원, 2002), p.116.

33) 鐘天緯, 『刖足集外篇·格致說』(1932), p.91. 王中江, 『近代中國思維方式演變的趨勢』(四川出版集團·四川人民出版社, 2008), p.396 재인용. "格致之學, 中西不同. 自形而上者言之, 則中國先儒闡發已無餘蘊; 自形而下者言之, 則泰西新理方且日出不窮. 蓋中國重道而輕藝, 故其格致專以義理爲重; 西國重藝而輕道, 故其格致偏於物理爲多. 此中西之所由分也."

 그런데 후스는 이학이 과학으로 발전하지 못한 점을 인정하면서도 주시의 회의하는 태도를 방법론적으로 긍정하고자 했다.

 어떤 면에서 말하자면 주자(朱子, 주시朱熹) 본인이 바로 과학자이다. 고대 전적에 대해 비판하는 능력을 깊이 갖추고 있었다. 주시(朱熹)도 고음운(古音韻)을 연구하는 급선봉이었다. 그는 『서경(書經)』 중의 대부분이 위작(僞作)이라고 의심하기 시작했다. 평시에 고적(古籍)을 처리할 때 전통에 전혀 구속되지 않고 매번 새로운 방법을 사용하여 달리 새로운 주장〔新論〕을 만들어내었다. 그러니 이런 측면에서 말하자면 우리나라는 17세기 초기 이후로 거의 삼백 년 동안의 학술연구는 결코 주시와 송학(宋學)을 반대한 것이 아니다. 그 반대로 근 삼백 년 동안의 학자들은 실로 주자의 학문연구정신을 계승하였다.[35]

 주시는 『시(詩)』, 『서(書)』, 『역(易)』, 『예(禮)』, 『춘추(春秋)』의 오경(五經) 중심의 유학을 『대학(大學)』, 『중용(中庸)』, 『논어(論語)』, 『맹자(孟子)』의 사서(四書) 중심의 유학으로 바꾸어놓은 유학자이다. 그는 평생을 바쳐 사서를 집주(集注)하면서 회의적인 태도로 교감학(校勘學)과 고거학(考據學)에 많은 성취를 이룩했는데, 후스는 이것이 청대 학술로 계승되었다고 보았다. 회의(懷疑)정신의 측면에서 주시의 학문방법이 청대 박학의 학문방법으로 계승되었다고 판단한 것은 계승발전을 중시하는 진화론적인 사고와 무관하지 않다. 더욱이 서양 근대의 과학적 방법을 새롭게 열고자 할 때 그에 부합하는 전통적인 학문방법을 적극적으로 발굴하여 제시하는 것은 중요한 과제 중의 하나이기도 했다.

---

34) 중국에서는 도(道) 또는 의리(義理)를 궁구하여 도덕론에 머물렀다면 서양에서는 기예(技藝) 또는 물리(物理)를 궁구하여 지식론을 추구함으로써 과학을 발달시켰다고 할 수 있다.

35) 胡適 口述, 唐德剛 譯注, 『胡適口述自傳』, pp.261-262.

송대 이학의 '격물치지'와 회의정신, 그리고 청대 박학의 귀납적인 증거 제시 등을 '과학적 방법'으로 이해한 후스는 서양 근대의 과학적 방법과 부합하는 이러한 학문전통을 적극적으로 활용하고자 했다. 위잉스(余英時)는 후스의 학문연구방법을 두고 엄정성과 탄력성을 동시에 갖추었다고 평가했다.36) 위잉스는 후스의 방법론이 청대 고거(考據)에 비해 훨씬 정밀하고 엄격하고 체계회되어 있어서 당시 전통학자들로부터 대단한 설득력과 흡인력을 갖게 되었다고 설명했다. 설득력이 있었던 것은 그들에게 가장 익숙한 것이었기 때문이고 흡인력이 있었던 것은 새로운 성분을 포함하고 있었기 때문이라는 것이다. 말하자면 후스는 전통적인 '고거'의 방법에다 서양 근대의 '과학적 방법'을 병용한 것이다. 게라가 후스는 경전을 벗어나서 소설, 희곡, 민간전설, 가요로 연구 범위를 확대하였으며, 고사(古史)의 진위를 판별하고 전통의 제도와 습속을 비평하는 데까지 이르렀다.

저우리안(周黎庵)은 후스를 '뿌리〔根〕'조차 없다고 평가한 장타이옌(章太炎)의 말을 소개하고, 이어 "대개 옛 사람들의 제자(諸子) 연구는 모두 먼저 군경(群經)과 사전(史傳)을 밝힌 이후에 하였는데, 지금은 이와 다르니 피부도 존재하지 않은데 어찌 털이 붙을 수 있겠는가?"37) 라고 후스의 제자(諸子)연구를 풍자한 장타이옌의 말을 인용한 바 있다. 장타이옌이 강조한 '뿌리'는 경전(經典)과 사전(史傳)에 정통함을 말하는데, 장타이옌은 경전과 사전에 정통한 연후에 비로소 제자(諸子)로 들어갈 수 있다고 생각한 것이다. 이는 장타이옌 자신을 포함한 옛 사람들의 학문방식인데, 제자(諸子)만으로 독립된 의미를 생성하지 못한다는 것이다. 장타이옌은 근대시기 제자학(諸子學) 연구에 탁월한 업적을

---

36) 余英時,「中國近代思想史上的胡適」,『現代學人與學術』(『余英時文集』第五卷), p.267 참조
37) 陳平原・杜玲玲 編,『追憶章太炎(修訂本)』(生活・讀書・新知 三聯書店, 2009), p.457.

이룩하였지만, 결국은 유술(儒術)의 입장에서 제자는 경전과 사전의 해석을 위한 부차적인 지위에 놓여 있는 것으로 이해했다. 이와 달리 후스는 경전과 사전의 '뿌리'에 관심을 두지 않고 곧바로 제자(諸子)로 들어갔다. 왜냐하면 중국철학사는 경전과 사전 위주의 유술의 역사가 아니라 유술도 제자의 한 부분으로 포함되는 제자의 역사여야 하기 때문이다. 후스에게 군경과 사전은 정통이 아니라 제자와 동일한 가치를 가지는 학문적 연구대상일 뿐이다. 그래서 후스는 「국학계간발간선언」에서 "이삼백 년의 고학(古學)은 비록 고서(古書)를 정리하고 비록 자서(子書)를 연구하였지만 사람들의 안광(眼光)과 심력(心力)을 주입한 초점이 결국은 유가의 몇 부 경서에 있었을 따름이다. 옛 음운〔古韻〕 연구, 옛 사전〔古史傳〕 연구, 옛 책의 옛 주석〔古書舊注〕 연구, 자서(子書) 연구는 모두 이들 재료의 자체적인 가치를 위해 연구한 것이 아니었다. 일체의 고학(古學)은 모두 경학(經學)의 시녀였다"38)라고 하여 경학 위주의 전통학문을 비판하게 되는 것이다.39) 장타이옌이 후스를 두고 '뿌리'조차 없다고 평가한 것은 경전과 제자를 대하는 태도와 입장의 차이에서 비롯되었으니, 이른바 전통적인 통유(通儒)의 관점과 근대적인 학문가의 관점의 차이를 반영한 것이다.40) 결국 후스는 경학의 권위를 부정하고 모든 연구대상에게 동일한 가치를 부여함으로써 학문의 평등성과 영

---

38) 胡適, 「『國學季刊』 發刊宣言」: 嚴運受 編, 『胡適學術代表作』 下卷, p.98. 『胡適文集(3)』, p.7.

39) 물론 후스(胡適)가 공자나 경학의 전통적인 학설을 부정한 데는 장타이옌(章太炎)의 영향으로부터 자유롭지는 않다. 예컨대, 후스의 『중국철학사대강(中國哲學史大綱)』만 하더라도 장타이옌의 『제자학약설(諸子學略說)』 등의 저작으로부터 받은 영향을 부인하기는 어렵다. 陳方競, 『魯迅與浙東文化』(吉林大學出版社, 1999), p.253 참조.

40) 류멍시(劉夢溪)는 청말 민초의 일류 학자들이 성취해놓은 것은 '통인(通人)의 학(學)'이며 5 · 4시기에는 개별적인 사안을 중시하는 전문가〔專家〕의 지위가 두드러지는데, "이러한 상황은 전통학술이 현대로 나아가는 하나의 표지(標志)이며 또한 고유의 학술이 현대로 전환되는 데 지불한 대가(代價)이다. …… 전통학술은 통인(通人)의 학을 중시하고 현대학술은 전문가〔專家〕의 학을 중시한다"라고 말한 바 있다. 劉夢溪, 『中國現代學術要略』(生活 · 讀書 · 新知三聯書店, 2008), pp.103-104 참조.

역의 확대를 가져왔던 것이다.

요컨대, 차이위안페이가 후스를 평가하여 "구학에 정통하고〔舊學邃密〕, 신지식에 조예가 깊다〔新知深沉〕"41)라고 하였거니와 후스는 중국의 전통적인 학문방법과 서양 근대의 과학적 학문방법 중 어느 한쪽에 편중되거나 전면 부정하는 태도를 취하지 않고 그 둘의 장점을 융합하여 자기 나름의 학문방법을 완성했다고 할 수 있다. 학문연구 방법론에 대한 고민이 부족했던 당시 중국의 학문풍토에서 후스의 그에 대한 문제제기와 학문실천은 신선한 바람을 불어넣기에 충분했다. 후스는 미국유학을 통해 존 듀이의 실험주의와 헉슬리의 회의주의의 영향을 받아 과학적 학문방법에 대한 고민을 시작했고, 그것을 중국의 전통적인 학문방법과 연계시키면서 구체적인 학문연구에 적용함으로써 많은 학문적 업적을 이룩할 수 있었다.

3. 국고정리(國故整理)의 학문실천

첸쉔통(錢玄同)은 1937년 『류선수 선생 유서(劉申叔先生遺書)』를 펴내면서 그 서문에서 "최근 50여 년은 중국학술사상의 혁신시대이다. 그중에서 국고(國故)연구에 대한 새로운 운동은 진보가 가장 빠르고 공헌이 가장 많으며 사회·정치·사상·문화에 미친 영향 역시 가장 크다"42)라고 했다. 국고연구는 5·4신문화운동부터 중일(中日)전쟁이 발발한 1937년까지 중국 학술계에서 가장 큰 범위를 차지하고 성과도 가장 많은 분야였다. 특히 1920년대 초반에 전개된 '국고정리' 운동은

---

41) 蔡元培, 「我在北京大學的經歷」: 劉夢溪 主編, 『蔡元培卷』(河北敎育出版社, 1996), p.440.
42) 錢玄同, 『錢玄同文集』 第4卷(中國人民大學出版社, 1999), p.319.

국고연구를 활성화시킨 가장 주목할 만한 학술운동이었다. 그것은 후스에 의해 적극적으로 추진되었는데, 1922년에 설립된 베이징대학 연구소(研究所) 국학문(國學門)이 이 학술운동의 중추역할을 담당했다.

후스의 '국고정리' 제창은 그가 1919년 말에 발표한 「신사조(新思潮)의 의의」라는 글에서 '문제(問題)의 연구, 학리(學理)의 수입, 국고(國故)의 정리, 문명(文明)의 재건'43)이라는 슬로건을 제시한 것으로부터 시작한다. 물론 그 이전부터 '국학' 내지 '국고'에 대한 관심이 크게 높아지고 있었다. 예컨대, 1914년에는 뤄전위(羅振玉), 왕궈웨이(王國維)가 일본의 도쿄에서 『국학총간(國學叢刊)』을 출판했고, 또 천얼시(陳爾錫), 뤼쉐위안(呂學沆) 등이 도쿄와 베이징(北京)에서 국학부위사(國學扶危社)를 설립하고 『국학(國學)』 잡지를 창간했다. 1915년에는 니시바오(倪羲抱) 등이 상하이(上海)에서 국학창명사(國學昌明社)를 세우고 『국학잡지(國學雜志)』을 발간했고, 장타이옌(章太炎)은 상하이에서 국학강의로 크게 주목을 받았다.44) 더욱이 베이징대학의 학생잡지인 『신조(新潮)』와 『국고(國故)』 사이에 '국고(國故)'를 둘러싼 토론이 진행되었다. 베이징대학 교수 류스페이(劉師培)와 황칸(黃侃)이 몇몇 베이징대학 재학생들과 함께 잡지 『국고』를 창간하여 '국고'연구를 제창하고, 베이징대학 재학생 푸스녠(傅斯年), 뤄자룬(羅家倫) 등이 창간한 『신조』에 마오쯔쉐이(毛子水)가 「국고와 과학정신」이라는 글을 실

---

43) 胡適, 「新思潮的意義」, 『胡適文存』 第一集(影印本), p.727 참조.

44) 류멍시(劉夢溪)는 후스가 장타이옌과 다른 점은 그가 과학적 방법을 사용한 '국고정리'를 주장했다는 점이라고 말하면서 '국고정리'가 장타이옌으로부터 시작되어 후스에 의해 계획적인 운동으로 발전하게 되었음을 지적했다. 류멍시는 후스가 장타이옌을 존중하여 "장타이옌이 『국고논형(國故論衡)』을 저술한 이후부터 이 국고(國故)라는 명사가 성립되었다"라는 후스의 말을 인용하였고, 또 "국고정리의 주장은 타이옌(太炎) 선생으로부터 창시되었으며 궤도에 올라 진행토록 한 것은 바로 스즈(適之, 후스)선생의 구체적인 계획에서 비롯된 것이다"라는 구제강(顧頡剛)의 말도 인용하였다. 劉夢溪, 『論國學』(世紀出版集團, 2008), p.47 참조.

어 '국고'연구를 비판하자 '국고'에 대한 토론이 전개된 것이다.

마오쯔쉐이는 예의 글에서 "국고란 중국의 과거 학술사와 중국민족의 과거 역사의 자료이며, 일국의 학술사와 일국의 역사는 중요하든 그렇지 않든 세계학술상 어떤 위치를 점하고 있으므로 그것을 연구할 수 있다"45)라고 전제한 뒤, 그렇지만 "현재 국고를 연구하고 있는 한 무리 사람들이 그들의 목표가 '나라 빛을 발양하는(發揚國光)' 데 있다고 말하지만 이것이 가장 잘못된 일이다"46)라고 비판하면서 정확한 자료를 사용하여 '과학정신'으로 연구할 것을 제안했다. 그리고 그는 '국고'는 과거에 이미 죽은 것이고 구화(歐化, 유럽의 현대 학술사상)는 성장하고 있는 것이요, '국고'는 잡다하고 질서가 없는 것이고 구화(歐化)는 체계적인 학술이니 "현재 우리 중국인들의 가장 요긴한 일은 바로 유럽 대륙의 가치 있는 학술을 수입하는 것이다"라고 주장했다.47)

이에 후스는 '국고' 연구에 대한 마오쯔쉐이의 비판에 동의하면서도 '국고'연구의 가치와 방법 면에서 마오쯔쉐이의 편견을 지적했다. 후스는 「국고학을 논함: 마오쯔쉐이(毛子水)에 대한 답변」이라는 글에서 '세계의 학술 중에 국고(國故)보다 더 긴요한 것이 많다고 여겨 유럽 대륙의 가치 있는 학술을 수입해야 한다'고 말한 마오쯔쉐이의 견해에 대해 '학문하는 사람은 이러한 협의의 공리(功利) 관념을 가져서는 안 된다'고 지적하고 학술사를 연구하는 사람은 마땅히 '진리를 위한 진리의 추구'라는 관점에서 학술을 비평해야 한다고 했다. 그것은 "학문은 평등한 것"이

---

45) 毛子水, 「國故和科學的精神」, 『新潮』 第一卷第五號(1919.5.1) : 『新潮』 第一冊(上海書店 影印本), pp.734-735.

46) 毛子水, 「國故和科學的精神」: 『新潮』 第一冊(上海書店 影印本), p.735.

47) 毛子水, 「國故和科學的精神」: 『新潮』 第一冊(上海書店 影印本), p.733. "學術這個東西, 同那太陽光一樣." "學術是天下古今的公器. 正當講起來, 在學術上, 有什麼國不國, '國新'這個名詞, 實在是不安當的."

며, "한 개의 옛 뜻[古義]을 발견하는 것은 항성 하나를 발견하는 것과
마찬가지의 큰 공적이 있기"48) 때문이라는 것이다. 그리하여 후스는 '국
고정리'의 필요성을 부정하지 않으면서 그것을 다루는 연구방법의 문제
를 거론했다. 그는 '국고가(國故家)'를 지도하여 과학적 연구방법으로
국고를 연구해나가도록 해야지 '유용한가 무용한가'와 같은 기존관념을
가지고 여러 가지 무의미한 의견을 낳아서는 안 된다고 지적했다. 이미
출판한 『중국철학사대강』에서 후스는 중국철학사를 점진적으로 '진화'발
전하는 체계로 보면서 '경학(經學)'과 '자학(子學)'을 구분하지 않고 노
자, 묵자 등을 공자와 대등한 것으로 논하였는데, 학문의 평등성과 진리
추구의 이념을 구체적으로 드러낸 바 있다.49) 나아가 그는 '국고정리'를
수행하기 위해서는 '자각적인' 과학적 방법이 절실함을 강조했다. 후스는
청대 '한학가(漢學家)'들이 국고학에 큰 발견이 있었던 까닭은 바로 그
들이 사용한 방법이 무의식적으로 과학적 방법과 합치되었기 때문이라
는 것이다. 첸다신(錢大昕)의 고음(古音)연구, 왕인즈(王引之)의 『경
전석사(經傳釋詞)』, 위위에(兪樾)의 『고서의의거례(古書疑義擧例)』는
모두 과학적 방법에 의거한 산물이라고 보았다. 다만 그것은 '부자각적
(Unconscious)'인 과학적 방법에 의거한 것이라 성과가 제한적일 수밖
에 없었다는 것이다. 그래서 후스는 만약 자각적인 과학적 방법을 사용
하여 국고를 연구한다면 장래의 성과는 틀림없이 더욱 클 것이라고 했
다.50) 후스는 원칙적으로 마오쯔쉐이의 관점에 동의하면서도 '국고' 연
구의 방법을 깊이 있게 토론하는 것이 급선무라고 했으니 그 자신이 '국

---

48) 胡適, 「論國故學──答毛子水」: 嚴運受 編, 『胡適學術代表作』 中卷, p.29.
49) 후스의 영향을 받은 구제강(顧頡剛)도 "학문은 응당 진위를 물어야 할 뿐 선악을 물어서는
    안 된다"라고 하여 선입견을 타파하고 평등한 시각으로 학문연구를 수행해야 한다고 보았
    다. 고힐강 지음, 김병준 옮김, 『고사변 자서』(소명출판, 2006), p.143.
50) 胡適, 「論國故學──答毛子水」: 嚴運受 編, 『胡適學術代表作』 中卷, p.29 참조

고정리'의 방법을 체계적으로 사고하지 않을 수 없었다.

후스는 1921년 7월 31일 둥난대학(東南大學)에서의 강연에서 '국고' 연구의 방법을 구체적으로 제시하게 된다. 후스는 '국고(國故)'라는 명사는 장타이옌(章太炎)의 『국고논형(國故論衡)』이라는 저서가 나오면서 성립되었는데, '국수(國粹)'라는 말보다 훨씬 적절한 단어라고 보았다. '국고'란 국가의 과거 문화를 가리키는데, 그것을 연구하려면 네 가지 방법에 주의해야 한다고 했다.51) 그 네 가지 방법이란, 역사적 관념으로 '일체의 옛 책, 즉 고서는 모두 역사[史]라'는 것, 의고(疑古)의 태도로서 '차라리 의심하다 잘못을 범할지라도 믿고서 잘못하지는 않는다'는 것, 체계적인 연구로서 '어떤 책을 연구하든 그것의 맥락을 찾아내고 그것의 체계를 연구해야 한다'는 것, 정리(整理)로서 '예전에 소수의 사람이 이해할 수 있었던 것을 지금 모든 사람들이 이해할 수 있도록 만들어야 한다'는 것이 그것이다. '정리'에 대해서는, 형식 면에서 표점과 부호를 붙이고 단락을 구분하며 내용 면에서 새로운 주해(注解)를 더하고 예전의 주해를 절충한다는 의견도 덧붙였다.

후스의 제안은 결국 1923년 초 베이징대학에서 발간된 『국학계간(國學季刊)』의 「발간선언」에서 종합되어 표현된다. 후스는 「발간선언」에서 '국고정리'의 기본방침과 구체적인 방법을 상세하게 설명하였다. 그는 청대 삼백 년 동안 박학(樸學)의 성과를 '고서 정리(책의 교감, 문자의 훈고, 진위의 판정)', '고서 발견', '고물(古物) 발견'으로 나누어 종합한 뒤, 삼백 년 동안의 고학(古學) 연구의 성과를 오늘날의 관점에서 보면 세 가지 결점이 드러난다고 하였다. 연구범위가 협소한 점, 공력(功力)만 중시하고 이해(理解)를 소홀히 한 점, 참고하고 비교할 자료가 부족

---

51) 胡適, 「研究國故的方法」: 嚴運受 編, 『胡適學術代表作』 下卷, pp.71-73 참조.

한 점이 그것이다. 그래서 후스는 현재와 장래의 '국고정리'를 위한 '고학
연구'의 방법을 다시 세 가지로 요약하여 제시했다. 역사적인 안목으로
국학연구의 범위를 확대한다는 것, 체계적인 정리로 국학의 자료를 분류
한다는 것, 비교연구를 사용하여 국학 자료의 정리와 이해를 돕는 것이
그것이다.52) 다시 말하면 연구 범위의 확대, 체계적인 분류, 비교 연구
로 요약할 수 있는데, 경학에서 탈피하여 다양한 분야로 나아가고, 서양
의 근대적 학문체계에 따라 국학의 자료를 체계적으로 정리하고, 외국의
자료와 비교연구를 통해 보충하는 것을 가리킨다.53)

　실제로 후스는 자신의 학문실천 중에서 가장 두드러진 것으로서 "하나
는 중국문학사이고, 다른 하나는 중국철학사이다"54)라고 했거니와 '국
고'를 사적(史的)으로 정리하는 데 탁월한 업적을 이룩하였다. 후스의
작업은 '가치의 재평가(價値重估, Transvaluation of values)'를 시
도하는 것이었으니, 그는 "우리는 학술연구 면에서 더 이상 유술(儒術)
만을 존숭하지 않는다. 가치가 있는 학문이면 어떠한 것이든지 우리의
연구대상이 된다"55)라는 말하고 그러한 관점을 '코페르니쿠스혁명'이라
고 표현했다. 또한 그는 "그것은 바로 천백년 이래 사람들에게 경시되었
던 것들을 학술연구 면에서 그들의 마땅한 정통지위를 회복시켜주고, 전
통학술방법과 고거원칙(考據原則) 등으로 하여금 소설 연구에 사용할
수 있게 하는 것이었다"56)라고 했다. 이렇게 본다면 후스의 '국고정리'

---

52) 胡適, 「『國學季刊』 發刊宣言」: 嚴運受 編, 『胡適學術代表作』 下卷, p.108 참조. 『胡適文集(3)』,
　　 p.17 참조.

53) 胡適, 「『國學季刊』 發刊宣言」: 嚴運受 編, 『胡適學術代表作』 下卷, p.107 참조. 『胡適文集(3)』,
　　 p.16 참조. 후스는 비교연구의 한 예로서 일본어, 조선어, 버마어에는 중국 고음이 보존되
　　 어 있으므로 참고하고 비교할 수 있다고 했다.

54) 胡適 口述, 唐德剛 譯注, 『胡適口述自傳』, p.243.

55) 胡適 口述, 唐德剛 譯注, 『胡適口述自傳』, p.243.

56) 胡適 口述, 唐德剛 譯注, 『胡適口述自傳』, p.243.

는 그동안 배제된 연구대상에게 그 본래의 지위를 회복시켜주고 동시에 전통적인 학문방법을 적극적으로 활용하는 것이었다.

'국고정리'와 관련된 후스의 학술연구는 주로 소설 영역에 집중되었는데, 그것은 소설이 고증학 방법을 적용하기에 용이한 분야였기 때문이다. 「홍루몽고증(紅樓夢考證)」은 후스가 자신의 학문방법을 적용한 가장 전형적인 연구 성과이다. 후스는 이 글의 결미에서 스스로 이렇게 설명했다.

> 이상은 내가 『홍루몽』의 '저자'와 '판본'이라는 두 개의 문제에 대한 답안이다. 우리가 『홍루몽』을 고증하는 것은 이 두 가지 문제에서 착수할 수 있을 뿐이며, 우리의 힘으로 수집할 수 있는 재료를 운용하여 참고하고 상호 증명한 후에 비교적 이치에 가장 가까운 결론을 추출해낼 수 있을 뿐이라고 나는 생각한다. 이것이 고증학의 방법이다. 나는 이 글에서 어디서든 선인들의 모든 고정관념을 내버리고자 하였고, 어디서든 증거를 찾고자 하는 목적을 두었고, 어디서든 증거를 존중하여 증거가 안내자가 되어 나를 상당한 결론에 도달하도록 했다. 나의 많은 결론은 아마도 잘못이 있을 것이며 — 내가 처음 이 「고증」을 발표한 이래 나는 무수히 많은 큰 잘못을 고쳐 바로잡았다 — 아마 장래에 새로운 증거를 발견한 후에는 반드시 고쳐 바로잡아야 할 것이다. 그러나 이러한 고증의 방법은 『동소완고(董小宛考)』를 제외하고 여태껏 『홍루몽』을 연구한 사람 중에서 사용한 적이 없다고 나는 자신한다. 나의 이 작은 공헌이 사람들에게 『홍루몽』을 연구하는 흥미를 불러일으킬 수 있고, 장래의 『홍루몽』 연구를 정당한 궤도로 이끌 수 있기를 바란다. 이전의 여러 가지 견강부회의 '홍학(紅學)'을 타파하고 과학방법의 『홍루몽』 연구를 창조하길 희망한다.[57]

---

57) 胡適, 「紅樓夢考證(改定稿)」: 嚴運受 編, 『胡適學術代表作』 上卷, p.136

후스의 학문방법은 믿을 만한 증거를 찾아 객관적인 사실을 끊임없이 검증해가는 고증학방법임을 보여준다. 후스는 중국의 전통학술에서 엄밀한 연구방법론이 부재하였음을 깊이 깨닫고 있었으므로 중국의 학술 풍조를 새롭게 진작시키기 위해서라도 객관적인 실증방법을 학문실천을 통해 보여줄 필요가 있었다. 후스는 위안메이(袁枚)의 『수원시화(隨園詩話)』와 위위에(兪樾)의 『소부매한화(小浮梅閑話)』 등 여러 문헌 중에서 『홍루몽』의 작자 차오쉐친(曹雪芹)과 관련된 단편적인 기록에 근거하여 증거를 찾고, 정리하고, 비교 검토하여 『홍루몽』을 속작한 가오어(高鶚)가 후반부 40회를 보충한 것에 대한 득실을 객관적으로 비평했고, 『홍루몽』이 작자의 '자서전'이라는 결론을 통해 '색인파(索引派)' 홍학(紅學)에 대해 반기를 들었다. 평점(評點)과 색인에 집착하는 옛 방법의 '구홍학(舊紅學)'을 일소하고 실증적인 연구방법에 의거하여 『홍루몽』 연구를 새로운 단계로 끌어올린 것이다.

후스는 죽기 1년 전인 1961년 자신이 소장하고 있던 『홍루몽』의 필사본인 건융 갑술(乾隆甲戌, 1754)년의 '지연재 초열 재평점 본(脂硯齋抄閱再評本)'을 500부 영인했고, 2월 12일(섣달그믐) 난강(南港)에서 「건융 갑술 지연재 중평 석두기를 영인(影印)한 취지(影印乾隆甲戌脂硯齋重評石頭記的緣起)」라는 글을 썼다. 이날은 『홍루몽』의 작자 차오쉐친이 세상을 떠난 지 198년이 되는 기념일이었는데, 이 글에서 후스는 자신이 소장하고 있던 갑술본(甲戌本)의 가치를 특별히 강조했다. "지금까지 갑술본보다 더 오래된 필사본이 발견되지 않았으며, 필사본 위에 평어가 갑술본보다 더 많은 것은 아직 없다. …… 그래서 지금까지 이 갑술본이 세상에서 가장 오래되고 가장 소중한 『홍루몽』 필사본인 것이다."58) 후스는 만년까지도 『홍루몽』 연구를 멈추지 않고 지속하면서59) 갑술본의 평어 중에 무엇을 버리고 남길 것인가 하는 문제까지 고민하였는데, 후스는 끊임없이 실증과 정밀함을 추구하는 자신의 학문방법을 끝까지 실천해나간 것이다.

이 외에도 후스는 「『시경』을 논하여 류다바이(劉大白)에게 답함(論『詩經』答劉大白)」, 「시 삼백 편 중의 언(言)자의 해석(詩三百篇言字解)」, 「시경을 말하다(談談詩經)」 등의 글을 써서 훈고·고증 등의 방법으로『시경』이 성현의 유작(遺作)이 아니라 고대 가요라는 점을 밝혀내어『시경』연구의 새로운 기풍을 열었다. 또한 그는『백화문학사(白話文學史)』에서 문학진화론과 귀납적 연구방법을 적용하여 중국문학사를 문언과 백화가 문학정통의 지위를 다투는 역사로 서술하면서 신문체가 구문체보다 진보하고 한 시대의 문학은 항상 이전 시대보다 나으며 모든 새로운 문학은 모두 민간에서 유래되었다는 관점을 제시했다. 후스의 이러한 문학사서술 관점은 후대 학자들의 문학사저술에 많은 영향을 끼쳤다. 1930년대 정전둬(鄭振鐸)의『삽도본중국문학사(插圖本中國文學史)』와『중국속문학사(中國俗文學史)』, 루칸루(陸侃如)·펑위안쥔(馮沅君)의『중국시사(中國詩史)』와『중국문학사간편(中國文學史簡編)』그리고 1940년대의 류다제(劉大杰)의『중국문학발달사(中國文學發展史)』는 정도는 다르지만 모두 후스의 문학사서술 관점으로부터 영향을 받은 저술이다.

---

58) 胡適,『胡適全集』第12卷(北京圖書館出版社, 2005), p.493.

59) 위핑보(兪平伯)는『홍루몽변(紅樓夢辨)』을 쓸 때 "한참을 이야기해도 다 못한 것처럼 우리는 결국『홍루몽』이 남쪽에 있었는지 북쪽에 있었는지 알지 못하고 있다"라고 했는데, 이는 허구적인 소설을 사실(史實)로 실증하는 데서 오는 곤혹을 말하고 있다. 후스는 차오쉐친(曹雪芹)이 쓴 것은 베이징(北京)이지만 그의 심리에서 쓰고자 한 것은 진링(金陵)이라 하였는데, 진링(金陵)은 사실의 소재이며 베이징(北京)은 문학적 배경일 뿐이라는 것이다. 후스의 말은 위핑보와 다르다. "秦淮殘夢憶繁華"라는 말은 차오쉐친이 남방에서 생활했으며 나중에 가정이 쇠락하여 북방으로 유랑하게 되었음을 설명한다고 했다.(朱洪,『胡適與『紅樓夢』』, 當代中國出版社, 2007, p.181, p.183 참조)

4. 학술운동과 문예부흥

후스의 '국고정리' 제창에 힘입어 1920년대에 왕성하게 전개된 '국고정리' 사업은 그 성과를 대체로 다음 네 가지로 요약할 수 있다.60)

첫째, 고서(古書) 또는 흩어진 자료를 널리 정리하였다는 점이다. 이 운동에 참가한 많은 학자들이 『태평어람(太平御覽)』, 『예문유취(藝文類聚)』, 『태평광기(太平廣記)』, 『설문고본고(說文古本考)』, 『일체경음의(一切經音義)』 등의 고적을 교감하고, 『왕양명집(王陽明集)』, 『황리주집(黃梨洲集)』, 『안습재집(顔習齋集)』, 『주순수집(朱舜水集)』, 『전국책(戰國策)』 등의 서적에 표점부호를 달았다. 베이징대학의 고고연구실(考古研究室)에서는 청조(淸朝)의 '궁궐 문서[內閣檔案]'를 정리하였다. 후스의 '국고정리' 주장에 대해 상당히 불만을 품었던 루쉰(魯迅)조차도 스스로 엄정한 학문방법으로 사지(史地) 관련 고대 전적(典籍)을 집록하고 육조(六朝)시기 문인과 소설작가의 자료 및 당송(唐宋)시기 전기(傳奇) 작가의 흩어진 자료를 집록하여 『혜강집(嵆康集)』, 『소설구문초(小說舊聞鈔)』, 『고소설구침(古小說鉤沉)』, 『당송전기집(唐宋傳奇集)』 등을 펴냈다.

둘째, 사적(史的) 서술의 저작, 이를테면 문학사저술이 많이 나왔다는 점이다. 과학적 방법으로 국고(國故)를 정리한다는 것은 체계적인 방법과 역사적인 안목으로 일체의 과거 문화의 역사를 정리하는 것인데, '중국문화사' 편찬 계획은 '국고정리' 운동의 가장 중요한 과제였다. 후스는 민족사, 언어문자사, 경제사, 정치사, 국제교통사, 사상학술사, 종교사, 문예사, 풍속사, 제도사 등 도합 열 가지의 개별적인 사서(史書) 편

---

60) 郭志剛 主編, 羅成琰 等著, 『二十世紀中國文學的古今之爭』, pp.122-124 참조.

찬의 틀을 구상하였다. 이 열 가지 전문적인 사서 편찬은 '국고정리'운동 가운데 가장 뛰어난 학문적 성과를 거둔 분야였다. 예컨대, 량치차오의 『선진정치사상사(先秦政治思想史)』, 천구위안(陳顧遠)의 『중국고대혼인사(中國古代婚姻史)』, 왕전센(王振先)의 『중국고대법리사(中國古代法理史)』, 류이정(柳詒徵)의 『중국문화사(中國文化史)』, 시에빈(謝彬)의 『민국정당사(民國政黨史)』 등은 대단히 중요한 저술이다. 1915년부터 1927년까지 편찬된 '중국문학사' 관련 저작도 16종에 달하는데, 희곡사, 소설사, 사사(詞史), 속문학사(俗文學史) 등이 연이어 출판되었다. 이 중에서 왕궈웨이(王國維)의 『송원희곡사(宋元戲曲史)』, 루쉰(魯迅)의 『중국소설사략(中國小說史略)』·『한문학사강요(漢文學史綱要)』, 후스(胡適)의 『국어문학사(國語文學史)』·『백화문학사(白話文學史)』 등은 뛰어난 학문적 성과이다.

셋째, 연구영역이 확대되었다는 점이다. '국고정리'운동의 영향으로 베이징대학, 칭화대학(清華大學), 샤먼대학(廈門大學) 등 주요 대학과 그곳의 학술연구기구가 잇달아 연구계획을 수립했다. 예컨대, 1920년 10월 19일의 『베이징대학일간(北京大學日刊)』에서는 중국학술의 '모호하고 혼란한 상황'을 바로잡기 위해 「국립 베이징대학 연구소 국고정리 계획서(國立北京大學研究所整理國故計劃書)」를 게재하였고, 1925년 10월 20일 칭화대학의 『칭화주간(清華周刊)』에서는 과학적 방법으로 중국문화에 대한 '전문적 분류 연구(專門分類之研究)'를 진행할 것을 담은 「국학연구원장정(國學研究院章程)」을 실었다. 신문화운동 진영에서도 국학 연구에 적극적으로 동참했다. 마오둔(茅盾)은 틈틈이 신화연구를 진행하여 중국신화학 연구의 기초를 다지는 업적을 이룩했다. 후스의 『시경(詩經)』 연구와 명청소설(明清小說)의 고증, 루쉰(魯迅)의 고서설구침(古小說鉤沉), 위핑보(俞平伯)의 『홍루몽』 고증, 선젠스(沈兼

士)의 양슝(揚雄) 『방언』에 대한 연구, 구제강(顧頡剛)의 고사(古史) 고증, 루칸루(陸侃如)와 우리무(吳立模)의 시가(詩歌) 고증, 펑위안쥔(馮沅君)의 중국희극사(中國戲劇史) 연구 등도 '국고정리' 운동의 결과이다. 이밖에 민속학, 명청(明淸)의 역사자료 정리, 방언조사, 고고(考古)발굴 등도 '국고정리'의 범주에서 진행되었다.

넷째, 전통적인 사학연구의 사상방법에 큰 변혁을 가져왔다는 점이다. 표면적으로 보면, 고적의 교감과 주석 및 사실(史實)의 고증과 변별에 주력한 '국고정리'가 옛 종이무덤에 매몰되어 '5·4'시기의 시대 분위기를 벗어나 마치 만청(晩淸)으로 되돌아간 것같이 이해될 수도 있다. 하지만 실제 '국고정리'는 근대적인 과학적 학문방법으로 고학(古學)을 발굴하고 학술연구를 진행하여 학술의 중심을 이전의 경·사·자·집(經史子集)으로부터 민간문화와 사회심리 층위로, 민간의 백화문, 가요, 민속으로까지 확대해나간 것이다.

이상의 성과로 볼 때, '국고정리' 사업은 학술운동의 차원에서 대대적으로 진행된 것이다. 학술운동이 사상운동에 영향을 끼치는 것은 당연하지만, '국고정리' 사업은 애초부터 학술운동의 범주에서 시작된 것이다. 물론 초기에는 학술과 사상의 구분이 뚜렷하지 않아 국고 문제가 모호한 채 토론되고 있었다. '국고' 연구의 방법을 처음 부각시킨 잡지 『국고(國故)』와 『신조(新潮)』의 논쟁에서 마오쯔쉐이(毛子水)가 '국고(國故)'와 '구화(歐化, 유럽화)'를 서로 대응시켜 같은 범주에서 토론한 것은 비견한 예이다. 그렇지만 마오쯔쉐이는 '학술'을 '태양광과 같은 것'으로 비유하면서 '천하고금(天下古今)의 공기(公器)'이므로 어느 한 나라의 고유한 것으로 말해서는 안 된다고 하였는데,61) 실제로는 '국고' 연구를 학술

---

61) 毛子水, 「國故和科學的精神」: 『新潮』 第一冊(上海書店 影印本), p.733.

차원에서 논하고 있었다. 이는 '국고' 연구가 근대적인 학술 중심의 대학에서 수행될 수 있는, 신문화운동의 하위 범주라는 점을 시사한다. 만일 '국고' 연구가 학술운동의 차원에서 대학 내에서 수행되는 것이라면 학문방법론이 더욱 중시될 것임은 자명하다. 후스가 '가설'과 '실증'의 과학적 학문방법을 전면에 내세웠던 것은 '국고정리'를 학술운동의 차원에서 추진하고자 했기 때문이다. 사실 '국고정리'가 베이징대학 문과 내에서 학문적으로 큰 갈등 없이 다양한 교수들로부터 호응을 얻을 수 있었던 것도 그것이 학술운동으로서 '신구'의 조화를 가능케 했기 때문이다. '국고정리'는 '신'의 입장에서는 '정리(整理)'가 가능하고 '구'의 입장에서는 '국고(國故)'를 다룰 수 있어서 '신구'가 서로 용인할 수 있었다. '국고정리'는 베이징대학 문과 내에서 '신구'의 갈등을 최소화하면서 과학적 학문방법을 표방한 학술운동을 추진할 수 있는 최적의 영역이었던 것이다.

그런데 주의할 것은, 바로 이 대목에서 학술운동으로서의 '국고정리'가 신문화운동 진영과 전통주의자의 구분을 모호하게 할 수 있다는 점이다. 동일한 시기에 장타이옌(章太炎)도 '국학' 강연을 진행하였고, 학형파(學衡派)는 문언을 전면에 내세웠고, 갑인파(甲寅派)는 '독경구국(讀經救國)'론을 고취시켰고, 량치차오(梁啓超)와 량수밍(梁漱溟)은 동방문화론을 전개했다. 듀이와 러셀이 중국을 방문하여 동방문명을 예찬하자 '국수주의'적인 분위기가 더욱 고조되었다. 신문화운동 진영이 '국고정리'를 회의적인 눈빛으로 바라보며 그 필요성과 현실성에 대해 의문을 품은 것은 바로 이 때문이다. 결국 후스도 1926년에 이르면 사회적으로 만연되고 있는 복고사조에 깊은 우려를 표시하게 된다. 그는 베이징대학 연구소국학문(研究所國學門) 제4차 '간친회(懇親會, 학부형 친목회)' 연설에서 국고정리운동이 '국수의 보존'이나 '국광(國光)의 발양'으로 오해해서는 안 된다고 말하면서 그 병폐를 이렇게 지적했다. "많은 청년들이 너나 할 것 없이 국학을 연구하면서 국학이 자기를 내세울 수 있는 첩경으로 여기고 아무렇게나 책 한 권을 가져다 몇 만자로 소개하고 있다. 많은 사람들이 방법적으로 훈련되어 있지 않으며, 사상적으로 충분한 참고자료가 없고, 머리에는 뚜렷한 생각이 없이 오로지 옛 종이무더기에만 몰두하니 실로 죽은 길로 나아가고 있는 것이다."62) 1927년 그는 또 '국고정리'의 목표가 '귀신을 때려잡는 것'이라고 강조하면서 "나는 '문드러진 종이무더기' 속에는 무수한 늙은 귀신이 있어 사람을 잡아먹고 사람을 미혹시킬 수 있다고 믿는다"라고 말했다.63) 1928년에 이르러 후스는 더욱 분명하게 '국고정리'의 폐단을 의식하여 "우리의 삼백 년의 최고의 성과는 결국 몇 부의 고서의 정리에 지나지 않으니, 인생에 무슨 이득이 있으며 국가의 치란안위(治亂安危)에 무슨 도움이 되겠는가? 학문하는 사람이 너무 협의적인 실리주의를 사용하여 학술의 가치를 비평해서는 안 되겠지만, 학문이 공용(功用)의 표준을 완전히 포기한다면 매우 황당한 길로 나아가게 될 것이고 정력을 헛되게 쓰는 폐물로 변할 것이다"64)라고 경고했다.

후스는 사람들에게 얼른 방향을 돌려 자연과학의 지식과 기술을 많이 배울 것을 주문했는데, 신문화운동의 하위 범주로서 진행된 '국고정리'가 자칫 신문화건설에 역행하는 결과를 초래할 수 있음을 인식하게 된 것이다. 후스가 「신사조의 의의」에서 '문제의 연구, 학리의 수입, 국고의 정리, 문명의 재건'이라는 슬로건을 제시하여 '국고의 정리'를 거쳐 '문명의

---

62) 胡適, 「研究所國學門第四次懇親會紀事」(『北京大學研究所國學門月刊』 第1卷 第1號, 1926.6); 馬克鋒, 『國學與現代學術』(廣西師范大學出版社, 2010), p.174 참조.

63) 胡適, 「整理國故與"打鬼"」, 『胡適文存』 第三集(影印本), p.211. 郭志剛 主編, 羅成琰 等著, 『二十世紀中國文學的古今之爭』, p.119 참조.

64) 胡適, 「治學的方法與材料」, 『胡適文存』 第三集(影印本), p.250. 郭志剛 主編, 羅成琰 等著, 『二十世紀中國文學的古今之爭』, p.119 참조.

재건'에 이르기를 기대했지만 사실 그것은 요원한 일이었다. 후스가 우려한 결과는 학술운동으로 출발한 '국고정리'가 결국 사상운동과 연계하지 못하고 오히려 자기 폐쇄적인 방향으로 나아간 데서 초래된 것이다.

량치차오는 『청대학술개론』에서 '청대 사조'는 간단히 말하여 송명(宋明) 이학(理學)에 대한 반동으로 나타났으며, 그 주된 이념은 복고이고 그 동기와 내용은 유럽의 르네상스와 상당히 유사하다고 평가했다.65) 사실 량치차오가 청대의 학술사조를 유럽의 르네상스에 비유하고 있지만 구체적인 내용과 방법 면에서 청대의 학술사조는 유럽의 르네상스와 크게 다르다. 이념적으로 복고를 지향한다는 점에서 청대 학술사조를 르네상스에 비유할 수도 있지만, 엄밀히 말하면 내용과 방법상 큰 차이가 있다. 중국의 학술사조 내지 문화운동을 유럽의 르네상스에 비유한 예는 후스에게도 나타난다. 후스는 5·4신문화운동이 유럽의 르네상스에 비견된다고 여겨 그것을 '문예부흥'이라는 말로 즐겨 표현했다. 신문화운동에 동조한 잡지 『신조』의 영문 이름이 'The Renaissance'인 것도 후스의 생각과 무관하지 않다. 그런데 후스가 5·4신문화운동을 '문예부흥'으로 표현한 것은 '복고'적인 성격을 고려한 때문이 아니라 그것이 문화운동이었다는 점을 의식한 것이다. 그가 신문화운동 이후 중국의 변화를 '현대화', '서구화〔西化〕', '중국의 문예부흥'이라는 말을 통용하여 사용하고 있는 것도 그 때문이다. "이른바 중국의 문예부흥은 바로 이러한 자유분위기의 자연스런 결과이며, 이러한 분위기 역시 각종 문화개혁의 실현을 촉진시켰다. 결과적으로 중국은 사회, 정치, 문화 그리고 종교 등의 생활의 현대화를 달성하게 되었다."66) 중국의 과거 전통을 복원한다는 의미보다 서양 '학리의 수입'을 통해 과거 전통을 체계적으로 정리해낸다

---

65) 梁啓超, 『清代學術槪論』(東方出版社, 1996), p.4 참조.
66) 胡適, 「中國與日本的現代化運動」, 『胡適文集(12)』, p.771.

는 의미에 훨씬 가까웠다.

그런데 후스는 1933년 미국의 시카고대학에서 「중국의 문예부흥」이라는 주제로 강연을 가졌는데, 이때 5·4신문화운동이 지닌 학술운동의 성격을 강조하기 위해 '인문주의운동'이라는 표현을 사용한 바 있다. "5·4신문화운동이 자신들의 문화유산을 잘 알고 있으면서 또 새로운 현대 역사비평과 탐색방법을 사용하여 이 유산을 연구하려는 사람들에 의해 지도되었으며, 이러한 의미에서 그것은 한바탕 인문주의운동이었다는 것이다. 후스는 이 강연에서 '문예부흥'이라는 표현보다 '재생시대(再生時代)'라는 표현이 더 적절하다고 말하기도 했는데, 왜냐하면 중국의 문예부흥은 그 "목표와 전도가 오랜 민족과 오랜 문명을 다시 태어나게〔再生〕 하는 데 있었기" 때문이라는 것이다. 그가 '부흥'이라는 말보다 '재생'이라는 말을 사용하고자 한 것은 전통의 복원보다 전통과의 단절을 시도하려는 의도를 더욱 뚜렷이 보여주기 위한 것이었다.

후스가 5·4신문화운동을 유럽의 르네상스에 비유하여 '문예부흥'이라는 표현을 사용하더라도 그것은 르네상스의 본래 의미를 그대로 담고 있는 것은 아니다. 유럽의 '문예부흥'은 전통의 복원이라는 이념 하에 고대 그리스로마의 정신으로 되돌아가는 것이었으나 5·4신문화운동은 서양 근대의 학술사조를 수입하여 전통을 정리함으로써 현재를 과거 전통과 단절시키려는 운동이었기 때문이다. 그래서 후스는 5·4신문화운동을 일종의 '인문주의운동'이었다고 말하면서 "의식적으로 전통문화 중의 여러 가지 사상에 반항하는 운동이요, 의식적으로 개체의 남녀를 전통 힘의 속박에서 해방시킨 운동이요", "이성이 전통을 반대하고, 자유가 권위를 반대하고, 또한 생활과 인간의 가치를 높이고 그에 대한 압제에 반항하는 운동이었다"라고 강조했던 것이다. 학술문화운동이라는 형식적 측면에서 보면 5·4신문화운동도 제한적인 의미의 '문예부흥'으로 규정할 수 있지만, 서양 근대 학술사조의 수입과 전통의 정리라는 구체적인 내용과 방법의 측면에서 보면 그것은 서양의 '문예부흥'과 크게 다른 것이다. 결국 후스는 서양 근대의 학문방법을 적극 활용하여 중국의 전통을 정리하는 데 매진하였는데, 다만 그 과정에서 중국의 전통과 서양의 근대를 비교분석하여 중국의 전통 속에서 서양 근대에 부합하는 현재적 가치를 일부 새롭게 발굴할 수 있기를 기대했다. 그가 과학적 방법과 상통한다고 본 고거학(考據學)의 학문전통을 적극적으로 활용한 것은 바로 전통의 현재적 가치의 발굴이라는 점에서 의의를 갖는다.

5. 문화보편주의적 동서문화론

서양의 중국역사학자 웰스는 중국문명은 서기 7세기에 정점에 도달하였는데, 당조(唐朝)가 바로 중국문명의 성취가 가장 높은 시대라고 말하고 그 후로 1천년 동안 중국문명의 진보는 없었다고 평가한 바 있다. 이에 대해 후스는 1926년 미국에서 행한, 「중국은 근 1천 년 동안 정체되어 진보하지 않았는가?」라는 제목의 강연에서 웰스를 반박하는 입장을 표명했다. 후스는 7세기 당대(唐代)문명은 결코 중국문명의 정점이 아니며 여러 세기 동안 계속 진행된 진보의 시작이었다는 반론을 제기한 것이다. 후스는 구체적인 예를 제시하여, 당대 예술이 송나라와 후기 명나라의 예술품에 비해 성숙되지 않았으며, 문학 방면으로는 위대한 시인과 우수한 산문작가가 등장했지만 서사시나 희곡, 장편소설 등이 없었으니, 이것들은 당대 이후 발전해온 것이라고 했다. 그는 "위대한 희곡의 출현은 13세기였고, 위대한 장편소설의 출현은 16·17세기였는데, 서정적인 노래·희곡·단편고사·장편소설 등 이러한 민간문학은 점점 대규모로 발전하여 중국 근대문명의 가장 중요하고 의미 있는 한 장을 구성하게 되었다"[67]고 했다. 더욱이 후스는 7세기 이후 최대의 진보는 종교와 철학 영역에 있었다고 하여, 종교 면에서는 중국 불교의 대혁명으로서 선종(禪宗)의 개창을 들었고 철학 면에서는 제1단계의 주시(朱熹) 일파와 제2단계의 양명학파(陽明學派)를 들었다. 또 17세기는 새로운 시대가 다시 시작되었는데, 17·18세기의 엘리트들은 송명(宋明)의 철학사고가 무단적이고 무용하다고 판단하여 순수하게 객관방법에 의거하여 진리를 찾는 데 자신들의 정력을 바쳤다고 했다. 그는 청대 구엔우(顧炎武)가 고음(古音) 연구에서 일백 개의 예를 들어 고음을 증명한 사례를 들어 중국의 과학적 음운학이 형성되었음을 지적하고 객관적인 지식과 실증적인 이론을 추구한 그 시대를 '과학'의 시대라고 부를 수 있다고 했다.[68] 후스는 청대 학술을 과학적 방법의 범주에 귀속시킴으로써 과거 중국에서도 서양의 근대 과학과 유사한 전통을 가지고 있었음을 부각시켰다.

후스는 중국의 몇 세기 동안의 성취가 근대 구미(歐美)가 근 이백 년 동안 이룩한 기적적인 속도의 진보에 미치지 못한다는 사실을 인정하면서도 그 이유를 다음과 같이 보았다. "이러한 차이는 정도의 차이이지 종류의 차이는 아니다. …… 한 민족은 자기 스스로 인생과 문명의 모든 부분에 있어 자기의 문제에 대응하여 천천히 온건하게 스스로 해결할 수 있음을 증명하고 있으며, 또한 그 민족은 새로운 문명과 새로운 훈련으로 자격 미달의 학생이 아니라는 것을 증명할 수 있을 것이다."[69] 후스

---

67) 胡適,「中國近一千年是停滯不進步嗎?」: 嚴運受 編,『胡適學術代表作』中卷, p.123.

68) 胡適,「中國近一千年是停滯不進步嗎?」: 嚴運受 編,『胡適學術代表作』中卷, p.124 참조. "我們有理由把那個時代叫做'科學'的時代, 不是因爲有摸得到的征服自然的成就, 而是因爲有眞正的科學態度和方法浸透了那個時代的一切校勘學硏究·歷史硏究."

69) 胡適,「中國近一千年是停滯不進步嗎?」: 嚴運受 編,『胡適學術代表作』中卷, p.125. "然而這種

는 문화의 차이를 '노선〔路向〕'의 차이로 이해한 량수밍과 달리 발전 정도의 차이로 이해했다. 후스는 인류의 문명과 문화는 보편성을 띠고 있으므로 각 민족의 문명과 문화가 근본적으로 다르지 않다면 나아가는 속도를 가속하면 정도의 차이를 극복할 수 있다는 것이다. 그래서 뒤쳐진 문명의 발전 속도를 가속하기 위해서는 가속의 수단으로서 앞선 서양의 근대문명을 적극적으로 도입할 필요가 있는 것이다.

이렇게 후스는 문화보편주의적 시각에 기반하고 있으면서 개별 민족문화, 특히 동서문화의 차이도 분명하게 인정했다. 한 민족의 문화는 그들이 환경에 적응하여 얻은 승리의 총화인데, 환경 적응의 성패는 그들이 발명한 기구(器具)의 지력(智力)이 어떠한가를 보면 된다는 것이다. 문화의 진보는 기구의 진보에 기초하는 바, 이른바 석기시대, 청동기시대, 철기시대, 기계전기시대 등은 모두 문화발전의 각 시기를 설명한다는 것이다. 그래서 후스는 기구의 차이에 근거해 동서문화를 구별했다. "동방의 경우 비록 고대에 몇 가지 발명을 했으나 계속 노력하지 않아 낙후한 수공업 시대에 머물러 있게 되었으며, 서방은 일찍부터 기계와 전기를 이용하게 되었다. 이것이 바로 동서문명의 진정한 구별이다. 동방문명은 인력(人力) 위에 세워진 것이고 서방문명은 기계력(機械力) 위에 세워진 것이다."70) 동서문화의 구별은 사용하는 '기구'의 차이에 달려 있다고 보는 후스의 문화론은 동양문화는 정적이고 수동적이고 서양문화는 동적이고 능동적이라든지, 동양문화는 정신적이고 서양문화는 물질적이라고 구분하는 관점과 다르다. 후스는 서양근대문명은 인류의 정신상의 요구를 절대로 경시하지 않았다고 보아 "서양근대문명이 인류의 심령상(心靈上)의 요구 정도를 충분히 만족시킬 수 있다는 점에 대해

差別只是程度的差別, 不是種類的差別."

70) 胡適, 「東西文化之比較」: 嚴運受 編, 『胡適學術代表作』 下卷, pp.157-158.

동양의 구문명은 꿈도 꿀 수 없는 것이다. 이런 측면에서 보면 서양근대 문명은 절대로 유물적이지 않다. 오히려 이상주의적(Idealistic)이며 정신적인(Spiritual) 것이다"71)라고 했다. 후스가 보기에 서양근대문 명은 '인생의 행복 추구'라는 기초 위에 세워져 있어 확실히 인류에게 적지 않은 물질적 향수를 증진시켰으며, 또한 확실히 인류의 정신상의 요구를 아주 만족시킬 수 있게 되었다는 것이다. 이지(理智)적인 면에서 보면 정밀한 방법을 사용하고 부단히 진리를 추구하며 자연계의 무궁한 비밀을 벗겨내었고, 종교와 도덕 면에서 보면 미신적인 종교를 무너뜨리고 합리적인 신앙을 세웠다는 것이다. 이어 후스는 동양문명과 서양문명의 가장 두드러진 특색으로 각각 지족(知足)과 부지족(不知足)을 들어 다음과 같이 설명했다. "지족의 동양인들은 간단하고 누추한 생활에 자족하여 물질향수의 제고를 추구하지 않는다. 우매함에 자족하고 '불식부지(不識不知)'에 자족하여 진리의 발견과 기예기계(技藝器械)의 발명에 주의하지 않는다. 현재 만들어진 환경과 운명에 자족하여 자연을 극복하려 하지 않고 다만 낙천안명(樂天安命)만을 추구하며, 제도를 개혁하려 하지 않고 다만 안분수기(安分守己)하며, 혁명을 생각하지 않고 다만 순민(順民)할 따름이다."72)

'지족'의 동양문명이 기예기계를 발명하지 못한 데 대한 후스의 이러한 설명은 량수밍(梁漱溟)의 관점과 상반된다. 량수밍은 기계의 발명이 서양근대문명의 근본 폐단임을 지적하면서 기계 발명에 의한 분업과 자유경쟁은 사람들의 생활을 더욱 피폐하게 만든다고 보았기 때문이다. 그래서 후스는 당시 중국문화부흥을 예견한 량수밍의 '문화로향설(文化路向說)'을 문화보편주의적 관점에서 비판하면서 '유한적 가능설'을 제기했던

---

71) 胡適, 「我們對於西洋近代文明的態度」(1926.6.6.), 『胡適文存』 第三集(影印本), p.5.
72) 胡適, 「我們對於西洋近代文明的態度」, 『胡適文存』 第三集(影印本), p.13.

것이다.

우리의 출발점은 오직 다음과 같다. 문화는 민족생활의 양식이며 민족생활의 양식은 근본적으로 대동소이하다는 것이다. 왜 그런가? 생활은 단지 생물의 환경에 대한 적응이며, 인류의 생리적 구조는 근본적으로 대략 비슷하기 때문에 대동소이한 문제 하에 해결의 방법 역시 대동소이한 몇 종류에서 벗어나지 않는다. 이러한 도리를 '유한적 가능설(有限的可能說, the principle of limited possibilities)'이라고 부른다. 예컨대, 기아 문제에 대해 '먹다'가 해결하는 것이지만 먹는 음식은 밥이 될 수도 있고 빵이 될 수도 있고 국수가 될 수도 있고…… 식물과 동물의 두 종류를 벗어나지 않으며 결코 돌을 먹을 수는 없다.[73]

후스는 동서문화가 근본적으로 다른 길을 걸어왔다고 보는 량수밍의 '문화로향설'을 우회적으로 비판하면서 '유한적 가능설'에 의거하여 문화를 대동소이한 것으로 이해했다. 그는 역사적인 시각으로 문화를 관찰해 볼 때 각 민족이 모두 '생활 본래의 길'을 걷고 있으며, 환경의 차이로 인해 문제의 완급이 있을 뿐이라는 것이다. 후스는 "그러므로 가는 길은 빠르고 느림의 차이가 있고 도착할 때의 선후의 차이만 있을 뿐이다"라고 하여 문명 또는 문화의 차이는 속도의 차이, 도착 선후의 문제에 지나지 않는다고 지적했다. 후스는 문화의 차이를 '노선〔路向〕'의 차이가 아니라 시간적·공간적 정도의 차이로 인식함으로써 발전 속도의 차이, 시대성의 차이 그리고 고금(古今)의 차이로 이해했다. 이와 같이 동서문화의 근본적인 차이를 인정하지 않고 속도의 차이로 받아들이면, 속도를 빠르게 하기 위해서는 앞서가고 있는 서양문화를 의식적으로 수용할 필

---

73) 胡適, 「讀梁漱溟先生的 『東西文化及其哲學』」: 羅榮渠 主編, 『從胡 『西化』到現代化』, p.95.

요가 있게 된다. 서양의 근대과학문명을 능동적으로 받아들이려고 했던 후스의 '전면서구화〔全盤西化〕' 주장은 이러한 맥락에서 나온 것이다.

'동양문화〔東方化, 동방문화〕', 즉 중국문화가 세계문화가 되어야 한다고 주장한 량수밍에 대한 후스의 비판적인 입장은 문화에 대한 상이한 관점에서 비롯되었음은 두말할 필요가 없다. 량수밍은 『동서문화와 그 철학』에서 "동양문화〔東方化〕는 완전히 모습을 바꾸어 세계문화가 될 수 있을까? 만약 세계문화가 될 수 없으면 근본적으로 존재할 수 없다. 만일 여전히 존재할 수 있다면 당연히 중국에서만 사용할 수 없고 세계문화가 되어야 한다"74)라는 주장을 폈다. 이에 대해 후스는 동서문화의 문제는 매우 복잡한 문제이므로 결코 '근본적으로 존재할 수 없다'든지 '완전히 모습을 바꾸어 세계문화가 된다'든지 하는 문제가 아니라고 보았다. 쌍방 문화의 구체적인 특징을 파악하고 역사적 정신과 방법을 사용하여 쌍방문화의 접촉의 시대에서 어떻게 취사선택할 것인가를 연구해야지 '동양문화'가 완전히 모습을 바꾸어 세계문화가 될 수 있느냐 그렇지 않느냐의 문제가 아니라는 것이다. 구체적인 취사선택을 회피하고 장래에 완전히 모습을 바꿀 것인가 그렇지 않을 것인가를 토론하는 것은 두루뭉실한 논의라고 지적했다.75) 후스는 동서문화 문제를 어느 한 방향에서 어느 한 방향으로 갑자기 선회하듯이 일괄 부정하거나 일괄 긍정할 문제가 아니라 구체적인 문제상황에 적응하는 다양한 취사선택의 문제로 파악했던 것이다. 그리하여 '전면서구화〔全盤西化〕'의 입장을 견지했던 후스는 오히려 그것을 '충분적 세계화(充分的世界化)'라는 말로 대체하는 것이 옳다고 했다.76) 그는 서양문명의 우월성을 인정했지만 서

---

74) 梁漱溟, 『東西文化及其哲學』(上海世紀出版集團・上海人民出版社, 2006), p.17.

75) 胡適, 「讀梁漱溟先生的『東西文化及其哲學』」: 羅榮渠 主編, 『從'西化'到現代化』上冊, pp.84-85.

76) 胡適, 「充分世界化與全盤西化」, 『胡適文存』第四集(影印本), pp.541-542 참조.

양문화가 중국문화를 완전히 소멸시킬 것이라고 생각하지 않았으며 두 문화가 서로 접촉하고 영향을 주고받아 일종의 세계 문화를 다시 생산할 수 있을 것으로 인식했다. 후스가 『중국철학사대강』의 제1편 「도언(導言)」에서 동서철학의 상호작용으로 세계철학이 발생할 것을 기대한 것은 바로 그러한 맥락에서 비롯된 것이다. "세계의 철학은 대체로 동서로 양분할 수 있다. 동양에 있어서는 다시 인도와 중국의 2대 지류로 나누어지고, 서양에 있어서는 그리스와 유대의 2대 지류로 나누어진다. …… 금일에 와서는 이 양대 조류(중국 근세의 철학과 유럽의 근세철학을 가리킴 — 인용자)의 철학이 상호 접촉하고 서로 영향을 주어 왔기 때문에 50년 혹은 100년 후에 가서는 일종의 세계철학을 발생시킬지 모르는 일이다."77) 따라서 후스가 제기한 '전면서구화'는 전략적 의미가 두드러지며 구체적인 실천과제는 아니었다고 할 수 있다. 동서문화(철학)가 서로 영향을 주어 제3의 새로운 세계문화(철학)가 탄생할 것에 대한 기대는 그가 '전면서구화'의 입장에 놓여 있었다고 하더라도 실질적으로는 '충분적 세계화'를 지향하고 있었음을 보여준다.

후스는 문화보편주의적 입장을 견지하고 '충분적 세계화'를 지향하고 있었기에 1935년에 이르러 국민당 계열의 10인 교수들이 제기한 '중국본위(中國本位)의 문화건설 선언'에 대해 신랄하게 비판할 수 있었다. 후스는 무술변법, 신해혁명, 5·4신문화운동, 민국 15·6년의 국민혁명이 모두 '중국본위'를 동요시키지 않았다고 보고 지도자들은 그 '중국본위'의 동요를 우려할 것이 아니라 그 고유문화의 타성이 너무 큰 것을 우려해야 한다고 지적했다. 중국의 대환(大患)은 결코 10인 교수들이 마음 아파하는 '중국의 정치 형태, 사회 조직, 그리고 사상 내용과 형식'

---

77) 胡適, 『中國古代哲學史』, 『胡適文集(6)』, pp.165-166. 胡適 著, 함홍근 外譯, 『중국고대철학사』(대한교과서주식회사, 1962) 「제1편 서론」, p.5.

이 그 특징을 이미 잃어버린 데 있는 것이 아니라 그것들이 중국의 낡은 여러 가지 죄악의 특징을 너무 많이 가지고 있고 너무 깊다는 점이라고 설명했다. "중국의 구문화의 타성은 실로 크게 두려운 것이니, 우리는 진정 '중국본위'를 위하여 걱정할 필요가 없는 것이다. 앞을 보고 가려 하는 우리들은 마땅히 허심탄회하게 과학공예의 세계문명과 그 배후의 정신문화를 받아들여 그 세계문화로 하여금 우리의 오랜 문화와 충분히 접촉하게 하여 자유로이 절차탁마해서 그 싱싱하고 예리한 기운으로 우리의 오랜 문화의 타성과 무기력을 제거해야 할 것이다."78) 후스는 미래 중국의 문화변동을 낙관적으로 보아 중국의 구문화 속에 진정으로 가치 있는 보배가 있다면 외래 세력의 세척과 충격을 견뎌내고 그 모멸될 수 없는 일부의 문화가 장래에 당연히 과학문화의 세례를 받아 각별히 밝은 빛을 발하게 될 것으로 확신했다. 그는 동양의 정신문명을 과시하는 전통 옹호론자를 향해 '잔인한 인력거'를 용인하는 문화가 존재하고 '최저한도의 임금'이나 '작업시간의 제한'을 모르는 중국 현실에서 정신문명을 말할 수 있는가라고 반문하고 "이러한 물질문명 — 기계의 진보 — 이 진정으로 정신적인 것이다. …… 무릇 문화라는 이름에 걸맞으려면 반드시 먼저 물질의 진화가 기초가 되어야 한다"79)라고 강조했다. 후스가 인력거의 문화, 최저한도의 임금, 작업시간의 제한을 거론한 것은 정신문명을 말하려면 국민 대다수의 물질적 풍요가 뒷받침되어야 한다는 점을 일깨우기 위한 것이었다. 그는 정신문명과 물질문명이 따로 구별되는 것이 아니라 표리관계에 놓여 있어 대다수 국민의 물질적 기초가 마련되어야 진정한 정신문명이 이룩된다고 보았던 것이다.

---

78) 胡適, 「試評所謂'中國本位的文化建設」: 『胡適論學近著第一集』(民國叢書 第一編 96, 上海書店), pp.556-557.(1935.2.10 『獨立評論』 제145호)

79) 胡適, 「東西文化之比較」(1930): 羅榮渠 主編, 『從'西化'到現代化』 上冊, p.194.

후스가 청대 학술을 '과학적 방법'의 하나로 보아 긍정하면서도 비판적 태도를 취할 수밖에 없었던 이유가 바로 여기서 드러난다. 17세기 중엽에 이르러 중국 학자들이 과학적 방법을 사용하여 문자·판본·역사 등의 고거학(考據學)을 크게 발달시켜 인문주의를 창도하고 종교의 굴레를 벗어났지만, 중국이 여전히 낙후한 상태에 머물렀던 것은 그들이 인민의 생활 향상을 도모하지 않았기 때문이라는 것이다. "중국은 중고시대의 종교를 뒤집었으나 대다수 인민의 생활에 대해 여전히 아무런 개선이 없었다. 중국은 과학방법을 이용하는데 뛰어났으나 이 방법은 도서와 전적 방면에 제한되어 있었을 뿐이다. 중국의 사상은 자유를 얻었으나 사상을 물질적 환경과 싸워 이기는 데 이용하지 않았으며 인민의 일상생활도 자유를 얻지 못했다."80) 중국의 학자들이 삼백 년 동안 과학적 방법을 이용해 고군분투했지만 결국 '서책(書本)에 관한 학식'에 매몰되어 있어서 보통의 인민의 일상생활을 전혀 구제하지 못했다는 것이다. 청대 삼백 년 동안의 학술이 '과학적 방법'에 의거한 것이라 하더라도 인민의 물질적 향상을 도모하지 못하였고, 사상의 자유도 일부 계층에 한정되었을 뿐 보통의 인민에까지 이르지 못했으니 진정한 정신문명을 이룩했다고 말하기 곤란하다는 것이다. 정신문명은 인민 대다수의 물질적 풍요와 자유 위에서 구축되어진다고 이해한 후스의 문화론은 중국의 정신문명의 우월성을 앞세웠던 량수밍의 문화론과 크게 대비된다고 할 수 있다.

---

80) 胡適, 「東西文化之比較」: 羅榮渠 主編, 『從'西化'到現代化』 上冊, p.197.

6장

루쉰(魯迅)의 학문계보와 학술연구

중국 근대학문의 형성과 학술문화담론

1. 중국고전 연구[1]

루쉰(魯迅, 1881~1936)은 현대중국의 문호로서 문학가 또는 사상가로 널리 알려져 있지만 문학창작 이외에도 뛰어난 학문적 업적을 이룩했다. 『삽도본 중국문학사(揷圖本中國文學史)』와 『중국통속문학사(中國通俗文學史)』의 저술로 유명한 문학사가 정전둬(鄭振鐸)는 1937년 루쉰의 학문적 업적을 높이 평가했다. "일반 사람들은 그가 대단한 성취를 이룩한 완성, 미완성의 많은 저작을 남겨놓은 학자라는 것을 종종 잊고 있다. 그의 구학문에 대한 뿌리는 매우 깊고, 그가 섭렵한 부문은 매우 넓다."[2] 루쉰은 '사실(寫實)'적인 소설 창작, 특히 「아Q정전」으로 이름이 널리 알려진 문학가였으니[3] 학자로서 그의 성취는 상대적으로 크게 주목받지 못했다. 그렇기에 정전둬의 언급은, 구학(舊學)의 깊은 조예를 바탕으로 중국소설사와 같은 뛰어난 학문적 업적을 이룩한 루쉰을 학자로서 정당하게 평가하려는 것이었다.

루쉰은 학자로서 중국고전 연구에 많은 노력을 기울여 『중국소설사략(中國小說史略)』, 『한문학사강요(漢文學史綱要)』 등 문학사 관련 저술 및 유관한 글들을 남겼다. 또한 중국소설사를 기술하기 위한 준비 작업으로서 중국고소설을 집록·교감한 『소설구문초(小說舊聞鈔)』, 『당송전기집(唐宋傳奇集)』, 『고소설구침(古小說鉤沉)』 등을 편찬하였으며, 망실되어 가는 중국의 사지(史地) 관련 고적(古籍) 및 위진(魏晋)

---

1) 이 장은 『中國現代文學』 제43호에 게재된 「魯迅의 학문적 계보와 학술연구의 의의」을 수정 보완한 것이다.

2) 鄭振鐸, 「魯迅先生的治學精神」(上海 『申報』, 1937.10.19.) : 『魯迅硏究學術論著資料匯編(2)』(中國文聯出版公司, 1986), p.859.

3) 錢基博, 『現代中國文學史』(1933年 世界書局出版)(世紀出版集團·上海書店出版社, 2007), p.393 참조

시기의 문인 지캉(嵆康)의 문집 『지캉집(嵆康集)』을 집록·교감하는 등 학술적 가치가 뚜렷한 많은 업적을 이룩했다.

루쉰은 문학창작 이외에도 중국고전에 대한 깊은 조예와 해박한 지식을 바탕으로 뛰어난 학문적 업적을 이룩했으니 그것만으로도 높이 평가할 만하다. 그의 동생 저우쮜런(周作人)은 전통학문과 신식학문을 겸비한 루쉰에 대해 "그는 가정과 서당에서 얻은 구지식에 신학문을 보탬으로써 나중에 문예활동을 전개하는 기초를 마련할 수 있었다"4)라고 술회한 바 있다. 루쉰의 중국고전 연구는 문학가·사상가로서 그의 정체성을 받쳐주는 든든한 기반이 되고 있다는 점에서 중요한 의미를 갖는다.

2. 학문계보와 역사 탐독

루쉰의 고향 사오싱(紹興)은 '산음도(山陰道)'의 아름다운 자연경관으로 유명하다. 이곳은 예로부터 유명한 문인과 예술가를 많이 배출하였는데, 동진(東晋)의 서예가 왕시즈(王羲之)와 남송(南宋)의 시인 루요(陸游)의 고향이기도 하다. 루쉰은 어려서는 서당에서 전통학문을 배웠고, 18세 되던 해에 고향을 떠나 난징(南京)의 신식학당에서 신학문을 배웠으며, 졸업 후에는 관비로 일본유학을 하였다. 주지하듯이 루쉰은 전통교육을 받으면서도 정통학자들이 '잡람(雜覽)'이라 하여 배척하던 부문에도 관심을 가졌다. '정통'의 시문보다 '이단의 길(旁門)'5)을 중시하여 '야사(野史)'와 '잡설(雜說)'과 같은 비정통·비주류의 책을 즐겨

---

4) 周作人, 「魯迅的國學與西學」, 『魯迅的青年時代』: 周作人 著·止庵 編, 『關于魯迅』(新疆人民出版社, 1998), p.427.

5) 周作人, 「魯迅讀古書」, 『魯迅的青年時代』: 周作人 著·止庵 編, 『關于魯迅』, p.445.

읽었다. 이는 '야사'와 '잡설'이 역사의 진면목을 제대로 반영하고 있다고 보았기 때문인데,6) 루쉰은 사관(史官)의 이데올로기적 분식이 가해진 정사(正史)는 오히려 역사의 진실을 은폐하고 있어 역사의 진실을 정확하게 반영하고 있는 '야사'와 '잡설'을 더욱 중시했던 것이다.

루쉰이 '야사'와 '잡설'을 중시한 데에는 근대시기 혁명가이자 국학자로 유명한 장타이옌(章太炎)의 영향이 적지 않았다. 장타이옌은 '소보(蘇報)' 사건으로 투옥되었다가 1906년 출옥한 뒤 일본으로 건너가 동맹회(同盟會)의 기관지 『민보(民報)』의 주필을 맡았는데, 이 시기에 루쉰은 장타이옌을 스승으로 모실 기회를 갖게 된다. 1906년 의학을 포기하고 문학으로 전향한 루쉰은 도쿄(東京)에서 문예활동을 전개하고 있었고, 1908년 쉬서우창(許壽裳), 저우쭤런(周作人), 첸쉬엔통(錢玄同) 등과 함께 당시 '국학강습회'를 열고 있던 장타이옌으로부터 강의를 듣게 되었다. 쉬서우창(許壽裳)의 회고에 따르면, 『민보』의 주필을 맡은 장타이옌이 다청중학(大成中學)의 한 교실을 빌려 청년들을 가르치고 있었고, 쉬서우창, 루쉰 등은 다른 수업 때문에 들을 수 없게 되자 궁웨이성(龔未生, 寶銓)을 통해 따로 한 반을 열어줄 것을 장타이옌에게 부탁했다고 한다. 그리하여 장타이옌의 거처인 민보사(民報社)에서 한 반이 더 열려 매주 일요일 새벽에 수업이 진행되었으며, 강의내용은 뚜안위차이(段玉裁)의 『설문해자주(說文解字注)』와 하오이싱(郝懿行)의 『이아의소(爾雅義疏)』 등이었다고 한다.7) 이때 루쉰은 한 학기 동안 장타이옌

---

6) 졸고, 「魯迅의 중국 고전 집록과 문학사 기술에 관한 연구」, 『中國現代文學』 第28號, pp.286-287 참조.

7) 許壽裳, 『亡友魯迅印象記』: 魯迅博物館 編, 『魯迅回憶錄 專著』(北京出版社, 1999), pp.229-230. 이때 민보사(民報社)에서 장타이옌(章太炎)의 강의를 함께 들었던 사람은 모두 8명이었는데, 주쫑라이(朱宗萊), 궁웨이성(龔未生), 첸쉬엔통(錢玄同), 주시쭈(朱希祖), 저우수런(周樹人, 루쉰), 저우쭤런(周作人), 첸자즈(錢家治), 쉬서우창(許壽裳) 등이다. 이 중에서 첸쉬엔통, 주시쭈, 저우쭤런은 나중에 베이징대학(北京大學)의 문과 교수로 부임하게 된다.

으로부터 직접 강의를 들었는데, 이를 계기로 장타이엔으로부터 학문적 영향을 지속적으로 받게 된다.

1933년 첸지보(錢基博)가 『현대중국문학사(現代中國文學史)』에서 "빙린(炳麟, 장타이엔)은 문장을 논함에 위진(魏晋)을 숭상하고 당송(唐宋)을 경시하여 고금의 사람과 다소 어긋나는 점이 많았다"[8]라고 평가하였는데, 장타이엔은 당송의 문장을 중시하던 중국인의 일반적 경향과 달리 위진의 문장을 숭상했다. 장타이엔은 위진의 문장에 대해 "기세와 풍격이 비록 다르나 그 본분을 지킴에 법도가 있고 남을 공격함에 질서가 있고 치우침이 없이 이치에 맞고 문채(文彩)가 있고 광범하게 통하여 백세(百世)의 스승이 될 수 있다"[9]라고 높이 평가했다. 장타이엔이 위진의 문장을 숭상한 것은 그의 학문적 경향과 밀접하게 관련되어 있었다. 그는 관(官)의 학문보다 민(民)의 학문을 중시하여 "중국 학술은 아래로부터 제창되면 더욱 훌륭해지고, 위로부터 세워지면 쇠락한다"[10]고 하였으며, 또 '육경(六經)'을 모두 '사(史)'의 범주로 이해하여 제자(諸子) 배척과 유술(儒術)의 독존(獨尊)을 반대했다.[11] 그래서 장타이엔은 유술뿐만 아니라 제자학(諸子學)도 중시하여 깊이 연구하였고, 비주류에 속하는 위진육조(魏晋六朝)의 문장을 숭상했다. 이러한 장타이엔의 영향을 받은 루쉰도 비정통의 위진육조의 문장을 좋아하고 '야사'와 '잡설'을 애독하게 된 것이다. 루쉰은 "육조(六朝)의 문장을 진한(秦漢)의 문장보다 더 좋아했으며, 육조의 저작, 예컨대 『낙양가람기(洛陽

---

8) 錢基博, 『現代中國文學史』, p.69.

9) 章太炎, 『國故論衡』(上海世紀出版集團・上海古籍出版社, 2006), p.69. "氣體雖異, 要其守己有度, 伐人有序, 和理在中, 孚尹旁達, 可以爲百世師矣."

10) 章太炎, 『與王鶴鳴書』: 馬勇 編, 『章太炎書信集』(河北人民出版社, 2003), p.165. "中國學術, 自下倡之則益善, 自上建之則日衰."

11) 陳方競, 『魯迅與浙東文化』(吉林大學出版社, 1999), p.252 참조.

伽藍記)』, 『수경주(水經注)』, 『화양국지(華陽國誌)』는 모두 본래 사지(史地)의 책이지만 문학적 분위기가 농후하여 그것을 문장으로 간주하였고, 교감 번각한 선본(善本)을 수집하여 대단히 아꼈던 것이다."12) 루쉰이 중국 고소설의 가치를 새롭게 평가하여 "민간에서 채록한 것은 백성들의 순수한 마음에서 나온 것이고, 의도적으로 지은 것은 문인들이 구상한 것임에랴"13)라고 하면서 '백성들의 순수한 마음'에서 나온 소설을 강조한 것도 장타이옌의 학문적 영향과 무관하지 않아 보인다.

중국의 전통학술사상은 한학(漢學)과 송학(宋學)으로 대별되어 정통의 지위를 차지해왔다. 청대에 진행된 학술사상논쟁은 대부분 한학을 따를 것인가 아니면 송학을 따를 것인가 하는 문제와 관련되어 있었다. 그렇지만 장타이옌의 영향을 받은 루쉰은 오히려 비정통의 위진육조 시기 문장의 문학적 가치를 새롭게 발굴하고 문인들의 작가정신을 높이 평가하여 적극적인 의미를 부여했다.

루쉰은 1927년 7월 광저우(廣州)시 교육국이 주최한 하기(夏期) 학술강연회에 초대되어 「위진 풍도 및 문장과 약 및 술의 관계」라는 제목으로 중국문학사와 관련된 내용의 강연을 가졌다. 이 강연에서 그는 "지금 우리가 역사를 다시 볼 때 역사상의 기록과 논단은 종종 극히 기댈 것이 못되고 믿을 수 없는 데가 매우 많습니다"라고 하여 역사를 재평가할 필요성을 제기했다. 루쉰은 구체적인 예로서 조대(朝代)의 연대가 짧아 다음 왕조로부터 욕을 먹게 된 차오차오(曹操)에 대한 새로운 평가를 시도했다. "사실 차오차오는 매우 능력 있는 사람으로서 적어도 영웅입니다. 나는 차오차오의 한패는 아니지만 아무튼 늘 그에게 대단히 탄

---

12) 周作人, 「魯迅讀古書」, 『魯迅的靑年時代』: 周作人 著, 止庵 編, 『關于魯迅』, p.445.

13) 「『古小說鉤沉』 序」, 『古籍序跋集』, 『魯迅全集(10)』(人民文學出版社, 1981), p.3. "況乃錄自里巷, 爲國人所白心; 出于造作, 則思士之結想."

복하고 있습니다."14) 루쉰은 차오차오에 대한 기존 평가의 잘못을 지적하고 그의 능력을 인정하는 정당한 평가가 이루어져야 한다고 보았다. 루쉰이 차오차오를 새롭게 평가하고자 한 것은 '문학의 자각시대'를 연 차오차오의 인물됨과 그 시기 문장의 풍격 때문이었다. 루쉰은 이 시기 문장의 풍격을 '청준(淸竣)'과 '통탈(通脫)'로 정리했다. 그는 '청준'은 '글이 간소하고 엄명(嚴明)하다는 뜻'이고, '통탈'은 '구애받지 않는다(隨便)는 뜻'이라고 부연하고, 이것이 "문단에 영향을 주어 생각하는 것을 그대로 써낸 글이 많이 나오게 되었습니다"라고 했다. 특히 루쉰은 차오차오의 문장 특색을 들어 "그는 아주 대담하였는데, 문장은 통탈로부터 많은 힘을 얻었으니 문장을 지을 때 거리낌이 없었고 쓰고 싶은 대로 써내었습니다"라고 비평했다.15) 루쉰은 대담한 성격과 거리낌 없이 쓰고 싶은 대로 써내는 차오차오를 높이 평가하고자 했는데, 이는 루쉰 자신의 이상적 지향을 은연중에 드러낸 것이다.

역사인물에 대한 새로운 평가는, '성미가 과격하여 후세사람들에게 욕을 얻어먹은' 지캉(嵇康)과 루안지(阮籍)에게로 이어진다. 루쉰은 위말(魏末) 진초(晋初)에 등장한 죽림칠현(竹林七賢)이 '구예교(舊禮敎)'에 반항한 사실에 주목하고, 그 대표적인 인물로서 지캉과 루안지를 들었다. 루쉰은 『장자(莊子)』에 나오는 '중국의 군자들이 예의에는 밝지만 사람의 마음을 잘 알아주지 못한다'라는 말을 인용하고 다음과 같은 비평을 덧붙였다. "이것은 옳은 말입니다. 대체로 예의에 밝으면 사람의 마음을 잘 알아주지 못하는 법입니다. 그렇기 때문에 많은 옛사람들이 크게 억울함을 당하였습니다. 예를 들면 지캉과 루안지의 죄명은 지금까지

---

14) 「魏晋風度及文章與藥及酒之關係」, 『而已集』, 『魯迅全集(3)』, pp.501-502.

15) 「魏晋風度及文章與藥及酒之關係」, 『而已集』, 『魯迅全集(3)』, pp.502-503.

예교를 파괴한 것이라고 말하였습니다. 그러나 내 개인의 견해를 말하면 이 판단은 그릇된 것입니다. …… 이것은 그들이 어지러운 세상에서 살았기 때문에 부득이 이런 행동을 취하게 된 것이지 결코 그들 본심에서 나오는 태도는 아니었습니다."16) 루쉰은 부득이한 상황 때문에 구예교에 반항하지 않을 수 없었던 지캉과 루안지를 변호한 뒤 그들의 거침없는 행동과 반항정신을 높이 평가했다. 루쉰은 류시에(劉勰)의 『문심조룡(文心雕龍)』에 나오는 "지캉(嵇康)은 마음 내키는 대로(師心) 의론을 펼쳤고, 루안지(阮籍)는 기백을 떨쳐(使氣) 시상을 움직였다.(嵇康師心以遣論, 阮籍使氣以命詩)"라는 말을 인용하고, 이에 근거해 '사심(師心)'과 '사기(使氣)'의 작가정신을 무엇보다 중시했다. 루쉰은 이 '사심'과 '사기'를 '위말 진초의 문장 특색으로 귀납하고 "정시(正始)의 명사(名士)와 죽림(竹林)의 명사(名士)의 정신이 멸한 이후 사심과 사기에 용감한 작가도 없어졌다"라고 하며 아쉬움을 표시했다.17) 루쉰은 '사심'과 '사기'의 작가정신 때문에 지캉과 루안지를 추종하였고 그러한 작가정신이 구현된 위진시기의 문장을 좋아했으니, 이 역시 자신의 이상적 지향을 은연중에 드러낸 것이다.

요컨대, 장타이옌으로부터 학문적 영향을 받은 루쉰은 정통의 경학에서 벗어나 '야사'와 '잡설' 등을 중시하고 고소설에 관심을 가졌으며, 위진시기의 문장을 숭상하고 구예교에 반항한 당시의 문인들을 추종했다. 특히 위진시기의 문장풍격과 당시 문인들의 작가정신은 루쉰의 심중에 자리 잡아 지속적으로 그의 정신적 원천의 하나로 작용했던 것으로 보인다.

루쉰은 그의 첫 번째 소설집 『납함』을 출판할 때 그 서문에서 「광인일

---

16) 「魏晋風度及文章與藥及酒之關係」, 『而已集』, 『魯迅全集(3)』, p.513, p.515.

17) 「魏晋風度及文章與藥及酒之關係」, 『而已集』, 『魯迅全集(3)』, p.515. "這'師心'和'使氣', 便是魏末晋初的文章的特色. 正始名士和竹林名士的精神滅後, 敢于師心使氣的作家也沒有了."

기」를 쓰기 전까지의 이력을 간략히 소개하면서 일본유학시기에 중국인의 정신개조를 위해 기획했던 『신생』 잡지의 발간 등 문예활동이 실패한 사실과 그 실패로 인해 느끼게 된 적막의 경험을 서술한 바 있다. 그는, 사람이란 자기주장이 찬성을 얻으면 전진을 촉진하고 반대를 얻으면 분투를 촉진하는데, 찬성도 반대도 없는 무반응 속에서 적막을 느끼게 되었다고 했다. 또 적막의 경험이 자기반성을 불러와서 '팔을 휘두르며 크게 외치면 사람들이 구름처럼 모여드는 그런 영웅은 아니라는 것'을 깨달았다고 말하고, 자신이 적막을 극복해나간 경위를 서술했다. "내 자신의 적막만은 제거하지 않을 수 없었다. 그것이 내게는 너무나 고통스러웠기 때문이다. 나는 여러 가지 방법으로 자신의 영혼을 마취시켜 나를 국민들 속으로 밀어 넣기도 하고 고대로 돌아가게 하기도 했다."18) 루쉰은 이렇게 자기 존재의 한계를 분명히 인식함으로써 낭만적 열정만으로는 국민정신을 진작시키려는 사상계몽운동을 전개할 수 없다는 것을 깨닫고 평범한 개인으로 되돌아가 현실과 일정한 거리를 유지하면서 역사 속에 자신을 파묻었던 것이다.

여기서 주목할 것은, '고대'로 돌아가 역사 속에 자신을 파묻은 루쉰이 현실과 일정한 거리를 유지함으로써 현실을 역사라는 거울에 비춰보고 그것을 객관화할 수 있는 계기를 마련할 수 있었다는 점이다. 「광인일기」의 '광인'이 "옛날부터 그래 왔다고 해서 옳아요?"19)라고 집요하게 따져 물었듯이, 루쉰은 '고대'로 돌아감으로써 '옛날부터 그래 왔던' 문제의 소재를 역사 속에서 확인할 수 있었다. "역사서를 펼쳐봄으로써 현재의 상황이 그때 모습과 얼마나 비슷하며, 현재의 어리석은 행위나 멍청한 생

---

18) 「自序」, 『吶喊』, 『魯迅全集(1)』, p.418.
19) 「狂人日記」, 『吶喊』, 『魯迅全集(1)』, p.428.

각이 그때에도 있었고, 게다가 모든 것이 엉망이었음을 알 수 있었던"20) 것이다. 루쉰이 '고대'로 돌아간 것은 그의 개인적인 기호와도 관련되어 있지만, 그는 고대로 돌아가 역사를 탐독함으로써 현실 변혁의 필요성을 절실하게 인식할 수 있었던 것이다.

저우쭤런은 일찍부터 루쉰의 역사탐독과 소설창작의 관련성을 이렇게 언급한 바 있다. "그(루쉰 — 인용자)는 『옥지당담회(玉芝堂談薈)』를 보고 역대 무인(武人)이 인육을 먹었다는 것을 알았고, 『계륵편(鷄肋編)』을 보고 남송(南宋)의 산동(山東) 의민(義民)이 항주(杭州)로 가는 도중에 인육을 말려 양식으로 삼았다는 것을 알았고, 『남신기문(南燼紀聞)』을 보고 금(金)나라 사람의 음학(淫虐)을 알았고, 『촉벽(蜀碧)』을 보고 장센중(張獻忠)의 흉살(凶殺)을 알았고, 『명계패사회편(明季稗史匯編)』 속의 『양주십일기(揚州十日記)』를 보고 만주인의 도살(屠殺)을 알았다. …… 그의 「광인일기」는 형식은 소설이지만 실은 봉건예교를 반대하는 한 편의 선언이며, 야사(野史)와 필기(筆記)에 관한 그의 독서필기(讀書筆記)라고 말할 수 있다."21) 루쉰은 비정통의 '야사'와 '잡설'을 탐독하여 역사의 내막을 꿰뚫어보고 그 진면목을 확인함으로써 '사람을 잡아먹는' 봉건예교의 폐해를 가장 심각하고 철저하게 형상화한 「광인일기」를 창작할 수 있었다. 이렇게 본다면 루쉰의 역사탐독은 그 자체로 자족적인 것이 아니라 현실문제와 대면하기 위한 내면적 충실화의 과정으로 이해할 수 있다. 이러한 내면적 충실화의 과정은 두 가지 측면을 포함하는데, 하나는 과거 역사의 진면목을 정확하게 파악하는 일이고 다른 하나는 그러한 역사의 진면목을 현실 인식의 근거로 삼는 일

---

20) 「這個與那個」, 『華蓋集』, 『魯迅全集(3)』, p.139.

21) 周作人, 「魯迅讀古書」, 『魯迅的青年時代』: 周作人 著・止庵 編, 『關于魯迅』, p.444.

이다. 따라서 루쉰의 역사탐독은 역사의 진면목을 확인하는 진실추구에서 출발하여 현실개혁의 역사적 당위성을 확보하는 데로 나아가게 된다.

더욱이 루쉰의 역사탐독은 학술연구로 이어져 폭과 깊이를 더하여 확장된다. 루쉰은 1912년 고소설의 일문(佚文)을 집록한 『고소설구침』을 책으로 펴내면서 그 서문에서 '백성들의 순수한 마음에서 나온' 고소설을 집록·교정한 의의를 설명했다. "비록 잡다하고 결손된 소설은 대부분 질서가 없었지만 윤곽은 그대로 있었기"에 "이러한 옛 책들이 더욱더 영락할 것이 아쉽고" 또 "옛 책에 혼을 되돌려주기" 위해 정리작업을 진행한다고 하였다. "옛 책에 혼을 되돌려주는 것은 스스로 흐뭇한 일이거니와 대도(大道)를 말하는 사람들에게는 곧 이렇게 말하겠다. '패관(소설을 관장하던 기관 — 인용자)의 직능은 앞으로 옛날에 '시를 채집하던 관리가 임금이 풍속을 살피고 정치의 득실을 살필 수 있도록 했던 것'과 같을 것이다'."22) 루쉰은 비정통의 고소설에게 정통의 '시'의 기능에 필적하는 새로운 가치를 부여함으로써 '옛 책에 혼을 되돌려주고(歸魂故書)'자 했다. '옛 책에 혼을 되돌려준다' 함은 옛 책의 본래 모습인 정본(正本)을 복원하는 의미뿐만 아니라 역사의 진실을 정확하게 복원하는 의미도 담고 있다. 또한 루쉰은 1915년 자신의 고향인 콰이지 군(會稽郡, 사오싱紹興의 옛 이름 — 인용자)의 고서를 집록한 『콰이지군 고서잡집(會稽郡故書襍集)』을 펴내면서 그 서문에서 "향토 사람들에게 사용할 수 있도록 넘겨주어 앙모하고 배우면서 과거를 잊지 않기를 바란다"라고 하였다.23) '과거를 잊지 않는다(不忘于故)' 함은 다름 아닌 역사의 진실을 정확하게 파악한 뒤 그것을 현실을 비춰보는 거울로 삼는다는 의미일

---

22) 「『古小說鉤沉』序」, 『古籍序跋集』, 『魯迅全集(10)』, p.3.
23) 「『會稽郡故書襍集』序」, 『古籍序跋集』, 『魯迅全集(10)』, p.32.

것이다. '과거를 잊지 않는다'는 것은 단순히 과거에 대한 그리움의 표현
이 아니라 현실을 역사라는 거울에 비춰보는 반성적 작업이다. 그렇다면
루쉰의 학술연구는 역사탐독과 표리관계에 놓여 다음의 두 가지를 위해
진행되었다고 할 수 있다. 하나는 '옛 책에 혼을 되돌려주는(歸魂故書)'
일로서 역사의 진실을 정확하게 복원하는 작업이고, 다른 하나는 '과거
를 잊지 않는(不忘于故)' 일로서 현실을 역사의 거울에 비춰보는 반성적
작업이다. 루쉰의 학문적 업적은 바로 이 두 가지 일을 수행하는 과정에
서 생산된 구체적인 결과물로 보아도 좋을 것이다.

3. 전통적인 학문방법과 고유의 개념

루쉰의 학문적 업적과 문학창작의 업적을 동일한 무게로 취급한 저우
쭤런의 언급도 있거니와,24) 루쉰 스스로도 문학창작 이외에 학술연구
부문의 업적에 대해서 남다른 애착과 자신감을 가지고 있었다. 루쉰은
1936년 세상을 떠나기 몇 개월 전에 자신의 문필생활 30년을 기념하기
위해 10권으로 된『삼십년집(三十年集)』을 기획하면서 학술연구 부분
의 업적을 포함하고자 했다. 그는 1936년 2월 10일에 차오징화(曹靖
華)에게 보낸 편지에서 "『무덤』의 첫 편을 회고하면 1907년에 지은 것
이니 지금까지 족히 30년이 되었습니다. 번역을 포함하지 않고 저작만
도합 200만 자가 되는데, 한 질(약 10권)로 집성하여 몇 백 부를 인쇄
하여 기념으로 삼고 싶습니다"25)라고 했다. 이때 루쉰은 두 가지 편목

---

24) 周作人, 「關于魯迅」, 『魯迅的靑年時代』: 周作人 著・止庵 編, 『關于魯迅』, p.494.
25) 「致曹靖華」(1936.2.10), 『書信』, 『魯迅全集(13)』, p.305.

(編目)을 구성했는데, 그중 하나는 '인해잡언(人海雜言)', '형천총필(荊天叢筆)', '설림우득(說林偶得)', '양지서(兩地書)' 등 네 부분으로 나누었다. 루쉰은 1927년 후반부터 시작된 상하이(上海) 생활 이전 시기까지의 창작을 '인해잡언'이라는 제목으로 묶었고, 그 이후의 창작을 '형천총필'이라는 제목으로 묶었으며, 학술연구와 관련된 저술과 집록을 '설림우득'이라는 제목으로 묶었다. 그리고 제10권은 쉬광핑(許廣平)과 주고받은 편지를 모아 출판한 『양지서(兩地書)』로 꾸몄다.26) '설림우득'은 '제7권 중국소설사략·고소설구침 상', '제8권 고소설구침 하', '제9권 당송전기집·소설구문초'로 구성했다. 두 번째 종류의 편목 역시 작품집의 배치가 조금 달라지긴 해도 첫 번째 편목과 크게 다르지 않다.27) 여기서 주목할 것은, 루쉰이 두 편목에서 공히 그의 학술연구와 관련된 저작을 독립적으로 묶어놓았고, 또 분량을 보더라도 전체의 3분의 1을 차지하고 있다는 점이다. 이는 그만큼 루쉰 스스로 학술연구 부문의 업적을 대단히 중시하고 있었음을 시사한다.

이러한 루쉰의 학문적 업적은 두 가지로 압축할 수 있는데, 하나는 고적의 집록·교감 작업이고 둘은 문학사기술 작업이다. 고적의 집록·교감 작업은 일본유학을 마치고 귀국한 이후 평생동안 지속되었고, 문학사기술 작업은 베이징대학(北京大學), 샤먼대학(厦門大學), 중산대학(中山大學) 등에서의 강의28)와 더불어 집중적으로 이루어졌다가 그 후 단

---

26) 「"三十年集"編目二種」, 『集外集拾遺補編』, 『魯迅全集(8)』, p.461. '인해잡언(人海雜言)'은 ① 憤·野草·吶喊, ② 彷徨·故事新編·朝花夕拾·熱風, ③ 華蓋集·華蓋集續編·而已集을 포함하고, '형천총필(荊天叢筆)'은 ④ 三閑集·二心集·南腔北調集, ⑤ 僞自由書·准風月談·集外集, ⑥ 花邊文學·且介居雜文·且介居雜文二集을 포함하고, '설림우득(說林偶得)'은 ⑦ 中國小說史略·古小說鉤沉上, ⑧ 古小說鉤沉下, ⑨ 唐宋傳奇集·小說舊聞鈔를 포함한다.

27) 두 번째 편목의 학술연구 부문은 '제8권 중국소설사략·소설구문초', '제9권 고소설구침', '제10권 기신삼서(起身三書)·당송전기집'으로 구성되어 있다.

속적으로 진행되었다. 루쉰은 1920년 8월 2일 베이징대학의 강사로 초 빙된 이래 1927년 8월 광저우(廣州)의 중산대학(中山大學)을 사직할 때까지 줄곧 대학 강단에서 학생들을 가르쳤다. 그는 대학 강단에서 주 로 중국소설사와 중국문학사를 강의했는데, 이러한 경험은 그의 학술연 구와 밀접하게 관련되어 있었다. 그는 중국고소설을 집록·교감했던 학 술연구의 축적된 성과 덕분에 대학에서 학생들을 가르칠 수 있었고, 또 대학에서 강의를 진행해나감으로써 자신의 학술연구를 더욱 진전시킬 수 있었던 것이다.

주지하는 바와 같이, 학문방법 면에서 루쉰의 교감·집록 작업은 청대 (清代) 학술의 고증학적 방법으로부터 많은 영향을 받았다.29) 그렇지 만 루쉰은 청대의 정통으로 여겨져 온 경학(經學)에서 벗어나서 오히려 경학에 예속되어 있던 소학(小學)이나 사학(史學)의 방계인 금석(金 石)·방지(方誌) 등에 흥미를 가지고 있었다. 루쉰이 소장하고 있던 책 중에서 경서류는 『모시(毛詩)』, 『한시외전(漢詩外傳)』, 『모시계고편 (毛詩稽古編)』 등 10여 종에 불과하지만 소학과 금석과 관련된 장서는

---

28) 루쉰은 1920년부터 베이징대학에서 중국소설사를 강의하기 시작했고, 1922년에 설립된 베 이징대학 연구소(研究所) 국학문(國學門)의 위원회위원을 역임하기도 했다. 또 1923년 7월 에는 베이징여자고등사범학교(北京女子高等師范學校)로부터 국문계(國文學系) 소설사과(小 說史科)의 겸임교원으로 초빙되었고, 1925년 9월에는 베이징중궈대학(北京中國大學)으로부 터 대학부(大學部) 본과(本科)의 소설학과(小說學科) 교원으로 초빙되었다. 1925년 10월 3일 에는 국립베이징여자사범대학(國立北京女子師範大學)으로부터 교원으로 초빙되었고, 1926 년 2월 1일에는 동교(同校)의 국문학(國文學) 교수로 초빙되었다.(「有關魯迅資歷的史料·第 四類聘書」, 『魯迅研究資料 22』, 中國文聯出版公司, 1989, pp.38-42 참조) 1926년 여름 베이 징(北京)을 떠나면서 루쉰은 샤먼대학(厦門大學)으로부터 문과 교무장 겸 국문과(國文系) 교 수로 초빙받았으며, 그해 9월부터 샤먼대학에서 중국문학사와 중국소설사를 강의했다. 샤 먼대학에서 한 학기를 강의한 뒤 루쉰은 1927년 1월에 다시 광저우(廣州)의 중산대학(中山 大學)으로부터 교수초빙을 받았으며, 상하이(上海)로 떠나기 직전까지 그곳에서 한 학기 동 안 중국문학사와 중국소설사를 강의했다.

29) 졸고, 「魯迅의 중국 고전 집록과 문학사 기술에 관한 연구」, 『中國現代文學』 第28號, pp.298-299 참조

대단히 풍부하다는 것30)은 시사하는 바가 크다. 루쉰은 이른바 청대 유학자들[淸儒]의 고증학적 학문방법을 사용하면서도 연구대상을 달리하여 비정통의 사지(史地) 관련 고적이나 고소설을 집록·교감함으로써 뚜렷한 학문적 업적을 이룩할 수 있었다. 루쉰은 일문(佚文)을 초록하고 여러 유서와 믿을 만한 수많은 판본과 대조하여 완벽한 정본(正本)을 완성해나가는 고증작업을 부단히 진행했는데, 이러한 고증작업은 매우 지난한 과정을 거쳐 이루어졌다. 베이징대학에서 '중국소설사'를 강의할 때 모은 사료를 책으로 펴낸 『소설구문초』만 하더라도 루쉰은 중앙도서관(中央圖書館), 통속도서관(通俗圖書館), 교육부도서실(敎育部圖書室) 등에서 책을 빌려와 "침식을 잊으며 마음을 단단히 먹고 샅샅이 뒤지는"31) 대단한 열정으로 집록·교감 작업을 진행했다. 『혜강집(嵇康集)』은 명대 우관(吳寬, 호는 匏庵)의 총서당(叢書堂) 초본(鈔本)을 필사하고 수많은 유서(類書)와 대조하여 교감을 마친 것인데, 집록·교감작업을 무려 10여 년 동안 치밀하고 철저하게 진행할 정도로 원문의 보존과 정본의 완성에 최선을 다했다.

루쉰은 이러한 고적과 고소설의 원형 복원을 기초로 하여 문학사기술을 시도했다. 『중국소설사략』은 문학사기술 방면에서 루쉰의 가장 두드러진 학문적 성취인데,32) 이 책은 중국 최초의 중국소설사 저술로서 오

---

30) 陳平原, 「作爲文學史家的魯迅」: 王瑤 主編, 『中國文學硏究現代化進程』(上海人民出版社, 2005), p.87 참조.

31) 「『小說舊聞抄』再版序言」, 『古籍序跋集』, 『魯迅全集(10)』, p.146.

32) 정전둬(鄭振鐸)는 "『중국소설사략』은 최근 10여 년 동안 소설사를 연구하는 사람의 나침반이었다."(『魯迅先生的治學精神』, 『魯迅硏究學術論著資料匯編(2)』, p.860)라고 했고, 궈모뤄(郭沫若)는 왕궈웨이(王國維)의 『송원희곡고(宋元戲曲考)』와 루쉰의 『중국소설사략』을 두고 "중국 문예사연구 면에서의 쌍벽이며, 옛사람에게는 없었던 개척적인 작업일 뿐만 아니라 권위적인 성취를 이룬 것으로 이후 백대(百代)의 후학들을 이끌 것이다"(「魯迅與王國維」, 『魯迅硏究學術論著資料匯編(4)』, p.283)라고 했다.

늘날까지도 중국소설 연구의 필독서로 읽힌다. 루쉰은 이 저술을 통해 중국문학사에서 소설의 개념을 규정하고 그것의 가치를 새롭게 부여하였으며, 처음으로 중국소설을 범주화하고 그것의 사적 전개를 체계적으로 정리했다. 중국고대문학사의 일종인 『한문학사강요』도 '미문(美文)의식'과 '작가정신'을 문학사서술의 기조로 삼아 '문술(文術)'의 범주에서 고대부터 한대(漢代)까지의 중국문학을 서술하고 있어 주목할 만하다.

 루쉰의 문학사기술의 학술연구활동은 당시 베이징대학의 학술분위기와 무관하지 않았다. 베이징대학은 근대적 학제로 거듭나면서 학술연구 조직의 필요성이 대두하여 1922년에 중국 최초의 학술연구기관인 국립 베이징대학 '연구소 국학문(研究所國學門)'을 정식으로 설립했다. '국학문(國學門)'의 설립 취지는 '구학(舊學)을 정리하는' 데 있었는데,33) 이 '국학문'의 운영을 위해 위원회가 구성되고 위원은 대부분 국문과·사학과·철학과 소속의 문과 교수들이 맡았다.34) 1923년 초에는 '국학문'의 발전을 촉진하기 위해 위원회가 확대되었고, 이때 루쉰(魯迅, 저우수런周樹人)도 위원의 한 사람으로 위촉되었다. 루쉰은 베이징대학에서 중국소설사를 강의하는 한편 '연구소 국학문'의 위원으로 위촉되어 국학 정리에도 참여할 수 있었다. 『중국소설사략』은 베이징대학의 강의록으로 씌어졌으니, 당시 '국학문'이 추진하던 국학정리의 학술분위기와 무관하지 않은 것이다. 나중에 씌어진 『한문학사강요』도 그 연장선에 있었다고 볼 수 있다.

 당시 베이징대학의 학술분위기는 전통적인 경학중심에서 벗어나 모든

---

33) 陳以愛, 『中國現代學術研究機構的興起』(江西教育出版社, 2002), p.81 참조.

34) 위원 중에 선젠스(沈兼士)는 국문과 교수, 마위짜오(馬裕藻)는 국문과 주임, 주시쭈(朱希祖)는 사학과 주임, 후스(胡適)는 철학과 주임, 첸쉔퉁(錢玄同)과 저우쭤런(周作人)은 국문과 교수였다.

학술은 독립적이고 평등하게 연구될 가치가 있는 것으로 이해되었다. '연구소 국학문'이 진행하던 '국고정리(國故整理)'의 의의는 후스(胡適)의 다음 설명에서 잘 드러난다. "우리가 제창하는 '국고정리'는 '정리(整理)'라는 이 두 글자에 중점을 둔다. '국고(國故)'는 '과거'의 문물이요 역사요 문화사이다. '정리'는 선입견이 없는 태도와 정밀한 과학적 방법을 사용하여 저 지나간 문회의 변천·언혁의 조리와 맥락을 찾아내이 국부적인 또는 전체적인 중국문화사를 구성하는 것이다."35) 경학의 학문적 독존이 무너지고 이른바 '국고정리'라는 새로운 국학연구의 붐이 형성되어 학문영역이 크게 확대되고 사적 기술이 시도되었다. 특히 민간가요와 소설이 크게 주목을 받았는데, "역사적인 시각에서 오늘날 민간의 어린 아이와 여자들이 노래하던 가요는 『시(詩)』 삼백 편(三百篇)과 동등한 지위를 가지며, 민간에 유전되는 소설은 '고문전책(高文典冊)'과 동등한 지위를 가지고 있다"36)라고 강조되었다. 전통학문에서 중시되어 온 경학이 퇴각하고 가요와 소설 등 새로운 영역이 의미 있는 대상으로 부상한 것이다. 루쉰의 중국소설사 저술과 같은 학술연구도 이러한 베이징대학의 학술분위기와 밀접하게 관련되어 있었던 것이다.

그런데 루쉰이 집록·교감한 서책의 서발문이나 문학사 관련 저술에서는 모두 문언문을 사용하고 서양에서 수입된 용어나 개념보다는 전통적인 옛 용어와 개념을 즐겨 사용했다는 점은 특기할 만하다. 서양학문이 수입되면서 당시에는 후스의 경우처럼 서양의 학술분류방법으로 '국고'의 자료를 분류하고 체계화하려는 이른바 '서학으로 중학을 분류하는' 방법이 일반적인 추세였다.37) 그렇지만 루쉰은 서양의 과학적 학문방

---

35) 胡適, 「研究所國學門第四次懇親會紀事」, 『國學門月刊』 第1卷 第1號, pp.143-144.

36) 胡適, 「國學季刊發刊宣言」: 嚴運受 編, 『胡適學術代表作』 下卷(安徽教育出版社, 2007), p.101. 『胡適文集(3)』(北京大學出版社, 1998), p.11.

법을 수용하면서도 '국고정리' 면에서는 전통적인 학문방법을 적극적으로 활용하고자 했다. 루쉰이 학술연구 부문에서 굳이 문언문을 고집한 것은, 백화문의 사용이 수입된 서양의 근대적 학문체계를 세우는 데는 유리하겠지만 자칫 전통적으로 사용해온 개념 속에 녹아 있는 중국 고유의 가치나 의미를 놓칠 수 있기 때문이었다.[38] 루쉰은 서양으로부터 수용된 새로운 개념에 의지하지 않고 문학사가로서 자신의 정밀하고 정확한 감각을 바탕으로 문학현상을 해석하고 비평하고자 했다. 또한 현실문제를 다루는 글이나 문학창작에서는 백화문을 사용했지만 집록·교감 및 문학사기술 등과 같이 중국의 고전텍스트를 다루는 학술연구 부문에서는 문언문을 사용하여 중국 고유의 가치나 의미를 적극적으로 드러내고자 했다.[39]

『중국소설사략』을 보더라도 루쉰은 당시 번역·소개된 서양의 소설비평용어를 가능한 한 적게 사용하고 주로 명청(明淸)시대의 소설 평점(評點) 개념과 사유방식을 그대로 유지하는 쪽을 택했다. 예컨대, 루쉰은 당(唐) 전기(傳奇)의 특징을 설명하면서 "서술이 부드럽고 문사가 아름다우며" "처음으로 의도적으로 소설을 지었다"라고 비평하고, 청대 후잉린(胡應麟)이 당 전기를 비평하면서 사용한 '작의(作意)'와 '환설(幻設)'이라는 말을 인용하여 그것이 '의식적인 창조'를 뜻한다고 설명한 다

---

37) 陳以愛, 『中國現代學術研究機構的興起』, p.196.

38) 졸고, 『魯迅의 중국 고전 집록과 문학사 기술에 관한 연구』, 『中國現代文學』 第28號, pp.291-292 참조.

39) 마쓰다 쇼(增田涉)의 회고에 따르면, 그가 현대작가인 루쉰이 문언문인 고문으로 『중국소설사략』을 지은 데 대해 의아하게 여겨 그 이유를 물었다고 한다. 그러자 루쉰은, 백화문을 반대하던 사람들이 현대작가들은 고문을 지을 줄 모르기 때문에 백화문으로 글을 짓는 것이라고 비난하였기에 스스로 고문을 지을 수 있음을 증명해 보이기 위해서 그렇게 했다고 대답했다고 한다.(鍾敬文 著·譯, 『尋找魯迅·魯迅印象』, 北京出版社, 2002, p.337 참조) 이런 표면적인 이유도 있었을 것이다.

음, 소설적 허구를 나타내는 개념어로 '환설(幻設)'이라는 용어를 그대로 사용했다.40) 또한 청대의 풍자소설을 설명하면서 "패사(稗史)에 규탄을 깃들인 것은 진당대(晋唐代)에 이미 있었고, 명대(明代)에 극성하였으며, 특히 인정소설(人情小說)에 두드러진다"41)라고 하여, 소설을 나타내는 개념어로 항간의 사소한 이야기나 야사를 가리키는 '패사(稗史)'라는 용어를 그대로 사용했다. 『한문학사강요』에서도 서양학문의 수용 이후에 확립된 문예나 문학의 개념을 적용하지 않고 전통적인 '문술(文術)'의 개념을 도입하여 '문술'의 관점에서 고대문학사를 기술했다.

중국문학사기술과 관련하여 장절(章節)의 제목을 정하거나 전통문학을 범주화할 때도 중국 고유의 가치나 의미를 제대로 살릴 수 있는 전통적인 개념을 즐겨 사용했다. 루쉰이 중국문학사를 구상하면서 장절의 제목을 '시는 사악함이 없다(詩無邪)'(『시경(詩經)』), '『이소(離騷)』로부터 『반이소(反離騷)』까지', '약(藥), 술(酒), 여(女), 불(佛)'(六朝), '낭묘(廊廟)와 산림(山林)' 등으로 정한 것은 좋은 예이다.42) 또 인생을 정시(正視)하지 못하고 사람들을 기만하였을 뿐이라고 하여 전통문예를 '기만문예(瞞和騙的文藝)'로 개괄한 것43)이나, 오로지 주인의 '일〔忙〕'이나 '한가함〔閑〕'을 '돕는〔幫〕' 데 지나지 않았다고 하여 전통문학을 '방망문학(幫忙文學)'·'방한문학(幫閑文學)'으로 개괄한 것44) 등도 구체

---

40)『中國小說史略』,『魯迅全集(9)』, p.70 참조.

41)『中國小說史略』,『魯迅全集(9)』, p.220.

42) 許壽裳,『亡友魯迅印象記』:『魯迅回憶錄 專著(上冊)』(北京出版社, 1999), p.252 참조.

43)「論睜了眼看」,『墳』,『魯迅全集(1)』, pp.240-241 참조.

44)「幫忙文學與幫閑文學」,『集外集拾遺』,『魯迅全集(7)』, pp.382-383 참조. 루쉰은 이렇게 설명했다. "대체로 나라가 망할 때, 황제는 아무 일이 없고 신하들은 여인을 이야기하고 술을 이야기하는데, 육조(六朝)의 남조(南朝)와 같다. 나라를 열 때에는 이들 사람들은 모두 조령(詔令)을 짓고, 칙령을 짓고, 선언을 하고, 전보를 친다 — 이른바 성대하고 훌륭한 문장을 짓는 것이다. 주인이 제2대로 넘어가면 바쁘지 않게 되고 그리하여 신하들은 한가함을 돕는다. 그래서 방한문학(幫閑文學, 한가함을 돕는 문학 — 인용자)은 실로 방망문학(幫忙文

적인 실례에 해당한다. 이처럼 루쉰은 중국고전텍스트를 다루는 학술연구 부문에서 서양의 새로운 개념이나 용어를 사용하기보다 전통적인 개념이나 용어를 고수하고자 했다. 이는 서양의 그것이 중국 고유의 가치나 의미를 정교하고 세밀하게 드러낼 수 없다고 보았기 때문이다.

1931년 일본이 만주를 침략하자 중국 내 여러 간행물에서 일본 관련 논문이 게재되고 서점에서도 일본연구의 소책자를 내놓는 분위기가 고조되자 루쉰은 이들의 연구가 중국인의 독자적인 일본연구가 아니라 일본인의 것에서 훔친 것임을 신랄하게 비판한 바 있다.45) 루쉰은 이렇게 학술연구의 독립성과 독자성을 매우 중시하였는데, 1932년 어느 한 청년의 시학(詩學) 관련 저작의 서문을 문언으로 쓰면서 그의 독자적인 학문방법에 대해 칭찬을 아끼지 않았다. "작자는 젊은이로서 부지런히 배워 새로운 저작을 지었으니, 고금을 종관(縱觀)하고 구아(歐亞)를 횡람(橫覽)하여 화하(華夏)의 고언(古言)을 캐고 영미(英美)의 신설(新說)을 취하여, 그 본원을 탐구하고 그 족류(族類)를 밝혀 뒤섞인 것을 풀고 요점을 제시하였으니 찬란하여 볼만하다."46) 이 대목은 저자에 대한 비평이지만, 루쉰은 이를 통해 자신의 학문적 이상을 은연중에 드러내고 있는 것이다. 루쉰은 동서·고금을 가로지르는 학문방법을 지향하면서 그것

學, 일을 돕는 문학 — 인용자)인 것이다. 중국문학은 내가 보기에는 다음과 같이 양 대별로 나눌 수 있다. 하나는 낭묘문학(廊廟文學)이며, 이는 이미 주인집 식구로 들어간 것이니 주인의 바쁨을 도울 것이 아니라 주인의 한가함을 도와야 한다. 이와 상대적인 것이 둘째 산림문학(山林文學)이다. 당시(唐詩)는 이 두 종을 모두 가지고 있다. 만약 현대의 말로 말하자면, '조정에 있는 것(在朝)'과 '재야에 있는 것(下野)'이 된다. 뒤의 것은 비록 잠시 도울 만한 바쁜 일이 없고 도울 만한 한가한 일이 없다. 그러나 몸은 산림에 있으면서도 '마음은 조정에 있는 것이다'……."

45) 「"日本研究"之外」, 『集外集拾遺補編』, 『魯迅全集(8)』, p.320.

46) 「題記一篇」, 『集外集拾遺補編』, 『魯迅全集(8)』, p.332. "作者靑年勉學, 著爲新編, 縱觀古今, 橫覽歐亞, 擷華夏之古言, 取英美之新說, 探其本源, 明其族類, 解紛挈領, 粲然可觀……."

을 내면화하여 구체적으로 실천하고자 했다. 그렇기에 루쉰은 서양의 새로운 학문방법을 부정하지 않으면서도 중국고전을 연구할 때는 중국고유의 학문방법을 적극적으로 활용하고자 했다. 이는 학문의 세계적 보편성을 추구하는 일도 중요하지만 중국의 전통을 다루는 학술영역에서는 그 특수성도 인정해야 한다고 보았기 때문이다. 루쉰은 서양학술의 맹목적인 수용보다는 중국학술의 독자성을 더 중시하여 그 방향을 나름대로 모색하고 있었다. 루쉰은 공식적으로 표명한 적은 없지만, 서양학문의 맹목적 수용이 자칫 학문의 식민지화를 초래할 수 있음을 깨닫고 그로부터 벗어날 수 있는 방법을 구체적인 연구실천을 통해 보여주었던 것이다.

4. 학술, 문학 그리고 사상계몽

1925년 1월 루쉰의 제자인 쑨푸위안(孫伏園)이 편집하던 『경보부간(京報副刊)』에서는 각계 유명 학자들로부터 '청년애독서'와 '청년필독서' 각각 10권의 책제목을 추천 받았다. 추천 서목(書目)은 동년 2월 11일부터 게재되기 시작하여 4월 9일까지 도합 78명의 것이 게재되었으며, 이때 루쉰도 '청년필독서'를 제출했다. 루쉰이 제출한 '청년필독서'는 후스(胡適), 량치차오(梁啓超), 저우쭤런(周作人) 등에 이어 2월 21일 열 번째로 실렸으나 책 제목이 구체적으로 제시되지 않은 것이 논란거리였다. 루쉰은 "여태껏 유의한 적이 없어 지금은 말할 수가 없다"라고 전제하고, 간단히 해명하는 부주(附注)의 글을 덧붙였다. "중국책은 비록 세상에 나서도록 사람들을 권고하는 말이 들어 있기는 하지만 대부분은 굳어버린 시체의 낙관이다. 외국책은 설령 퇴폐적이고 염세적이라 할지라도 살아있는 사람의 퇴폐요 염세이다./ 나는 중국책은 적게 보거나 —

아니면 아예 보지 말아야 하며, 외국책은 많이 보아야 한다고 생각한
다./ 중국책을 적게 보면, 그 결과란 그저 글을 지을 수 없는 것뿐이다.
그러나 지금의 청년들에게 가장 긴요한 것은 '행(行)'이지 '언(言)'은 아
니다. 살아있는 사람이기만 하면 글을 지을 수 없다 해도 뭐 그리 대수롭
지 않은 일이다."47) 정작 필독서의 서목은 생략한 채 부주의 형식으로
설명을 덧붙인 루쉰의 '청년필독서'가 게재되자, 중국책을 적게 보고 외
국책을 많이 보아야 한다는 데 대해 비판이 쏟아졌다.48) 루쉰은 이때의
상황을 "서명이나 익명으로 보내온 호걸지사들의 매도의 편지를 큰 다발
로 받았고, 지금도 책꽂이에 꽂혀 있다"49)라고 표현했다. '청년필독서'를
통해 루쉰이 제시한 의견은 바로 그 자신의 경험에 비추어 청년들에게 주
는 당부의 말이었다.50) 저우쭤런의 언급처럼 "루쉰이 청년들의 고서 읽기
를 반대한 까닭은 바로 그 자신이 고서를 충분히 읽어서 그 폐해를 알고
있었기 때문인데, 그래서 그토록 견고하게 주장할 수 있었던 것이다."51)

---

47) 「靑年必讀書——應 『京報副刊』的徵求」, 『華蓋集』, 『魯迅全集(3)』, p.12.

48) 커바이선(柯柏森)이 보내온 「편견의 경험(偏見的經驗)」이나 슝이첸(熊以謙)이 보내온 「기이
하도다! 이른바 루쉰 선생의 말(奇哉! 所謂魯迅先生的話)」 등은 비판과 매도의 의도가 뚜렷
한 편지이다.(「有關"靑年必讀書"的一組材料」, 『魯迅硏究資料22』, 中國文聯出版公司, 1989,
pp.43-62 참조)

49) 「題記」, 『華蓋集』, 『魯迅全集(3)』, p.4.

50) 「這是這麼一個意思·備考」, 『集外集拾遺』, 『魯迅全集(7)』, p.263 참조

51) 周作人, 「魯迅讀古書」, 『魯迅的靑年時代』: 周作人 著·止庵 編, 『關于魯迅』, p.442. 사실 중
국책을 적게 보아야 한다는 주장은 루쉰만이 제시한 것은 아니었다. 5·4신문화운동 초기
에 저우쭤런은 『인간의 문학(人的文學)』에서 그러한 관점을 이미 제시한 바 있다. 저우쭤런
은 중국의 고대소설에 대해 "민족심리연구 면에서 원래 모두 대단한 가치가 있다. 문예비
평 면에서도 몇 가지 수용할 수 있는 부분이 있다. 그러나 주의(主義) 면에서 일체를 배척해
야 한다. 만약 도리를 알고 있고 분별력(識力)이 이미 정해진 사람들은 당연히 보아도 무방
하다. 만일 연구·비평할 수 있다면 사회에 더욱 도움이 될 것이고, 우리도 대단히 환영한
다."(「人的文學」, 『中國新文學大系·建設理論集』(良友圖書公司, 1935) 上海文藝出版社, 影
印本, p.197)라고 했다. 저우쭤런은 분별력을 지닌 사람이라면 중국의 고대소설을 읽어도
무방하고, 특히 연구나 비평을 위해서라면 오히려 사회에 도움이 되기에 권장할 일이며,
'주의(主義)'를 위해서라면 읽어서는 안 된다는 관점을 제시했다. '주의'를 위해서 고대소설
을 읽어서는 안 된다는 주장은 '행(行)'을 위해서는 중국책을 적게 읽으라고 주장한 루쉰의

그런데 그 누구보다도 중국책을 많이 읽었던 루쉰이 청년들에게는 오히려 중국책을 적게 보거나 아예 보지 말 것이며 외국책을 더 많이 보라고 권장하고 있기에 당시 일부사람들은 그것을 표리부동의 모순으로 이해했다. 그렇지만 이 모순의 진상을 제대로 파악하는 것이야말로 루쉰의 본질에 다가서는 일이다. 이 모순은 전통을 대하는 루쉰의 깊은 고민이 반영되어 있기 때문이다.

1925년 무렵 루쉰은 중국문단에서 문학가로서의 지위를 확고하게 차지하고 있었으며, 『중국소설사략』의 저술을 통해 학자로서의 명성도 얻고 있었다. 당시 루쉰은 두 가지 작업을 동시에 진행하고 있었는데, 하나는 문학가로서의 과업이요 다른 하나는 학술연구자로서의 과업이다. 문학가로서의 과업은 문학창작을 통해 중국인의 마비된 국민성을 형상화하여 사상계몽에 기여하는 일이고, 학술연구자로서의 과업은 고적(古籍) 및 고소설(古小說)을 집록·교감하고 문학사 관련 저술을 완성하는 일이다. 이 두 가지 과업은 의미의 차이가 뚜렷하여 전자는 전통을 해체하는 작업이고 후자는 전통을 재구성하는 작업이다. 중국인의 마비된 국민성을 폭로·비판하는 것은 사상계몽의 일환으로서 전통의 부정성을 극복하고 새로운 근대를 세우기 위한 일이므로 전통의 해체작업에 속한다. 집록·교감으로 고적의 본래 모습을 복원하고 그에게 새로운 가치를 부여하며 비정통의 고소설을 연구하여 사적 전개를 기술하는 학술연구는 전통을 재구성하는 작업에 속한다.

태도와 동일한 맥락에 놓여 있다. 마오둔(茅盾)도 전략적인 차원에서 고서를 읽어서는 안 된다는 입장을 밝혔다. "나도 '옛것을 정리하는 것'도 신문학운동 주제 내에 반드시 있어야 할 일이라고 생각한다. 그러나 백화문은 아직 전사회 내에 신앙이 되지 않았을 때 우리는 반드시 대단히 완고하게 고서를 보지 않는다고 맹세해야 한다."(「進一步退兩步」, 『茅盾全集(18)』, 人民文學出版社, 1989, p.445) 마오둔은 '신문화'가 아직 사회전반으로 파급되거나 뿌리를 내리지 못한 상황이기에 전략적인 차원에서라도 고서 읽기를 권장하지 말아야 한다고 주장했다.

이렇게 루쉰은 전통의 해체작업과 전통의 재구성작업을 동시에 진행하고 있었는데, 전통의 해체작업과 전통의 재구성작업은 층위가 서로 다른 영역이기에 루쉰의 문학가로서의 언설과 학술연구자로서의 언설은 서로 어긋날 수밖에 없다. 만일 '청년필독서'가 문학가로서 루쉰에게 주어진 과제라면 그 답안은 전통의 해체작업의 일환으로 제시되어야 할 것이다. 루쉰은 '청년필독서'에 대한 비판을 반박하는 글에서 외국책 읽기를 권장한 자신의 의도를 비유적인 방식으로 이렇게 설명했다. "만약 외국인이 쳐들어와 중국을 멸망시킨다면, 그대에게 대략 몇 마디 외국어를 할 수 있도록 가르칠 것이지만 그대에게 외국책을 많이 읽으라고 권장하는 데까지 이르지는 않을 것이라고 나는 생각한다. 왜냐하면 그 책은 쳐들어와 멸망시킨 사람들이 읽는 것이기 때문이다. 그렇지만 그들은 그대에게 중국책을 더 많이 읽으라고 장려할 것이며, 마치 원나라(元朝)와 청나라(淸朝)와 마찬가지로 공자 역시 더욱 숭배할 것이다."52) 루쉰은 '살아 있는 사람'의 '행(行)'을 중시하기에 전통의 해체작업으로서 '청년필독서'를 제출한 것이며, 그렇기에 그는 거리낌 없이 중국책을 적게 보거나 아예 보지 말 것이며 오히려 외국책을 더 많이 보라고 권장할 수 있었던 것이다.

루쉰은 신문화운동 과정에서 언어형식의 문제보다 사상개량의 문제가 더 절실함을 지적한 바 있다. "만약 사상이 옛날 그대로라면 여전히 상표만 바꾸고 제품을 바꾸지 않은 것입니다. '네 눈을 가진 성인 창힐(倉頡)' 앞에 엎드려 있다가 일어나 다시 '자만호프(1887년 에스페란토어를 창조한 폴란드 사람 — 인용자)'의 발 아래로 가서 무릎을 꿇는 꼴입니다. 아닌게 아니라 인류의 진보를 반대할 때, 이전에는 no라고 말했고 지금

---

52) 「報『奇哉所謂……』」, 『集外集拾遺』, 『魯迅全集(7)』, p.255.

은 ne라고 말하고, 이전에는 ‘불재(咈哉, ‘안 된다’라는 뜻의 문언 — 인용자)’라고 썼는데, 지금은 ‘불행(不行, ‘안 된다’라는 뜻의 백화문 — 인용자)’이라고 쓰면 되는 것입니다. 그래서 나의 의견은 정당한 학술문예를 주입하여 사상을 개량하는 것이 첫 번째 일이라고 생각합니다.”53) 루쉰은 언어형식의 문제보다 학술문예를 매개로 사상을 개량하는 일이 더 시급함을 지적함으로써 전통의 해체작업이 급선무임을 은연중에 드러내었다. 전통의 재구성을 위해서는 중국책을 보지 않을 수 없지만, 청년들의 시급한 당면과제가 전통의 해체이므로 중국책 읽기는 유보되지 않을 수 없다. 이것이 바로 루쉰이 ‘청년필독서’를 공백으로 남겨두지 않을 수 없었던 이유이다.

그렇다고 루쉰은 ‘청년필독서’의 공백을 외국책으로 채우지도 않았는데, 이는 또 다른 의미를 내포한다. 문학창작을 통해 전통의 해체작업에 몰두해온 루쉰이지만 중국책을 끊임없이 탐독하면서 전통의 재구성작업에도 매진해온 그로서는 그 공백을 외국책으로 채울 수도 없었다. 외국책 읽기를 권장하는 일과 외국책을 필독서로 정하는 일은 별개의 문제이다. 섣불리 외국책을 필독서로 제시하지 않은 것은 중국의 전통과 서양의 근대를 대하는 루쉰의 복잡한 내면을 반영하고 있는 것이다.

루쉰은 죽기 열흘 전인 1936년 10월 9일에 장타이옌(章太炎)을 기리는 글을 썼다. “나는 선생의 업적은 혁명사에 남긴 것이 학술사에 남긴 것보다 더 크다고 생각한다. …… 내가 중국에 타이옌(太炎)선생이 있다는 것을 알게 된 것은 그의 경학과 소학 때문이 아니라 캉유웨이(康有爲)를 반박하고 쩌우룽(鄒容)의 『혁명군(革命軍)』에 서문을 썼던 이유로 상하이 조계지 감옥에 감금되었던 사실 때문이었다.”54) 루쉰은 혁명

---

53) 「渡河與引路」, 『集外集』, 『魯迅全集(7)』, pp.34-35.

가이자 국학자로 명성이 높았던 장타이옌에 대해 혁명사에서의 업적을
더 높이 평가했다. 그가 1908년 도쿄(東京)에서 장타이옌으로부터『설
문해자』의 강의를 들었던 것도 "결코 그(장타이옌 — 인용자)가 학자였
기 때문이 아니라 학문이 있는 혁명가였기 때문이"55)라고 부연했다. '학
문이 있는 혁명가(有學問的革命家)'로 표현된 장타이옌의 정체성은 루
쉰의 심중에 자리 잡아 그의 일생의 이상적 방향이 되었는지도 모른다.
루쉰의 장타이옌 평가는 객관적인 사실을 설명한 것이기도 하지만 루쉰
자신의 어떤 이상을 은연중에 드러낸 것이기도 하다. 루쉰이 장타이옌의
혁명정신을 기리어 "일곱 번 쫓기고 세 번 감옥에 갇혔지만 혁명의 뜻을
끝까지 굽히지 않았으니 세상에 둘도 없었다. 이것이 바로 선철(先哲)
의 정신이요 후생의 모범인 것이다"56)라고 말한 것은 학문이 있는 '혁명
가'를 강조하기 위한 것이다.

  그렇기에 루쉰은 만년의 장타이옌이 '혁명'으로부터 후퇴하여 순수학
술 영역으로 되돌아간 데 대해 아쉬움을 표시했다. 루쉰은 죽기 이틀 전
에도 자신의 최후의 글이 된, 미완성의「타이옌 선생으로 인해 떠오른
두세 가지 일(因太炎先生而想起的二三事)」을 썼다. 루쉰 자신의 언급
에 따르면, 장타이옌에 관한 두 번째의 이 글은, 기력이 없어 더 써나가
지 못했던 첫 번째 글의 미진한 점을 보충하기 위한 것이었다. 죽기 이틀
전이라면 붓을 들 기력조차 없었을 것이지만 루쉰이 굳이 붓을 든 것은
장타이옌에 대한 평가를 마무리하고 싶었기 때문일 것이다. 이 글에서
루쉰은 우선 변발의 문제를 거론했다. 변발 자르기를 옛 풍습으로 되돌
아가는 것으로 이해한 장타이옌과 달리 루쉰은 그저 불편한 이유로 변발

---

54)「關于太炎先生二三事」,『且介亭雜文末編』,『魯迅全集(6)』, p.545.
55)「關于太炎先生二三事」,『且介亭雜文末編』,『魯迅全集(6)』, p.546.
56)「關于太炎先生二三事」,『且介亭雜文末編』,『魯迅全集(6)』, p.547.

을 잘랐다고 말했다. 루쉰은 "『춘추곡양전(春秋穀梁傳)』에 보면 '오(吳)나라는 축발(祝髮)하다(체발剃髮의 뜻 — 인용자)'라 하였고, 『한서(漢書)』의 「엄조전(嚴助傳)」에 보면 '월(越)나라는 찬발(劗髮)하다'(전발剪髮의 뜻 — 인용자)라 하였다. 나는 본래 오월(吳越)의 백성이므로 단발(斷髮)하는 것은 옛 풍습으로 돌아가는 것이며……"라는 장타이옌의 말을 인용한 뒤, 자신의 입장을 밝혔다. "물론 내가 변발을 지른 것은 내가 월나라 사람〔越人〕이고, 월나라는 옛날 '단발문신(斷髮文身)'이었다 해서 그 풍습을 따른 것은 아니고, 혁명적 동기가 있었기 때문에서도 아니다. 요컨대 불편했기 때문이었다. 첫째로 모자를 벗을 때 불편했고, 둘째 체조할 때 불편했고, 셋째로 둘둘 말아서 정수리에 올려놓는 것이 기분에 좋지 않았기 때문이다."57) 변발을 자르는 행위는 동일하지만 그 의미를 달리 부여함으로써 루쉰은 장타이옌의 태도를 우회적으로 비판한 셈이다. 장타이옌은 변발의 제거를 중화전통의 복원이라는 이념의 실현으로 이해했고, 루쉰은 그것을 그저 불편함의 제거라는 현실적 필요성으로 이해했다. 그렇기에 루쉰이 보기에 전통의 복원은 혁명의 의미를 띠고 있다고 하더라도 현실적 필요성을 떠나 단순히 이념의 실현에만 국한된다면 그것은 복고주의와 크게 다를 바 없었던 것이다.

　장타이옌은 혁명가로 존경을 받고 있었지만 복고적인 경향이 뚜렷하였기에 민국(民國)이 성립된 이후에는 현실과 일정한 거리를 유지하면서 순수학술 영역으로 되돌아갔다. 루쉰이 우회적으로 비판하고자 한 것은 바로 이점이다. 그래서 루쉰은 장타이옌이 만년에 자신의 저작을 출판할 때 전투적인 문장을 모두 빼버리고 순수 학술적인 것만 남겨놓은 데 대해 "선생은 마침내 몸에 학술의 화곤(華袞)을 걸치고 순수하게 유

---

57) 「因太炎先生而想起的二三事」, 『且介亭雜文末編』, 『魯迅全集(6)』, p.559.

종(儒宗)이 되었다"58)라고 아쉬움을 표시했다. 루쉰이 보기에 '학문이 있는 혁명가'로서의 장타이옌의 진정한 가치는 '학술의 화곤(華袞)'에만 국한될 수 없으며, 오히려 '투쟁지작(鬪爭之作)'으로 확대되어야 한다. 학술은 역사의 진실을 밝히는 작업으로서 그것대로 가치 있는 일이지만, 여기에 머물지 않고 현실의 필요성과 구체적인 연관을 맺을 때 진정한 가치를 획득하게 된다.

주지하는 바와 같이, 루쉰의 문학활동의 궁극적인 목표는 중국인의 마비된 국민성을 폭로·비판하는 사상계몽에 있었다. 그리고 루쉰의 학술연구는 역사탐독 등을 통해 역사의 진실을 밝히고 동시에 현실을 역사의 거울에 비쳐보는 반성적 작업과 관련되어 있었다. 그렇다면 루쉰의 학술연구는 순수학술 영역에만 머물지 않고 문학을 매개로 하여 사상계몽의 과제로 연결된다. 루쉰이 중국의 국민성 문제에 집착하여 그 낙후성을 그토록 집요하고 철저하게 형상화할 수 있었던 것은 역사탐구와 같은 끊임없는 학술연구를 통해 중국의 역사를 통찰할 수 있었기 때문이다. 따라서 루쉰의 학술연구는 그 자체 자족적인 것으로 그치지 않고 사상계몽의 역사적 당위와 근거를 마련해주는 내면적 충실화 과정으로 이해된다. 그것은 루쉰 문학이 공허한 이념적 외침으로 흐르지 않도록 받쳐주는 튼튼한 기반 역할을 하고 있는 것이다.

5. 학술연구의 유보

루쉰은 중국 최초의 현대소설을 창작하여 반봉건사상계몽의 주제를

---

58) 「關于太炎先生二三事」, 『且介亭雜文末編』, 『魯迅全集(6)』, p.547.

가장 심각하고 철저하게 형상화한 문학가였다. 또한 그는 중국의 고적과 고소설을 집록·교감하고『중국소설사략』을 저술하는 등 뚜렷한 학문적 업적을 이룩한 성실한 학자였다. 장타이옌의 학문적 계보를 잇고 위진(魏晉)시기 문인들로부터 크게 영향을 받은 루쉰은 비정통의 '야사'와 '잡설'의 역사탐독을 통해 역사의 진면목을 확인하고 그 진실을 밝히고자 했다. 역사 속에 퇴적되어 온 중국의 '영혼'을 드러내고 그것을 현재와 대비하여 현실을 비춰보는 거울로 삼고자 하였는데, 말하자면 현실에 발을 딛고 역사를 바라보면서 역사 속에서 현실을 발견하고자 한 것이다.

더욱이 루쉰은 고증학적 학문방법으로 중국의 고적과 고소설의 원형 복원에 심혈을 기울였다. 이른바 '옛 책에 혼을 되돌려주고' '과거를 잊지 않기' 위해 고적과 고소설의 원형 복원에 매진했으며, 이를 기초로 전통을 재구성하는 작업의 일환으로서 문학사기술을 시도하였다. 특히 문학사기술에서 루쉰은 중국 고유의 가치와 의미를 정교하고 세밀하게 드러내기 위해서 전통적인 용어와 개념을 적극적으로 활용했는데, 이는 중국학술의 특수성을 인정하고 그 독자성을 지키려는 구체적인 실천이었다. 학술연구를 순수 독립된 영역으로 국한시키지 않고 현실과 긴밀한 연관을 갖도록 요구한 것 또한 루쉰의 학문하는 태도의 두드러진 특징이다. 루쉰의 학술연구는 역사의 진면목을 밝히는 진실추구에서 출발하여 현실개혁의 역사적 당위와 근거를 확보하는 데로 나아갔다. 그의 간단없는 학술연구는 문학을 통한 사상계몽의 현실적 필요성을 더욱 강화시켜주었으니, 그것은 문학을 매개로 전개될 사상계몽을 위한 내면적 충실화의 과정으로 이해할 수 있다.

쉬서우창(許壽裳)의 회고에 따르면, 루쉰은 상하이(上海)시기에 '중국문학사'를 완성하려는 강렬한 열망을 가지고 있었다고 한다. "그는 나에게 항상 상하이를 떠나 베이핑(北平, 당시 베이징北京을 이렇게 부름

— 인용자)으로 돌아가고 싶다고 말했다. 왜냐하면 베이핑도서관(北平圖書館)을 이용할 수 있으며 미완성의 중국문학사를 전부 완성하고 싶었기 때문이다."59) 루쉰 자신도 1932년에 일본인 마쓰다 쇼(增田涉)에게 보낸 편지에서 "금후로는 소설 또는 중국문학사를 쓸 작정입니다"60)라고 하여 중국문학사저술에 매진할 뜻을 밝힌 바 있다. 루쉰은 상하이시기에 주로 잡문창작에 몰두했지만, 학술연구도 결코 포기하지 않았던 것이다. 루쉰은 만년까지도 중국문학사를 저술하려는 학술연구에 대한 열정을 잃지 않았으니 쉬광핑(許廣平)의 회고는 이를 증명한다. "선생은 세상을 떠나기 직전까지도 국학 방면의 참고자료, 예컨대 『사부총간(四部叢刊)』 정속편(正續編), 『이십오사(二十五史)』 등의 책을 구입하였는데, 시종 이러한 작업(중국문학사 저술을 가리킴 — 인용자)을 잊지 않았음을 알 수 있다."61) 그렇지만 루쉰은 만년의 숙원이기도 한 중국문학사의 저술을 끝내 완성하지 못하고 생을 마감했다.

아마 루쉰은 『중국소설사략』을 이미 내놓은 터에 좀더 완성도가 높은 중국문학사를 써야 한다는 심리적 부담이 무척 컸을 것이다. 게다가 만년의 장타이옌에 대한 아쉬움을 토로한 데서 확인되듯이, 당시 루쉰은 '전투지작(戰鬪之作)'에 몰두하고 있었으므로 순수학술 영역에 속하는 중국문학사 저술을 차분하게 진행하기는 어려웠을 것이다. 루쉰은 1926년 말 샤먼대학(廈門大學)에서 중국문학사를 강의할 때 쉬광핑에게 보낸 편지에서 문학가로서 글을 지을 것인가 아니면 학술연구자로서 학생들을 가르칠 것인가 하는 고민을 털어놓은 바 있다. 루쉰은 글을 짓

---

59) 許壽裳, 「魯迅的生活」, 『魯迅研究資料 1』(澳門:爾雅社, 1979), p.186.

60) 「致增田涉」(1932.5.9), 『書信』, 『魯迅全集(13)』, p.482

61) 許廣平, 「研究魯迅文學遺産的幾個問題」, 『欣慰的紀念』, 『許廣平文集』 第二卷(江蘇文藝出版社, 1998), p.120.

는 일은 열정이 필요하고 학생들을 가르치는 일은 냉정이 필요하므로 두 가지 일은 양립할 수 없다고 보았다. 만일 두 가지 일을 동시에 할 경우, 한동안은 뜨거운 피가 끓어오르도록 해야 하고 한동안은 마음과 태도를 평온하고 온화하게 해야 하는데, 정신이 곧 피폐해져서 결과적으로 두 가지 다 잘 할 수가 없게 된다고 했다. 그래서 그는 "아무래도 유익한 글을 좀 더 짓는 것이 낫겠습니다. 연구에 대해서는 여유가 있으면 할 것입니다"62)라고 말했다. 루쉰은 이렇게 학술연구자로서의 정체성보다 문학가로서의 정체성을 더욱 뚜렷이 하여 문학가의 길을 걷기로 가닥을 잡고 '유익한 글', 즉 '투쟁지작'을 짓는 데 매진하기 위해 학술연구를 유보하지 않을 수 없었다. 그러나 루쉰은 만년까지도 학술연구에 대한 뜨거운 열정을 가지고 있어 학술연구자로서의 정체성을 포기한 적은 없었다. 다만 그는 실천적인 사상계몽(혁명)이 요구되던 시대상황으로 말미암아 순수학술연구를 유보했을 뿐이다.

---

62) 「兩地書 66」, 『魯迅全集(11)』, p.184.

7장

학문패러다임의 전환과 문화정체성

중국 근대학문의 형성과 학술문화담론

1. 학술과 사상의 관계

  량치차오(梁啓超)는 『청대학술개론(淸代學術槪論)』에서 "위위에(兪樾)의 제자에는 장빙린(章炳麟)이 있었는데 지혜가 그 스승을 넘었으나 정치에 대한 토론을 더 좋아하여 후에 학문을 포기하였다"[1]라고 하여 장빙린(章炳麟, 장타이옌章太炎)이 정치로 흐른데 대해 아쉬움을 드러내었다. 이와 달리 루쉰(魯迅)은 장타이옌(章太炎)을 기리는 글에서 "나는 선생의 업적은 혁명사에 남긴 것이 학술사에 남긴 것보다 더 크다고 생각한다"[2]라고 하였고, 만년의 그가 '혁명'으로부터 후퇴하여 순수 학술 영역으로 되돌아간 데 대해 아쉬움을 표시했다.[3] 이렇게 장타이옌에 대한 량치차오와 루쉰의 평가가 엇갈린 것은 무엇을 중심에 둘 것인가 하는 점에서 서로 다른 입장에 놓여 있었기 때문이다. 량치차오는 '학술'을 중시했고 루쉰은 '사상'을 중시했으니, 그 평가가 달라질 수밖에 없었다.

  량수밍(梁漱溟)은 스스로 학문가가 아니라 사상가라고 밝힌 바 있다. 그는 중국의 옛 학문은 문자학으로부터 시작할 수 있어야 뿌리가 든든하다고 할 수 있으나 자기는 문자학을 공부한 적이 없으며 외국의 학문인 근대 과학만 하더라도 외국어를 할 줄 몰라 과학도 잘 할 수 없으니 학문가라고 말하기 부족하다는 것이다. 양수밍은 학문가와 사상가의 차이를 이렇게 설명했다. "사상가와 학문가는 다르다. 학문가는 아는 것이 많고 흡수한 것이 많은데, 그렇다면 흡수하고 많이 알고 많이 보는 가운데 당

---

1) 梁啓超, 『淸代學術槪論』(東方出版社, 1996), p.7 참조.

2) 魯迅, 「關于太炎先生二三事」(1936.10.9), 『且介亭雜文末編』, 『魯迅全集(6)』(人民文學出版社, 1981), p.545.

3) 魯迅, 「關于太炎先生二三事」, 『且介亭雜文末編』, 『魯迅全集(6)』 p.547.

연이 창조도 있다. 창조가 없으면 흡수해나갈 수 없으니까. 그러나 사상가에 대해 말하자면 학문가와 다른 점은, 비록 어떤 것들을 많이 알아야 하지만 ─ 고금중외(古今中外)의 지식을 모르면 역시 사상가가 될 수 없지만 ─ 그의 창조가 흡수보다 많다는 점이다. 이것이 학문가와 다른 것이다. 그렇다면 나는 스스로 사상이 있는 사람임을 인정하며, 내 사상에 근거하여 실행하고 실천하는 사람으로서 독립적으로 사고하고 표리가 여일(如一)하다고 여긴다."4) 량수밍은 학문가와 사상가를 구분하면서 많이 알고 많이 흡수하는, 즉 지식의 축적을 중시하는 것을 학문 영역으로 보았고, '창조'를 기반으로 하면서 실행과 실천을 중시하는 것을 사상 영역으로 보았다. 이 기준에 따라 량수밍 자신은 학문(학술) 영역보다 사상 영역에 더 치우쳐 있다는 점을 인정한 것이다.

루쉰(魯迅)도 '학술' 영역과 '사상' 영역 중 어느 것을 선택할 것인가 하는 문제에 봉착하여 실존적인 고민에 빠진 적이 있다. 루쉰은 1926년 11월 1일 쉬광핑(許廣平)에게 보낸 편지에서 '글을 쓸 것〔做文章〕'인가 아니면 '가르칠 것〔教書〕'인가 하는 문제에 봉착하여 방향을 결정하지 못하고 배회하고 있음을 솔직하게 털어놓았다. "이 두 가지 일은 양립할 수 없는 것입니다. 글을 지으려면 열정이 필요하고 가르치려면 냉정이 필요합니다. 두 가지를 겸해서 할 경우, 만약 진지하지 않으면 두 가지 다 우습고 천박하게 될 것이며, 만약 모두에 진지하려면 한 번은 뜨거운 피를 들끓게 해야 하고 한 번은 마음과 태도를 평온하고 온화하게 해야 하니 정신이 몹시 고달프게 될 것입니다."5) 루쉰은 스스로 중국문학에 관한 연구를 진행한다면 다른 사람들이 보지 못한 말을 할 수 있을 것이

---

4) 梁漱溟·艾愷(Guy Salvatore Alitto) 著, 艾愷 譯, 『這个世界會好嗎?: 梁漱溟晚年口述』(外語教學與研究出版社, 2010), p.47.

5) 魯迅, 「兩地書」, 『魯迅全集(11)』, p.184.

라는 자신감을 드러내면서도 '유익한 글'을 쓰는 방향으로 나아가지 않을
수 없는 처지를 설명하고 '연구'는 나중에 여가가 있을 때 하겠다고 말했
다. 루쉰은 글을 쓰는 일과 가르치기 위해 연구하는 일, 이 두 가지를
다 잘 할 수는 없으므로 하나를 선택할 수밖에 없는데, 자기는 '유익한
글'을 쓰는 쪽으로 나아가겠다는 태도를 분명히 밝힌 것이다. 문맥으로
보건대, '냉정'이 필요한, 가르치고 연구하는 행위는 '학술' 영역에 속하
고, '열정'이 필요한, '유익한 글'을 쓰는 행위는 '사상' 영역에 속한다. '학
술'은 객관성을 추구해야 하므로 '냉정'이 요구되고 '사상'은 주장을 펼쳐
야 하므로 '열정'이 요구된다. 루쉰은 학술과 사상을 구분하고 스스로 사상
영역에서 활동할 수밖에 없는 현실적인 절박성을 깨닫고 있었던 것이다.
  중국사상사 서술에 탁월한 업적을 이룩한 거자오광(葛兆光)은 학술과
사상의 구분을 논구한 바 있다. 그는 『사상사를 어떻게 쓸 것인가?』라는
저서에서 1990년대 중국 학계에서 상당히 열띤 토론이 이루어졌던 '학
술'과 '사상'의 구분에 대해 매우 설득력 있는 논의를 펼치고 있다. "나는
학술과 사상에는 일정한 구분이 있다고 믿고 있다. …… 그러나 나는 지
식성이 강한 학술을 떠나서 사상이 독립적으로 존재할 수 있다고는 믿지
않으며, 또한 사상을 떠나서 학술이 지식의 질서를 확립할 수 있다고도
믿지 않는다."6) 거자오광은 학술과 사상이 서로 구분되면서도 밀접한
관계를 가지고 있으며 학술과 사상의 영역 구분이 단순한 개념적 범주
설정에 머무르고 있는 것이 아니라는 점을 시사해주고 있다. 거자오광은
학술과 사상의 구분이 단순한 개념상의 문제가 아니라 입장의 차이를 반
영하며 현실문제와 직접 연결되어 있다는 점을 지적한다. 학술과 사상의
구분은 전통 속에서는 한학(漢學)과 송학(宋學) 사이의 대립, 동일한

---

6) 葛兆光 지음, 이연승 옮김, 『사상사를 어떻게 쓸 것인가』(영남대학교출판부, 2008), pp.83-84.

이학(理學, 즉 송학) 내부의 주자(朱子)와 루샹산(陸象山)의 논쟁, 고대의 도문학(道問學)과 존덕성(尊德性)의 차이에 관계하고 있으며, 1990년 이후 1920~30년대의 학술전통을 계승하는 것과 최근의 서양 사상을 수용하고자 하는 태도의 차이에도 반영되어 있다는 것이다.7) 다시 말하면, 앞서 제시된 대립 쌍에서 한학, 주자, 도문학, 학술전통의 계승 등은 학술에 치중하는 것이라면, 송학, 유상산, 존덕성, 서양 사상의 수용 등은 사상에 치중하는 것이다. 학술과 사상의 구분에 대한 거자오광의 설명은 학술과 사상에 대한 개념적 이해의 차원을 넘어 전통 중국의 지성사 또는 1990년대 이후 중국 지식계의 흐름을 파악하는 데도 중요한 인식 틀을 제공해준다.

학술과 사상은 각기 고유의 영역이 있지만, 서로 밀접한 관계를 가지고 있다. 사상은 보통 학술을 통해 표명되는데, 학술은 사상을 담아내는 형식을 만드는 행위와 그 방법에 관계하므로 사상을 표현하는 방법과 표현행위 자체를 포함한다. '학술(學術)'은 방법을 의미하는 '술(術)'이라는 단어를 포함하고 있지만 학(學)과 술(術)의 병렬적 조합이 아니라 '학적(學的) 술(術)'8)의 형식으로서 '학적 방법'과 '학적 행위'를 아울러 나타낸다고 할 수 있다. 학술이 사상과 동일한 것은 아니지만, 한 개인의 사상은 학술저작이나 학술행위를 통해 드러나거나 표명되는 경우가 대부분이다. 거자오광의 설명처럼 지식성이 강한 학술을 떠나서 사상이 독립적으로 존재할 수 없으며 사상을 떠나서 학술이 지식의 질서를 확립할 수도 없기 때문이다. "사상이 자신을 지탱해주고 있는 기반인 지식체계

---

7) 葛兆光 지음, 이연승 옮김, 『사상사를 어떻게 쓸 것인가』, pp.82-83.

8) '술(術)'은 '술수(術數)'의 의미로 이해될 수 있다. "순자(荀子)는 예(禮)의 원칙을 고수하고 술(術)을 중시하지 않았으나 한비자와 상앙은 술(術)을 중시했다"(章太炎, 『國學槪述』)라고 했을 때의 '술(術)'의 의미에서 알 수 있듯이 술(術)은 방법과 행위에 초점이 맞추어져 있다.

를 벗어난다면, 그 배후의 맥락을 상실하게 될 것이다"9)라는 거자오광의 언급도 학술과 사상의 밀접한 관계를 부연해준다. 사상은 권위와 합법성을 인정받기 위해 객관성이라는 기반 위에 구축되어야 하므로 학술의 힘을 빌리지 않을 수 없다. 20세기 이후 중국 지성사에서 사상이 합법성과 권위를 인정받기 위해 '과학'이라는 이름을 빌려야 했던 것은 바로 이 때문이다.

학술과 사상이 밀접한 관계를 가지고 있음에도 불구하고 의미와 위상의 차이 또한 뚜렷하다. 사상은 권위와 합법성의 획득을 최종 목표로 한다. 사상사에서 나타나는 사상의 경쟁이란 다름 아닌 권위와 합법성을 획득하기 위한 경쟁이다. 그에 비해 학술은 권위와 합법성을 획득하기 위한 경쟁에서 한발 비켜서 있다. 객관적인 지식을 탐구하고 축적해나가는 데 치중한다면 그것은 학술 영역에 머무를 것이지만, 지식 추구가 권위와 합법성을 획득하려는 의도를 갖는다면 그것은 사상 영역으로 넘어가게 되는 것이다. 객관적인 지식을 탐구하고 축적하는 학술이 합법성과 권위를 획득하려는 경쟁으로 나서는 순간 사상이라는 이름의 외투로 갈아입지 않으면 안 된다. 량치차오는 만년에 스스로 '학술'을 말할 뿐 '사상'은 언급하지 않겠다고 다짐한 바 있는데, '학술'은 객관적인 지식에 관계하며 사상은 개인의 주장을 펼치는 행위와 관계되어 있다는 점을 암시한다.10) 객관적인 지식을 다루는 학술은 다양한 대상을 평등하게 논하거나 그 방법을 토론할 수 있다. 하지만 권위와 합법성을 지향하는 '사상'

---

9) 葛兆光 지음, 이연승 옮김, 『사상사를 어떻게 쓸 것인가』, p.92.

10) 1922년 최남선은 『조선역사통속강화 개제』(『동명』 6, p.11)라는 글에서 "자기를 호지(護持)하는 정신, 자기를 발휘하는 사상, 자기를 규명하는 학술의 상으로 절대한 자주, 완전한 독립을 실현할 것이다. 조선인의 손으로 '조선학'을 세울 것이다"라고 말한 바 있는데, 최남선도 '자기를 발휘하는' 사상의 주관성과 '자기를 규명하는' 학술의 객관성을 구분하여 이해하고 있었던 것이다.

은 가치를 논하고 우열을 따지는 입장을 분명하게 표시해야 한다. 학술은 객관성의 확보가 관건이지만 사상은 주관성의 개입이 불가피하다. 사상은 권위와 합법성을 획득하는 것을 최종 목표로 하지만, 학술은 오히려 그런 권위와 합법성에는 관심을 두지 않고 객관적인 지식의 탐구와 축적에 최종 목표를 둔다. 학술과 사상을 이렇게 구분할 때, 학술사는 어떤 지식을 다루고 있는가, 지식을 다루는 방법은 무엇인가, 지식의 체계는 무엇인가 등의 문제를 가치중립적으로 다루게 될 것이며, 사상사는 권위와 합법성을 다투는 사상의 내용과 가치 및 그것의 변화와 맥락이 어떠한가 등을 다루게 될 것이다.

2. 학술적, 사상적, 정치적 대응의 양상

사상이 사회적으로 권위와 합법성을 획득해나가기 위해서는 '정치'적 힘을 빌리지 않을 수 없는데, 사회적 실천 속에서 권위와 합법성을 획득하여 사상을 구체적으로 실현해나가는 과정을 '정치'라고 부를 수 있다. 그렇다면 초기 베이징대학(北京大學) 문과(文科) 교수들의 '학술'적, '사상'적, '정치'적 대응 양상은 어땠을까?

류스페이(劉師培)는 처음 '국학(國學)'이 사상 영역에서 정치적 힘을 발휘하던 시기에 '국학' 연구에 매진했으나, 신해혁명 이후 '국학'이 더 이상 사상과 정치로 기능할 수 없게 되자 베이징대학 문과 교수로서 학술 영역으로 제한될 수밖에 없었다. 처음 국학은 실학을 중심으로 한 의리학(義理學)을 선진시대의 이상적 학술로 상정하고 이를 근거로 정주학(程朱學)을 비판하여 회통하였으며 개혁파의 금문경학을 비판 방통(旁通)하여 포용함으로써 '학정일치(學政一致)'의 관점에서 확립되었다.11) 그런데 혁명론적 국학은 종족주의를 기반으로 하고 있었기 때문에 신해혁명을 통해 종족혁명이 달성된 이후 그 혁명성은 현저히 약화되어 '학정일치'로부터 '정(政)'이 탈각하고 학(學)만 남게 되었다. 신해혁명 이후 혁명적 실학의 개념이 생활에서의 실학으로 녹아들고, 혁명적 의리학의 규명이 학술의 정밀한 이론을 추구하는 방향으로 나아간 것도 이 때문이다.12) 장타이옌과 류스페이가 동일하게 혁명성을 탈각하여 사상 영역으로부터 물러나 학술 영역에서만 활동하게 된 것도 이러한 맥락에서 이해할 수 있다.

류스페이(劉師培)의 학술연구는 1903년부터 1919년 그가 세상을 떠나기까지 17년 동안 이루어졌는데,13) 첸쉔통(錢玄同)은 그의 학문적 업적을 이렇게 정리했다. "전후 견해의 차이로 인해 두 시기로 나눌 수 있다. 계묘(癸卯)부터 갑신(戊申)까지(1903~1908) 6년 정도가 전기이고, 기유(己酉)부터 기미(己未)까지(1909~1919) 11년 정도가 후기이다. 잠시 비교해서 말하면, 전기는 실사구시(實事求是)를 핵심[鵠]으로 삼아 다이전(戴震)의 학문에 가까웠고, 후기는 옛 뜻을 깊이 믿는 것[篤信古義]을 핵심[鵠]으로 삼아 훼이동(惠棟)의 학문14)에 가까웠다. 또 전기는 혁신(革新)을 쫓았고, 후기는 옛것의 준수[循舊]를 쫓았다."15) 류스페이는 전기에는 주로 '통유지학(通儒之學, 통유는

---

11) 이원석, 『近代中國의 國學과 革命思想: 劉師培의 國學과 革命論』(국학자료원, 2002), p.230 참조

12) 이원석, 『近代中國의 國學과 革命思想: 劉師培의 國學과 革命論』, pp.318-319 참조

13) 류스페이(劉師培)는 1908년부터 1919년 사이에 반혁명적인 활동에 참여하기도 했다. 그는 양강총독(兩江總督) 뚜안팡(端方)의 막료로 활동하고 신해혁명 이후에 주안회(籌安會)의 일원으로 위안스카이(袁世凱)의 제제운동(帝制運動)에 참가하여 「군정복고론(君政復古論)」, 「연방박의(聯邦駁議)」 등 논설을 발표하여 황정복고(皇政復古)를 주장했다. 또 5·4신문화운동 당시에는 백화문운동을 반대하기도 했다.

14) '훼이동(惠棟)의 학문'은 한대(漢代)의 훈고학을 확신하여 증거 찾기에 주력하고 그에 대해 의심하지 않았으니 류스페인(劉師培)의 후기 경학저술의 특징이 그러하다.

여러 학문에 널리 통달한 학자를 가리킴)'을 제창하면서 혁명 활동의 일환으로 국학을 연구했고, 후기에는 한대(漢代) 유학자들의 경전연구를 굳게 믿는 방향으로 전향하여 학술 영역에 국한하여 국학을 연구했다. 이렇게 국학이 '정치〔政〕'를 탈각한 학술의 범주에서 연구됨으로써 이후 '국고(國故)'의 국학연구의 길을 터놓게 된 것이다. 그렇다면 '정치〔政〕'가 탈각된 국학은 '사상'적 기능으로부터 후퇴하여 보수적인 성향을 드러내기도 하지만, '정치〔政〕'로부터 독립한 '학술〔學〕'이 객관적인 지식을 탐구할 수 있게 됨으로써 중국의 근대학술의 성립에 일정한 기여를 하게 되는 것이다.

량수밍(梁漱溟)은 1917년 철학과 강사(講師)로 부임한 후16) 7년 정도 대학에서 강의와 연구에 매진하였으나 32세 때인 1924년 여름 베이징대학을 사직한다. 그는 사임 이유를 밝히면서 '교육이 스승과 접하고 친우를 사귐으로써 학생의 전체적 인생 태도를 발전시켜야 하는데 대학에서는 단지 지식만을 가르치며, 또한 자신이 대학에서 가르치는 동안 명예를 다투고 남을 이기려는 마음만 증대되었다'라고 말했다.17) 량수

---

15) 錢玄同, 「劉申叔先生遺書序」, 『劉申叔先生遺書』(民國二十五年寧武南氏排印本, 江蘇古籍出版社 1997年重印), p.28. 劉國生 主編, 『從北大走出的文學家』(內蒙古文化出版社, 2008), p.2 재인용.

16) 량수밍(梁漱溟)은 1912년 기자의 신분으로 당시 교육부총장이던 차이위안페이(蔡元培)를 내방한 일이 있어 그에 대한 면식이 있었으며, 량수밍이 1916년 상하이(上海)에서 발행되던 『동방잡지(東方雜誌)』에 「구원결의론(究元決疑論)」을 연재하여 당시 베이징대학 총장이 된 차이위안페이로부터 호평을 받아 베이징대학 문과 강사로 초빙될 수 있었다.

17) 량수밍이 베이징대학을 사직한 것은 앞서 밝힌 그런 이유 말고도 강사 신분과도 관련이 있었을 것이다. 1917년 11월의 「현임직원록(現任職員錄)」에 따르면, 량수밍은 나이 26세이고, 적관(籍貫)이 광시(廣西) 궤이린(桂林)이며, 주소가 충원먼(崇文門) 외(外) 잉쯔후퉁(纓子胡同)이고 '문본과(文本科) 강사 겸 철학문 연구소 교원'로 되어 있으며, 후스(胡適)는 나이가 28세, 적관(籍貫)이 안후이(安徽) 지시(績溪)이며, 주소가 차오양먼(朝陽門) 내(內) 주간샹(竹竿巷)이고, '문본과 교수 겸 철학문 연구소 주임 그리고 국문·영문 2문(門) 연구소 교원'으로 되어 있다.(王學珍·郭建榮 主編, 『北京大學史料(第二卷·一 1912-1937)』, 北京大學出版社, 2000, pp.347-348 참조) 량수밍과 후스는 동일한 '교원'으로 되어 있으나 실제로 량수밍은 강사 직급이었고 후스는 교수 직급이었다. 당시 베이징대학의 교수와 강사 초빙에 관

밍은 베이징대학에 재직하는 동안 '학술'과 '사상'의 영역을 넘나들었다고
할 수 있는데, 특히 그의 『동서문화와 그 철학』은 당시 주요한 화두였던
동서문화 문제에 대해 '학술'의 힘을 빌려 사상을 드러내는 것이었다. 그
는 『동서문화와 그 철학』의 「자서」에서 "다른 사람들은 결국 내가 학문
에 대해 논하기를 좋아하고 책을 쓰고 학설을 세우려 한다고 생각한다.
그러나 사실 나는 결코 학문에 대해 논하기를 좋아하지 않으며, 책을 써
서 학설을 세우려는 것이 아니라, 단지 내가 말하고 싶은 것을 말할 뿐이
다"18)라고 했다. 이 말이 겸사임은 두말할 필요가 없겠지만, 그 이면에
는 그가 학술 영역에서보다 사상 영역에서 자신의 저술이 이해되길 바란
다는 뜻이 숨어 있다. 『동서문화와 그 철학』이 1921년 10월 베이징재
정부인쇄국(北京財政部印刷局)에서 출판되었다가 이듬해 1월부터 상
하이(上海) 상무인서관(商務印書館)으로 옮겨 출판된 뒤 1930년에 이
르기까지 8쇄를 거듭한 것도 사상 영역에서의 영향력을 말해주는 것이다.

　량수밍은 『동서문화와 그 철학』의 결론 부분에서 "나는 송명(宋明) 시
대 사람들처럼 강학(講學)의 기풍을 다시 일으켜 공자(孔子)와 안회(顔
回)의 인생 태도로써 현재 청년들이 번민하는 인생문제를 해결하고 각
자에게 길을 열어주어 앞으로 나아가게 해야 한다고 생각한다"19)라고
했으니, 량수밍은 사상 영역에서의 영향력을 의도하고 있었다고 할 수

한 규정 중 임용장 규정의 일부를 살펴보면, 강사의 신분상의 특징을 어느 정도 파악할 수
있다. '3. 강사가 교수로 전임되고, 교수가 강사로 전임될 때 모두 달리 임용장(초빙 증서)을
보낸다.' '4. 교수의 처음 임용장은 몇월몇일을 불문하고 임용장을 보내고 모두 제3학기의
끝(즉 7월 31일)을 만료기한으로 삼는다.' '5. 강사의 임용장은 기한을 예정하지 않는다.'
(『北京大學史料(第二卷·一 1912-1937)』, p.415) 동일한 베이징대학 교원이라 하더라도 강사
는 기한이 확정되지 않은 유동적인 신분이었으니, 교수에 비해 급여와 활동 면에서 모두
제한적이었다. 량수밍은 강의만을 전담하였을 뿐 학교행정에는 참여하지 못했던 것이다.

18) 梁漱溟, 「自序」, 『東西文化及其哲學』(上海世紀出版集團·上海人民出版社, 2006), p.1.
19) 梁漱溟, 『東西文化及其哲學』, p.199.

있다. 「저자고백 Ⅱ」(1921년 쌍십절)에서 량수밍은 "나는 이 책의 결론에서 우리가 현재 송명(宋明) 시대의 강학의 기풍을 다시 일으켜야 한다고 하였는데, 나 자신부터 그것을 시도해보고자 한다"[20]라고 하여 사상의 실천까지도 염두에 두고 있었던 것이다. 사상의 실천이라는 측면에서보면, 국학의 범주에서 진행된 량수밍의 동서문화 연구는 청말 '학정일치(學政一致)'의 국학연구를 부분적으로 계승한 것이라고 할 수 있다.

후스(胡適)는 학술 영역에서 출발하여 학술과 사상을 넘나들었으나 대체로 '학술'에 치중하여 스스로 학술능력을 검증함으로써 베이징대학 내에 든든한 뿌리를 내릴 수 있었다. 그는 당시 사상 영역에서의 영향력도 컸지만 개인적으로는 오히려 학술의 입장에 놓여 있었다. 그의 '학술'은 주로 사상방법을 학문적으로 적용하는 것이었다. 이른바 '국고정리'의 제창이 바로 그것이다. '국고정리'를 표방하면서 중국의 과거문화를 가치중립적인 '국고(國故)'라는 말로 개괄한 것도 과학적 사상방법을 전통재료에 적용하려는 '학술'적 태도를 분명하게 드러내기 위한 것이었다. 후스의 '국고정리'는 신문화운동의 일환으로 전개되었다고 하더라도 실질적으로는 학문방법을 중시하는 학술운동 내로 제한된 것이었다.

'국고정리'가 학술운동 내로 제한되어 있었음은 신문학운동과 '국고정리'의 관계에서 분명하게 표현된다. 1921년 1월 마오둔(茅盾)은 『소설월보(小說月報)』(제12권 제1호)를 문학연구회(文學硏究會)의 기관지로 개편하면서 쓴 「개혁 선언」에서 '중국문학의 변천의 과정을 정리한다'라는 과제를 '서양문학 변천의 과정을 소개하고 연구한다'라는 과제와 동등한 무게로 취급했다. 같은 호에 실은 「문학연구회장정(文學硏究會章程)」에서 그는 '세계문학의 연구 소개, 중국문학의 정리, 신문학의 창조'

---

20) 梁漱溟, 「著者告白二」, 『東西文化及其哲學』, p.205.

를 기본취지로 선언했다. 또 정전둬(鄭振鐸)는 「문예총담(文藝叢談)」에서 당시 중국문학가의 두 가지 중대한 책임을 제기했는데, 하나는 '중국의 문학을 정리하는 것'이고, 둘은 '세계의 문학을 소개하는 것'이라고 했다. 이렇게 『소설월보』는 중국문학을 정리하는 것과 세계문학을 연구·소개하여 신문학을 창조하는 것을 기본 취지로 설정하고 있었다. 더욱이 『소설월보』는 제14권 제1호에 정전둬의 「모시서를 읽고(讀毛詩序)」라는 긴 글을 첫 번째로 실었고, 또한 '국고정리와 신문학운동'이라는 전문 난을 개설하고 여기에 '국고정리' 문제에 대한 의견을 개진한 6편의 글을 실었다. 정전둬는 「신문학의 건설과 국고의 새로운 연구(新文學之建設與國故之新研究)」에서 문학혁명운동은, 한편으로는 새로운 문학관(文學觀)을 세우고 새로운 문학작품을 창조하는 것이며, 다른 한편으로는 중국문학의 가치를 새롭게 평가하고 발견하는 것으로 구문학을 전반적으로 부정하는 것이 아니라 기와와 자갈 무더기 속에서 금석(金石)을 찾아내고 반질거울에서 전통의 먼지를 제거하는 것이라고 말했다. 구제강(顧頡剛)도 「국고에 대한 우리들의 태도(我們對于國故應取之態度)」에서 신문학과 국고의 변증적 관계를 설명하면서 둘은 원수처럼 대치하는 군대가 아니라 일종의 학문상의 두 계급이라고 표현했다. 현재에 태어난 사람은 현재의 말을 해야 하므로 꼭 신문학운동이 있어야 하지만, 과거의 생활상황과 현재 여러 가지 처지의 유래를 알아야 하므로 역시 국고를 정리할 필요가 있다는 것이다. 그리고 국고로부터 정리해낸 문학은 문학을 연구하는 사람으로 하여금 이전 사람들의 문학가치의 수준으로부터 더욱 증진시켜야 한다는 점을 명확하게 해줄 수 있으며, 현재 사람이 마땅히 신문학을 해야 하는 이유를 더욱 분명하게 알 수 있도록 해줄 것이라고 했다.21) 정전둬와 구제강의 견해는 신문학의 창조와 국고의 정리가 신문화운동의 양 측면임을 명시해주고 있는데, 이는 신문화운동이 '사상'과 '학술'의 영역에서 각각 담당해야 할 과제를 달리 제시하고 있는 것으로 이해할 수 있다. 개혁과 변화의 과제를 달성하기 위해서는 '사상' 영역에서 신문학을 창조해야 하지만, 현상(現狀)의 유래와 근원을 냉정하고 반성적으로 분석하기 위해서는 '학술' 영역에서 국고를 정리해야 하는 것이다.

『신청년』편집자로서 신문화운동을 주도하면서 각기 베이징대학 문과 학장과 교수를 맡은 천두슈(陳獨秀), 리다자오(李大釗)는 처음부터 사상 영역에서 출발했다고 할 수 있다. 그런데 그들은 '사상' 영역으로부터 점차 '정치' 영역으로 넘어가면서 학술중심으로 탈바꿈한 베이징대학으로부터 밀려나거나 스스로 그곳을 떠날 수밖에 없었던 것으로 보인다. 초기 베이징대학의 학술체제 정비를 위해서는 '사상' 영역에서 영향력을 행사하고 있던 천두슈와 리다자오의 역할이 중대하였지만 베이징대학의 학술체제가 정비되어 사상보다는 학술이 중시되면서 사상 영역으로부터 정치활동으로까지 나아간 그들은 베이징대학 내에서 더 이상 입지를 확보하기 어려웠을 것이다.

3. 학문패러다임의 전환

중국의 전통학문은 처음부터 문자텍스트를 중시하는 경향이 뚜렷했다. 한대(漢代)에 오경(五經)박사가 설치되어, 『시경(詩經)』을 연구하는 시경학이 생겨났고『춘추(春秋)』를 연구하는 춘추학이 생겨났다. 시경학에서도 노시(魯詩), 제시(齊詩), 한시(韓詩)의 삼가시(三家詩)가

---

21) 郭志剛 主編, 羅成琰 等著, 『二十世紀中國文學的古今之爭』(江西出版集團·百花洲文藝出版社, 2008), pp.113-114 참조

있었고, 춘추학에도 좌씨전(左氏傳), 곡양전(穀梁傳), 공양전(公羊傳)
이 있었다. 또 사용 문자에 따라 금문(今文)과 고문(古文)의 구별이 있
었다. 이렇게 중국에서는 출발부터 문자텍스트를 중심으로 학문이 성립
되었다. 개별 텍스트 중심으로 성립된 중국 전통학문은 텍스트와 텍스트
를 연결하거나 그들을 통합하는 주제 중심으로 구성되기 어려웠다.

특히 중국의 전통학문에서는 '문자(文字)'와 '수사(修辭)'를 아우르는
'문(文)'에 대한 추구가 두드러졌다. 장쉐청(章學誠)이 "무릇 역사가 기
록하는 것은 사건이다. 사건은 반드시 문(文)에 의지하여 전해지므로 훌
륭한 역사는 문(文)을 다듬는데 노력하지 않을 수 없다"22)라고 했거니
와 역사[史] 서술도 '문(文)'을 중시해야 했다. 이는 중국에서 '문'의 흡
인력이 그만큼 강력하다는 점을 보여준다. 장타이옌(章太炎)조차도『주
역』의 '건괘(乾卦) 문언전(文言傳)'에 나오는 '글을 다듬는 데 정성을 다
해야 한다(修辭立誠)'라는 말을 강조했다. 때문에 그는 은허(殷墟)에서
발견된 갑골문자를 모두 류어(劉鶚)가 거짓으로 만든 것이라 하였고 의
복과 수레 등의 물건들이 그림과 부장품 속에 상당히 남아 있음에도 불
구하고 이를 무시하여 한당(漢唐)시대의 의복과 수레제도는 모두 고증
할 수 없는 것이라고 말한 바 있다. 그것은 그가 '문', 즉 문자텍스트만을
믿을 만한 것이라고 여기고 있었기 때문이다. 구제강(顧頡剛)이 "많은
부분에서 그(장타이옌 — 인용자)의 옛것을 추종하여 믿는[信古] 마음
이 사실을 추구하려는[求是] 신념보다 훨씬 강렬해서 진리보다 학파를
중시하고 실물보다 책을 중시했다는 것을 볼 수 있다"23)라고 하며 문자
텍스트를 맹신한 장타이옌의 한계를 지적한 것은 타당성을 갖는다.

---

22) "夫史所載者, 事也; 事必藉文而傳, 故良史莫不工文."(『文史通義·史德』)

23) 고힐강 지음, 김병준 옮김, 『고사변 자서』(소명출판, 2006), p.56. 顧頡剛 編著, 「自序」,『古事
辨』第一冊(中華民國15年), p.27.

‘문’을 중시하여 문자텍스트를 연구대상으로 삼았던 중국 전통학문은 진리를 추구하고 객관지식을 축적하는 방향으로 나아가기 어려웠다. 『논어(論語)』의 「옹야(雍也)」 편과 「안연(顔淵)」 편에서 공자는 “군자는 문(文)을 통해 학(學)을 넓히고, 예(禮)로써 절제해야 한다”라고 하였고, 「자한(子罕)」편에서 공자의 제자인 안연(顔淵)은 “선생님께서(공자를 가리킴 — 인용자)는······ 문(文)으로써 나를 넓혀주셨고, 예(禮)로써 나를 절제해주셨다”24)라고 하였는데, 공자는 ‘학(學)’을 넓히는 방법으로 ‘문(文)’을 제시했다. 송대(宋代) 주희(朱熹)는 “군자는 문(文)을 통해 학(學)을 넓힌다”라는 공자의 말에 주석을 더하여 “군자는 학(學)을 넓히려 하므로 문(文)을 고찰하지 않을 수 없는 것이다”25)라고 하여 ‘문’을 오늘날의 이른바 ‘문헌’에 가까운 것으로 해석하였다.26) 따라서 중국에서는 ‘문〔문헌〕’을 통해 ‘학’을 넓히는 전통으로 인해 문자텍스트를 중심으로 하는 학문이 주류를 이루어왔다. 문자텍스트에 주석을 붙이는 한대(漢代) 훈고학, 문자텍스트에 대한 주석을 통해 심(心)과 성(性)의 의미를 밝혀내는 송대(宋代) 이학(理學), 문자텍스트의 진위와 자구의 본래 의미를 밝혀내는 청대(淸代) 고거학(考據學)은 모두 ‘문〔문헌〕’을 통해 ‘학’을 이루려 하였다는 점에서 동일한 학문전통에 속한다고 하겠다.

　이를테면, 『수사고신록(洙泗考信錄)』의 저술로 유명한 청대 학자 추이수(崔述)의 학문연구를 통해서도 입증된다. 그는 「수사고신록자서(洙泗考信錄自序)」에서 이제(二帝)·삼왕(三王)과 공자의 도는 서로 다른 게 아니라 하고, 삼대(三代, 하·은·주를 가리킴 — 필자) 이전에

---

24) 余英時, 『文史傳統與文化重建』(生活·讀書·新知 三聯書店, 2004), pp.237-238. “君子博學於文, 約之以禮.”(『論語』『雍也』·『顔淵』). “博我以文, 約我以禮.”(『論語』『子罕』).

25) “君子學欲其博, 故於文無不考.”(『論語集註』 卷三 『雍也』)

26) 余英時, 『文史傳統與文化重建』, p.241 참조.

는 경(經)과 사(史)가 나누어지지 않았으며 경전이 곧 역사이고 역사는 곧 오늘날 일컫는 경전이라고 말했다.27) 그는 과거의 역사를 경전을 통해 재구(再構)할 수 있다고 보았는데, 『수사고신록』은 바로 공자의 행적을 경전(經傳)의 기록을 통해 고증한 불후의 저작이다. 추이수는 경전을 역사학의 차원에서 연구하는 방법을 개척해놓은 것이다. 또한 그는 『공자가어(孔子家語)』가 후세 사람들이 엮은 것임을 확언하면서 "이제 경전(經傳)에 보이지 않고 『공자가어』에만 보이는 것은 모두 싣지 않는다. 나는 차라리 모르는 곳을 비워둘지언정 감히 그릇된 내용으로 성인을 무고하지 않으련다. 앞으로도 줄곧 이렇게 하겠다"28)라고 천명하였다. 이는 의고(疑古)의 태도로 실증적 방법에 의거하여 학문을 연구하겠다는 의지를 표명한 것인데, 이른바 후스(胡適)가 청대 고거학 방법을 '과학'의 범주로 귀속시킨 이유도 바로 여기에 있다. 추이수는 회의적인 태도를 가지고 실증적 방법에 의거하여 역사학의 차원에서 경전을 연구하는 새로운 길을 개척하여 뛰어난 학문적 업적을 이룩하였지만, 그럼에도 불구하고 여전히 경전만을 학문적 대상으로 삼고 있어 전통적인 학문범주로부터 벗어난 것은 아니었다.

5·4시기에 『신조(新潮)』와 '국고' 논쟁을 야기했던 『국고(國故)』 진영의 장쉔(張煊)은 '국고'를 형상적으로 표현하여 '종이로 만들어진(造紙)' 재료, 즉 '헤진 천(敗布)'에 비유한 바 있다.29) 구제강(顧頡剛) 역시 "옛날 사대부의 학문은 늘 경학, 사학, 사장(詞章)을 일컬었다. 이때의 소위 체계라는 것은 경적(經籍)의 체계이지, 과학의 체계는 아니었

---

27) 최술 지음, 이재하 외 옮김, 『수사고신록』(한길사, 2009), p.49 참조.

28) 최술 지음, 이재하 외 옮김, 『수사고신록』, p.71 참조.

29) 郭志剛 主編, 羅成琰 等著, 『二十世紀中國文學的古今之爭』(江西出版集團·百花洲文藝出版社, 2008), p.98 참조.

다"30)라고 하여 중국의 전통학문을 '경적의 체계'로 표현한 바 있다. 학문이 경전의 문자텍스트만을 연구대상으로 삼고 있기 때문에 사회에 대한 조사와 분석, 자연에 대한 관찰과 탐구는 상대적으로 소홀히 취급될 수밖에 없다. 구체적인 현실사회나 자연환경을 학문적 성찰과 탐구의 대상으로 삼아 연구하려는 경향이 미약했던 것이다. 청대 고거학이 실증적인 연구방법에 속한다고 하지만 그 대상이 경전의 문자텍스트를 벗어나지 않았으니 자연과학이나 사회과학으로 발전하기는 어려웠다. 과학의 본질은 진리추구를 통해 검증 가능한 새로운 지식을 축적하는 데 있으며 그것을 위해서는 실증적인 방법론을 운용해야 한다. 그런데 고거학은 실증적인 방법론의 범주에 든다고 하지만 새로운 지식의 축적과는 거리가 멀다. 기존 지식의 의미, 즉 경적(經籍)의 의미를 정확하게 해석해내는 데 머무를 뿐이다. 그것은 새로운 지식의 축적으로 이어지지 않고 기존 지식의 의미를 정확하게 해석하여 확정하는 것으로 그친다.

량치차오는 청대 학파의 운동이 '연구방법의 운동'이지 '주의(主義)의 운동'이 아니었다라고 말하고 이것이 청대 학술이 성과 면에서 유럽 문예부흥운동처럼 풍성하지 못한 까닭이라고 지적한 바 있다.31) 청대 학술의 연구방법은 글자의 뜻과 자구의 의미를 밝히는 데 국한되어 있었으니, '주의의 운동'으로 나아가기 어려웠을 뿐만 아니라 창조적인 학문적 성과를 내기도 어려웠다. 고거학 방법은 탐구와 발굴로 새로운 지식을 생산하거나 축적해나가는 것이 아니라 기존 지식의 의미를 정확하게 해석하는 훈고(訓詁)의 방법이었기 때문이다. 량치차오도 그러한 맥락에서 "청대 전체의 학술을 종합하여 말하면, 대체로 기술할 뿐 창작은 없었

---

30) 고힐강 지음, 김병준 옮김, 『고사변 자서』(소명출판, 2006), p.65.

31) 梁啓超, 『清代學術槪論』(東方出版社, 1996), p.39 참조. 『吾常言: "淸代學派之運動, 乃'研究方法的運動', 非'主義的運動'也." 此其收獲所以不逮'歐洲文藝復興運動'之豊大也歟?』

고(述而無作) 배우기만 하고 사색을 하지 않은(學而不思) 것이니, 사상이 가장 쇠락한 시대라고 일컬을 수 있다"32)라고 했던 것이다. 청대 학술은 옛 전적을 해석하는 '기술〔述〕'의 단계에 머물렀을 뿐 사상〔思〕을 전개하는 새로운 '창작〔作〕'의 단계로 나아가지 못한 것이다.

또한 전통 중국에서는 도덕론이 지식론을 압도하는 경향이 뚜렷하여 지식론의 발달이 가로막혔다. 타오시성(陶希聖)이 1910년대 중후반의 베이징대학 재학시절을 회고할 때, 『송유학안(宋儒學案)』과 『명유학안(明儒學案)』을 탐독하면서 "중국의 학문은 지식을 위주로 하지 않고 수양을 중심〔經〕으로 한다는 것을 알았다"33)라고 말한 것도 그런 의미이다. 중국의 고대 유가경전에 나오는 '견문(見聞, 또 문견聞見)'과 '덕성(德性)'은 각기 지식과 도덕에 해당하는데, 맹자(孟子)는 '견문'과 '덕성'을 구별하는 관념을 다음과 같이 표현한 바 있다. "귀와 눈의 기능은 사유를 하지 못하여 사물에 의해 가리어지니 사물〔外物〕이 사물〔耳目〕과 사귀면 거기에 끌려갈 뿐이다. 마음의 기능은 사유를 할 수 있으니 사유를 하면 얻고 사유를 하지 못하면 얻지 못한다."34) 맹자는 '이목(耳目)'과 '심(心)'이 할 수 있는 기능을 각기 구분하였는데, '이목'의 기능은 '견문'을 가능케 하고 '심'의 기능은 '사유〔思〕'를 통해 도덕을 가능케 한다. 송명(宋明) 이학(理學)에 이르면 도덕지식과 객관지식을 구분하여 '존덕성(尊德性)'의 관점에서 도덕지식을 앞세우게 된다. 정이(程頤)는 도덕지식과 객관지식을 다음과 같이 구분했다. "문견(聞見)의 지식은 덕성(德性)의 지식이 아니며, 사물이 사물과 사귀는 것은 내부의 지식이 아

---

32) 梁啓超, 『論中國學術思想變遷之大勢』(世紀出版集團・上海古籍出版社, 2006), p.106.

33) 陶希聖, 「北京大學豫科」: 陳平原・夏曉虹 編, 『北大舊事』(北京大學出版社, 2009), p.153.

34) 『孟子・告子上』: "耳目之官不思, 而蔽於物. 物交物, 則引之而已矣. 心之官則思, 思則得之, 不思則不得也."

니다. 오늘날 이른바 박물다능자(博物多能者)가 바로 그것이다. 덕성의 지식은 견문에 기대지 않는다."35) 정이(程頤)는 '덕성'과 '문견'을 서로 다른 '지식(知)'으로 구분한 뒤 '덕성'은 '문견'과 전혀 무관하다는 점을 드러내었다.36) 이는 도덕론이 지식론보다 우위에 있음을 보여준다. 더욱이 우위를 차지해온 도덕론에서 도덕의 문제도 사회제도화 또는 사회구조화의 문제로 다루지 않고 오로지 개인적인 수양의 문제로 환원했다. 그래서 '자기 몸을 닦는 것(修其身)'이 중심과제였다. "자기를 극복하여 예로 돌아가는 것이 인이다(克己復禮爲仁)"라는 공자의 가르침은 바로 그런 의미이다. 물론 지식론이 없었던 것은 아니지만 대개 '그 마음의 밝음을 궁구하는(致其心之明而已)' 데 한정되는 경우가 대부분이었다. 이렇게 본다면 중국의 학문전통은 도덕론이 중심을 이루며 지식론을 포함한다고 하더라도 그것의 학문적 대상은 '몸(身)'과 '마음(心)'을 크게 벗어나지 못하였던 것이다.

　지식의 축적과 거리가 멀었던 중국의 전통학문은 지혜를 구하는 방법을 중시했다. 지식을 축적하는 방법을 과학적 방법이라 한다면, 지혜를 구하는 방법은 예술적 방법이라 할 수 있다. 지혜는 통찰을 이끌어내는 바, 통찰은 축적된 지식의 종합이나 분석적 인과관계와 논리적 추론에 의한 것이 아니라 공부와 수양을 통한 돈오에 의해 달성된다. 예술적 방법으로서의 지혜는 구조를 통찰하는 것이지 구조를 분석적으로 인식하는 것이 아니다. 그래서 전통 중국에서는 사회와 역사, 세계와 인간에 대한 구조적 인식이 미약할 수밖에 없었다. 문학적 전유나 예술적 인식은 지혜의 추구를 이끌어 내면적인 것을 강조하고 외면적인 것을 부차적

---

35) 『二程遺書』卷二五「伊川先生語十一」: "聞見之知非德性之知, 物交物, 則知之非內也; 今之所謂博物多能者是也. 德性之知, 不假見聞."

36) 余英時, 『文史傳統與文化重建』(生活・讀書・新知 三聯書店, 2004), p.226-227.

인 것으로 만든다. 형상적 인식이 발달하여 시문학(詩文學)이 크게 성행할 수 있었던 것도 우연이 아니다. 상형문자의 형성, 회화에서 '사의(寫意)' 방법의 발달, '서예'의 예술화 등도 그런 형상적 인식과 밀접하게 관련된 것이다.

요컨대, 중국의 전통학문은 주로 문자텍스트를 연구대상으로 하면서 도덕론의 범주를 크게 벗어나지 않으며, 또한 지혜와 통찰을 중시하여 형상적 인식과 예술적 방법을 크게 발달시켰다. 하지만 근대학문이 성립되면서 전통적인 학문패러다임에 변화가 생겨 과학적 방법에 의한 지식의 생산과 축적 그리고 그것의 체계화를 중시하게 된다. 지식이 도덕의 제약으로부터 벗어나 독립적인 영역을 확보하고 학문의 대상이 문자텍스트 또는 몸〔身〕과 마음〔心〕의 영역을 벗어나서 사회와 자연 영역으로까지 더욱 확대된다. 말하자면 독립성과 자율성을 획득한 학술은 전통적인 '경전문헌(經典文獻)'과 같은 문자텍스트로부터 벗어나서 사회와 역사, 인간과 자연 영역으로 더욱 확대된다. 초기 베이징대학 문과 교수들의 학술활동이 전통적인 '경전문헌'의 문자텍스트 범위를 훨씬 뛰어넘어 민간가요나 민간전설 등을 수집 연구하고 고고학적 발굴을 중시하게 된 것은 바로 학문패러다임의 전환으로 말미암은 것이다.

다른 측면에서, 지식과 도덕의 문제는 학술〔學〕과 정치〔政〕의 문제로 환원하여 설명할 필요가 있다. 중국의 전통적인 학문패러다임에서 '학정일치(學政一致)'는 '지덕일치(知德一致)'와 동일한 의미구조를 갖는데, 그것은 과거 중국에서 지식이 도덕으로 수렴되고 도덕이 다시 정치로 수렴되기 때문이다. 왕궈웨이(王國維)는 학술이 정치로부터 독립해야 한다는 관점을 견지하여 "최근 몇 년 동안의 문학을 보면, 문학자체의 가치를 중시하지 않고 오로지 정치교육의 수단으로 보고 있어 철학과 다름이 없다"라고 말하고 "학술의 발달을 바란다면, 반드시 학술을 목적으로 삼고 수단으로 삼지 않은 후에야 가능하다"37)라고 말했다. 특히 그는 진리를 추구하는 학술[學]의 즐거움을 적극적으로 표현했다. "오늘날 무릇 오랜 세월 동안의 연구를 통해 하루아침에 우주인생의 진리를 훤히 깨닫게 되거나 가슴 속에서 흐릿하여 짐작할 수 없었던 의경(意境)이 하루아침에 문자, 회화, 조각으로 표현되는데, 이것은 진정 저 천부적인 능력의 발전이지만 이때의 즐거움은 결코 왕 노릇하는 것으로도 바꿀 수 없는 것이다."38) 왕궈웨이는 진리의 발견을 왕 노릇하는 즐거움으로도 바꿀 수 없는 것으로 비유함으로써 진리추구의 순수 학술에게 독립된 지위와 절대적인 가치를 부여했다. 왕궈웨이의 입장은 당시 중국에서 학술의 독립적 지위와 가치를 정립하는 데 매우 중요한 관점을 제공하는 것이었다. 구제강(顧頡剛)도 "응용의 측면에서는 쓸모가 있는지 없는지를 반드시 구별해야 하더라도, 학문에서는 진리인지 아닌지를 물어야지 쓸모가 있는지 없는지를 물어서는 안 된다"39)라고 하였는데, 왕궈웨이로부터 받은바 영향이 적지 않다.

류스페이(劉師培)만 하더라도 베이징대학 문과 교수로 재직하는 동안, 이전의 '학정일치(學政一致)'의 전통적인 관념으로부터 벗어나서 '학술[學]'을 '정치[政]'로부터 분리시키는 입장을 견지하였다. 그는 '학정일치'의 국학연구에서 점차 '정치'를 탈각시킴으로써 순수학술로서 문학과 경학을 연구할 수 있었다. 다만 연구방법 면에서는 전통적인 학문

---

37) 王國維,「論近年之學術界」,『王國維文集』第三卷(中國文史出版社, 1997), p.38. "觀近數年之文學, 亦不重文學自己之價値, 而唯視爲政治敎育之手段, 與哲學無異. …… 故欲學術之發達, 必視學術爲目的, 而不視爲手段而後可."

38) 周錫山 編,『王國維文學美學論著集』(北岳文藝出版社, 1987), p.36. "今夫人積年月之研究, 而一旦豁然悟宇宙人生之眞理, 或以胸中惝恍不可捉摸之意境, 一旦表諸文學, 繪畫, 雕刻之上, 此固彼天賦之能力之發展, 而此時之快樂, 決非南面王之所能易者也."

39) 고힐강 지음, 김병준 옮김,『고사변 자서』(소명출판, 2006), p.54.

방법을 고수하려는 태도를 지니고 있었으니, 그는 이념적으로는 전통적인 학문패러다임에서 벗어나고 있지만 방법론적으로는 여전히 전통학문에 뿌리를 내리고 있었다고 할 수 있다. 반면 량수밍(梁漱溟)은 도덕론을 중시하는 전통적인 '존덕성(尊德性)'의 관점에서 동서문화론을 전개하여 중국문화가 미래 세계문화의 방향이 될 것임을 주장하였으니 이념적인 측면에서 보면 전통적인 학문패러다임을 내면화하고 있었다고 할 수 있다. 하지만 량수밍의 동서문화론은 논리성과 체계성을 갖춘 과학적 방법에 의거하여 설명되고 있어 방법론적인 측면에서 보면 근대적 학문패러다임의 성립에 크게 기여했다고 할 수 있다.

주지하듯이 청말과 민국 초기의 국학연구는 대체로 사상적인 성향과 정치적인 경향이 짙은 민족주의의 산물이었다. 거기에는 반청배만(反淸排滿) 및 서학에 대한 저항이라는 일종의 문화적 전략이 깔려 있었다.40) 이와 달리 후스의 국학연구는 사상성이나 정치성을 배제하고 '진리를 위한 진리의 발견'이라는 객관성을 추구하는 것이었다. 사상성과 정치성을 앞세우면 확실성과 엄정성을 요구하는 '과학적 방법'에 의거한 학술연구가 불가능해질 수 있기 때문이다. 다시 말하면 학술이 정치로부터 독립하지 않고서는 지식의 진리성을 객관적으로 검증하기 어렵기 때문이다. 그리하여 후스는 "만약 민족주의 또는 어떤 주의(主義)로써 학술을 연구한다면 반드시 과장하거나 기피하는 병폐가 있을 것이다. 우리가 국고를 정리한다는 것은 역사를 연구하는 것일 뿐이며, 학술을 위해 노력하는 것일 뿐이다. 이른바 '실사구시'가 바로 그것이니, 절대로 '민족의 정신'을 발양하기 위한 감정 작용은 없다"41)라고 단언했던 것이다.

---

40) 沈衛威, 『"學衡派"譜系─歷史與敍事』(江西敎育出版社, 2008), pp.308-309.
41) 胡適, 『胡適全集』 第23卷(安徽敎育出版社, 2003), p.606.

후스는 도덕론과 현실정치로부터도 떨어져 나와 학술의 객관성 추구에
주력하였으니, 비록 '과학적 방법'으로 행해진 그의 구체적인 학문실천이
청대 고거학(考據學)에 빚지고 있다고 하더라도 이념과 방법 면에서 전
통적인 학문패러다임에서 벗어났다고 할 수 있다.

4. 자기동일성의 문화정체성

　19세기 말 이후 중국 문화논의의 화두였던 중체서용론(中體西用論)
에서는 지식론과 도덕론이 뚜렷하게 구분되어 있지 않았다. '중체(中體)'
는 지식론과 도덕론이 미분화된 상태의 통합된 정신적 요소이며, '서용
(西用)'은 지식론이라기보다 오히려 기술론에 가까웠다. 이에 비해 량수
밍의 동서문화론은 분명 지식론과 도덕론을 구분하고 지식론의 측면에
서 동양문명의 방법적 한계를 적시하고 서양문명의 방법을 적극적으로
수용해야 한다는 입장이었다. 그렇지만 량수밍은 지식이 도덕으로 통제
되지 않으면 서양의 제1차 세계대전의 참상이 증명하듯이 결국 과학문
명의 파산을 초래할 수 있다고 믿었다. 그래서 그는 도덕론 중심의 중국
문명의 부활을 예견하고 그것이 미래의 세계문명이 될 것임을 확신했다.
　이러한 량수밍의 동서문화론은 제1차 세계대전 직후에 일기 시작한
서양문명에 대한 비판과 반성을 중국적인 방식으로 시도한 것으로 볼 수
있다. 량수밍은 과학문명의 미래를 비관하는 서양문명 내부의 목소리에
호응하여 중국적인 방식으로 그 대안과 출로를 모색한 것이다. 객관지식
이라 하더라도 그것이 도덕에 의해 통제되지 않을 때 제1차 세계대전의
참상을 낳을 수 있으므로 서양문명을 전반적으로 수용하되 그 길을 수정
하여 다시 동양문명의 길로 나아가야 한다는 것이었다. 량수밍은 지식론

과 도덕론을 분리하고 서양문명의 지식 발달을 긍정한 뒤 지식론 일변도의 추구가 비극을 낳을 수 있다는 점을 지적했다. 서양은 지식을 극도로 발달시켰지만 '정신적으로 손상을 입고 생활에서 고통을 받게' 되었으므로 도덕으로 지식을 통제하지 않을 수 없다는 것이다.

량수밍의 동서문화론이 서양문명에 대한 비판과 그 대안 모색에서 비롯되었지만, 다른 측면에서 유학(儒學)에 경도된 그의 사상적 경향에서 비롯되었다고 할 수 있다. 량수밍은 동양문명은 서양문명에 의해 한차례 크게 고쳐져야 한다고 말하며 지식론 중심의 서양의 근대적 과학방법을 적극적으로 수용할 것을 주장하였다. 지식론과 도덕론이 미분화된 상태에서는 새로운 문명창조가 어렵다고 보았기 때문이다. 그럼에도 불구하고 그는 유가(儒家)적 전통을 계승하여 도덕론 중심의 중국문명의 우월성을 강조하는 방향을 제시했다. 그는 방법론적으로 논리적 체계화와 이론적 정합성을 추구하는 과학적 방법을 중시하였지만, 이념적으로는 도덕론에 기울어 도덕론이 지식론을 압도하는 결과를 초래하였다. 이는 도덕론 중심의 유가적 전통이 그의 학술활동에 지속적으로 개입하여 영향을 미쳤음을 보여준다.

중국의 유가적 전통에서는 '인간 존엄'을 담은 '인(仁)' 사상을 도덕철학으로 해석하여 개인적인 수양의 문제로 환원해버리는데, 이로 말미암아 '인' 사상이 사회제도로 실현되는 길이 차단된다. 중국의 철학적 기반이 자연주의적 천도관(天道觀)에 뿌리를 내리고 있어 전체 사회제도는 '무위(無爲)'의 영역에 속하므로 범접할 수 없고 오로지 '무불위(無不爲)'의 개별자들의 변화에 초점을 맞춰 개인의 도덕적 수양을 강조하게 되는 것이다. 반면 서양에서는 사회철학과 정치철학이 발달하여 '인간 존엄'의 사상을 도덕철학으로 묶어두지 않고 사회제도로 실현하려는 노력을 적극적으로 해나간다. 그렇다면 1920년대 초반에 불거진 '문제와 주의 논쟁'에서 '주의'를 주장한 진영은 바로 사회제도의 변혁을 추구하기 위해 사회철학 내지 정치철학을 요구한 것이라 할 수 있다. 이 '문제와 주의 논쟁'이 중국의 사상사적 맥락에서 중요한 전환점이 되고 있는 것은 사회철학 또는 정치철학으로 나아가는 길을 열었기 때문이다. 하지만 곧이어 진행된 '현학과 과학 논쟁'에서 '현학파'는 여전히 전통적인 도덕철학의 우위를 주장하면서 개인의 도덕적 수양을 중시하는 인생관을 확립하고자 했다. 따라서 '문제와 주의 논쟁'을 거치면서 중국에서도 사회철학과 정치철학을 중시하는 경향이 뚜렷해졌지만 '현학과 과학 논쟁'에서 '현학파'의 주장이 보여주듯 도덕론을 중시하는 중국의 유가적 전통은 지속적으로 힘을 발휘하고 있었던 것이다.

량치차오(梁啓超)는 20세기 세계문명을 서양문명과 중국문명으로 양분하는 중서(中西)의 이원구조로 파악하면서 20세기 세계문명의 방향은 두 문명이 융합하는 방향이 될 것으로 예상했다. 후스는 당시 세계철학의 주류를 중국철학과 서양철학으로 양분하고 미래의 세계철학은 이 두 철학의 상호접촉과 영향에 의해 새롭게 탄생할 것으로 예상했다. 세계철학을 중서(中西)의 이원구조로 파악하고 있다는 점에서 후스의 발상은 량치차오의 그것과 동일하다. 량수밍의 동서문화론 역시 중서문화의 이원대립적 인식에서 출발한다.

량수밍은 우선 동양 각국 중에서 서양문화를 수용한 일본이 세계의 강국이 될 수 있었고 서양문화를 수용하지 못한 인도, 조선, 베트남, 미얀마 등은 서양문화의 지배를 받고 있으며, '동양문화의 유일한 발원지인 중국'도 서양문화의 압박을 받고 있다고 했다. 이어 그는 "이 문제는 현재 결코 동양문화와 서양문화가 대립하는 전쟁이 아니라, 완전히 동양문화에 대한 서양문화의 절대적 승리, 절대적 정복의 상황에 있다고 할 수 있다. 이 문제는 지금 이렇게 묻고 있다. 동양문화가 결국 살아남을 수 있는가?"42)라고 했다. 량수밍은 힘의 절대적 우위를 확보한 서양문화와 그것에 제압당한 동양문화의 현실상황을 설명하고 있지만, 그 실질은 '동양문화의 유일한 발원지인 중국'이 서양문화에 대항하여 중국문화의 자기동일성을 어떻게 유지할 것인가 하는 데 있었다. 이처럼 세계문화(문명)를 중서(中西)로 양분하는 이원적 인식은 문화론을 전개하던 중국인들에게 보편적으로 나타나는 현상이었다.

예컨대, 1920년대에 리서우창(李守常)은 「동서문명의 근본적인 차이점(東西文明根本之異點)」이라는 글에서 "나는 동서문명 조화의 대업은 반드시 두 종류 문명이 그 자체로 각자 철저한 각오가 있어야 하며 다른 쪽의 장점으로써 자기의 단점을 보완해야 세계의 신문명은 비로소 광채를 드러내고 완성될 날이 있을 것임을 확신한다. …… 나는 아시아문화의 중심인 우리 민족이 이러한 세계의 책임에 대해 각오하고 노력할 것을 희망한다"43)라고 했다. 리서우창은 동서문명의 조화를 언급하고 있으나 실은 '중서문명의 조화', 나아가 중국문명의 세계적 책임을 강조하고 있는 것이다. 천자이(陳嘉異)는 1921년 「동방문화와 우리의 큰 임무(東方文化與吾人之大任)」라는 글에서는 "동방문화는 국가주의로부터 세계주의로 나아갈 수 있는 우월성을 지니고 있으며 세계주의를 귀착점으로 삼고 있다. 그러므로 동방문화는 미래의 세계문화가 될 것이다"44)라고 하였다. 천자이는 동방문화, 즉 중국문화를 중심으로 동서문명의 조화를 주장하면서 동방문화가 세계문화가 될 것임을 역설하고 있다.

중서문화의 이원대립적 인식구조는 최근 중국의 근현대사상사를 심도

---

42) 梁漱溟, 『東西文化及其哲學』, p.13.

43) 陳高傭, 「中國文化問題硏究」(商務印書館, 1937.6), p.288. 『民國叢書』 第四編 39(上海書店).

44) 陳嘉異, 「東方文化與吾人之大任」(『東方雜誌』, 1921); 陳崧 編, 『五四前後東西文化問題論戰文選』(中國社會科學出版社, 1989), pp.296-309.

있게 연구해온 왕후이(汪暉)의 '현대성' 논의에서도 발견된다. 왕후이는 현대성 개념이 서양으로부터 근원한다는 점을 비판적으로 검토하면서 반(反)서양적 '현대성' 논의를 이끌어내기 위해 "역사적 가능성을 다시 발굴해야 한다"[45]고 전제하고 그 가능성을 중국전통으로부터 찾고자 했다. 그는 "서방 이성주의라는 이 문화동일성 요소 및 그것과 현대성과의 관계에 상응하여 중국의 현대성도 동력으로서 자기의 문화동일성을 가지고 있는가"[46]라고 반문하고, "'전통생활 형식에 내재되어 있는 이념'이 현대성 문제를 이해하고 분석하는 자원이 될 수 있는가"[47]라고 질문을 던진다. 왕후이는 서양의 현대성이 문화적 동일성을 유지하고 있음에 상응하여 중국의 현대성 추구도 중국의 문화적 동일성을 유지해야 한다고 보고 그 동력을 중국전통에서 찾고자 하였다. 그가 던진 질문의 궁극적인 목표는 서양 중심의 현대성 추구로부터 벗어나서 중국전통 속에서 자원을 발굴하여 중국의 문화적 동일성을 유지하는 새로운 현대성을 구축해야 한다는 것이다. 왕후이는 현대성 개념의 서양 근원설을 비판적으로 검토하면서 반(反)서양적 '현대성' 논의의 가능성을 타진하여 그것을 중국전통으로부터 찾고자 한 것이다. 이러한 왕후이의 탐색은 자기동일성의 문화정체성 구축이라는 측면에서 의미심장하다. 하지만 그 이면에는 중서(中西)문화 중심의 이원적 인식과 중서의 대결의식이 견고하게 자리하고 있음을 발견하게 된다.

요컨대, 19세기 말 이후 중국의 사상문화논쟁에서 제기된 '중체서용

---

45) 汪暉, 「導論」, 『現代中國思想的興起』(上卷 第一部 理與物)(生活・讀書・新知 三聯書店, 2004), p.23. "重新發掘歷史的可能性."

46) 汪暉, 『汪暉自選集』(廣西師范大學出版社, 1997), p.25. "相應于西方理性主義這一文化同一性因素及其與現代性的關係, 中國的現代性是否也有自己的文化同一性作爲動力."

47) 汪暉, 『死火重溫』(人民文學出版社, 2000), p.259. "'內在于傳統生活形式的理念'仍然有可能成爲理解和分析現代性問題的資源."

론'이든 '전면서구화'든 '동방문화론'이든 모두 중국문화와 서양문화를 이원대립적으로 이해하는 인식구조를 포함하고 있으며, 그것은 최근의 '현대성'논의 속에서도 계승되고 있다. 이는 중국문화 중심의 전통적인 관념이 지속적으로 작용하고 있음을 보여주는데, 그것은 무의식으로 잠류하거나 때에 따라 표면으로 부상하기도 한다. 따라서 중서문화의 이원대립적 인식구조는 중국문화의 자기동일성 유지라는 문화정체성 확립에서 비롯되었지만, 은연중에 중국문화 중심의 전통적인 관념을 반영하고 있는 것이다.

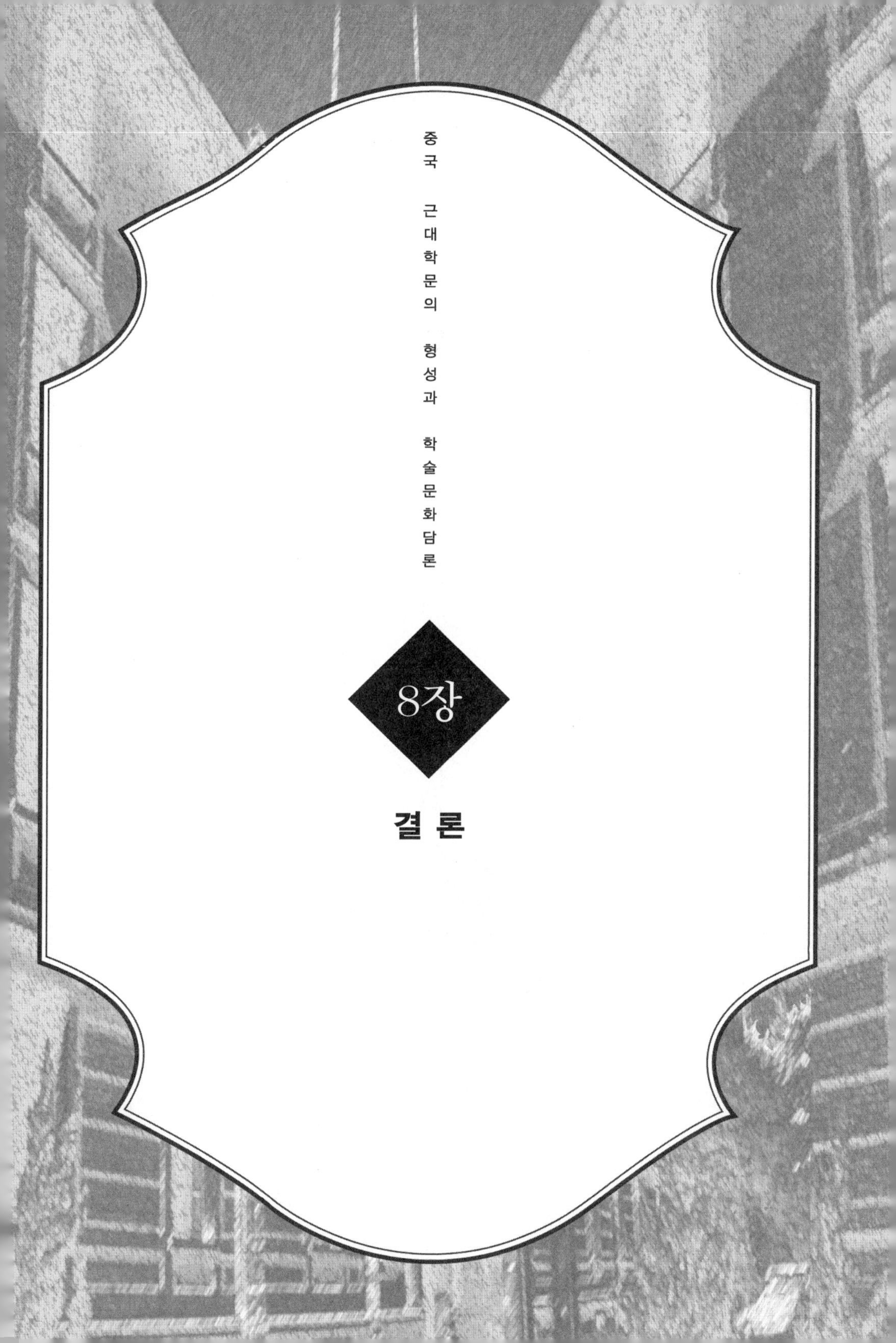

8장

결 론

중국 근대학문의 형성과 학술문화담론

1898년에 설립된 경사대학당이 일본의 근대적인 대학학제를 모방한 것이었으나 1912년 중화민국이 들어선 이후 「대학령」이 반포되고 1917년 베이징대학의 체제가 정비되면서 중국은 서양의 근대 대학제도를 모방하더라도 주체적인 입장에서 그것을 정착시키고 자발적인 학술연구를 추구하게 되었다. 그 결과 중국은 주도적으로 전문적인 학술연구기구를 설립하고 학문연구를 진행하여 풍성한 수확을 거두고 뛰어난 학자들을 배출할 수 있었다.

중국의 전통학문은 경전 텍스트를 해석하는데 주력하여왔으므로 사상성격보다는 학술성격이 훨씬 강하였다. 사상의 전개도 경전 텍스트에 대한 주석 작업을 통해 텍스트를 해석하는 과정에서 드러나는 것이 일반적이었다. 그 결과 학술행위와 사상행위가 구분 없이 통합적으로 이루어졌고, 전혀 새로운 사상을 전개한다는 것은 지난한 일이었다. 중국의 전통학문을 논할 때 사상의 개념보다 학술 또는 학술사상의 개념으로 접근하는 것이 더 적절한 이유도 바로 여기에 있다. 학술사가 사상사를 대신한다든지 사상사 서술에서 학술사의 측면이 부각된다든지 하는 것은 바로 이와 관련이 있다. 그런데 근대학문의 도입은 새로운 변화를 몰고 왔다. 학술과 사상의 구분이 뚜렷해져 사상이 사회적 영향력을 확대하는 한편 학술도 사상(도덕 또는 정치)과 스스로 구분하여 독자적인 영역을 확보하게 된다. 특히 검증 가능한 객관지식을 추구하는 '과학'이 대두하여 학술의 독립성이 강조되고 순수학문의 가치가 극대화되었다.

또 전통 중국에서는 학문의 대상이 주로 경전의 '문자〔文〕' 텍스트를 크게 벗어나지 않았으며 그 내용도 대체로 도덕론의 범주로 제한된 것이었다. 또한 지혜와 통찰을 중시하여 형상적 인식과 예술적 방법이 발달했다. 하지만 근대적 학술활동이 본격화되면서 전통적인 학문패러다임에 변화가 생겨 과학적 방법에 의거한 지식의 생산과 축적 그리고 그것의 체계화를 중시하게 되었다. 지식이 도덕의 제약으로부터 벗어나 독립적인 영역을 확보하고 학문의 대상이 '문자' 텍스트 및 몸〔身〕과 마음〔心〕의 내면 영역을 벗어나서 사회와 자연 영역으로 더욱 확장되었다. 따라서 중국의 근대학문의 형성은 다음 두 가지 근본적인 변화를 가져왔다. 하나는 이념적인 측면에서 학술이 도덕과 정치로부터 독립하여 객관지식을 추구하게 되었다는 점이고, 다른 하나는 연구방법적인 측면에서 전통적인 의리학(義理學)이나 고거학(考據學)을 대체할 새로운 '과학적 방법'을 제창하게 되었다는 점이다.

그런데 근대학문이 학술과 사상을 뚜렷하게 갈라놓았다고 하더라도 학술의 독립성을 추구하는 그 특징으로 말미암아 원래 학술성이 강한 과거 중국의 학문전통과 어떤 식으로든 연관을 맺지 않을 수 없었다. 더욱이 오랫동안 누적되어온 학문전통의 무게가 관성의 힘으로 작용함으로써 '회통(會通)'의 원리를 중시해온 중국인들에게 학문전통의 계승은 무의식적 과제로 받아들여졌다. 전통학문의 중심을 차지해온 경학(經學)이 근대적인 분과학문체계 내에서 여전히 독립된 영역을 차지할 수 있었던 것도 그런 이유 때문이었다. 도덕론 중심의 전통학문의 이념적 측면을 계승한 량수밍(梁漱溟)이든, '과학'이라는 이름으로 고거학(考據學)의 전통적인 학문연구방법을 적극 활용한 후스(胡適)든, 중국의 고유개념을 문학사 서술에 적용한 루쉰(魯迅)이든 그들은 모두 근대학문을 중국에 뿌리내리는 데 크게 기여하였지만 전통학문과의 연계성도 놓치지 않은 것이다.

량수밍은 5·4신문화운동시기의 새로운 사상·문화적 분위기 속에서 『동서문화와 그 철학』을 저술하여 중국문화 우월의 관점을 논리와 체계를 갖추어 설명하면서 중국문화가 미래 세계문화의 방향이 될 것임을 주장하여 당시 큰 반향을 불러일으켰다. 인생문제에 대한 고민에서 출발한 량수밍은 결국 중국 지식인으로서의 문화적 책임감 때문에 덕성, 도덕, 직각을 중시하는 유가(儒家)의 인생태도로 돌아와 그것을 중국이 나아가야 할 문화적 방향으로 제시하고자 했다. 그것은 자부심과 책임감으로 충만한 량수밍이 불가(佛家)에서 유가(儒家)로 전환하여 중국문화의 자기정체성을 학술적으로 정립하려는 노력의 일환이었다. 시대에 민감하게 반응했던 지식인으로서 량수밍은 중국의 전통문화를 비판하는 입장에 서야 했지만, 제1차 세계대전 이후 서양문화가 직면한 한계를 직시하면서 중국문화부흥에 대한 기대를 한껏 높이면서 그것을 학술적 담론으로 전환시키고자 했다. 량수밍은 '의욕'과 '직각' 개념을 통해 인식론적 근거를 마련하고 '문화로향(文化路向)'이라는 방법론을 창안하여 중국문화우월 또는 중국문화부흥의 관념을 고취하는 데 사상사적 맥락에서 크게 기여한 것이다.

후스는 베이징대학 내에서 학술적 권위를 인정받기 위해 전통학문에 대한 조예를 스스로 검증해야 했는데, 그것은 개인의 학문능력뿐만 아니라 학문계보를 통해 보증할 수 있어야 했다. 『중국철학사대강』을 서둘러

출판한 것이나 '한학을 세전(世傳)하던 지시(績溪)의 후(胡)씨 집안' 후
손이라는 평판을 들은 것은 바로 그러한 맥락에서 이해할 수 있다. 후스
가 말한 과학적 방법은 주로 듀이의 '실험'과 '실용'을 중시고 헉슬리의
'증거'를 중시하는 실증방법이며, 구체적으로는 '대담한 가설, 세심한 실
증'이라는 명제로 표현되었다. 후스는 학문연구방법을 논하기 위해서는
과학적 방법을 적용한 경험이 있어야 할 뿐 아니라 그것에 대한 철학적
사유도 함께 해야 한다고 했는데, 실제로 그는 과학적 방법의 이론화 작
업과 학문실천을 병행하였다고 할 수 있다. 량수밍이 서양학문을 서양학
문의 맥락에서 해석하지 않고 중국 전통학문의 맥락에서 해석하고, 나아
가 중국 전통학문에 의해 해석된 서양학문을 근거로 다시 과거 중국전통
을 재해석함으로써 중국전통의 부활을 예견했다고 한다면, 후스는 청대
(淸代) 고증학의 전통학문방법을 활용하면서 서양 근대의 학문방법을
과학이라는 이름으로 수용하여 중국전통을 정리하고자 했다. 후스는 중
국의 전통학문에 의거해 서양문화를 해석하던 기존 태도로부터 벗어나
서 서양 근대학문에 의거해 중서문화를 비교분석하는 한편 중국전통을
정리하고 그로부터 현대적 가치를 발굴할 수 있기를 기대했다.

  장타이옌의 학문적 계보를 잇고 위진(魏晉)시기 문인들로부터 영향을
받은 루쉰은 비정통의 '야사'와 '잡설'의 역사탐독을 통해 역사의 진면목
을 확인하고 그 진실을 밝히고자 했다. 역사 속에 퇴적되어 온 중국의
'영혼'을 드러내고 그것을 현재와 대비하여 현실을 비춰보는 거울로 삼고
자 했다. 그것은 현실에 발을 딛고 서서 역사를 되돌아보면서 역사 속에
서 현실의 근원을 발견하는 일이었다. 더욱이 루쉰은 고증학적 학문방법
을 활용하여 중국의 고적과 고소설의 원형 복원에 심혈을 기울였다. 이
른바 '옛 책에 혼을 되돌려주고' '과거를 잊지 않기' 위해 고적과 고소설의
원형 복원에 매진했으며, 이를 기초로 전통의 재구성작업으로서 문학사

서술을 시도했다. 특히 문학사서술에서 루쉰은 중국 고유의 가치와 의미를 정교하고 세밀하게 드러내기 위해서 전통적인 용어와 개념을 적극적으로 활용했는데, 이는 중국 학술의 특수성을 인정하고 그 독자성을 지키려는 구체적인 실천이었다. 학술연구를 순수 독립된 영역으로 국한시키지 않고 현실과 긴밀하게 연관을 갖도록 요구한 것 또한 루쉰의 학문하는 태도의 두드러진 특징이다. 루쉰의 학술연구는 역사의 진면목을 밝히는 진실추구에서 출발하여 현실개혁의 역사적 당위와 근거를 확보하는 데로 나아갔다. 그의 간단없는 학술연구는 문학을 통한 사상계몽의 현실적 필요성을 더욱 강화시켜주었으니, 그것은 문학을 매개로 전개될 사상계몽을 위한 내면적 충실화의 과정으로 이해할 수 있다.

학술과 사상은 뚜렷하게 구분되는 바, 사상은 권위와 합법성을 획득하는 것을 최종 목표로 하지만 학술은 오히려 그런 권위와 합법성에는 관심을 두지 않고 객관적인 지식의 탐구와 축적에 최종 목표를 둔다. 후스는 서양의 과학적 방법을 도입하고 그것과 유사한 전통자원을 발굴하여 활용하면서 '국고정리'를 통해 학문의 객관성을 앞세움으로써 국학연구의 '학술'지향을 드러내었다. 반면 량수밍은『동서문화와 그 철학』이라는 저술을 통해 서양의 학문방법을 차용하면서 중국문화부흥의 이념을 전면에 내세움으로써 국학연구의 '사상' 지향을 드러내었다. 이들과 달리 루쉰은 중국 고적을 교감집록하고 중국문학을 연구하면서 연구대상에 따라 서양의 학문방법과 전통적인 학문방법을 조절해서 사용하고자 하였다. 즉 국학연구의 '학술' 지향과 '사상' 지향을 동시적으로 추구한 것이다. 그는 국학연구의 '학술' 지향이 전제되지 않으면 그것의 '사상' 지향도 근거를 잃어 공허해진다고 보았으며, 역으로 '사상' 지향이 배제된 채 '학술' 지향만을 추구하는 국학연구도 현실적으로 큰 의미가 없다고 보았다.

이 대목에서 우리는 '회통(會通)'의 원리를 중시하는 중국 지식인들의 내면화된 경향성을 지적하지 않을 수 없다. 그것은 과학적 방법에 의거한 근대학문을 수행하더라도 결국 중국 지식인들은 전통에 뿌리를 내리게 된다는 점이다. 량수밍은 학술방법 면에서 객관지식을 논증하는 과학적 방법을 차용하여 체계화와 이론화 작업을 진행하였으나 이념적인 측면에서 중국문화부흥을 주장함으로써 결과적으로 도덕론을 중시하는 전통적인 문화의식으로 회귀하였다. 후스는 '국고정리'를 위한 새로운 방법론으로 서양의 '과학적 방법'을 제시하였지만, 실제로 그가 사용한 방법은 '과학적 방법'에 부합한다고 표명한 전통적인 '고거학(考據學)' 방법에 훨씬 가까웠다. 루쉰은 고소설의 원형 복원과 전통의 재구성을 위해 문학사서술을 시도하면서 중국 고유의 가치와 의미를 드러내기 위해 전통적인 용어와 개념을 적극적으로 사용하였다. 이러한 경향성은 중국문화의 자기동일성 유지라는 문화정체성 구축과 관련되어 있으며, 관성처럼 작용하는 중국 지식인들의 문화의식을 반영하고 있다. 궈모뤄(郭沫若)는 왕궈웨이(王國維)와 루쉰(魯迅)을 높이 평가하여 "두 사람은 고대문물을 연구함에 있어 과학적인 방법을 사용한 것 외에도 똑같이 청대 건가학파(乾嘉學派, 고거학을 가리킴 — 인용자)의 학풍을 계승했다. 그들은 옛 물건들을 수집하고 흩어진 책들을 집록하며 전집(典集)을 교정함에 있어 실사구시의 태도를 엄격히 지켰다"[1]라고 하였는데, 서양의 학문방법과 전통적인 학문방법을 병행한 근대 학자들의 학문적 특징을

---

1) 郭沫若,『魯迅與王國維』: 王國維 著, 권용호 譯註,『宋元戲曲史』(개정판)(學古房, 2007), p.542. 궈모뤄의 이 글은 원래 1946년 10월에 출판된『문예부흥(文藝復興)』제2권 제3책에 발표되었는데, 나중에 1998년 상하이고적출판사(上海古籍出版社)에서 출판한『송원희곡사(宋元戲曲史)』의 부록에 수록되었다. 궈모뤄는 왕궈웨이와 루쉰을 극찬하여 "『왕궈웨이 유서전집(王國維遺書全集)』과『루쉰전집(魯迅全集)』은 정말 '일월과 빛을 다툴 수 있을' 정도로 현대 문화사상의 금자탑이다."(p.552)라고 했다.

대변해준다.

1990년 95세의 나이로 생을 마감한, 현대 중국의 국학 대가로 불린 첸무(錢穆)는 중서(中西) '회통(會通)'을 강조하여 "나는 중국 전통문화 가운데 도덕수양의 정신은 결코 서양 현대과학의 탐구정신과 서로 위배되지 않는다고 굳게 믿는다. 따라서 이상적인 현대 과학자는 동시에 중국 전통문화 가운데 이상적으로 여겨지는 도덕적 완벽한 사람이 될 수 있으며, 실제로 과학과 도덕의 두 가지 길의 합일만이 장래의 인류를 위해 신문화를 창조할 수 있을 것이다"[2]라고 말한 바 있다. 그는 중국의 전통적인 '격물지학(格物之學)'이 물성(物性)과 인성(人性)을 모두 아우른다는 점에서, 중국문화가 현실과 응용을 중시하고 '천인합일(天人合一)'을 중시한다는 점에서, '격천(格天), 격물(格物), 격심(格心)' 및 사학(史學)을 중시하는 전통문화정신과 현대과학정신의 '회통(會通)'이 인류 신문화가 창조적으로 발전하는 길이 될 것이라고 인식했다. '회통'은 '합류 변통하다' 또는 '융합 관통하다'라는 의미로 풀이할 수 있는데, 외부의 것을 수용하여 변화를 추구하되 여전히 전통을 이어가는 경향성을 가리킨다. 말하자면 '회통'의 원리는 문화적 자기동일성을 유지하려는 구심력을 더욱 강조하는 논리이다. 그럴진대 중국의 '국학'연구는 근대학문으로 수행되었다고 하더라도 결국 첸무가 강조한 '회통'의 원리에 기반하고 있었던 것이다.

최근 들어 중국 지식인들은 1980년대 이후 30년 동안의 급속한 경제성장에 힘입어 '중국굴기(中國崛起)'라는 기대를 한껏 높이고 중국고전학에 대한 관심을 고조시키고 있다. 장쉬동(張旭東)은 이른바 '보편적 세계 문명'이라는 것을, 어떤 외재적이고 절대적인 표준으로 설정하지

---

2) 錢穆, 「中國文化與科學」(1975.10): 胡道靜 主編, 『國學大師論國學(上)』(東方出版中心, 1998), p.126. "實唯科學與道德之二途會一, 始可爲將來人類創造新文化."

말고, '중국적 가치'의 내부에 위치지운 채로 파악하지 않으면 안 되며, '보편적 세계 문명'이라는 것의 현실화와 보편화는 '중국적 가치'의 참여와 모색과 분리된 채로 이루어질 수 없다고 역설했다.3) 그는 서양 중심의 '보편적 세계문명'을 비판적으로 사고하면서 '중국적 가치'의 참여를 주장하고 '문명사적 차원의 중국굴기'를 기대하고 있는 것이다. 류샤오평(劉小楓)은 왜 중국의 고전학(古典學)을 건설해야 하는가라는 물음을 제기하면서 5·4이후 '서학(西學)'은 결국 서양 근대 이후 형성된 현대 학술전통만을 가리키는 것으로 서양의 고전학술은 포함하고 있지 않다고 전제하고, 바로 그런 점에서 당시의 '국학'과 '서학'을 대비시키는 것은 서양학술사에 포함된 '고금분리(古今分離)'와 '고금지쟁(古今之爭)'이란 중대한 문제에 대한 이해를 결여하고 있다고 지적했다.4) 5·4신문화운동은 이런 의식 속에서 전통중국학술에 대해 근본적인 비판을 전개하였다고 보고 중국의 고전학을 새롭게 세우는 일은 현재의 경제적 중국굴기를 넘어서는 문명사적 차원의 중국굴기를 위해 중요한 길임을 강조했다. 그가 '서양전통, 경전과 해석'의 책 시리즈를 펴낸 데 이어 '중국전통, 경전과 해석'의 책 시리즈를 펴낸 것도 중국의 "전통 경전을 새롭게 정리하기" 위한 것이었다.5) 간양(甘陽)도 "30년의 경제성공 이후 중국인들은 전체 세계에 대한 시각, 지구화시대에 중국문명을 어떻게 볼 것인가 하는 문제에 직면하고 있다. 최근 중국에서 다시 고전서학(古典西學)이나 고전중학(古典中學)으로 돌아가자는 구호가 제기되는 것은 바로 중국문명부활의 일부이다"6)라고 강조했다. 이렇게 최근 중국 지식

---

3) 張旭東, 「中國價値的世界歷史使命」, 『文化縱橫』 2010年 第1期.

4) 張巍·劉小楓·甘陽, 「如何建設中國的西方古典學: 張巍, 劉小楓, 甘陽三人談」, 『中國思想論壇』 2011年 1月.

5) 劉小楓·陳少明, 「緣起」: 羅煥 著, 羅書愼 校點, 『諸子學述』(華東師范大學出版社, 2008), p.3 참조

계에서는 중국적 가치가 강조되고 중국고전학에 대한 관심이 고조되어 그에 대한 연구가 활성화되고 있는데, 이는 중국문명부활에 대한 강한 기대에서 비롯된 것이다. 결국 '중국적 가치'의 발견과 중국고전학의 부활은 서양 중심의 '근대'를 비판할 수 있는 새로운 시각과 관점을 확보하려는 의도를 갖지만, '회통'의 원리를 지향하는 중국지식인들의 전통적인 문화의식을 반영한 것이기도 하다.

　오늘날 '근대' 이념의 표상인 '과학'에 대해 맹목적인 신뢰가 불가능하게 되었음은 주지의 사실이다. '과학'은 객관적인 진리 또는 그것의 탐구를 의미하므로 오염되지 않은 순수한 영역으로 여겨지지만, 사실 그것은 사회 구성을 위한 일종의 담론일 수 있다. 그 담론은 자신을 진리로 표출해 자신의 권력을 합법화하는 역할을 수행하는 것이다. '과학'이 실은 스스로 진리임을 드러내어 자신의 권력을 합법화한다면 '과학'에 내재되어 있는 억압의 측면에도 주의하지 않을 수 없으며, '근대'에 대한 비판도 이 대목에서 가능해진다. 1990년대 이후 중국 현대사상사를 깊이 있게 연구해온 왕후이(汪暉)는 중국의 역사 속에서 '근대(현대성)'담론이 어떻게 형성되어 왔고, 중국 지식인들은 '근대'문제를 어떻게 인식했는가를 탐구하여 해방의 측면과 억압의 측면을 동시에 제시했다. 그는 특히 루쉰(魯迅)을 모순과 역설의 사상가로 이해하면서 루쉰이 '근대' 속에서 해방의 측면과 억압의 측면을 동시에 발견했다고 설명했다. 그는 루쉰보다 앞 세대이자 루쉰의 사상에 영향을 준 장타이옌(章太炎)이나 옌푸(嚴復)의 경우도 마찬가지라고 말하면서 '근대'의 억압적 측면을 강조했다.7) 그런데 여기서 우리가 간과할 수 없는 것은, '근대'가 해방의 측면

---

6) 張巍·劉小楓·甘陽, 「如何建設中國的西方古典學: 張巍, 劉小楓, 甘陽三人談」, 『中國思想論壇』 2011年 1月.

7) 백승욱, 『해제: 꺼진 불씨를 되지펴 현대성과 대결하기』: 왕후이 지음·김택규 옮김, 『죽은

과 억압의 측면을 동시에 가진다고 지적한 왕후이의 인식 저변에는 '근대'가 외래적인 것이었다는 심리적 반발이 자리하고 있다는 점이다. 서양 '근대'에 대한 중국인들의 태도는 이중적이다. 거대한 파도처럼 밀려드는 '근대'를 당위로서 받아들이고 추구하지 않을 수 없었지만, 그 '근대'가 서양에서 탄생하였다는 사실로 말미암아 심리적 반발이 크게 작용하여 부정과 거부의 태도를 드러내지 않을 수 없었다. 장타이옌, 루쉰 그리고 왕후이로 이어지는 중국 지식인들이 '근대'에 포함된 해방의 측면과 억압의 측면 — 물론 '근대'가 지닌 본질적인 억압의 측면에 대해 당연히 비판적 안목을 가져야 한다 — 을 동시에 읽어낸 것이나 량수밍과 후스가 중국문화와 중국철학의 미래 발전방향을 낙관한 것은, 그 내면을 잘 들여다보면 동일한 심리적 뿌리에서 연유하고 있음을 발견하게 된다.

불 다시 살아나: 현대성에 저항하는 현대성』(삼인, 2005), p.610.

葛兆光 지음, 이연승 옮김, 『사상사를 어떻게 쓸 것인가』, 영남대학교출판부, 2008.

고힐강 지음, 김병준 옮김, 『고사변 자서』, 소명출판, 2006.

魯迅 著, 趙寬熙 譯註, 『中國小說史略』, 살림, 2000.

루쉰 지음, 홍석표 옮김, 『한문학사강요』, 선학사, 2003.

송종서 지음, 『현대 신유학의 역정』, 도서출판 문사철, 2009.

양계초 지음, 이계주 옮김, 『中國古典學入門』, 형성사, 1995.

王國維 著, 권용호 譯註, 『宋元戲曲史』(개정판), 學古房, 2007.

왕후이 지음, 김택규 옮김, 『죽은 불 다시 살아나: 현대성에 저항하는 현대성』, 삼인,
    2005.

이원석, 『近代中國의 國學과 革命思想(劉師培의 國學과 革命論)』, 국학자료원,
    2002.

자젠잉(查建英) 지음, 이성현 옮김, 『80년대 중국과의 대화』, 그린비, 2009.

張雁, 「選擇與調適: 西方大學理念在近代中國」, 『교육사학연구』 제20집 제1호,
    2010.6, pp.111-123.

진래 저·이종란 역, 『주희의 철학』, 예문서원, 2002.

천샤오밍·단스롄·장융이 지음, 김영진 옮김, 『근대 중국사상사 약론』, 그린비,
    2008.

최술 지음, 이재하 외 옮김, 『수사고신록』, 한길사, 2009.

胡適 著, 함홍근 外譯, 『중국고대철학사』, 대한교과서주식회사, 1962.

홍석표, 「魯迅의 중국 고전 집록과 문학사 기술에 관한 연구」, 『中國現代文學』 제28
    호, 2004.3, pp.285-317.

高平淑 編, 『蔡元培敎育文選』, 人民敎育出版社, 1980.

曲士培, 『中國大學敎育發展史』, 北京大學出版社, 2006.

郭志剛 主編, 羅成琰 等著, 『二十世紀中國文學的古今之爭』, 江西出版集團·百花洲文藝出版社, 2008.

魯迅, 『魯迅全集(1-16)』, 人民文學出版社, 1981.

魯迅博物館 編, 『魯迅回憶錄 專著』, 北京出版社, 1999.

羅榮渠 主編, 『從'西化'到現代化』上冊, 黃山書社, 2008.

羅焌 著, 羅書愼 校點, 『諸子學述』, 華東師范大學出版社, 2008.

梁濤·顧家寧 編, 『國學問題爭鳴集 1990-2010』, 廣西師范大學出版社, 2010.

馬克鋒 編, 『國學與現代學術』, 廣西師范大學出版社, 2010.

馬瀛, 『國學槪論』(民國), 中央編譯出版社, 2009.

馬勇 編, 『章太炎書信集』, 河北人民出版社, 2003.

萬仕國 輯校, 『劉師培文集補遺(上·下)』, 廣陵書社, 2008.

傅斯年, 『中國學術思想界之基本誤謬』, 『新靑年』第4卷第4號(1918.4.15)

桑兵, 『晚淸民國的國學硏究』, 上海古籍出版社, 2001.

桑兵, 『晚淸學堂學生與社會變遷』, 學林出版社, 1995.

蕭超然, 『北京大學與近現代中國』, 中國社會科學出版社, 2005.

孫歌, 『主體彌散的空間—亞洲論述之兩難』, 江西敎育出版社, 2007, 2002年初版

宋洪兵 編, 『國學與近代諸子學的興起』, 廣西師范大學出版社, 2010.

沈衛威, 『"學衡派"譜系—歷史與敍事』, 江西敎育出版社, 2008.

沈衛威, 『大學之大』, 人民文學出版社, 2007.

梁啓超, 『論中國學術思想變遷之大勢』, 世紀出版集團·上海古籍出版社, 2006.

梁啓超, 『飮氷室文集』(第一~六集), 雲南敎育出版社, 2001.

梁啓超, 『淸代學術槪論』, 東方出版社, 1996.

楊明齋, 『評中西文化觀』, 黃山書社, 2008.

梁漱溟, 『東西文化及其哲學』, 上海世紀出版集團·上海人民出版社, 2006.

梁漱溟·艾愷(Guy Salvatore Alitto) 著, 艾愷 譯, 『這個世界會好嗎?: 梁漱溟晚
    年口述』, 外語敎學與硏究出版社, 2010.

嚴運受 編, 『胡適學術代表作』(上·中·下卷), 安徽敎育出版社, 2007.

余英時, 『文史傳統與文化重建』, 生活·讀書·新知 三聯書店, 2004.

余英時, 『中國近代思想史上的胡適』, 『現代學人與學術』(余英時文集第五卷), 廣西
    師范大學出版社, 2006.

王國維, 『王國維文集』(第一~四卷), 中國文史出版社, 1997.

王東林, 『梁漱溟問答錄』, 湖北人民出版社, 2004.

王瑤 主編, 『中國文學硏究現代化進程』, 上海人民出版社, 2005.

王中江, 『近代中國思維方式演變的趨勢』, 四川出版集團·四川人民出版社, 2008.

王緇塵, 『國學講話』, 世界書局, 1935.

王學珍, 王效挺, 黃文一, 郭建榮 主編, 『北京大學紀事 1898-1997』, 北京大學出版社, 2008.

王學珍·郭建榮 主編, 『北京大學史料(第二卷·一 1912-1937)』, 北京大學出版社, 2000.

汪暉, 『死火重溫』, 人民文學出版社, 2000.

汪暉, 『汪暉自選集』, 廣西師范大學出版社, 1997.

汪暉, 『現代中國思想的興起』(上卷 第一部 理與物), 生活·讀書·新知 三聯書店, 2004.

劉國生 主編, 『從北大走出的文學家』, 內蒙古文化出版社, 2008.

喩大華, 『晩淸文化保守思潮硏究』, 人民出版社, 2001.

劉夢溪 主編, 『中國現代學術經典 蔡元培卷』, 河北敎育出版社, 1996.

劉夢溪, 『論國學』, 世紀出版集團, 2008.

劉夢溪, 『中國現代學術要略』, 生活·讀書·新知三聯書店, 2008.

劉師培 著/鄔國義·吳修藝 編校, 『劉師培史學論著選集』, 上海古籍出版社, 2006.

劉師培 著·陳居淵 注, 『經學敎科書』, 上海世紀出版股份有限公司·上海古籍出版社, 2007.

劉師培, 『中國中古文學史講義』:『老北大講義』, 時代文藝出版社, 2009.

李帆, 『劉師培與中西學術』, 北京師範大學出版社, 2003.

李毅·張鳳江, 『選擇與裂變』, 遼寧敎育出版社, 1996.

張豈之 主編, 『民國學案』(全6卷), 湖南敎育出版社, 2005.

張岱年·程宜山, 『中國文化與文化論爭』, 中國人民大學出版社, 2006.

張梅笙, 『國學入門』, 中央編譯出版社, 2009.

蔣夢麟, 『西潮·新潮』, 岳麓書社, 2000.

張巍·劉小楓·甘陽, 「如何建設中國的西方古典學:張巍, 劉小楓, 甘陽三人談」, 『中國思想論壇』, 2011.1.

張旭東, 「中國價値的世界歷史使命」, 『文化縱橫』, 2010年 第1期.

章太炎, 『國故論衡』, 上海世紀出版集團·上海古籍出版社, 2006.

章太炎, 『國學槪論』, 北京大學出版社, 2009.

章太炎, 『章太炎政論選集』, 中華書局, 1977.

章太炎·劉師培 等, 『撰中國近三百年學術史論』, 上海古籍出版社, 2008.

張曉唯, 『蔡元培傳』, 百花文藝出版社, 2009.

錢基博, 『現代中國文學史』(1933, 世界書局出版), 世紀出版集團·上海書店出版
    社, 2007.

錢玄同, 『錢玄同文集』第4卷, 中國人民大學出版社, 1999.

鄭大華, 『梁漱溟與胡適』, 中華書局, 1994.

鄭師渠, 『晚淸國粹派』, 北京師範大學出版社, 2000.

趙敏俐 編著, 『文學硏究方法論講義』, 學苑出版社, 2005.

鍾敬文 著·譯, 『尋找魯迅·魯迅印象』, 北京出版社, 2002.

左玉河, 『從四部之學到七科之學』, 上海書店出版社, 2004.

左玉河, 『中國近代學術體制之創建』, 四川出版集團·四川人民出版社, 2008.

周錫山 編, 『王國維文學美學論著集』, 北岳文藝出版社, 1987.

周錫山 編校, 『王國維集』(第一~四冊), 中國社會科學出版社, 2008.

周作人 著·止庵 編, 『關于魯迅』, 新疆人民出版社, 1998.

朱洪, 『胡適與《紅樓夢》』, 當代中國出版社, 2007.

中國蔡元培硏究會 編, 『蔡元培全集』第5·6卷, 浙江敎育出版社, 1997.

陳高傭, 『中國文化問題硏究』(商務印書館, 1937.6)『民國叢書』第四編39(上海書店).

陳方競, 『魯迅與浙東文化』, 吉林大學出版社, 1999.

陳壁生 編, 『國學與現代經學的解體』, 廣西師范大學出版社, 2010.

陳崧 編, 『五四前後東西文化問題論戰文選(增訂本)』, 中國社會科學院出版社, 1989.

陳以愛, 『中國現代學術硏究機構的興起』, 江西敎育出版社, 2002.

陳寅恪, 『王靜安先生遺書序』, 『王國維遺書(一)』, 上海書店出版社, 1996.8, 第二
    次印刷 馮天瑜·鄧建華·彭池 編著, 『中國學術流變(下)』, 華東師范大學出版
    社, 2003.

陳平原·杜玲玲 編, 『追憶章太炎(修訂本)』, 生活·讀書·新知 三聯書店, 2009.

陳平原·夏曉虹 編, 『北大舊事』, 北京大學出版社, 2009.

陳平原輯, 林傳甲·朱希祖·吳梅 著, 『早期北大文學史講義三種』, 北京大學出版
    社, 2005.

郝平, 『北京大學創辦史實考源』, 北京大學出版社, 1998.

許廣平, 『欣慰的紀念』, 『許廣平文集』第二卷, 江蘇文藝出版社, 1998.

胡道靜 主編, 『國學大師論國學(上・下)』, 東方出版中心, 1998.
胡適 口述, 唐德剛 譯注, 『胡適口述自傳』, 廣西師范大學出版社, 2006.
胡適, 『研究所國學門第四次懇親會紀事』, 『國學門月刊』第1卷 第1號.
胡適, 『胡適論學近著第一集』(民國叢書 第一編 96, 上海書店).
胡適, 『胡適文存』(第一・二・三・四集), 影印本.
胡適, 『胡適文集(1~12)』, 北京大學出版社, 1998.
胡適, 『胡適全集』第12卷, 北京圖書館出版社, 2005.
胡適, 『胡適全集』第23卷, 安徽敎育出版社, 2003.
洪治綱 主編, 『蔡元培經典文存』, 上海大學出版社, 2008.
『魯迅研究資料22』, 中國文聯出版公司, 1989.
『魯迅研究學術論著資料匯編(2)』, 中國文聯出版公司, 1986.
『新潮』第一・二冊, 上海書店 影印本.
『劉申叔先生遺書』(民國二十五年寧武南氏排印本), 江蘇古籍出版社 1997年重印.